Brigitte

BLUES BAR

www.lemasque.com

Ace Atkins

BLUES BAR

Traduit de l'anglais (États-Unis) par Nathalie Mège

ÉDITIONS DU MASQUE
17, rue Jacob – 75006 Paris

Titre de l'édition originale

Dark End of the Street

publié par Harper Torch
(HarperCollins*Publishers*)

Pour Angela

At the dark end of the street,
That's where we always meet.
Hiding in shadows where we don't belong.
Livin' in darkness to hide our wrong.

Dan Penn et Chips Moman,
The Dark End of the Street

On se donne rendez-vous
Au fond noir de la rue.
Dissimulés dans l'ombre où n'est pas notre place.
Vivant dans les ténèbres pour cacher nos fautes.

I've been scarred and battered.
My hopes the wind done scattered.
Snow has friz me, sun has baked me.
Looks like between 'em
They done tried to make me
Stop laughin', stop lovin', stop livin' –
But I don't care!
I'm still here!

Langston Hughes,
Still Here

Je suis tailladé, meurtri.
La neige m'a gelé, le cagnard m'a cuit.
Le vent a balayé mes espoirs.
On dirait bien qu'ils se sont tous ligués pour m'avoir.
Pour m'empêcher de rire, d'aimer, de vivre.
Mais je m'en fous!
Je suis toujours debout!

Prologue

17 décembre 1968
Memphis, Tennessee

La *soul music* du Sud est morte. Ce rêve-là s'est fait la malle l'an dernier, quand le bimoteur d'Otis Redding s'est abîmé dans un lac glacé du Wisconsin, le tuant ainsi que les Bar-Kays, un groupe de gosses musiciens du coin. Puis quelques mois plus tard, en avril, lorsqu'un petit Blanc sorti d'on ne sait où a aligné dans le viseur de son fusil, depuis la rangée d'immeubles délabrés proches du Lorraine Motel, un homme qui ne faisait que demander des conditions de travail décentes pour les éboueurs. Et encore chaque soir de cet été-là, quand la haine a déferlé sur les quartiers sud de Memphis. Mais pour Eddie Porter, ça remonte surtout au jour où des musiciens noirs élevés au gospel et au blues ont cessé de bosser dans le style de musique le plus chouette qu'il a jamais connu.

Porter se rappelle encore ce jour de juin où il a aidé le bassiste de son groupe à déménager des cartons pleins de micros et de cordes de gratte du studio des Bluff City Records. Une voiture de flics avec deux Blancs dedans s'est arrêtée, les portières se sont ouvertes à la volée et les deux mecs ont braqué leurs pistolets sur lui. Tate, qui tremblait comme une mémé, s'est adressé aux flics sur un ton qui lui a fendu le cœur, à Porter. À croire que ça le dérangeait d'être black. Ce jeune bouseux aux dents de lapin a contemplé les Blancs qui rangeaient leurs armes dans leurs étuis en cuir comme s'il avait quelque chose à voir dans tout ce qui était en train de se passer : Otis et le pasteur King ; les bâtiments incendiés ; et peut-être même ces politiciens blancs que Porter voit à la télé, dans l'appartement qu'il partage avec ses clébards et sa femme dont il se fout.

Pendant quelques semaines, après ça, Porter a tâché de combler le silence qui régnait entre Tate et Cleve, le guitariste rythmique, avec toute la ferveur qu'il pouvait tirer de son orgue Hammond. Sur les murs, la musique imprégnait l'épaisse moquette rouge isolante de l'ancien cinéma de quartier qui leur servait de studio, s'écoulant à travers les fenêtres condamnées de frais jusque dans le commencement de ghetto. Porter a joué comme si ces airs faits pour danser pouvaient résoudre les problèmes de la ville d'Elvis.

Mais ça a continué de péter. La *soul* a poursuivi son agonie. Leur section de cuivres a splitté. Le batteur s'est taillé. L'orgue est tombé en panne. Et Porter a compris qu'il n'y pouvait rien du tout.

Il a fallu attendre un jour de juin pour que ça lui vienne soudain.

Quand l'idée l'a traversé, il était au Holiday Inn, près de l'aéroport. Il caressait le visage d'une femme qui portait l'enfant d'un autre. Ils avaient entrouvert les lourds rideaux moutarde. La chambre sentait la javel, la cigarette et le gin de leur haleine.

Porter est resté assis là à dégager la chevelure noire ondulée qui recouvrait les yeux marron de cette femme, à palper les coups de pied du bébé dans son ventre. Pour la première fois de sa vie, il réfléchissait à l'avenir. Il n'avait plus rien à donner à Memphis, c'était sûr. Et Memphis lui devait quelque chose.

Le propriétaire des Bluff City Records – un label qui ne vendait que de la musique noire – était un Blanc ventripotent qui passait son temps à emballer des gamines de même pas dix-huit ans dans son bureau du premier, couvert de papier peint léopard et de peintures sur velours de Mexicaines nues.

Porter n'a jamais tout à fait réussi à se figurer ce qu'il fabrique, ce mec. Il lui fait diriger les enregistrements, déposer les chèques des revendeurs et payer les autres zicos. L'essentiel de ses bénéfices provient d'un seul homme : leur dieu vénéré et tout-puissant, la sensation *soul* Clyde James.

Ce soir-là, au Holiday Inn, la tête de la femme de James sur les genoux, Porter a soudain percuté en observant les tourbillons bleus, rouges et jaunes jouer sur les dalles et sur les fleurs en plastique qui flanquaient la piscine. L'avenir lui a paru tout tracé. Ça lui a fichu une trouille du diable.

Il suffisait d'empocher une partie des versements chaque fois. D'ici décembre, il serait libre.

Alors c'est ce qu'il a fait. Sans exagérer. Tous les cinq encaissements, il a déposé l'argent sur son propre compte à la First National Bank. Son système a si bien marché qu'arrivé en septembre, il avait déjà tout ce qu'il lui fallait. Et à Thanksgiving, carrément plus qu'il ne pourrait dépenser. Deux cent soixante et onze mille dollars et des breloques. Il s'est démené pour convaincre Mary de partir avec lui. Sauf qu'elle compte garder l'enfant de Clyde. Et que ça a tourné en eau de boudin entre eux.

Alors, ce soir, il remplit sa mallette en alligator de piles de billets de cent, qu'il recouvre de romans western à trois sous.

Au moment de faire ses bagages, il se regarde dans le miroir piqué de moisissure. Il lisse son bouc et glisse dans sa veste en gros velours côtelé son billet pour Buffalo sur le vol de minuit et quelque.

Il se sent léger, indestructible, dans son sous-pull jaune et ses pattes d'éph' marron. Il porte un Smith & Wesson coincé dans le dos sous sa haute ceinture en cuir. Il en tremble presque de toute cette puissance. Comme la première fois qu'une femme lui a secoué le cœur.

Ce qu'il s'apprête à emporter, il le mérite, bon Dieu. D'ailleurs à qui ça manquerait, tout ce fric, sauf à ce gros tas de Bobby Lee Cook et à ses truands de potes?

Il fait nuit. La lune a des allures de rognure d'ongle et les saccades du vent froid font comme une peau de papier à Eddie.

Il se glisse dans sa Toranado blanche à déco intérieure grise, met WDIA à fond les ballons puis écoute ses concurrents de chez Stax, Booker T. & the MG's, interpréter une reprise *soul* des Beatles. Tout est à sa portée. Il peut aller n'importe où, devenir n'importe qui.

Il sait qu'il vaudrait mieux attendre à l'aéroport. Mais, quelque part, il a envie de jeter son entourloupe à la face de Cook. Il effectue un demi-tour puis prend vers le centre-ville, qu'il traverse pour gagner les faubourgs : Germantown, où les Blancs riches jouent au golf, reçoivent leurs invités sous des stores rayés comme des sucres d'orge, et où les seuls Noirs présents portent des plateaux d'argent chargés de cocktails de crevettes.

Porter se gare sur la pelouse de Bobby Lee Cook, trébuche presque sur un des petits Noirs en fonte porteurs de lanternes. Il passe de la froideur de cette nuit claire à la fête de Noël pleine d'hommes politiques et de macs, de musiciens et de toutes sortes de pékins qui rêvent d'être des vedettes. Certains sont noirs. La plupart, blancs. Il y a même une Chinoise, occupée à se battre avec une autre femme dans une pièce sombre remplie de manteaux de vison.

Là, les invités boivent des martinis dry et des whiskies *on the rocks*. Il y a des assiettes de papillotes de foie haché au bacon, d'énormes olives, et des mini-sandwiches colorés en rouge et vert à cause de Noël. Les lumières sont tamisées comme pas possible, les lampes ont des ampoules vertes, jaunes, ou rouges. Ça vous soûle presque rien que d'entrer là-dedans, avec tous ces couples qui se balancent sur le tapis vert à bouclettes et ces rires bruyants s'élevant des cercles de gens.

Porter compte juste voir Cook, le regarder dans les yeux une dernière fois, puis calter. Cook a pris soin de l'appeler cinq fois dans la journée pour vérifier qu'il venait. Porter a d'abord cru que l'autre avait pigé l'arnaque, mais si c'était ça, il serait sur le seuil de la maison à le guetter, non?

Il le repère du coin de l'œil, en pantalon noir et bottines italiennes, affublé d'une de ses vestes débiles à la Nehru. Il a l'air ridicule. Un jeune Blanc grassouille qui se démène pour paraître dans le vent.

Cook le fait entrer dans un bureau fermé à côté de la salle à manger, où du Eddie Floyd passe en sourdine sur sa chaîne Fisher. *Blood Is Thicker than Water*. Un truc optimiste qui fiche un sacré mal de crâne à Porter tandis que Cook s'avance jusqu'au petit bar tapissé de peau de zèbre.

Cook tâte ostensiblement les rayures de la peau, sort une bouteille de gin et examine cette connerie comme si c'était un nouveau-né. Il se verse un nouveau verre sur de la glace pilée.

– Eddie, entame-t-il, je veux que t'arrêtes de déconner avec la femme de Clyde. T'es bien placé pour savoir qu'il tourne pas rond dans sa tête. J'ai besoin de lui. S'il rechute, on tombe aussi. *Comprende*, vieux?

– Va te faire mettre, Cook. C'est pas tes oignons, ce qui se passe dans ma vie.

Porter surprend un instant son reflet dans le miroir derrière le bar. Bizarrement, il se fait l'effet d'être moins grand qu'en partant.

– Contente-toi de pas mettre les pieds là-bas ce soir, jette Cook en tâtant comme un aveugle l'un de ses fauteuils à motif guépard. (Il s'assied avec un soupir, ferme les yeux.) Rien que ce soir.

– Je rends mon tablier, annonce Porter en se dirigeant vers la porte. Trouve-toi quelqu'un d'autre pour coltiner ta merde.

– Eddie?

Il se retourne.

– Ça fait combien de temps qu'on se connaît, tous les deux?

Porter hausse les épaules.

– Je te considère comme un ami.

– T'es bourré.

– Fais comme tu veux. Mais ce soir, reste loin de la femme de Clyde.

Porter laisse échapper un petit rire tout en exhalant.

– Tu m'écoutes? insiste Cook. Fais comme tu veux, mais tiens-toi à l'écart ce soir.

– Putain de Dieu, dit Porter. Espèce d'enculé.

Il ramasse un bouddha, un gros truc en or qu'il bazarde en plein dans les verres, le whisky et les petites bougies rouges. Le miroir se brise. Les éclats viennent renverser les lumignons et les bouteilles d'alcool. Ça fait un bruit de clochettes qui tintent dans le vent.

– Espèce d'enculé, répète-t-il.

Ça n'a rien d'un cri. Il se le dit surtout pour lui-même tout en allant vers sa voiture.

Vingt minutes plus tard, il fonce sur Lamar Avenue dans la lumière rasante qui joue sur son visage et ses précieux doigts. Il s'est confusément douté qu'ils allaient piger. Simplement, ça arrive beaucoup plus vite qu'il ne le croyait.

Son pied écrase l'accélérateur de sa Toranado. Le vent froid mugit à travers les déchirures de la capote en toile.

Mary habite South Memphis, dans une maison construite grâce au disque d'or du hit de son mari, *Dark End of the Street.* Une chanson qui parle d'un homme infidèle qui n'ose pas affronter son béguin au grand jour. Ce n'est pas Clyde qui l'a écrite, c'est deux jeunes Blancs, mais il la chante comme si c'était l'histoire de sa putain de vie. Porter l'a entendue si souvent qu'elle lui donne envie de gerber, maintenant. C'est à ça qu'il pense en se garant dans l'allée circulaire.

La maison est un de ces trucs à base de formes géométriques bizarroïdes. Des baies vitrées immenses, des arceaux de cuivre jaune en guise de portes, et des coins en triangle en-veux-tu-en-voilà. À travers la vitre, il aperçoit un arbre couvert de neige artificielle, décoré de boules rouges et de guirlandes vertes clignotantes.

Clyde doit être là, quelque part, dans les vapes. Un fantôme sous son propre toit, enveloppé dans sa folie comme dans une cape.

Certaines fois, Porter se demande pourquoi Mary et lui se sont donné toute cette peine.

Lorsqu'il fait le tour, Porter repère une forme affalée dans la vieille Lincoln Continental. La noire, celle que Clyde a flanquée dans un lac du Mississippi il doit y avoir trois ans. Il l'a carrément fait tirer du bourbier et de la vase, avec les poissons qui gigotaient sur les sièges et tout, pour la laisser pourrir dans son jardin.

Porter jette un coup d'œil dans l'habitacle. Clyde est recroquevillé comme un gosse sur le plancher avant. Il y a une bouteille de rhum bon marché sur la banquette. Les joues humides, les yeux rouges, la star de la *soul* geint tout bas, comme la fois où il a fallu l'évacuer de la scène à l'Apollo. On aurait dit qu'il allait s'étrangler avec sa langue.

Porter tend la main pour saisir celle de Clyde à travers la vitre baissée de l'épave, mais Clyde s'aplatit de plus belle en fermant les yeux. À croire qu'il voudrait faire disparaître Porter. Porter, qui le sent glisser à travers le plancher, vers le fond du lac ennuagé où ils ont découvert la bagnole.

Porter, qui se taille.

La porte de la maison est ouverte. Une lueur jaune s'étale jusque sur l'escalier gris et le gazon mort. Tandis qu'il s'approche de l'entrée, la voix de Clyde continue de retentir. Cette voix parfaite qui chante sa chanson comme si sa vie entière dépendait de l'histoire qu'il s'apprête à raconter.

If we should meet, just walk on by.
Oh darlin', please don't cry.

Oh, chérie, ne pleure pas, je t'en prie…

Un doux sourire s'est peint sur les lèvres de Porter, quand son crâne explose dans une lumière noire semée de tourbillons d'un blanc violent.

Quelqu'un lui a flanqué un coup à l'arrière du crâne dès qu'il a franchi le seuil. Il tombe sur un tapis en macramé, roule sur le carrelage brun, sent des bottes lui shooter dedans. Le sang afflue à ses oreilles. Il se couvre la tête de ses mains. Il en voit deux, deux types en cuir noir avec des cagoules de ski sur le visage.

L'un le secoue, le met debout. Dans sa tête, la chanson de Clyde passe toujours.

Tonight, we'll meet
At the dark end of the street.

La cuisine est d'un jaune obscène sous les traînées de sang marron qui maculent tout. Porter fait ce qu'il peut pour essayer de se dégager, mais le type, rigolard, lui écrase le nez contre la table en Formica.

Porter sent ses dents à l'arrière de son palais.

Et puis il la voit.

Mary, agrippée à son gros ventre, son corsage jaune trempé de sang. Les manches bouffantes, les ourlets brodés de fleurs.

They're gonna find us.
They're gonna find us, Lord, someday.

Bon Dieu, comme dans la chanson. Ils les ont trouvés.

Un homme qui sent l'oignon et le mégot de cigarette attache Porter à la chaise en face de Mary. Porter sent la froideur du canon s'écraser au creux de sa nuque, juste sous son crâne.

– Où tu l'as planqué ? demande le type.

Porter se penche en avant et dégueule sur ses godasses ; le billet pour Buffalo dégringole par terre, va se coller dans le magma visqueux. Il contemple le visage de Mary de son regard brouillé. Elle se mord la lèvre, ses yeux chavirent et elle se met à prier comme une enfant, une gamine de douze ans. C'est simple, silencieux et, l'espace d'une seconde, Porter se fait l'effet d'être plus son père que son amant.

But tonight we'll meet
At the dark end of the street.

Il articule qu'il l'aime.

Elle a un sourire. Faible.

Puis il entend le déclic.

– Dans le coffre de ma bagnole, jette-t-il.

En priant, lui aussi.

You and me..., chante Clyde sous son crâne.

Puis, avec la détonation, vient le silence.

1

Samedi soir
La Nouvelle-Orléans, Louisiane

Enfant, je gardais toujours un œil ouvert pendant la prière. Non que la foi m'ait fait défaut ou que j'aie voulu manquer de respect aux fidèles assemblés dans l'église, mais la nature humaine m'intriguait. Au cours de cet unique instant de silence, je tâchais d'imaginer ce que cherchaient toutes ces personnes qui m'entouraient. À force de les observer (et avec ce que la mort m'a enseigné par la suite), j'en suis venu à croire que ces désirs-là sont éphémères. Même déprimants, en fait. Ce qu'on demande tous, au bout du compte, c'est une sorte de miracle. Notre propre résurrection.

Je m'installai chez Jojo derrière le vieux bar en acajou constellé de marques, dans le Vieux Carré, en continuant de ruminer sur les drôles d'existences qui sont les nôtres. Ayant plongé le bras dans le froid mordant d'un frigo estampillé Coca-Cola, j'y pêchai ma quatrième canette de bière de la soirée.

Le *Jojo's Blues Bar* avait fermé ses portes une demi-heure auparavant. Il était tard. Ou tôt. Il faisait noir comme dans un four. On avait nettoyé les tables, empilé les chaises à l'envers par-dessus. Quelques spots projetaient leurs faisceaux rouges sur les micros et sur le piano droit solitaire. À côté des portes à vantail vitré déglinguées par le temps, une lueur orange émanait de l'antique juke-box occupé à cracher le vieux classique d'Otis Redding, *Cigarettes and Coffee*[1].

Il ne restait plus que quatre de mes potes les plus proches, assis dans un box sombre sous un poster de l'American Folk and Blues Festival de 1965, pour faire la fête avec l'un de mes anciens potes.

N'allez pas croire que je n'avais plus d'amitié pour Roland. Mais il venait de casser sa pipe. Dur de savoir si on était encore potes après ça.

Jojo n'avait pas l'air de s'affoler. Roland avait clamsé une heure plus tôt, d'après nos estimations : il avait piqué du nez le sourire aux lèvres dans son whisky-Coca. C'était un type efflanqué, délabré, qu'au cours de ces dix dernières années j'avais toujours vu une casquette de base-ball Jack Daniel's vissée sur la tête. Il l'arborait encore dans la mort, juste un peu plus abaissée sur les yeux qu'à l'ordinaire.

– Mais enfin, t'as quoi dans la calebasse, Nick? dit Jojo. Apporte le Jack.

Ma Marlboro pendue nonchalamment aux lèvres, je pivotai jusque derrière le bar pour saisir une demi-bouteille de Jack Daniel's, que j'allai déposer à grand bruit devant Jojo. Je m'installai dans le box en croisant les jambes à hauteur des chevilles de mon pantalon Tony Lamas en toile.

Joseph José Jackson – dit «Jojo» – devait avoir soixante ans bien sonnés, à présent. Un Noir aux cheveux de craie, à la moustache taillée avec soin, en pantalon noir froissé et chemise à col boutonné aux manches remontées jusqu'au coude. Difficile d'expliquer la relation absolue que j'entretenais avec lui. Disons qu'il était à la fois mon père de substitution, mon prof d'harmonica et mon maître zen pour tout ce qui touchait à la vie.

– C'est la maison qui régale? m'enquis-je.

Jojo tira de la poche de Roland un portefeuille racorni.

– Comptes-y.

---

1. On est au cœur de la nuit/Bientôt 3 heures du matin/Je suis assis là à parler avec ma chérie/En fumant et en buvant du café [...] Ma belle je suis si heureux/Depuis que je te connais/Oh oui depuis que je te connais, baby... *(Toutes les notes sont de la traductrice.)*

Les gars rigolèrent comme si demain était porteur de plus d'espoirs qu'aujourd'hui, comme si rien ne clochait dans l'univers, comme si Dieu nous observait du haut des cieux, un sourire sur Son visage barbu.

À la gauche de Jojo était assis Randy Sexton, mon collègue directeur des Fonds documentaire blues et jazz de l'Université de Tulane. Nous nous connaissions depuis ma retraite anticipée de l'équipe des Saints, où j'étais revenu à Tulane passer un master en histoire de la musique.

Étant donné sa blancheur de peau et sa grosse tignasse châtain frisée, Randy était en général déphasé physiquement avec ses sujets d'étude – mais il se rattrapait côté méninges. Il avait écrit près d'un million de livres sur les précurseurs du jazz et était intervenu dans la célèbre série documentaire de Ken Burns.

Ça me flanquait toujours un coup quand il en avait un dans le nez. Ce type avait beau être l'un des musicologues les plus respectés des États-Unis, il se comportait parfois comme un vrai gosse.

– Putain, les mecs, lança-t-il, je suis pété à mort !

J'étais pris en sandwich entre un mastard black de cent trente kilos appelé Sun d'un côté et, de l'autre, un tatoueur transsexuel du nom d'Oz. Son chapeau de paille réduit en fétu dans ses mains presque aussi grosses que des jambons, Sun se lamentait sur son ami perdu. Il avait les yeux rouges. N'était pas loin des sanglots.

– Roland, y t'a toujours adoré, Nick, dit-il en chialant presque. Tu t'souviens du soir où t'as balancé c'jus d'orange sur le crâne de ton entraîneur ?

– Ouais.

– Eh ben, y t'a adoré pour ça. Et pasque t'as dit à ce mec d'aller se faire mettre.

Je souris.

– J'essaie d'assurer.

Oz n'avait pas l'air d'écouter ce qu'on disait. Il se contentait de fredonner les paroles de la balade d'Otis. Il portait sa lingerie fine habituelle et ses bas qui lui montaient jusqu'en haut des cuisses. Côté visage, un plâtrage de fond de teint blanc et du rouge à lèvres noir.

Il était arrivé dans le bar quelques minutes après la séance de minuit du *Rocky Horror Picture Show.* Ce film était son obsession. Toute sa vie. Il basait la moindre de ses décisions sur ce qu'aurait fait le Dr Frankenfurter.

– Oh, Seigneur, verse-lui donc un autre verre, enjoignit-il avec un accent british d'acquisition récente.

– La mort, c'est dur, parfois… T'es pas d'accord avec moi, machin… ? Comment il s'appelait, déjà ?

– Roland, répondit Jojo, assez énervé. *Roland Goodine.* T'as pas eu de mal à t'en souvenir quand t'as eu besoin de lui pour te refaire l'électricité dans ta boutique de tatouage à la con.

– C'est surtout une herboristerie, tu sais.

Jojo haussa les sourcils et se tourna vers moi.

– Bordel, Nick, je veux rien avoir à faire avec ces enfoirés de vaudous. Oz peut s'attifer comme y veut, je m'en fous, chacun sa vie… Mais moi, hors de question que je touche à ces conneries de magie noire. Tu m'as bien compris ?

– T'inquiète, fis-je. Je te suis. Allez, buvez les mecs. C'est la dernière fiesta de Roland. Il n'aimerait pas qu'on s'engueule.

Je tendis le bras, remplis les verres à ras bord. Jojo détourna les yeux d'Oz pour considérer Randy, qui souriait toujours comme un demeuré, puis il se tourna vers Sun.

– Pas étonnant qu'il ait voulu quitter cette terre, lâcha-t-il en secouant la tête. Regardez-vous, bordel. On dirait des phénomènes de cirque.

– Je connais un gars qui sait s'enfoncer des clous de traverses de chemin de fer dans le nez, annonçai-je. Tu veux que je l'appelle ?

– Il y a aussi un type à Algiers qui te ramènera ton pote pour cinquante dollars, ajouta Oz en faisant une bouche en cul de poule. D'un autre côté, ton Rolando, il sera changé en zombi, donc ce sera un vrai chieur. Tu sais comment ils peuvent se mettre, ces mecs-là !

– Nick ! hurla Jojo.

La tête de Roland avait roulé jusque sur son épaule, la mâchoire béante.

La musique cessa. Et plus personne ne pipa mot dans le souffle du vent froid qui dévalait Conti Street. On n'entendait plus que la respiration poussive de Sun et le groupe rock qui tapait le bœuf au nouveau pub irlandais à quelques portes de là.

Soudain, la porte de derrière s'ouvrit à la volée. Randy laissa choir son whisky sur le plancher. Le verre se fracassa en tessons dégouttant de liquide ambré.

Et mon cœur lui-même sauta un sillon une seconde, le temps que je m'aperçoive qu'il s'agissait de Loretta, la femme de Jojo. Son visage plat exsudait la colère et l'épuisement. Elle portait un long manteau couleur caramel, ses cheveux étaient retenus dans un filet.

Un vent rude s'engouffra dans la salle.

– Tu veux quoi, femme? demanda Jojo, façon type qui n'a peur de rien.

Loretta – une femme de quatre-vingt-dix kilos capable de faire tressauter le bar rien qu'avec sa voix – n'accorda pas même un regard aux hommes.

– Non, pas toi, andouille. C'est Nick que je viens voir.

Je me faufilai par-dessus Sun pour la suivre jusqu'au quai de chargement, devant le parking couvert de coquillages pulvérisés où elle croisa les bras en contemplant la Cadillac 1963 de son mari. Les feuilles flétries d'un palmier à l'agonie frottaient contre le crépi de l'arrière du bar.

– Désolé, Loretta. C'est moi qui ai demandé à Jojo si on pouvait… Tu sais, comme avant, quand… Enfin, tu vois.

Elle secoua la tête.

– C'est pas ça, le problème, Nick. J'ai besoin d'aide, *baby.* Pour un truc grave.

2

Loretta Jackson n'était pas femme à demander service. Elle chantait un blues caverneux, inspiré, issu des profondeurs de sa grande carcasse plantureuse, cuisinait un jambalaya si doux au palais et si épicé que les autres plats paraissaient insipides en comparaison. Et elle prenait soin de ceux qu'elle aimait avec une telle énergie qu'elle était parvenue à raccommoder le vieil accroc que j'avais au cœur. Me rendre utile n'avait rien d'un service. C'était l'occasion de revaloir quelque chose à quelqu'un qui m'avait donné tout ce qu'il avait.

Nous parcourûmes Conti Street jusqu'à Decatur puis continuâmes en amont vers le nord, sous les enseignes en bois qui branlaient dans le vent d'automne, sous les balcons en fer forgé chargés de palmiers, de bananiers, de magnolias tors. De grandes guirlandes emberlificotées en forme de minicrânes et de piments rouges luisaient au long des ferronneries rouillées. Nous dépassâmes le nouveau *Tipitina's*, si accueillant pour le touriste, puis les dizaines de boutiques de souvenirs vendant tee-shirts obscènes et affiches bon marché, sans compter les vieux restaurants décrépis servant des écrevisses ressuscitées, mortes depuis le printemps, et du *gumbo* proche de la lavasse.

Prenant en direction de la cathédrale Saint-Louis, nous bifurquâmes vers la promenade piétonne pavée qui entourait la Place d'Armes de Jackson Square et son parc fermé depuis le crépuscule. L'odeur fétide de l'eau du Mississippi planait dans l'air, mêlée à la fumée de cigarette d'un groupe éparpillé de skinheads occupés à jouer avec un chiot galeux devant l'église.

Loretta prit place sur un banc vert tout proche, les ignorant. Comme je n'avais pas prévu de me promener dehors ce soir-là, je ne portais qu'une mince veste en daim sur mon tee-shirt noir des disques Def Jam – celui où Johnny Cash fait un doigt d'honneur, à l'époque où il voulait montrer à l'industrie du disque la haute opinion dans laquelle il la tenait.

J'étais très fier de cette trouvaille.

– Si tu veux pas t'en charger, tu me le dis, commença Loretta. D'accord, *baby*? Tu me dois rien.

– Tu rigoles? dis-je en l'agrippant par la main. Je te dois tout, au contraire. Raconte.

– En marchant, je réfléchissais à la façon dont tu te décarcasses pour les autres. Comme cette fois où tu as botté le cul du type qui se déguisait en Jésus. Tu sais, celui qui avait piqué le fric de Fats? Et cette vieille chou de Ruby Walker que tu as aidée l'an dernier à Chicago. Tu as failli finir au cimetière en essayant de la tirer de prison… Je veux pas être un fardeau pour toi.

Je serrai les doigts boudinés de Loretta et souris.

– Tu te rappelles quand vous m'avez accueilli sous votre toit alors que j'avais tout perdu, Jojo et toi? Tu m'as fait à manger, emmené à l'église, tu as rapetassé mon vieux Levi's miteux… Vous êtes ma famille, Loretta. Si j'ai aidé ces gens, c'était parce que j'en avais envie. Parce que c'était dans mes cordes. Mais dans ton cas, je ne réfléchirai pas une seconde avant de foncer.

Loretta scruta les trois flèches de la cathédrale. Elle parut se concentrer longtemps sur celle du milieu, sur sa croix creuse. À l'horloge, la grande aiguille avançait lentement. Les cloches se mirent à sonner 3 heures.

Je frottai mon visage où perçait la barbe.

– Dis-moi où est le problème, Loretta.

– Tu te souviens de mon frère, de ce que je t'ai raconté?

– Bon sang, oui, tu plaisantes ou quoi? Je sais tout de lui. C'est une vraie légende.

Clyde James avait débuté sa carrière dans les années 1950 au sein d'un trio gospel en compagnie de Loretta et de leur sœur – dont le nom m'échappait après mes quatre bières. Il avait suivi son petit bonhomme de chemin, franchissant le pas vers la *soul* jusqu'à devenir une grosse vedette dans les années 60, sous l'égide d'un petit label du nom de Bluff City. Il était une sorte d'hybride d'Otis Redding et de Percy Sledge.

Loretta ne l'évoquait que rarement, mais je possédais la quasi-totalité de ses enregistrements. Surtout des 45-tours, aux sillons poussiéreux, truffés d'airs où la mélancolie le disputait aux peines de cœur – et, plus généralement, à la souffrance engendrée par les femmes. Combien de fois ces airs-là n'avaient-ils pas exorcisé mes derniers déboires avec celle que je fréquentais depuis dix ans, Kate Archer.

J'observai le visage de Loretta, qui reflétait les lueurs des réverbères, puis tournai la tête vers les skinheads jouant à chat avec le chiot. Il leur léchait le visage, se roulait sur le dos. Il aboya à deux reprises et les crânes rasés vagirent de rire.

– Eh bien, hier, deux hommes sont passés me voir au bar pour me parler de Clyde. Ça m'a tellement fichu la frousse que j'y ai pas remis les pieds avant ce soir. J'en ai même pas parlé à Jojo. Parce qu'on cause jamais de mon frère, lui et moi. Surtout après tout ce qu'il a essayé de faire pour l'aider. Tu saisis?

Je hochai la tête. J'avais un oncle, un ancien transporteur d'alcool de contrebande devenu prédicateur, qui avait coutume de demander chaque Noël à mon père des prétendus dons pour son église.

– Ils étaient venus me poser des questions sur Clyde, expliqua Loretta en plongeant la main dans son petit sac à main couvert de strass pour sortir son porte-monnaie. Ça me tuait, l'apparence si respectable qu'avait cette femme, quand on pensait au gros blues qui tache qu'elle était capable de chanter.

– Ils voulaient savoir à quand remontait notre dernière rencontre, et où le trouver. Je leur ai dit que je l'avais pas vu depuis quinze ans, mais ils m'ont pas crue. Ils se sont mis à casser des bouteilles et à flanquer les tables sens dessus dessous. Il y en a même un qui m'a plaqué la main sur le visage en me prévenant qu'il me tuerait si je les aidais pas à trouver Clyde... Jojo était parti me chercher du lait et du café sur Royal.

Je sentis le rouge de ma colère monter à mes joues.

– Tu leur as dit que Clyde était mort?

– Ils m'ont traitée de menteuse. Soi-disant qu'ils l'auraient vu à Memphis il y a quinze jours. Pourquoi veux-tu qu'ils me racontent un truc comme ça?

Je tirai une Marlboro d'un paquet cartonné, l'allumai. J'aspirai profondément la fumée et me redressai sur le banc en passant le bras autour de Loretta.

– Pour commencer, je trouve que tu dois en parler à Jojo. Et puis je peux vous raccompagner tous les deux le soir après le spectacle. Aucun problème de ce côté.

Elle tourna de nouveau la tête vers l'horloge puis regarda ses mains, qu'elle finit par déployer pour aller pêcher dans son porte-monnaie une liasse de billets de cent. Elle les écrasa dans ma paume.

– Quand est-ce que tu pars dans le Mississippi?

– Lundi.

– Je veux que tu montes jusqu'à Memphis voir ce que tu peux découvrir sur Clyde.

– Il est mort.

Elle me considéra, puis me tapota la joue comme si j'étais un gosse qui ne comprenait que des trucs de son âge.

– On a préféré le croire. Sur la fin, il s'était détourné de nous tous. Sa famille. Ses amis. La seule chose à laquelle il se raccrochait, c'était cette souffrance qu'il trimbalait partout. Quand on a perdu sa trace, il a bien fallu que je trouve un moyen de faire mon deuil. De prier pour son âme.

Je remis l'argent dans son porte-monnaie, secouant la tête quand elle ouvrit la bouche pour protester. Ses yeux se fermèrent. Une unique larme dévala, tortueuse, son visage poudré.

– Tu ne m'as jamais raconté ce qui lui est arrivé, dis-je en finissant la cigarette, que je jetai sur les pavés.

Un jeune couple passait, ivre, s'embrassant follement. Ils trébuchèrent au carrefour et bifurquèrent en direction de Pirate's Alley.

Une lampe à gaz brûlait au fond de la ruelle, près de la maison jadis louée par Faulkner. L'une des visions qui raffermissait le poids de la solitude sur mes épaules, mais j'aurais été bien en peine de dire pourquoi.

– Quelqu'un a tué l'un des membres de son groupe, expliqua Loretta. Et aussi la femme de Clyde. Elle était enceinte, Nick. Enceinte de six mois.

3

Perfect Leigh détestait les dessins animés avec des animaux qui parlent, les hommes qui portent de l'après-rasage ou des costumes italiens, et aussi le beurre de cacahuètes, les tartines de confiture, le chou frisé, les chansons qui passent sur le juke-box du *Palais des Gaufres*, les reines de soap opera, et puis le sexe sous quelque forme que ce soit. Elle s'aimait, elle, ça lui suffisait. Elle adorait son odeur de caramel au beurre. Son look, son ample chevelure blonde, ses 90-60-91. Elle aimait la façon de danser de Nancy Sinatra, l'odeur de cuir neuf de sa Mustang décapotable, cette sauce au fromage qu'on vous sert dans les mauvais restaurants mexicains, et puis son album de Herb Alpert and the Tijuana Brass Band qui n'arrêtait pas de sauter depuis qu'il s'était gondolé par cet après-midi torride sur la plage, en Floride.

Et un autre truc que Perfect ne supportait vraiment pas, c'étaient les séances de retrouvailles entre hommes où ces messieurs jouent au poker dans des pièces infestées de fumée de cigare, en rigolant de leurs craintes et leurs défauts avec un pseudo-recul sur eux-mêmes. Leurs dents jaunies, déchaussées. Leur haleine qui empeste le whisky… Heureusement que ces gars-là avaient disparu de sa vie. Il ne restait plus que ce pauvre vieux couillon de Fisher, à présent, avec sa femme confinée dans son fauteuil roulant qui hurlait chaque fois qu'il montrait son jeu minable.

C'était ça, Tunica. En un rien de temps, à peine quelques années, on était passé de la pêche au poisson-chat aux tables de roulette. Ça sentait encore la bouse de vache accrochée aux croquenots des joueurs.

Perfect était assise avec les Fisher dans la petite salle vitrée du premier étage du Grand Casino Magnolia, à trois pas de la Highway 61. Le papi était occupé à manger son reste de hot-dog racorni. Sa femme se bavait dessus tout en riant du ketchup qui dégoulinait sur l'affreuse cravate de son homme.

Perfect avait passé des jours à les observer et à les écouter sur les caméras en circuit fermé. Au casino proprement dit, au restaurant, et même dans leur chambre. Elle avait parcouru leur bio dans le bureau de Humes : leur fille qu'ils avaient perdue dans un accident de voiture une quinzaine d'années auparavant. L'espèce de pique-nique de charité commémoratif qu'ils organisaient chaque année en son honneur dans une maison au bord d'un lac, avec des tonnes de brèmes et de poissons-chats frits.

Ils venaient de remettre les bénéfices à un prédicateur de Tunica qui affirmait guérir son monde grâce à l'émission qu'il animait sur une chaîne câblée de Memphis. Ce prétendu don lui aurait été accordé dans son enfance, un jour qu'il était tombé dans un lac gelé pour en émerger deux minutes et demie plus tard, habité d'une vision.

Quel tas de conneries. Désormais, il se contentait de diffuser des petits tracts ridicules sur Beale Street et dans les toilettes des casinos pour râler contre les hommes qui s'en envoyaient d'autres ou qui s'abrutissaient au whisky.

Les Fisher étaient aveugles. Mais rien n'échappait à Perfect. À force d'observer, d'écouter et d'attendre, elle avait compris à quel point ils se languissaient de leur fille.

Alors, au cours des dernières vingt-quatre heures, c'est ce qu'elle était devenue. Elle avait étudié les photos de leur petite chérie morte. Rabattu ses cheveux platine sur son œil comme était coiffée l'autre. Acheté un pull en laine style début des années 1980. Elle s'était même déniché un de ces bracelets en caoutchouc comme ceux que portait Madonna à l'époque, dans une boutique pour collectionneurs de Memphis.

La veille au soir, elle était simplement restée là, au casino, à étudier la photo de cette pauvre gamine coincée dans une époque complètement débile.

Elle s'appelait Gina.

Gina, Gina, mamminna. Gigi l'amorosa.

– Voulez-vous que j'aille vous chercher un autre hot-dog, monsieur Fisher? demanda Perfect.

– Non, mademoiselle, répondit-il en réorganisant ses cartes comme un imbécile.

Elle voyait toute sa main. Et pourtant, elle allait le laisser gagner. Encore une fois.

– Mais merci de me le proposer. Oh, regardez tout ce que j'ai là ! Il doit bien y avoir deux cents dollars dans ce tas.

– Ça en ferait beaucoup plus si vous acceptiez mon offre, dit-elle.

Avec une grande douceur. Sans le brusquer. Plutôt comme elle imaginait que Gina l'aurait dit. *Je vous en prie*, chuchotaient ses paroles. *Je vous en prie, acceptez votre avenir.*

– Enfin, mademoiselle ! s'indigna-t-il, comme si on venait de lui fourrer un aiguillon à bœufs dans le trou de balle. Nous avons acheté ce terrain en 62 et nous ne voyons aucune raison de partir.

Perfect sourit. À cent pour cent en mode Gina, à présent. Un petit sourire tout serré, les yeux plissés, sans montrer une once de dents. En y mettant peut-être un chouia de désespoir devant l'échec de sa mission.

– Eh bien, conclut-elle, si un jour madame et vous décidez de changer d'avis, nous vous en serons très reconnaissants.

Savourant leur âme, leurs peurs, leurs désirs, elle plongea son sourire dans son verre de vin. D'ici la fin de la matinée, elle les aurait dans la poche. Ils s'étaient déjà trop confiés. Ils lui appartenaient, désormais.

Ils ne se décidèrent pas avant 7 heures le lendemain, pendant le petit déjeuner au *Mardi Gras' Time*, le restaurant du casino. Un abruti en veste à rayures rouges et blanches jouait des airs New-Orleans sur un clavier Casio, devant un tas de vieux fatigués qui malaxaient des *grits* liquides et des œufs sans beurre dans leur bouche sèche.

Perfect avait passé une nuit blanche avec le couple, jusqu'à ce qu'un soleil blanc balaie leur chambre et leur visage éteint à travers les rideaux. Abreuvés de whisky, de cigarettes, totalement vidés tous les deux. Ils avaient raconté des histoires sur Gina à en remplir un livre.

Un jour, la gamine avait adopté un chat de gouttière qui avait à la gorge un kyste gros comme une orange. Elle s'était lamentée jusqu'à ce que son père emmène la pauvre bête chez un vétérinaire de campagne, qui le lui avait ôté moyennant cinq cents dollars. Ce vieux matou avait encore vécu quinze ans. Nourri aux *grits* au miel et au sucre.

Et puis il y avait la fois où Gina avait cru créer la meilleure recette au monde de cookies aux copeaux de chocolat. Elle avait appelé les gens de chez Nestlé pour leur demander un million de dollars en échange. Elle avait quinze ans à l'époque et, pour être franche, Perfect la trouvait un peu conne.

Mais elle avait hoché la tête tant et plus.

Pourquoi lui raconter tout ça à elle au bout de tant d'années? s'étaient étonnés les Fisher. À peine s'ils avaient évoqué Gina depuis l'accident.

Oui, pourquoi? se demanda Perfect en rabattant sa mèche sur son œil gauche et en ajustant les bracelets en caoutchouc à son poignet.

Quand ils en arrivèrent à l'histoire de Luke, du tracteur et de l'alliance, elle sut qu'elle les tenait. Elle n'eut plus qu'à les regarder se décomposer, tressautant sous l'effet de souvenirs enfouis depuis bien trop longtemps, le cœur vidé comme une canalisation d'eau crevée.

Même pas besoin de poser la question. Elle se contenta de marcher jusqu'au téléphone pour appeler le Cobra – le sobriquet qu'elle avait donné à l'avocat onctueux du casino.

Un quart d'heure après la signature du contrat, dans une chambre que Humes lui avait obtenue, elle ôtait de ses cheveux l'atroce teinture Vidal Sassoon. Des chansons de Duran Duran ne cessaient de lui revenir en tête, comme pour évacuer la nuit horrible qu'elle venait de passer.

Avant même qu'elle soit repartie dans son petit appartement de Memphis, où elle habitait en compagnie de ses psychés à l'ancienne et de ses livres d'images des années 1960, ils lui cireraient les pompes.

L'argent lui parviendrait *via* la Western Union.

Elle pourrait vivre pendant des mois sans être contaminée par le monde extérieur.

Pourtant, au moment où elle abaissait la capote sur sa Ford Mustang 1965, Humes l'interrompit. Perfect déposa son sac de voyage sur la banquette arrière et contempla la tête crépue qu'encadraient les lueurs pourpres et vertes du Grand Magnolia flottant sur sa rivière artificielle.

Un avion d'épandage agricole bourdonnait dans le ciel. Un nuage, issu d'on ne sait où par cette journée dégagée, faisait écran devant le soleil.

– Qu'est-ce qu'il y a ?

– Il pense à une mission pour toi, dit Humes, ses cheveux gris ressortant comme de l'argent sur sa peau.

– M'intéresse pas.

– Ça te rapportera plus de fric que tu n'en verras jamais.

– Continue, enjoignit Perfect en vérifiant son reflet dans la vitre du 4 × 4 garé derrière lui. Je suis toujours ouverte aux propositions nouvelles.

4

À soixante-cinq kilomètres de Memphis, je crevai, faillis écraser un corniaud étique et manquai faire un tonneau qui m'aurait propulsé la tête la première hors de la chaussée de la Highway 61, jusque dans une église baptiste fondamentaliste. Par bonheur, ayant raté le chien d'un cheveu, je terminai ma trajectoire folle à quelques pas du cimetière de l'église. Il était environ midi. Fournaise et sécheresse m'assaillirent lorsque je descendis de mon Bronco poussiéreux modèle 1970 – surnommé le Spectre Gris par l'un de mes amis en raison de sa couleur et de ses performances aléatoires. Je me hâtai de fouiller entre les cartons pleins d'interviews de terrain et de cassettes de concerts enregistrés dans des *juke houses* pour dénicher le cric et ma roue de secours moult fois réparée. Je ne trouvai que mon sac en toile (tee-shirts, jeans et bottes), ma mallette d'harmonicas Homer, ainsi qu'une boîte d'entretiens réalisés par Alan Lomax pour la bibliothèque du Congrès. Le pneu. Aucun cric.

J'ôtai mon blouson bleu en jean, essuyai mon visage désormais transpirant et balançai la veste à la place du mort. Je portais un tee-shirt blanc, maculé de sauce lors de mon petit déjeuner chez *Abe's* à Clarksdale. Ayant remonté mes manches, je me jetai à la poursuite du cric sur la banquette arrière. Je finis par le dénicher et me mis au travail.

J'avais passé les trois jours précédents loin de La Nouvelle-Orléans. Je venais de quitter Greenwood en emportant quelque cent vingt minutes de nouvelles cassettes : un ami d'enfance d'Eddie Jones, *alias* Guitar Slim, l'un des meilleurs guitaristes de blues que j'aie jamais entendus, sujet de mon livre si longtemps différé. J'avais tellement traîné depuis mon inscription à Tulane qu'ils m'avaient donné jusqu'à l'automne de cette année-là pour en boucler la rédaction. J'avais accepté. On était en octobre et je récrivais le chapitre II.

En actionnant le cric, j'observai la campagne autour de moi. Il n'y avait pas grand-chose hormis l'église. Une grange vermoulue au toit corrodé, une épicerie condamnée parmi une série d'autres devantures. Même l'église avait l'air à l'abandon dans cette ville fantôme du Delta[1]. L'endroit se résumait peu ou prou au coton et, en cette saison, les champs marron regorgeaient de capsules laiteuses. Un véritable océan de petits points blancs volant au vent sous un ciel bleu limpide.

L'air eut tôt fait d'assécher ma sueur tandis que mes biceps gonflés et brûlants s'épuisaient sur le cric.

J'avais enfin assez soulevé le pick-up pour me concentrer sur le pneu. Je poussai un grognement, puis serrai les dents tout en m'activant, et je réfléchis à où je commencerais par chercher le frère de Loretta à Memphis.

Cette petite pause d'avec Guitar Slim représentait une distraction bienvenue. J'étais passé maître dans l'art de tels interludes, bien entendu. Lorsque j'avais cessé de jouer les arrières chez les Saints de La Nouvelle-Orléans une dizaine d'années plus tôt, je m'étais retrouvé bien en peine de savoir quelle voie emprunter. Foncer dans le lard de son prochain n'est pas vraiment l'une des occupations qu'on peut ajouter à son CV. Si bien que j'étais retourné à Tulane, où je m'étais inscrit en second cycle, puis en master, continuant sur ma lancée jusqu'à l'université du Mississippi pour y effectuer mon doctorat en histoire régionale.

Ma spécialité consistait à enregistrer la tradition orale et à exhumer des informations sur des musiciens disparus ou oubliés depuis des lustres. Cela signifiait sillonner le Delta, Chicago ou encore certains recoins du Texas en quête d'actes de naissance

1. Dans son acception la plus fréquente, le terme désigne le berceau historique du blues – la partie de la vallée du Mississippi qui va de la Louisiane au sud-est du Missouri.

remontant à un siècle, voire tenter de dénicher des gens qui auraient préféré demeurer cachés. Au sein des musicologues, j'appartenais à la catégorie qu'il est convenu d'appeler les *blues trackers* – les chasseurs de blues.

Quoique apparemment bien circonscrite, ma tâche impliquait souvent de donner un petit coup de main aux musiciens – cela allait du recouvrement de royalties à la demande de révision d'enquêtes criminelles.

Cependant, si je m'étais mis en quête du frère de Loretta, cela n'avait pas le moindre rapport avec mon poste d'enseignant à Tulane, ni même avec les articles spécialisés que je publiais parfois.

Je connaissais Loretta et Jojo depuis mon arrivée à La Nouvelle-Orléans, alors que je n'étais qu'un ado tout maigrelet. À la mort de mes parents, les Jackson m'avaient en quelque sorte adopté. Leur appartement sur Royal et le Blues Bar de Conti étaient devenus mes deux chez-moi. Jojo m'avait appris à jouer des chorus qui dépotent sur mon biniou et Loretta à cuisiner de la *soul food*, ces savoureuses recettes à base de bas morceaux. Elle m'avait aussi fourni un lieu où faire sécher mon linge et où traîner mes guêtres pendant que les autres jeunes rentraient chez eux à l'occasion de Noël et des vacances d'été. Jojo et Loretta avaient assisté au moindre match que j'avais disputé à Tulane, puis chez les Saints, ainsi que, avec plus de satisfaction encore, à ma cérémonie de remise de diplôme.

Jojo m'avait également présenté au réseau des vieux musiciens, m'introduisant dans le circuit blues comme jamais je n'aurais pu y percer autrement. Et les rares fois où je m'étais aventuré un peu trop loin dans la vie d'un zicos, Jojo et sa femme m'avaient repêché de l'auto-apitoiement et du Jack Daniel's dans lesquels je me complaisais, s'arrangeant pour me remettre les idées en place.

Quel curieux gars tu fais, songeai-je en dévissant le dernier écrou qui retenait la roue pour faire glisser le pneu. Toi qui croyais tout connaître sur les Jackson… J'étais tout de même un spécialiste de la tradition orale : je me targuais de savoir écouter les autres. Cela dit, j'avais beau être au courant du lien qui unissait Loretta à Clyde, celle-ci parlait rarement de son frère.

En quelques rares occasions, notamment au cours d'une de mes recherches sur le rapport entre la *soul* des *sixties* et le mouvement pour les droits civiques, j'avais interrogé Loretta sur la période qu'elle avait passée à Memphis, ainsi que sur Clyde, l'une des quatre têtes d'affiche du Sud à l'époque avec Otis Redding, Percy Sledge et Wilson Pickett.

Mais Loretta s'était toujours débrouillée pour changer de sujet. Et je ne tenais pas à la pousser dans ses retranchements. Étant donné ce que j'avais lu de la folie qui avait gagné Clyde et fini par le clochardiser, je savais que cela ne ferait que raviver de vieilles souffrances.

Avant de quitter La Nouvelle-Orléans, j'avais passé pratiquement toute la nuit aux archives à chercher des articles à propos de Clyde. J'avais découvert quantité de trucs d'ordre musical – y compris quelques détails de sa vie au détour d'une phrase –, et en avais appris pas mal sur les débuts de la *soul music*, le moment où Ray Charles avait combiné une structure gospel avec des paroles profanes. En résumé, *Oh, chérie* avait évincé *Oh, Seigneur*. C'était la période des Sam Cooke et autres Solomon Burke, qui avaient remplacé le blues dans la culture populaire : une véritable effervescence de la musique noire. Mais la *soul* du Sud était une tout autre histoire. Rien à voir avec les disques Motown. La Motown, c'était de la musique black pour ados blancs. La *soul* du Sud, en revanche, celle de Memphis, avait été faite par des Noirs pour des Noirs. À base d'énergie brute. Suée, marinée et plongée dans la graisse brûlante de ses racines gospel avec l'intensité d'un renouveau religieux. Si les chansons d'Otis Redding parlaient essentiellement d'amour, lui-même n'était pas très éloigné du prédicateur. Wilson Picket tenait du crieur de blues. Il aurait pu éclairer le monde à propos de Jésus mais avait préféré nous parler de Mustang Sally.

J'adorais cette musique. C'était la quintessence même de Memphis.

Néanmoins, la plupart des gens, y compris les amateurs fervents, ignoraient qui était Clyde. Il était tout de même parvenu à devenir un personnage culte en Grande-Bretagne ; certains experts le tenaient pour le meilleur chanteur de *soul* de tous les temps. Désespéré. Quasi lyrique. « Clyde chantait non comme si sa vie dépendait de ses chansons, mais comme si tout ce sur quoi était basée sa vie était parti en lambeaux et que ce qui lui restait, c'étaient ces chansons », avait écrit un critique.

C'était assez près de la vérité. Juste au moment où les projecteurs de tout le pays commençaient à se braquer sur Clyde James, alors que sa version lancinante de *Dark End of the Street* s'incrustait en première place des hit-parades, il s'était mis à souffrir de graves problèmes psychiques. Sa femme et un membre de son orchestre venaient d'être assassinés à South Memphis. Pendant la période qui avait suivi, la presse avait fait mention d'autres problèmes encore. Il avait grimpé plusieurs fois sur le toit de l'ancien cinéma qui servait de studio d'enregistrement à son label en défiant quiconque de l'en faire descendre.

À en croire ce que j'avais lu, la rumeur disait que James avait atterri en hôpital psychiatrique et que sa nouvelle maison de disques avait tenté d'étouffer la chose. Il avait effectué une brève réapparition au début des années 1970 pour enregistrer un album, demeuré inédit, pour Willie Mitchell chez Hi. Puis s'était évaporé de nouveau. Sous les barreaux en Floride, selon certains. D'autres affirmaient l'avoir vu chanter en Allemagne au début des années 1980.

Le meilleur article ou presque à son propos figurait dans un numéro vieux de quatre ans de la revue musicale anglaise *Mojo*. L'auteur exposait les diverses théories des contemporains de James sur ce qui s'était produit. La version généralement admise voulait qu'il se soit suicidé une dizaine d'années plus tôt. Dans la dèche. Oublié. L'homme qui aurait pu être le nouvel Otis demeurait une ombre.

Je remplaçai la roue, flanquai le pneu crevé et le cric graisseux à l'arrière du Spectre. Aucune voiture n'était passée. Le coton s'étirait en silence tout autour.

Je démarrai et pris vers Memphis, au nord.

Je pouvais faire vite. Pas de bars, cette fois. Je n'avais besoin d'aucun bastringue pour découvrir les réponses que je cherchais. J'allais prendre cette virée comme un exercice universitaire et repartir à La N-O.

Voilà ce que je me disais lorsque, salivant déjà à la perspective d'un sandwich sur Payne et d'une pinte glacée sur Beale, je vis apparaître devant mon pare-brise, juste au-delà de la frontière du Tennessee, la masse éparse de Memphis. Mon cœur accéléra comme celui d'un enfant qui découvre les attractions d'un parc de loisirs à l'horizon.

5

À 2 h 15 du matin, j'étais en train de danser avec la femme la plus gironde que j'aie vue de ma vie. Les hanches deux fois plus larges que la moyenne, les bras comme des jambons et les seins comme des melons, elle m'écrasait contre sa poitrine en secouant son gros cul en plein milieu du *Wild Bill's Lounge* tandis que l'orchestre se lançait dans une version enlevée, extraordinaire, de *Who's Making Love*, le classique de Johnny Taylor. Avec ses mèches défrisées et son costume sur mesure à rayures, le chanteur à peu près aussi mahousse que ma partenaire de danse prêchait l'évangile *soul* de Memphis. Une batterie puissante, un de ces orgues sinistres des *sixties*, une guitare qui se la jouait presque western, et une petite section de cuivres soulignant la moindre émotion. Pendant que batterie et guitare continuaient de marquer le tempo, le chanteur s'interrompit au milieu du morceau pour s'adresser à une femme en manteau de simili-serpent. Il n'y avait rien de court chez lui sauf sa moustache, assurait-il.

Le WBL était un bar tout en longueur pourvu de longues tables où chacun se pressait contre son voisin façon réfectoire et où, moyennant trois dollars cinquante, on vous servait un litre de bière et un verre propre. La salle étroite, peinte en orange, était décorée de guirlandes de Noël, de Polaroid de clients soûls, d'affiches de femmes noires en bikini.

Qui dit *juke house* dit en général vieille cabane ou antique boutique en bois au fond d'une ville exsangue du Mississippi.

Mais Wild Bill – Bill le Sauvage – avait ses quartiers dans une galerie marchande qu'occupaient un teinturier, un restaurant-traiteur et trois boutiques de coiffure et d'esthétique. L'une d'elles proposait des décrêpages en douceur et des mèches artificielles.

Je n'étais vraiment pas venu pour faire la fête, danser, ni me comporter comme un con. En fait, je finissais à peine ma bouteille en m'attaquant à une assiette d'ailes de poulet pimentées quand cette dame m'avait entraîné sur la piste. Je m'étais vite retrouvé à onduler et à gesticuler de mon mieux à son côté. Je n'avais pas l'intention de vexer qui que ce soit.

J'essayais même de suivre le rythme, mais elle ne cessait de me rentrer dedans à coups de fesses, au point que je manquai atterrir de l'autre côté des portes. Du coup, je me carrai solidement dans mes bottes pour ne plus perdre de terrain, allant jusqu'à sourire un brin au moment où le groupe terminait le morceau.

J'avais l'impression d'être Travolta chevauchant victorieusement son taureau dans *Urban Cowboy*.

Mais alors que je faisais mine de retourner à ma bière et mes *chicken wings*, l'orchestre mit la sourdine. Une ballade. La femme m'attrapa par les mains, qu'elle referma autour de sa taille, et m'emporta pour une lente chevauchée le long de la piste de danse exiguë.

Elle me fit tournoyer tout autour, frôlant à peine le plancher de mes bottes. J'avais l'impression d'être un de ces machins garnis de sciure qu'on gagne dans les fêtes de village. Ayant enfin regagné mon siège, je récurai ma dernière aile de poulet avant d'embrasser du regard la salle.

Ma cavalière m'observait depuis le côté opposé, et elle me fit servir une nouvelle bière. Je lui adressai un hochement de tête, en prenant garde à ne pas paraître trop amical. Elle avait l'air décidée à me garder comme animal de compagnie.

Tout autour de moi, on se faisait passer des bouteilles de whisky canadien, de mousseux et de bière. Les gens vagissaient de rire, dégouttaient de transpiration jusque dans les seaux à glace en plastique. Ils se détendaient après leur dure semaine.

En dehors du type à la guitare rythmique, j'étais l'unique Blanc de l'établissement.

Je pris une gorgée de bière tiède en l'observant s'activer sur son instrument. Un gars maigrelet, qui arborait une barbe comme on les imagine chez les personnages du Nouveau Testament. En tee-shirt à la gloire du haut-lieu blues d'Atlanta qu'était le Blind Willie's, avec un Wrangler's presque blanc à force d'être délavé, et des Birkenstock.

Ce type s'appelait Cleve Mack. Trente ans plus tôt, il était au centre nerveux de la meilleure musique *soul* jamais gravée sur microsillon. Les choses avaient toujours fonctionné ainsi. Que ce soit à la Stax, aux studios Fame de Muscle Shoals, ou aux Bluff City Records, la meilleure *soul* était un mélange d'artistes noirs et d'artistes blancs, un creuset typique de Memphis où se mêlaient country music, gospel et blues.

Je repoussai le reste de bière et les squelettes d'ailes. J'avais mon mince carnet de notes dans ma poche arrière gauche. Paré pour trouver des pistes. Cette femme énorme m'avait cassé les reins. Plus question de me dandiner ce soir-là.

Dehors, derrière la galerie marchande, je retrouvai Cleve, occupé à fumer un joint à côté d'un conteneur à ordures rouillé empestant le soufre et la merde. Son visage était ridé comme du vieux parchemin autour de ses yeux bleus. Sa maigreur évoquait un malade, ou un gréviste de la faim.

Je m'avançai vers lui, me présentai et lui expliquai la situation. Tétant son joint, il shoota dans un carton d'os de poulet, qu'il titilla un moment du pied en prenant garde à ne pas balancer les os dégueulasses sur le bitume.

– Clyde James, c'était le meilleur d'entre les meilleurs. Un champion, mec, jeta-t-il avec un accent mi-Black de South Memphis, mi-fermier blanc du Delta. C'est trop con qu'il soit dans le trou.

Cleve tira une nouvelle fois sur son joint. Il me le proposa, mais je secouai la tête et sortis le paquet de Marlboro Light de ma poche. L'odeur venue de Cleve me fit soudain remonter des impressions d'enfance dans l'Alabama : Led Zeppelin qui hurle à fond les manettes, les M&M's qu'on mange par poignées entières sous des posters éclairés à la lumière noire.

– Comment sais-tu qu'il est mort?

– Je tiens ça de Bobby Lee Cook. Il y a un bail, il m'a dit que le Clyde avait enfin réussi à se flinguer.

– Comment il savait ça?

– Je te parle de Bobby Lee Cook, mec. Le Bobby Lee Cook chez qui Clyde enregistrait. Des Bluff City Records.

Loretta avait déjà mentionné ce nom.

Tout était trempé dans la ruelle de derrière. Les poubelles. Les os de poulet. Quelque part au loin, un gosse se mit à crier, puis à rire.

– Merde! Qu'est-ce que c'était que ça?

Je plissai les yeux pour regarder derrière une haute barrière, mais ne distinguai que des alignements infinis de maisons délabrées, parfois éclairées par des plafonniers jaunes antimoustiques.

– Putain, ça m'a foutu une trouille..., lâcha Cleve sur un ton légèrement fâché. (Il éclata de rire et se tint les côtes dans un mouvement à la Fred G. Sanford.) Eh, tu dis que t'écris sur la musique, mon pote?

– Ouais.

– Comment tu m'as trouvé?

– Tu connais Ted Pierson?

– Ouais.

– Par lui.

– Ah, ben, dit Cleve, moi et les mecs, là, on sort un CD dans quelques mois. T'as une carte?

Je lui en tendis une, à l'effigie gaufrée de l'université de Tulane, sans prendre la peine de lui préciser que j'étais chercheur et ne rédigeais que peu de critiques.

– Il était comment?

– Tu me parles d'une autre vie, soupira Cleve en triturant les mèches folles de ses longs cheveux gris – gris et gras. Je sais pas. Plutôt renfermé, comme mec. À l'époque où on se fréquentait, il décrochait jamais un mot. Il faisait des réussites tout seul au fond du bus de tournée, ou alors il dessinait des trucs baroques, le ciel et l'enfer vus à sa sauce. Vraiment zarbi. Les diables qu'il faisait, c'étaient toujours des belles nanas... Les seules fois où il avait l'air d'exister, c'est quand son manager ou je sais pas qui le flanquait dans un costard pour le pousser sur scène. Il entrait jamais dans une espèce de transe comme Otis ou Sam and Dave, et c'est sans doute pour ça qu'il était pas une grande star. Mais question chant, il sonnait aussi nickel qu'une cloche d'église. Ça me file la chair de poule rien que d'y penser.

Je terminai la cigarette, l'écrasai sous ma botte. Le devant de mon tee-shirt était trempé de sueur et le vent froid commençait à me flanquer des frissons. Cleve continua à tirer sur son joint jusqu'à ce qu'il lui brûle les doigts, puis il le laissa tomber sur le sol mouillé.

– Et alors, qu'est-ce qui lui est arrivé ?

– Quand Eddie est mort, ç'a été la folie. On était déjà tous en train de changer, la musique devenait plus dure. Plus personne voulait entendre parler d'amour. Fini tout ça, *When a Man Loves a Woman*... Les gens s'étaient branchés négritude. À c't'époque-là, Clyde s'est taillé, et il s'est dégoté un nouveau manager – un mec tout jeune, qui savait pas comment gérer ses problèmes psy. Parce que Clyde, il avait toujours été cintré, mais après la mort de sa femme et d'Eddie, quand les rumeurs ont démarré...

– Quelles rumeurs ?

– Comme quoi le bébé était d'Eddie. Tu sais qu'elle était enceinte quand elle est morte ?

– Ouais.

– Eh ben, là, Clyde, il a carrément pété un boulon. Il est parti en morceaux. Il passait de l'extase à la tristesse puis à la méchanceté en l'espace de cinq minutes. On n'arrivait plus à le supporter. Et il a aussi commencé à déconner sur scène.

– Comment ça ?

– Il oubliait les paroles. Il parlait tout seul. Question délire, y avait que l'embarras du choix.

– Tu as connu sa femme ?

– Moi, les Noires, ça m'a jamais trop branché. Tate, lui, si, mais moi, ça me disait rien. Je suis pas raciste, hein ? Elles me faisaient aucun effet, point. Sauf que Mary... la classe ! Elle avait une peau magnifique, sombre, de grands yeux en amande, et des jambes qui en finissaient pas. Je me demande encore comment Clyde a pu la mettre dans son lit. Quand il était pas sur scène, c'était vraiment un mec bizarre. Elle le traitait comme un petit môme. Comme cette fois où on jouait dans un hôtel à Montgomery. Clyde s'est mis à chialer, comme ça, sans prévenir. On avait tous passé un après-midi super, à écouter le foot à la radio en buvant des vodkas-tranche, parce qu'on se trouvait géniaux dans nos costumes en mohair et tout. Mais brusquement, Clyde, il a fondu en larmes. Ça se voyait pas sur son visage, et il faisait aucun bruit. C'étaient juste ses yeux qui pleuraient. Il se trimbalait des trucs noirs dans la caboche, ce mec.

Cleve secoua la tête et gratta son menton barbu avec son médiator de guitare. Manifestement, il était reparti en 1968. Il avait la vingtaine, les femmes agitaient leurs hanches souples en dansant, et il vivait au centre d'une explosion culturelle.

– Tu l'as beaucoup revu après que le groupe a splitté?

– Je l'ai plus croisé depuis 73, énonça-t-il en contemplant la longueur de la ruelle. (Ses yeux se fermèrent un instant, puis s'ouvrirent comme s'il se réveillait d'un long somme.) Mais tu sais quoi? Quoi que je fasse, je serai jamais rien d'autre que le gratteux de Clyde James. J'ai juste joué deux ans avec lui. Eh ben, c'est ça qui sera marqué sur ma tombe.

Il désigna de la tête la porte de derrière du *Wild Bill's*.

– T'entends ces cymbales?

J'acquiesçai.

– Bill aime pas que ça s'éternise, les entractes.

Je lui demandai son numéro au cas où j'aurais de nouvelles questions. Je songeais déjà à mon chouette lit bien chaud à l'hôtel Peabody, et peut-être à me lever assez tôt pour prendre mon petit déjeuner à l'*Arcade*[1].

– Va parler à Cook, dit Steve.

– Tu sais où le trouver?

– J'espère que t'aimes les cons et la chatte.

Je le regardai.

– Au *Lotus d'Or*, près de l'aéroport. Tu verras ce que je veux dire, mon frère.

1. L'un des plus anciens cafés de Memphis, dans lequel Elvis Presley avait son box réservé.

6

À l'écart de la Highway 7, près d'Oxford, Mississippi, Abby MacDonald contemplait la maison qui avait jadis représenté tout son univers. Une vie entière la séparait de l'époque où elle avait habité avec ses parents dans cette vieille bâtisse à un étage au toit en fer-blanc, bordée par une véranda tout du long.

Dans le coin le plus proche de l'allée d'accès, la balancelle en bois suspendue à ses chaînes métalliques. Les plantes et fleurs de sa mère – desséchées, mortes depuis l'été – gisaient près de la porte de devant.

Au fond, il y avait les étables, mais les chevaux avaient été évacués. Sa cousine Maggie avait dû passer les récupérer. Ainsi que les chiens, Hank et Merle. Abby se rappela ce qu'avaient dit les flics : c'était Merle qui les avait trouvés. Il était resté à leurs côtés. En geignant.

Depuis le bas-côté de la deux fois deux voies, on distinguait à peine le contreplaqué vermoulu de l'ancienne cabane de jeux dans le grand magnolia. Une corde à nœuds pendait en dessous.

Abby aurait tant aimé grimper entre ces branches torses, parmi ces fleurs blanches odorantes. Regagner la sécurité de l'univers qu'elle s'était créé. Rien n'avait jamais entaché son existence, là-haut. Le mal véritable n'y avait pas cours. Il n'y avait que la douce voix de sa mère qui l'appelait pour dîner, la faisant planter là ses jouets épars et les boîtes de conserve qui lui servaient à faire des pâtés.

Fini, tout ça, désormais. Les genoux écorchés. Les sourires insouciants.

Abby ôta les clés du tableau de bord de son Ford F150 et prit une profonde inspiration. Il était près de 5 heures du matin. Une circulation clairsemée filait en direction de Holly Springs et de Memphis. Elle se regarda dans le rétroviseur. Une luminescence faible d'avant l'aurore s'infiltrait autour d'elle.

Des cernes noirs soulignaient ses yeux. Ses cheveux blonds bouclés étaient plats et sales, son teint, cireux – vidé de toute substance. Vingt-deux ans et déjà marre de la vie.

Sans doute parce qu'elle en avait sa claque de fuir. Au cours des deux derniers mois, son existence s'était bornée à un brouillard flou de routiers et de motels de bord de route. Tout le monde ignorait où elle était passée. Elle, tout ce qu'elle demandait, c'était qu'on lui fiche la paix et que cesse la souffrance. Les journées avaient passé à coups de bouteilles de mauvais vin, dans une brume de bitume et de pointillés jaunes.

L'anonymat avait des côtés rassurants.

Abby serra les dents puis sortit du break, un sac en toile noire à la main. Le silence était presque insoutenable. Chaque pas qu'elle effectuait sur la pelouse en faisant le tour de la grosse bâtisse lui était une souffrance.

Elle se rappelait la fierté de son père lorsqu'il avait acheté cet endroit, à la fin des années 1980. Il disait aux visiteurs qu'il avait tout retapé. En fait, il s'était contenté de payer le maçon pour qu'il procède aux réaménagements. Il y avait une grande verrière dans la cuisine où il avait l'habitude de préparer ses plats cajuns piquants, et une pièce en entresol qu'il appelait son cinéma, où il faisait voir à sa fille des films de John Wayne sur un téléviseur grand écran. D'immenses jattes de pop-corn. Du Coca dans de petites bouteilles en verre.

Il ne se contentait jamais de la laisser regarder le film, il fallait toujours qu'il parte dans des envolées patriotiques, qu'il parle courage.

Ce qu'elle voulait, à l'époque, c'était se balader avec ses amies, traîner au Square et tenter de se faire inviter dans des fêtes d'étudiants. À présent, elle aurait donné sa vie rien que pour regarder ces vieux films jaunis et sentimentaux avec lui.

Pour sentir l'odeur de son après-rasage à trois sous. Entendre son gros rire.

Elle gravit les marches de brique sur le côté de la maison et prit pied sur la véranda grinçante. Un ruban jaune de scène de crime entourait les piliers de soutènement mais elle se glissa en dessous. Le ciel commençait à virer à des maelströms de jaune et de rouge, comme un hématome autour d'une blessure qui guérit. Quelques petits nuages noirs s'y étiraient aussi.

Elle avança jusqu'à la porte de derrière puis laissa tomber le sac pour en tirer un pied-de-biche et une lampe de poche. Encore du ruban jaune, condamnant la porte. Passant outre, elle inséra le pied-de-biche derrière le montant métallique auquel était fixé le nouveau cadenas de sécurité.

Elle tira sur la barre de fer à s'en faire hurler les muscles, jusqu'à ce que le cadenas cède. Elle inséra sa clé dans la serrure de la porte, ouvrit le battant d'un coup de pied.

C'était la première fois qu'elle revenait depuis. Alors qu'elle habitait quelques kilomètres plus loin, sur le campus, elle avait reçu un coup de téléphone de sa cousine. Elle se rappelait son trajet à fond de train sur la route. L'ambulance et les voitures de police garées devant la maison. Au petit bonheur, sur le gazon.

Aujourd'hui, elle avait l'impression de s'avancer dans un mausolée. La cuisine était aussi étouffante qu'un vieux grenier. Ça sentait le pain rassis et l'orange surie. Le soleil commençait à se lever dans la cour, au-dessus de la grange. Ses rayons filtraient à travers un chêne. Ils se projetaient dans le vitrail ancien au-dessus de l'évier.

Abby alluma la lampe de poche puis parcourut un étroit couloir, longeant les photos de famille – randonnées équestres, balades à ski –, pour gagner le bureau paternel. Encore du ruban, qu'elle écarta d'un geste brusque tout en sentant ses traits s'effondrer et sa gorge se déchirer.

Quand elle aperçut le vieux fauteuil de son père, ses jambes la lâchèrent. Elle tomba à genoux. Une histoire de la Guerre de Sécession reposait sur l'assise fatiguée du siège. Elle se força à se redresser pour s'y glisser, percevant la présence familière.

Elle imagina sa mère en train de préparer à manger. D'écosser des petits pois, peut-être, ou de bavarder avec Lucy, leur bonne.

Elle ferma les yeux, sentit les larmes lui dégouliner sur les joues.

Étreignant la chaleur de sa lampe de poche, elle se leva à grand-peine pour repartir dans la bibliothèque où il était mort. Elle fit glisser les portes coulissantes, révélant le bureau en acajou et cet autre fauteuil qui grinçait, quand son père basculait en arrière afin d'étudier un de ses dossiers à plaider.

Elle posa la main sur le bureau, s'assit en parallèle au mur, tendit le bras vers le coin en tirant aussi fort qu'elle le put. Le meuble céda à peine. Elle réessaya, plus fort. Les pieds finirent par crisser sur le plancher, dégageant la plaque carrée ménagée dans le mur. Abby tira un peu plus puis la fit sauter au pied-de-biche.

Dans la cavité, la porte du coffre-fort. La combinaison était facile à retenir : la date anniversaire du mariage de ses parents. Elle fit tourner la molette, entrouvrit le battant.

Sans même regarder les étiquettes des dizaines de dossiers cartonnés ni le contenu des boîtes recouvertes de velours, elle les glissa dans son sac.

Elle referma le coffre, remit la plaque dans son logement et repoussa le bureau contre la cloison.

Plus besoin de lampe de poche. L'aube avait fini de pointer. Une lueur grise éclairait les rideaux. Une chaleur rance pulsait dans la pièce.

Abby s'avança jusqu'au vestibule pour considérer la porte donnant sur la chambre de ses parents. C'était là que se trouvait sa mère lorsque les hommes – oui, plusieurs, selon la police – étaient entrés vider leurs chargeurs sur son père.

Elle avait quasiment atteint la porte, se précipitant sans doute au secours de son mari, quand une balle lui avait déchiré l'épaule puis une seconde, la tempe. Elle portait cette saleté de peignoir qu'Abby détestait tant. Un truc miteux, en éponge, aux poches déchirées.

Abby contempla la porte et baissa la tête. Ses cheveux fins lui retombèrent sur les yeux, s'emmêlant contre son visage humide.

Les réponses se trouvaient dans son sac, à présent. Les flics du coin étaient des crétins. Ils avaient parlé de cambriolage. Mais quand ils l'avaient découvert, il avait encore au poignet sa Rolex à dix mille dollars.

Abby secoua la tête à cette idée. Serrant le sac noir contre sa poitrine, elle piqua un sprint jusqu'à sa voiture. Les fantômes se rapprochaient trop.

Postée dans une clairière parallèle à la grand-route, Perfect étudiait le visage de la gamine dans ses petites jumelles. Elle avait effectué tout le chemin dans son sillage depuis Meridian, dormant ces deux derniers jours dans le même motel pour routiers décrépi. Mais la gamine – Abby, de son petit nom – ne l'avait pas repérée.

Perfect était demeurée dans l'ombre pour épier ses allées et venues, et espionner ses conversations téléphoniques avec sa cousine – étonnant, ce qu'un directeur d'hôtel est capable de faire. Lorsqu'elle avait passé le vieux break au peigne fin, elle avait trouvé un album photo, un sac de vêtements sales, ainsi que des reçus de carte bancaire datant de ces derniers mois.

Abby. Hmm. Qui adorait dépenser l'argent de papa. Des tee-shirts Banana Republic, des sous-vêtements chics. Des Nike de course à pied à cent cinquante dollars au moins. Des lotions chères mêlées à de petites bouteilles de shampooing de motel.

Il faudrait se raidir les cheveux, se les couper à hauteur du menton, et même renoncer à la couleur platine. Les filles comme Abby ne savaient pas se rendre désirables. Elles aimaient se fondre dans la masse. Porter des jeans et des casquettes de base-ball dépenaillées.

Perfect regarda Abby regagner son break, toujours porteuse du même sac noir. Plus lourd qu'avant? Sûr que oui, se dit-elle en allant pêcher un paquet de Capri dans son sac rehaussé de motifs navajos. Elle craqua une allumette, aspirant la fumée tandis que le break d'Abby disparaissait dans son rétroviseur.

Il y avait le temps.

Elle se passa la main dans les cheveux en tentant de les imaginer plus courts d'une dizaine de centimètres et teints en châtain. Il faudrait penser à s'arrêter dans une des boutiques d'Oxford Square pour acheter un col roulé – gris, de préférence – et un jean. Légèrement délavé, bien sûr. Et y avait-il aussi un magasin de sport qui vende des baskets de marque? Impossible de se souvenir.

Du maquillage? Non, presque pas. Peut-être un gloss neutre sur les lèvres – ah, et oui, penser à ôter son vernis à ongles et à se les tailler un tantinet.

Le soleil aspergeait la colline au loin. Sa lourde lueur s'étirait tout au long de l'ancienne ferme, jusqu'à la grange délabrée au toit en fer-blanc, qui la renvoyait durement vers les successions de tertres herbeux flanquant la route.

Qu'y avait-il d'autre? Que savait-elle d'autre? Ah, oui, la fameuse cousine.

Au téléphone, de sa voix assurée de fumeuse, elle n'avait cessé de demander à Abby de revenir à Oxford. À un certain moment, Perfect aurait pratiquement juré qu'elle avait convaincu la gamine, mais Abby s'était mise à pleurer en disant qu'elle refusait de reparler à la police ou même à un quelconque membre de la famille. Surtout leur mauviette d'oncle. Qu'est-ce qu'elle avait sorti, déjà? Qu'elle les détestait tous, ou quelque chose comme ça.

Dans le vieil album photo, Perfect avait repéré un autre truc, chez la cousine comme chez la mère. Elles possédaient chacune le regard le plus perçant qu'elle ait jamais vu. À croire qu'elles repéraient tout, ou presque. À trois cent soixante degrés. Ça vous saisissait même sur le papier.

On les aurait dit pénétrées de leur poids, ou de leur importance. Et tout ça malgré leur expression endormie. Oui, ce truc du regard. Elle saurait l'imiter.

L'épaisse lumière jaune s'allongea jusqu'au bitume, puis au visage de Perfect, occupée à fermer les trois boutons de son pull moulant en angora rouge tout en s'exerçant à parler d'une voix enrouée.

– Tu traînes loin de chez toi depuis trop longtemps, Abby, dit-elle en sentant son regard acquérir cette force qu'elle recherchait. Il est temps de te repêcher par la peau du cou.

7

Après toute une nuit et une matinée de conduite, cette grande aire de repos pour routiers était exactement ce qu'il fallait. Il y aurait une de ces boutiques qui vendent du bœuf séché par conteneurs entiers et des chapeaux tressés avec des dictons ploucs sur le ruban. Abby avait repéré leur gros panneau en chrome et néon près de la frontière du Tennessee. L'idée, c'était d'avaler un ou deux pains au lait, une tasse de café brûlant, et de trouver des lavabos propres pour faire un brin de toilette. Peut-être même qu'ils avaient des douches, se prit-elle à espérer en se rabattant sur la bretelle de sortie. Sans compter que son tableau de bord avait un voyant rouge allumé depuis Holly Springs. Le moteur devait être au bord de l'explosion. Il fallait trouver un mécano.

Sauf que parfois, on doit continuer sur sa lancée pour voir où le vent vous mène.

Elle se gara sous l'auvent immense, écoutant les grosses gouttes éclabousser son toit. La radio vociférait de la mauvaise country dans le battement régulier des essuie-glaces. De l'autre côté d'une longue devanture en verre, des camionneurs indifférents bâfraient du steak poêlé en sauce accompagné de purée. Elle se lécha les lèvres en se demandant si elle pourrait continuer longtemps sans manger. Compta ses quelques billets froissés, trouvant aussi quatre pièces de vingt-cinq *cents.*

Elle voulait encore passer une journée seule, sans appeler sa cousine, sans avoir à répondre à des questions sur ses parents. *Ça va ? Tu n'as besoin de rien ? C'étaient des gens bien, ça...* Bordel, s'il y avait bien une chose dont elle n'avait pas besoin, c'était qu'un énième emmerdeur lui fasse l'éloge de sa famille. Elle savait que sa mère avait acheté une pleine commode de paires de chaussettes pour un gosse sourd du nom de Pooky. Que son père avait fait don à l'église baptiste des cinq cents dollars récoltés pour avoir tué le plus gros daim du comté. Tout le monde s'escrimait à les transformer en saints, maintenant. Mais les seuls souvenirs qu'en gardait Abby, c'était cette limonade rose que sa mère achetait, et la façon dont elle l'avait serrée dans ses bras pour chasser ses idées noires quand son petit copain l'avait quittée pour une nana mieux classée de McComb. La dernière fois qu'elle avait vu son père, il avait mis ses lunettes à l'envers sur son nez pour la faire rigoler, comme quand elle avait cinq ans.

Ce souvenir se consuma dans la vitrine du routier dégoulinant d'eau et de buée rosies par la lueur du néon. Néon annonçant : DOUCHES, DISTRIBUTEUR DE BILLETS, CIGARETTES, CHÈQUES DE VOYAGE ACCEPTÉS.

Ayant rassemblé cinq dollars, Abby fonça vers l'entrée sous l'averse qui trempait le visage et fouettait les yeux.

La gamine piquait un sprint, faisant jaillir l'eau des flaques huileuses. À l'abri dans sa voiture, Perfect écrasa sa fine cigarette dans le cendrier sale en baissant le son de sa compil' de Nancy Sinatra. Elle considéra son reflet dans le rétro. Côté maquillage, elle s'en était tirée comme une chef. Du gloss mat sur les lèvres. Un doigt de mascara. Ces étudiantes tenaient à rester simples, allez savoir pourquoi.

La coiffure n'était pas mal non plus. Elle n'avait demandé qu'une noix de shampooing colorant et quelques coups de ciseaux, la paire que Perfect gardait toujours à portée de main dans son petit vanity. Quand on pensait que toute cette transformation avait été opérée à peine quelques heures plus tôt, au Lac Puskis, alors qu'Abby se baladait en donnant à manger aux écureuils, en communiant avec la nature... La tenue était déjà dans la voiture. Perfect avait pris modèle sur ce qu'elle voyait dans son rétro.

Elle ferma les yeux, aspira profondément, se passa les mains sur les épaules, les seins, le ventre. Elle les y laissa un court instant, testant sa respiration. Puis elle se força à inspirer plus vite.

Elle était vive. Guillerette. Débordante d'énergie. Tendance moulin à paroles.

Les femmes de ce genre étaient familières à Abby. Ne jamais lui donner l'occasion de douter de toi ni de tes intentions. *Tu t'appelles Nelly.* Tu es née à Houston. Ton père possédait une fabrique de meubles en rotin et ta mère a été nominée au concours de Miss Texas. Quand tu étais petite, ils ont déménagé pour Memphis, où tu as grandi, dans la banlieue riche, Germantown. Tu aimes la cuisine chinoise, mais pas l'italienne. Tu adores tout ce qui est sucré. Et un jour, en Louisiane, tu as sauvé un chiot de la noyade quand la digue a cédé près de l'élevage de visons de ta tante.

Perfect huma son nouveau parfum. C'était bon. Elle aimait ce corps. Elle aimait l'odeur de Nelly, sa façon de parler, nette et irréprochable. *Nelly.* Nelly était unique.

L'aire de repos regorgeait de malbouffe. Des enseignes franchisées : Dairy Queen, Subway, Taco Bell, ainsi qu'un restaurant spacieux censé offrir de la cuisine rurale à la mode grand-mère. En fait de repas, un tas de gars débraillés en chemise de flanelle y prenaient le café en discutant de leurs dernières cargaisons. Un magasin de pièces détachées sur la droite, et un autre de vêtements western au fond du hall. Qui est-ce qui achète ces trucs? se demanda Abby en secouant la tête pour s'égoutter les cheveux. Elle s'avança dans la fraîcheur brillante, fluorescente.

Quel soulagement d'étirer ses jambes, de se retrouver parmi d'autres gens. Peu importaient leurs dents manquantes, leur air défait. Elle sourit à la petite Asiatique qui la contournait, porteuse d'une caisse de lait chocolaté.

Abby avait à peine de quoi s'en offrir un. Il ne lui restait plus que deux dollars. Ils devaient bien avoir quelque chose à proposer pour ce prix-là. Elle n'avait pas soif, de toute manière. Peut-être un de ces atroces sandwiches œufs-mayo, ou un

Panini spécial micro-ondes. Elle referma la main sur le truc à l'œuf.

– Abby ? demanda une voix. C'est bien toi ?

Elle se retourna pour découvrir une jeune femme qui devait avoir la trentaine à peine : brune, coiffée au carré, pull gris, jean sombre et baskets. Abby étudia son visage et sourit. Trop âgée pour être une de ses camarades de fac.

– Désolée, dit-elle en haussant les épaules.

– Nelly, dit la femme. Le Grove ? On s'est rencontrées l'an dernier. Tu étais avec ta cousine.

C'était la voix reconnaissable entre toutes d'une femme du Sud, fumeuse et buveuse de bourbon, comme Abby en avait connu des dizaines. Ses lèvres plantureuses s'incurvaient en un sourire avenant. Ses grands yeux bleus qui s'accrochaient aux vôtres avaient quelque chose de familier, sans qu'Abby sache dire précisément quoi. Elle était bronzée. Des sourcils fins, incurvés.

– Bien sûr, mentit Abby.

La femme lui passa soudain le bras autour du cou pour la serrer contre elle. Elle portait du parfum Calvin Klein. Abby sentit les seins lourds s'écraser contre les siens telles deux balles pleines de ciment.

– Seigneur, quelle histoire épouvantable, ce qui est arrivé à tes parents. Toutes mes condoléances... Justement, je parlais de toi avec Maggie il y a quelques jours. Elle m'a dit qu'elle se faisait un sang d'encre à ton sujet. Je n'arrive pas à croire que je tombe sur toi. Je vais à Memphis, je m'arrêtais pour faire le plein... Tu as l'air épuisée, tu sais... Est-ce que ça va ? Tu me vois vraiment désolée de cette tragédie.

Sans savoir pourquoi – l'épuisement, sans doute, ou peut-être avait-elle envie qu'on la serre dans ses bras ? –, Abby rendit son étreinte à cette femme dont elle ignorait tout. C'était réconfortant de se retrouver avec quelqu'un de connaissance.

– Moi ça roule, mais pas ma voiture, dit-elle. Je crois que le moteur va bientôt cramer.

– Oh ! Non ! s'exclama Nelly. Bon, assieds-toi, buvons un café et tâchons de trouver une solution. C'est absolument atroce ici, je sais, mais est-ce que je peux t'offrir quelque chose ? Un hamburger, par exemple ? Comme disait toujours mon vieux père, il y a deux trucs que personne ne peut rater en cuisine : les hamburgers et les petits déjeuners.

Abby ouvrit la vitrine réfrigérée, y rangea le sandwich.

– Avec plaisir.

Tout en jacassant, Perfect observait Abby, tournée vers l'eau qui se déversait le long de la vitre embuée tel un tas d'asticots en plein sprint. Perfect adorait parler comme Nelly. Elle se lâcha. Comme quand on fait pipi dehors sous la pluie.

Elle évoqua la période où son père était mort, d'un cancer, et où elle avait perdu dix kilos en deux mois. La consolation qu'elle avait récemment trouvée en Dieu après un séjour à la montagne où elle avait vu le soleil former comme un nimbe sur la neige. Et, bien sûr, elle proposa de reconduire Abby à Oxford, voire de passer chez Maggie pour aller dîner toutes les trois au *City Grocery*.

Manifestement, la gamine n'écoutait que d'une oreille. Elle restait là, assise sans rien dire, tandis que les semi-remorques les dépassaient au-dehors. Perfect décida de tenter le coup du contact physique. Un truc vieux comme le monde. Tendant le bras, elle écarta les doigts et en recouvrit la main d'Abby, tout en notant ses ongles en piteux état. *Elle ne se les coupait pas ?*

Le truc consistait à ne pas serrer, à juste rassurer par la chaleur de la paume. C'était Levi qui lui avait enseigné ça. Il lui avait tout appris.

– Alors, tu en dis quoi? demanda Perfect sans bouger la main. Laisse ton vieux break ici et viens avec moi. Je n'ai qu'à faire demi-tour, mes courses peuvent bien attendre. On ira trouver Maggie. Elle est vraiment inquiète à ton sujet, Abby. Tu ne peux pas imaginer à quel point.

Abby avait à peine ouvert la bouche. Drôle de morceau. Elle était menue, souple, avec ce même regard endormi que les autres, sur les photos de famille. Mademoiselle ne se maquillait pas et portait une casquette Ole Miss[1] rabattue sur les yeux. Les cheveux gras. Un marcel blanc parsemé de vieilles taches de café.

1. Surnom de l'université d'Oxford, Mississippi.

Du duvet naissant sous les bras. *Seigneur Dieu!* Elle était bonne à raser et à passer au jet!

– Rappelle-moi d'où tu connais ma cousine? demanda Abby.

Toujours sans regarder Perfect dans les yeux.

– Une de ses copines est très amie avec mon fiancé, et Jamie – c'est mon fiancé – organise toujours des troisièmes mi-temps après les matches de foot. L'an dernier, c'était un court-bouillon d'écrevisses géant. On a tous fini fins soûls à se bagarrer à coups de carapaces vides. J'en ai eu plein les cheveux et les oreilles. Maggie y était. C'est drôle que je ne t'aie jamais vue à une de ces fiestas.

– Ah tiens? dit Abby. Ce n'est pas le genre de truc où je vois Maggie. Elle serait plutôt du genre à passer ses soirées dans les librairies à lire du Eudora Welty en buvant du moka. Mais dégobiller avec un tas d'ex-copains de fac, ça...

– Allez, Abby, coupa Perfect.

Ne jamais leur laisser le temps de suivre ton regard ni de te contredire. Elle serra la main de la gamine dans la sienne.

– Viens donc avec moi jusqu'à Oxford. Il te faut un bon bain et un repas correct. J'ai des tonnes de sels parfumés et une grosse baignoire en cuivre avec des pieds de lion. Et puis ça te nettoiera la tête. Je t'en prie. Si je t'abandonne dans cet état-là, j'en mourrai de honte la prochaine fois que je croise Maggie.

Abby se dégagea et baissa les yeux vers sa main comme si on venait de lui transmettre un virus. Elle avait les ongles ras, les mains sèches et crevassées. *Crème hydratante.*

– Ma foi..., entama-t-elle avant de s'interrompre en voyant le sac à main qui reposait à côté de Perfect, un machin imprimé style navajo.

Putain. Le canon d'une arme de poing pointait vers l'extérieur.

Perfect le recouvrit, afficha un sourire poli.

– Il faut savoir se protéger quand on est une faible femme. (Puis elle leva les yeux au ciel comme si ça l'énervait d'insister, et reposa la main sur celle d'Abby.) Allez, laisse-toi convaincre.

Abby s'absenta en s'excusant et repartit vers les toilettes, où elle se brossa les dents avec sa brosse de voyage, réfrénant à deux reprises son envie de vomir. La simple idée d'avoir à remettre les pieds en ville lui donnait la nausée.

Depuis son départ de chez elle ce matin-là, elle n'avait pas pu se résoudre à regarder les dossiers de son père. La perspective d'avoir sa signature sous les yeux, ou même quoi que ce soit de son travail, lui rendait palpable son pourrissement. À croire que ces papiers avaient un lien direct avec l'être physique qu'elle savait en train de se décomposer.

Elle sentit la bile lui remonter dans la gorge et vomit un gros morceau du cheeseburger dans un évier taché de marron.

Quand plus rien ne sortit que des haut-le-cœur secs, elle se brossa une nouvelle fois les dents avant d'entrer dans une des cabines pour se changer. Tee-shirt gris à manches longues et sous-vêtements propres. De retour devant les lavabos, elle replia avec soin sa tenue sale sur le haut du sac noir et contempla ses yeux injectés de sang.

Pendant quelques minutes, elle pleura, jusqu'à ce qu'une femme aux allures paysannes, au cou rentré et arborant une légère moustache, entre et s'asseye sur un siège de toilettes. Sans refermer la porte.

Abby souleva son sac, décidant de partir avec Nelly. Si ça tournait trop mal, elle pourrait toujours demander à sa cousine de la ramener à la voiture.

En sortant des toilettes, elle s'arrêta pour scruter le long couloir. Des jeux vidéo tintaient tout près, dans une salle de jeux désolée. Une longue rangée de consignes automatiques à serrure orange flanquait le mur du fond.

Ayant vidé le sac dans un petit casier bleu, Abby y fourra son vieux tee-shirt et son slip sales. Elle laissa glisser ses quatre *quarters* restants et tourna la clé.

8

Le Lotus d'Or exsudait le sexe et la cuisine chinoise. Les légumes seraient trop cuits, le crabe, congelé, et les nems, mous. Les clients s'en contrefoutaient sûrement. Le petit bâtiment en parpaings surmonté d'un toit imitation pagode proposait également des omelettes foo-yong avec danses sur la table et du poulet chop suey devant des strips mousse.

J'éteignis le contact, puis m'avançai jusqu'à la porte rouge tarabiscotée gardée par une adolescente en haut de bikini et jean moulant à taille haute. Elle arborait des talons aiguilles ornés de peau de lapin. Un pull style angora pendait sur ses épaules décharnées. Elle m'adressa un bref sourire et, sans descendre de son tabouret de bar, me fit casquer un droit d'entrée de cinq dollars.

Ses doigts suivirent lentement la cicatrice verticale qui courait de son nombril à la boucle de son soutien-gorge, tandis que son regard se perdait vers la longue rangée de nuages noirs, près de l'aéroport, où un 727 vrombissait dans le ciel.

À l'intérieur, le sol était en béton. Ça sentait la cigarette de clous de girofle et le désodorisant à la cerise. Il y avait trois scènes surélevées en forme de haricot. Le bar plongé dans l'ombre résonnait d'une chanson d'Ann Pebbles : *Couldn't stand it, baby, if you said we were through. That's what you keep on doin' to me. Heartache. Heartache. Heartache*[1].

---

1. Je ne le supporterais pas, chéri, si tu me disais c'est fini entre nous. Voilà l'effet que tu me fais. J'ai le cœur brisé, brisé, brisé.

Une beauté brune sous tous rapports, vêtue d'un simple collier de perles noué autour du cou façon cravate, se penchait vers le sol de la scène centrale pour arracher ses lunettes à un client dégarni. Elle les malaxa entre ses seins puis les lui remit sur la tête, à l'envers. Dans tout l'établissement, il n'y avait pas plus de six gars pour observer le spectacle de midi – essentiellement des hommes d'affaires atones à la chemise froissée légèrement sortie du pantalon. Un néon vert et rose luisait dans cette caverne obscure. La pluie s'était mise à éclabousser le parking baigné de soleil qui se découpait dans l'encadrement de la porte ouverte.

J'allumai une cigarette, pris un tabouret au bar et commandai une tasse de café. La serveuse brune devait avoir mon âge – entre trente et quarante, disons. Sa coupe était courte. Pas à la garçonne, mais rasée à hauteur des oreilles, avec des mèches effilées.

– M. Cook est dans les parages ? demandai-je.

Elle me fit les yeux ronds. Elle avait le nez pointu, les lèvres pleines. Et ce devait être une adepte de la muscu, constatai-je au galbe de ses biceps lorsqu'elle me versa mon café. Elle poussa la tasse devant moi.

– Vous pourriez vérifier ?

– Pourquoi ?

Son marcel n'atteignait pas du tout le haut de son jean noir, retenu par une ceinture de cow-boy.

– Services d'hygiène, dis-je. Quelqu'un a trouvé un string dans sa soupe de raviolis.

– Pas mal, commenta-t-elle.

Elle mâchait son chewing-gum sans détacher les yeux d'un feuilleton. Le son de la télé était coupé, l'appareil suspendu au plafond par des chaînes.

– On me l'a jamais sortie, celle-là.

– C'est pourtant vrai, et l'autre jour, quelqu'un nous a signalé qu'on abusait sexuellement des *fortune cookies.*

– Ah tiens, dit-elle, et comment est-ce qu'on s'y prend ?

Elle se détourna de la télévision afin de passer un coup d'éponge sur la tête écumante du dragon incrusté dans le bar rouge cerise. Ses yeux à elle étaient d'un bleu sombre ; le blanc présentait la limpidité caractéristique des gens qui ne boivent pas d'alcool.

– Aucune idée, fis-je. Mais je parie que c'est possible.

– Vous allez me dire ce que vous voulez, ou j'annonce juste le rigolo au bout du bar?

– Le rigolo, ça me va.

Je lui adressai un sourire. Qu'elle me rendit.

La chanson s'acheva et la femme nue sauta de scène pour venir s'asseoir à côté de moi. Elle haletait, elle transpirait, et elle tripotait ses perles comme on égrène un rosaire.

– Salut, cow-boy.

– M'dame, dis-je en soulevant un Stetson imaginaire.

La fille du bar s'éclipsa et j'observai son jean au passage. Je pris une gorgée du café bouilli en regardant la pluie tambouriner sur les rues défoncées. Le tonnerre se mit à gronder au loin au moment où la femme nue poussait un soupir et disparaissait à son tour, laissant une empreinte de cul humide sur le siège en Skaï.

Un nouveau morceau d'Ann Pebbles passait sur le juke-box. Je sirotai mon café tout en contemplant les motards qui jouaient au billard dans un renfoncement de la salle. Toutes les effeuilleuses avaient cessé de danser, sauf une qui semblait faire tout son numéro accrochée à l'unique pilier en cuivre.

Elle inversa sa position en prenant appui dessus. Deux hommes d'affaires applaudirent en échangeant des gestes de victoire.

La pluie accélérait le rythme. Le café parut encore plus réconfortant dans ma main.

I can't stand the rain. Against my window. Bringin' back sweet memories[1].

– Il vous demande quelques minutes, lança une voix alors que j'allais me laisser entraîner dans les souvenirs.

Je me retournai vers la barmaid. Elle avait noué son maillot de corps au-dessus du ventre et s'était remise à nettoyer le bar.

Elle tordit l'essuie-tout dans l'évier. L'eau savonneuse zigzagua le long de ses minces bras bistre. L'espace d'un instant,

---

1. Je ne supporte pas la pluie/À ma fenêtre/Qui fait remonter de doux souvenirs.

je sentis le souffle me manquer. Elle remarqua mon regard et sourit toute seule en continuant son ménage. Son manège?

– Je m'appelle Nick, annonçai-je lorsque j'eus retrouvé ma voix.

– Cool.

– Ça vous dirait, une partie de bras de fer? Vous avez des biceps super.

– Non merci, dit-elle en recommençant à tordre sa lavette sale.

Une partie du liquide savonneux vint lui éclabousser le ventre, et elle souleva son marcel plus haut encore pour s'essuyer. Elle avait les abdos compacts, la taille mince et des hanches parfaites.

– Je me demandais..., entamai-je.

La danseuse au collier de perles pénétra derrière le bar en rigolant toute seule, comme le font parfois les femmes soûles, et referma les mains autour de la barmaid. Elle lui embrassa la nuque. Je me sentis rougir de honte.

– Oui? Quoi? demanda la barmaid en haussant un sourcil, mimique qui me rappela vaguement ma petite amie occasionnelle, Kate.

– Non, rien, dis-je en me raccrochant à la chaleur de ma tasse.

Quelques secondes plus tard, un bruit de chasse d'eau venait couvrir le funk lent, grinçant, qui émanait du juke-box. Arriva un type musclé aux cheveux gris tenant à la main une pile de journaux. Il devait avoir la cinquantaine. Charpenté comme un forcené des salles de gym. En costume italien, près du corps. Tee-shirt noir à côtes. Pantalon à pinces. Mocassins à glands. Il jeta les journaux sur le bar, prit place sur le siège à côté.

– C'est quoi que vous voulez? demanda-t-il.

Il avait le visage taillé à coups de serpe, creusé de rides autour de la bouche. Les dents jaunies. Il portait ces fines lunettes ovales qui ont la faveur des yuppies émasculés de La Nouvelle-Orléans.

– C'est vous, Cook?

– Non, je suis le Père Noël, dit-il en secouant la tête – sans détacher les yeux de l'une des filles, vêtue comme une écolière.

– Putain, oui, bien sûr que c'est moi. Alors ? April m'a dit que vous vouliez me voir.

– Je suis venu discuter des Bluff City Records.

– Pas de chance, dit-il. J'ai revendu en 74.

La barmaid s'était extirpée des mains de sa copine et faisait tourner le mixer en laissant traîner ses oreilles. Elle versa le mélange granité dans une grande chope à bière, déposant une poignée de pilules à côté de Cook.

Qui les avala toutes et s'enfila la moitié de la chope.

– Acides aminés, vitamine B et écorce de yohimbehe. Vous voulez le reste de mon milk-shake ?

Je secouai la tête.

– April ? April ? hurla-t-il. Putain, va chercher Lola, tu veux ? Quelle connerie. Je l'ai laissée dans mon bureau, elle doit être en train de chier partout.

– Ah, les femmes, commentai-je en secouant de nouveau la tête tout en terminant mon fond de café.

– Bon, vous allez me dire ce que vous voulez, oui ou merde ?

– Je suis à la recherche de Clyde James.

Cook rota.

– Toujours pas de chance. Il est mort.

Il sourit.

– On est à deux à zéro, mec. Vous êtes qui ? Un de ces collectionneurs fous ? Il y a un Angliche qui s'est pointé ici une fois, il m'a proposé deux mille dollars contre certains registres du studio. C'est carrément taré. Et triste, je trouve. April ? Putain de merde !

April revint au bar, tenant par la laisse une Boston terrier qui portait un de ces trucs en forme d'abat-jour inversé pour empêcher de se lécher. Ce qui ne faisait rien pour améliorer son apparence. D'une laideur absolue, elle avait la mâchoire prognathe et les mamelles pendantes.

Et que je sois pendu si elle ne dégagea pas une drôle d'odeur quand Cook la posa sur le bar pour lui faire léchouiller le reste de son cocktail protéiné. Elle téta et aspira en me présentant son derrière, puis finit par pousser un grognement et lâcher un pet.

– Elle est pas belle ? dit Cook

La chienne se retourna et me décocha un regard bigleux, attendant ma réaction.

– Je ne crois pas avoir jamais vu quoi que ce soit qui lui ressemble. Lassie a l'air d'une pétasse à côté.

Quand Cook tourna la tête, j'adressai une grimace à April. Qui sourit jusqu'aux oreilles.

– Écoutez..., dis-je en regardant Cook remonter les manches de son tee-shirt italien pour dévoiler ses biceps à la face du monde. J'ai entendu dire que c'est vous qui avez découvert Clyde...

– Arrête ton char, mec. Pourquoi tu veux mettre les pieds dans ce merdier?

– Je travaille pour l'université de Tulane. Je mène une recherche sur les derniers chanteurs de *soul* vivants.

Cook se tourna vers moi. À voir sa mine, on aurait dit qu'il commençait à prendre cette conversation au sérieux. Il hocha la tête, croisa les bras, les déplia et gratta le flanc de sa chienne. La bête bigleuse avait tordu le cou en entendant la voix de femme haut perchée se lancer dans une balade *soul* éculée.

– C'était un bon, lâcha Cook. Le meilleur chanteur que j'aie jamais entendu.

– Vous avez vu son cadavre?

Il acquiesça et se mit à nettoyer ses lunettes.

– Quand ça?

– Oh, merde, je me rappelle pas.

– Ça se mesure en mois, en années?

– Je sais pas. Il y a quatre ans, je dirais.

– Où?

– Qu'est-ce que ça peut te faire? Tu travailles pour qui, déjà?

– La fac de Tulane.

– Il est mort, putain. Quelle différence ça fait?

– J'ai besoin de savoir quand et où. Il s'est tiré une balle dans la tête?

– Oh, putain de merde. Barre-toi.

– Allez, mes questions n'ont rien de difficile.

– Je te dis de te barrer.

– Vous connaissez Loretta Jackson?

– Bien sûr que oui. Et alors?
– C'est elle qui m'envoie.
– Elle ou la fac? Tu ferais mieux de te décider.
– Elle veut savoir ce qui est arrivé à son frère.
– Il a clamsé.
– J'ai besoin d'aide, vieux. Donnez-moi un os à ronger.
– Dehors, enjoignit Cook en descendant de son tabouret de bar.

Il gonfla le torse. C'était un de ces types qui croient que soulever du plomb vous rend invincible. Ils ont tellement de testostérone dans les veines que ça brouille leur perception du réel.

– Cinq minutes, plaidai-je.
– Dehors, et que ça saute! jeta Cook, empourpré et écumant de rage.

April haussa les épaules et retourna à son feuilleton télé.

Lola continua à laper le reste du verre de Cook.

Et moi, je quittai le bar le sourire aux lèvres. Pour la première fois, je savais que j'allais trouver les réponses aux questions de Loretta.

9

La pluie crépitait sur le toit du Bronco. Je faisais le pied de grue en face du Lotus d'Or, dans une station-service, en observant deux strip-teaseuses en kimono noir regagner leurs voitures respectives. Pour passer le temps, je me mis à siffloter sur fond de Johnnie Taylor, dont l'album *Wanted : One Soul Singer*[1] passait sur mon autoradio, tout en examinant sur ma joue un carré de poils qui avait échappé au rasoir. J'écumai le vide-poches de mon pick-up. J'y découvris un paquet de chewing-gum Bazooka, un briquet vide, un mug sale à l'effigie de Scoubidou, deux slips en dentelle rouge achetés lors d'un concert de Clarence Carter, quantité de cassettes audio, ainsi qu'un exemplaire de *Texas Music*, de Rick Koster. Le livre était encore maculé de sauce depuis mon passage au *Stubb's* d'Austin.

Ça faisait une heure et demie que j'attendais Cook. Bien sûr, je pouvais repartir, retourner au Peabody regarder des rediffusions de *Josie and the Pussycats*[2] sur le Cartoon Network. Mais à quoi ça m'avancerait? Cook m'avait envoyé aux pelotes en prétendant qu'il ne savait rien. Sauf que je me rappelais très bien la conversation que j'avais eue avec un certain vieux grigou à Algiers quelques années plus tôt. Le papi m'avait accueilli à la porte de chez lui avec un fusil à canon scié. Il détenait des renseignements inédits sur la mort du

1. «On recherche un chanteur de blues».
2. Série de dessin animé des années 1970 mettant en scène les aventures d'un groupe mixte de jeunes rockers.

bluesman légendaire Robert Johnson, et moi, je tenais absolument à recueillir son récit.

Se faire flanquer un fusil sous le nez, c'est bien pire qu'un âne qui prend des manières d'ours.

Cook avait travaillé avec Clyde James en 1968 et la rumeur voulait qu'il se soit occupé de sa dépouille. Il possédait toutes les réponses que je cherchais, alors j'avais l'intention d'attendre ce fils de pute et de le harceler jusqu'à ce qu'il crache le morceau. Loretta méritait bien ça.

Mon regard se porta vers une haute pile de voitures rouillées dans la casse toute proche. De l'autre côté de l'autoroute se dressait une église hébergée dans l'immeuble isolé d'une ancienne banque. DÉPRIMÉ PAR LE DÉMON ? proclamait son petit panonceau.

– Ça, aucun doute, répondis-je pour moi-même.

J'entrouvris la vitre pour souffler la fumée de ma Marlboro Light. Je venais de me remettre à examiner les poils restant sur ma joue quand je vis une Cadillac violette – flambant neuve, semblait-il, aux pare-chocs étincelants et aux pneus à flanc blanc – sortir de derrière le Lotus d'Or puis tourner vers le nord en direction de l'aéroport. Je passai une vitesse et mis mes roues dans les siennes.

On distinguait la tête grise, hérissée de cheveux, de Cook à travers le pare-brise arrière. Il resta sur l'Airways Boulevard pendant une éternité, dépassant fast-foods franchisés et monts-de-piété jusqu'au virage menant sur East Parkway. Il coupa par Overton Park sur Poplar, puis descendit Evergreen vers Madison.

Tout du long, je l'observai qui se triturait les cheveux et s'étirait le cou. Monsieur était si occupé à ses exercices qu'il ne remarqua pas le pick-up gris foncé métallisé qui suivait son affreux traîne-couillons à travers tout midtown.

Je souriais, une dose de Bazooka s'activant à présent sur mes dents du fond, quand la Caddie bifurqua vers la gauche en direction d'un Piggy Wiggly. Pourquoi ne pas choper Cook par le colback dans une allée de surgelés ? L'enfermer dans un congélo jusqu'à ce qu'il cède ?

Le temps que mon homme sorte et dépasse l'entrée du supermarché, prenant en direction des produits frais – Filet de porc 2,99 $ le kilo, Pack de 6 DR Pepper, 1,99 $, proclamaient les lettres peintes sur la vitrine –, je me garai sur un emplacement de parking. Cook marcha sans s'arrêter, longeant un haut mur de brique pour tourner au coin.

Ayant décidé de l'intercepter, je poussai jusque derrière le bâtiment, dans une ruelle où plusieurs hommes étaient occupés à décharger des semi-remorques. Lentement, je freinai, laissant tourner le moteur tout en surveillant le quai de chargement et la ruelle du fond. Deux bouchers en blouse blanche maculée de sang étaient assis sur le quai, jambes pendantes, en train de se griller une cigarette. Un SDF poussait un chariot de supermarché plein de canettes vers une benne à ordures.

Sans doute Cook m'avait-il repéré et avait-il fait demi-tour pour filer dans sa Cadillac. *Merde.*

Alors que je passais le coin, la pluie redoublant de violence sur mon pare-brise, je l'entr'aperçus qui descendait l'escalier de l'enceinte surélevée en brique voisine du magasin. Il se protégeait la tête à l'aide d'un journal. Il piqua un sprint jusqu'à la porte du Piggy Wiggly, sous laquelle il se réfugia pour échapper à l'averse.

J'embrayai, me dirigeai vers l'escalier. Je sortis du pick-up et grimpai les marches menant au monticule herbeux. Sans doute la trace d'une colline mangée par la construction du supermarché.

Je suivis une étroite voie d'accès ménagée dans un mur qui ceignait un grand carré de terre. Pour un peu, on aurait dit que ça avait servi de jardin dans le temps. Un vieux pantalon de toile marron, un jean râpé, un matelas et des tas de bouteilles de Miller and Colt parsemaient le sol. La pluie me martelait les yeux et je manquai trébucher sur une assiette en polystyrène où gigotait du poulet grouillant d'asticots.

Le tonnerre se mit à claquer au loin.

J'avais déjà vu des campements de vagabonds mais ce jardin sale était un mystère. Et puis je distinguai la pierre tombale en marbre : DRURY LYON BETTIS – 21 AOÛT 1814 - 9 AOÛT 1854. D'autres stèles renversées et dalles de marbre étaient dissimulées parmi les tas de détritus.

Des briquets en plastique reposaient sur une plaque fendue tout au fond. Je dégageai du pied le drap sale qui la dissimulait aux regards. DANIEL HARKLECADE – 15 JANVIER 1803 - 5 AVRIL 1845.

Cet homme avait été enterré à l'abri d'un chêne plus d'un siècle et demi plus tôt. À présent, il partageait son temps entre les accros au crack et les proscrits de la ville. Je m'agenouillai afin de dégager plusieurs bouteilles sales et boîtes de conserve, puis une botte esseulée. À l'aide d'une jambe de jean bonne pour la décharge, je nettoyai la boue.

J'inspectai une dernière fois le sol, sans trop savoir ce que j'avais eu envie de trouver. Puis je battis en retraite loin du cimetière encerclé par les graffitis de gangs et les rouleaux de fil de fer barbelé, pénétrant dans le Piggy Wiggly, toujours à la recherche de Cook.

Je le trouvai au rayon fruits et légumes, occupé à tâter une tomate de la taille d'une balle de hand-ball tout en admirant son reflet dans le long miroir argenté qui couvrait le mur du fond. L'air me sembla froid contre mon visage humide. Je me plantai à côté du bonhomme, saisis une autre tomate.

– Il vaut mieux en prendre deux, dis-je. La vôtre m'a l'air un peu minus.

Cook tourna vers moi un regard nonchalant. Sous la lueur impitoyable du néon, ses cheveux gris avaient pris une tonalité fausse. Les muscles de sa mâchoire pulsaient à ses joues. Sa main se referma plus fort autour de la tomate.

– Écoutez, l'ami, aidez-moi, c'est tout ce que je demande.

Cook hocha la tête et se dirigea vers une énorme pyramide de pastèques blanches zébrées de vert. Il tâchait de rester calme, de m'ignorer comme si je n'avais pas plus d'importance à ses yeux qu'une démangeaison importune. Il s'était même mis à siffloter par-dessus la musique d'ambiance – *La Bamba.* Je le suivis, le sourire aux lèvres, les mains dans les poches de mon blouson Levi's.

– Dites-moi où il est mort et je repars aussi sec.

Cook pêcha ses lunettes de cadre dynamique et se les glissa sur le nez. Il passa en revue une pastèque, qu'il coinça sous son bras. Étant demeuré silencieux un instant, il me fit signe d'approcher d'un mouvement de tête.

Je m'exécutai. Il sentait le chien mouillé. Son haleine avait des relents de poisson mort.

– Si t'as pas quitté mon espace vital d'ici cinq secondes, je te transforme en punching-ball.

Je lui souris en retour.

– J'ai déjà un boulot. Musicologue.

– Alors si j'étais toi, je me tirerais d'ici vite fait.

– C'est quoi, votre problème ? demandai-je. Je vous répète que je suis un ami de Loretta Jackson. Je suis sûr que vous l'avez entubée de pas mal de fric à la grande époque, alors si ça ne vous fait rien…

– Je l'ai traitée avec respect, espèce de petite merde. T'avise pas de répéter des conneries pareilles.

– C'est mon amie.

Clyde laissa échapper un rire nasal.

– Clyde n'est pas mort, hein ?

– Si, putain !

– Vous l'avez vu ?

– Oui !

– Où ça ?

Cook me flanqua la pastèque dans l'estomac comme si c'était un médecine-ball, puis il tenta de me décocher un crochet du gauche. La pastèque s'écrasa par terre, formant un magma rouge. J'esquivai le coup de poing et agrippai Cook par le devant de la chemise, le balançant sur une table couverte de gombos. Les gombos s'éparpillèrent. Une vieille dame aux cheveux bleus se mit à hurler. Une femme noire qui se trouvait là avec ses deux enfants s'éloigna en poussant son chariot comme si elle fuyait une épidémie de peste, et un vieillard édenté en pantalon à carreaux et tee-shirt Bart Simpson se mit à beugler :

– Allez ! Allez ! On cogne ! Allez !

Cook laissa glisser ses pieds jusque sur le linoléum en m'adressant un sourire. L'espace d'un instant, je crus que c'était terminé, mais il plongea en avant vers mon torse, me renversant contre une pile de pêches de Géorgie. Je sentis mon dos s'enfoncer dans les fruits, d'où émana une doucereuse odeur de mâché.

Je m'empressai de bloquer Cook d'une clé à la tête. Il était fort, cet enfoiré, mais je lui maintins fermement la nuque dans le creux de mon coude... jusqu'à ce qu'il me cogne dans l'entrejambe.

Je tombai à genoux, la douleur m'irradiant dans tout le corps. J'étais à deux doigts de vomir. Cook riait et s'en allait déjà lorsque je rassemblai mes forces pour me précipiter sur lui, lui enserrant la gorge de mon bras droit. Je lui flanquai la tête dans un monticule de tomates. Le rouge lui recouvrit le visage et le tee-shirt comme du sang.

Mais que je sois pendu s'il ne sourit pas de toutes ses dents écarlates en ramassant une poignée de la substance visqueuse pour s'avancer jusqu'à moi et la frotter sur le devant de mon tee-shirt blanc.

J'adressai un sourire au vieil homme fan de boxe, tout en reculant d'un pas pour m'emparer d'une grappe de muscat.

Je happai la nuque de Cook, lui en enfournai de force une poignée dans la bouche.

C'est à ce moment-là que ça tourna vraiment au vinaigre.

Cook me balança un direct violent dans l'oreille. Un *pop*, puis l'atmosphère se chargea soudain d'électricité autour de moi tandis que j'accolais mes deux jointures au nez de Cook. Le sang lui gicla sur la chemise, dégoutta à sa lèvre. Il me décocha plusieurs directs à la tête et tenta de me shooter dans les genoux.

Ce type savait se battre.

Mais il était plus vieux et plus lent que moi, si bien que je lui flanquai mon poing sur l'oreille, le saisis par les bras et le projetai parmi les patates douces. Il roula jusqu'à l'autre extrémité des casiers, où des prunes churent par terre avec des chocs étouffés.

Un homme en gilet vert, qui avait tout l'air d'être le directeur du magasin, arriva au pas de course en vociférant qu'il allait appeler la police.

Cook n'eut pas l'air de l'entendre. Il accourut vers moi, les yeux plissés et les poings levés à hauteur du visage. Il décocha un nouveau coup, m'atteignant dans les côtes. Je sentis l'air s'expulser de mes poumons, esquivai vers la gauche et cognai rudement Cook sur la bouche.

– Il est vivant, dis-je en luttant pour aspirer de l'air. Il est vivant et tu le protèges.

Cook, virant au violet, émit un grognement et tenta une nouvelle attaque. Il essaya de me plaquer une deuxième fois par le torse, mais sans avoir l'énergie de m'envoyer bouler en arrière.

Je le saisis par la peau du cou – un cou coriace – et le propulsai à cinq mètres de là, glissant sur le cul le long du sol couvert de purée de tomates et de muscat.

La Bamba continuait au-dessus de nous, perçant le silence étrange qui bourdonnait à mon oreille droite. Le directeur brandissait un balai tel un glaive destiné à repousser un duo de lions déchaînés.

– Pas un geste ! jeta-t-il, sa longue mèche de chauve redressée telle une houppette.

Cook se remit debout en titubant, marcha jusqu'à lui et sortit son portefeuille. Il compta quatre billets puis partit au petit trot. Je le suivis, l'oreille vibrante et le souffle court.

Le parking brillait. Un carré de lumière venait frapper le bitume. De la vapeur s'élevait en une brume lente. J'ôtai un morceau de tomate de mon tee-shirt et balayai les alentours des yeux, cherchant la Cadillac.

J'entraperçus le haut de la calandre au moment où Cook faisait une embardée pour filer vers Madison, les pneus crissant sur le bitume humide.

J'avais envie de remonter dans mon Bronco pour aller me poser au Peabody. J'entendais d'ici la voix de Randy quand il apprendrait qu'un des ses professeurs titulaires venait d'être arrêté pour s'être battu dans un supermarché.

Au lieu de quoi je gravis de nouveau l'escalier jusqu'au cimetière caché pour m'asseoir sur la tombe défoncée de Daniel Harklecade. Je fumai une Marlboro. J'étudiai les piles de détritus et les lits de fortune en observant deux SDF qui mangeaient leurs haricots à même la boîte de conserve dans un recoin écarté du terrain.

Je n'entendis aucune sirène tandis que s'effilochaient les nuages noirs porteurs de tempête. Un rayon de lumière jaune vint frapper le magasin.

Les deux hommes n'avaient pas eu l'air de remarquer ma présence. J'étais peut-être trop silencieux, trop agile.

– Hé, chef! finit par gueuler l'un d'eux, un type famélique coiffé d'une casquette à motif écossais.

Ses dents étaient couleur de vieux café. Les haricots lui dégoulinaient du menton.

– Oui, monsieur? répondis-je.

– Moi et mon pote, on se demandait si tu comptes dormir ici? Parce que si c'est ça, on va p'têt' devoir se tirer. T'as pas l'air vraiment bien luné.

J'entamai une nouvelle cigarette, tournai la tête pour regarder le parking en contrebas. Sur les tombes, un vent mauvais éparpillait les feuilles de chêne.

– Chef?

– Oui? dis-je en regardant la cigarette me brûler les doigts. J'avais la respiration laborieuse.

– Tu veux des fayots?

– Non, merci.

– On chie pas sur nos potes ici ni rien, tu sais, précisa le deuxième en ôtant un de ses vieux brodequins pour les renifler.

– Je sais.

J'inspirai à plusieurs reprises et débarrassai ma godasse des tomates qui y étaient collées.

– Hé, les mecs, vous ne connaîtriez pas un type du nom de Clyde James?

– Ouais. Enfin, un Clyde, quoi. Y dort là, des fois.

– Il va revenir?

– Sûrement qu'il est chez Wordie, expliqua l'un.

– Qui c'est, ce Wordie?

– Une nana qui lui fout des branlées, répondit l'homme en reniflant de nouveau son brodequin.

Je tirai une dernière fois sur la cigarette et débarrassai ma veste d'un peu de pêche écrasée. Mon interlocuteur avait continué à parler.

– Elle l'a à la bonne parce qu'elle est persuadée qu'il a été célèbre, dans le temps.

Je souris.

– Vous savez où elle vit?

– Aux Dixie Homes, quelque part. Tu sais, la cité HLM. Là où y a tous les pauvres.

10

Quand elle avait huit ans, Abby se glissait souvent dans les bois derrière chez ses parents, à Oxford, afin de fabriquer des fortins à base d'arbustes comme le faisaient les Indiens dans le temps. Elle avait lu dans son manuel scientifique pour enfants qu'une tribu du Nord inclinait les troncs jusqu'à terre pour former une voûte. Ensuite, ils se confectionnaient un abri en recouvrant le tronc de branches feuillues, histoire de se protéger du vent et de la pluie. Quand Abby fabriquait ses fortins, elle choisissait toujours l'endroit le plus reculé du terrain familial. Elle ne voulait pas que Maggie la trouve, ni ses parents, ni personne d'autre. À l'intérieur de ces refuges, elle rangeait des choses simples : un vieux balai pour lisser la terre nue, quelques Petits Poneys enchantés, et son livre préféré : *Max et les Maximonstres*.

La plupart du temps, elle restait juste comme ça, sous les branches, cachée du monde entier, à écouter les oiseaux et le bruissement des écureuils, persuadée que les animaux ne répèteraient pas son secret. Personne ne saurait la retrouver. Elle était invisible, alors. Elle connaissait la quiétude.

Retrouverait-elle un jour cette paix intérieure? se demanda-t-elle comme les éclairs déchiraient des marbrures à travers le ciel plat du nord du Mississippi. Nelly fonçait vers Oxford à travers les hameaux reculés qui bordaient la déviation de Holly Springs. Le cuir de la voiture sentait le neuf, et l'odeur du café brûlant qu'elles avaient acheté à la station rappelait la maison.

Abby prit une profonde inspiration puis regarda défiler derrière la vitre les granges, mobile homes habités et autres supérettes de campagne patinées par le temps. Ses paupières se fermaient. Elle croisa les bras sur sa poitrine.

Nelly continuait de pérorer sur son dernier petit ami et sur quelque nouveau restaurant qui servait des crêpes aux fraises fraîches sur le Square. Abby n'écoutait pas – et s'en moquait, en fait. Elle rentrait chez elle. Elle quittait le maquis.

– Merde! râla Nelly en assenant une tape à son volant. On va devoir s'arrêter très vite. Je suis à court d'essence et j'ai super envie de faire pipi.

Le bitume formait un virage brutal avant de s'étirer en une courte ligne droite qui coupait ensuite à travers deux talus de boue rouge. Nelly alluma l'autoradio et se mit à chantonner sur un vieux morceau.

– *One of these days, these boots are gonna walk all over you*, entonna-t-elle en marquant le rythme de la guitare fuzz sur le volant.

Abby déchira l'emballage d'un Twix acheté sur l'aire de repos.

– Tu es toujours en fac? lança-t-elle en tâchant d'ignorer la musique.

– Oui, s'amusa Nelly. Tu as avec toi le prototype de l'étudiante professionnelle.

Abby hocha la tête en mordant un petit morceau. Des miettes marron lui tombèrent sur les genoux alors que Nelly faisait grimper le moteur à 110.

Les doigts d'Abby s'enfoncèrent dans le cuir du siège. Les lueurs blanches des constructions alentour défilaient comme dans un tunnel. La pluie martelait le pare-brise et, dans la lueur des phares, l'asphalte avait des allures de verre.

– Alors, c'est par ton petit ami que tu as connu Maggie?

– Oui, miss.

– Comment il s'appelle?

– Jamie Jensen.

– Ça ne me dit rien.

– Il était quarterback remplaçant il y a quelques années de ça. Maintenant il est videur au *High Point*.

Abby s'esclaffa.

– Pour Raven ?

Nelly hocha la tête dans la lueur passagère d'un réverbère puis écrasa derechef le champignon. 130. Tout le monde connaissait Raven *Son* Waltz. Vingt-huit ans et déjà fournisseur de drogue pour Oxford et presque tout le nord du Mississippi. Il avait les yeux noirs, les ongles sales, et tenait une cave aux limites du comté où on pouvait boire de l'alcool le dimanche.

Les doigts de Nelly avaient glissé sur la colonne de direction. Les roues arrière firent une embardée notable. Sans crier gare, un chevreuil déboula au milieu de la route et Abby serra fort les paupières tandis que Nelly braquait vers le talus boueux, remettant un coup d'accélérateur pour contourner en vitesse l'animal.

– De Dieu, dit Abby. Tu pourrais ralentir un peu ?

– J'ai vraiment besoin de faire pipi, surtout avec toute cette flotte.

Nelly ralentit tout de même. Elle baissa le son tandis que commençait une chanson parlant d'un sale lascar du nom de Tony Rome.

– Abby, ma chérie, je sais que c'est dur pour toi, mais est-ce que la police sait ce qui est arrivé à tes parents ?

– Un cambriolage, à ce qu'ils disent.

– Tu les crois ?

Une dépanneuse fonçait vers elles sur la voie de dépassement. Nelly se rabattit à une vingtaine de mètres. Elle donna un petit coup de klaxon, mais, mis à part ça, elle semblait ignorer qu'elle venait d'éviter l'accident.

– Non, dit Abby.

– Qu'est-ce qui s'est passé, d'après toi ?

Abby haussa les épaules.

– Ton père travaillait sur quelque chose de dangereux ?

– Écoute, Nelly, ça me retourne l'estomac de penser à tout ça.

– Bien sûr, bien sûr.

Nelly lui sourit et lui tapota la cuisse.

– Mais des fois, quand on ne va pas bien, c'est justement parce qu'on garde pour soi ce qu'on a sur le cœur. Ça me rappelle un film que j'ai vu où un type tombe gravement malade, très gravement. Un cancer, je crois, ou quelque chose comme ça. Enfin, bref, il va rendre visite à un vieux Chinois. Tu sais, un vrai puits de sagesse… Eh bien, le Chinois, il lui explique que sa maladie, c'est dû à son caractère trop renfermé, il garde toutes les choses négatives en lui. Tous les sales trucs qu'il a connus dans sa vie continuent d'exister à l'intérieur de son ventre.

L'avant de la voiture avalait les pointillés jaunes. La douce luminescence bleue du tableau de bord berçait Abby. Elle tourna le dos à Nelly, improvisa un oreiller de ses mains jointes et regarda au-dehors. Une vague d'écœurement la traversa, lui dévorant presque l'abdomen. Elle sentait la maladie, jaune et brûlante, lui suinter son acide dans le cœur et le foie. Elle serra les paupières autant qu'elle le put.

Quelques minutes plus tard, la voiture ralentissait, quittait la route principale et s'en allait brinquebaler le long d'un chemin cahoteux avant de s'arrêter. Abby ouvrit les yeux. Un vrai déluge dégoulinait le long de la vitre, de son côté. À l'extérieur, une station-service des années quarante avec ses hautes pompes rouillant sous un auvent affaissé. La peinture des portes était délavée par le soleil. C'était cadenassé. Des carreaux cassés.

– Nelly ?

– Reste là, ma chérie, je vais juste aux toilettes.

– Je ne crois pas que…

Mais Nelly, déjà partie, faisait le tour de l'ancien poste d'essence. Abby s'étira, regarda de l'autre côté de la grand-route pour voir si elle reconnaissait quelque chose. Une vive lueur orange et jaune perçait à travers les arbres dénudés. Le vent faisait voler des détritus jusqu'à sa vitre.

La radio se mit à jouer un énième vieux morceau.

Abby se mordit un ongle et baissa le son.

Quelques minutes s'écoulèrent, puis elle finit par ouvrir la portière et se percher sur le marchepied pour fouiller les bois du regard.

– Nelly !

Elle appela trois fois. Son cœur s'était mis à battre fort à ses oreilles. Elle sentit une goutte de sueur lui dégouliner le long de la nuque malgré la fraîcheur.

– Nelly ! Nelly !

Laissant la portière ouverte, elle s'avança sous l'auvent de la station-service dans le *ting ting* de la sécurité électronique. Des herbes folles poussaient à la base d'une gouttière corrodée. Un panonceau à deux faces annonçant *Mélange STP* battait contre un baril d'essence rouillé.

Les herbes avalaient ses baskets. La vive lueur perçant à travers l'opacité ambiante rappelait l'aurore. Une moto fila sur la route dans un chuintement. On entendait toujours le tintement de la voiture.

Abby longea le coin de la boutique, dévalant une éminence de boue rouge sur laquelle le ruissellement de la tempête formait des rigoles. Dans le bleu gris de cet après-midi pluvieux, l'atmosphère était chargée d'une électricité presque palpable.

– Nelly?

On s'agitait, on trottinait, à l'arrière du bâtiment. Abby était essoufflée. Elle avait les aisselles trempées. Une voix d'homme se mit à marmonner, quelque part au sein d'un bosquet de pins clairsemés dont les branches s'entrechoquaient comme des bambous.

– Nelly?

Un bout de bois craqua.

Les bruits de pas se rapprochaient à présent.

Abby rebroussa chemin précipitamment le long du talus boueux. À mi-hauteur environ du petit tertre, elle entendit approcher une voiture. Elle avait presque atteint le sommet quand ses pieds glissèrent dans la boue orange. Elle s'étala par terre, tous ongles dehors dans la terre.

Le goût fort, ferrugineux de la boue lui emplit la bouche. La glèbe se tassa sous ses ongles. Aplatissant ses paumes contre la colline, elle planta ses baskets dans le sol.

Une main l'agrippa par le dos de son sweat-shirt.

Elle poussa un hurlement.

Elle flanqua un coup de pied vers la tête de l'homme porteur d'une cagoule noire, mais celui-ci ne fit que serrer plus fort sa cheville. Nouveau coup de pied. Elle se libéra et se démena de nouveau pour grimper, le souffle court, la bouche sèche.

En haut, un deuxième homme en cagoule. Qui l'attrapa lui aussi par son sweat-shirt, lui ficha le canon d'une arme à feu dans l'oreille, et la repoussa jusqu'à la voiture de Nelly.

Deux minutes plus tard, ils l'avaient jetée dans le coffre et démarraient en dérapant. Dans la faible lueur rouge des veilleuses arrière, Abby prononçait sa première prière depuis des mois.

11

Les Dixie Homes, l'une des plus anciennes cités HLM de Memphis, se dressaient, décrépits et miteux, pas loin d'un asile d'aliénés et d'un magasin de disques jadis fréquenté par Elvis Presley. Je les reconnus presque aussitôt grâce à un article paru dans *Rolling Stone* sur des rappeurs qui y avaient grandi. Dixie, c'est le surnom du Sud. Difficile à oublier, comme appellation. Sauf que cette cité-là n'avait rien d'aussi délabré ni d'aussi invivable que ses équivalents de La Nouvelle-Orléans. Ancienne mais propre, elle me rappelait les histoires que j'avais entendues sur le bon temps du logement social.

Elle consistait en plusieurs rangées de blocs en brique rouge d'un étage seulement, séparés par un espace commun plein de pliants de solderie rouillés, de barbecues improvisés dans des demi-bidons d'huile et de fils à linge tendus entre deux croix de métal tordues. Des vêtements râpés séchaient partout, sous le faible soleil d'automne qui avait succédé à la pluie.

Je me garai au bord de Poplar et déambulai entre les bâtiments, demandant à tous ceux que je croisais s'ils connaissaient une femme du nom de Wordie. Je ne me sentais ni gêné, ni mal à l'aise. La plupart des gens des HLM se montrent sacrément plus accueillants que ceux qu'on rencontre du côté des cages à lapins pour petits blancs montés en grade autour de Metairie. C'était carrément un vrai village. Je savais qu'il me faudrait moins d'un quart d'heure pour trouver Wordie. Les gens se connaissaient vraiment, par ici. Obligé, s'ils voulaient survivre. Cinq minutes plus tard environ, une petite mamie noire s'aidant d'un déambulateur et portant d'énormes lunettes de soleil, presque aussi grosses que celles de Jackie Onassis, me désignait du doigt la rue suivante. En précisant que Wordie avait un Père Noël sous son auvent.

Je la remerciai, me fourrai deux nouvelles tablettes de Bazooka dans la bouche et remontai la colline, où les feuilles jaunes, rouges et bordeaux s'écartèrent au-dessus de moi telles des franges de serpentins.

J'aperçus bien vite le Père Noël en plastique, noir et porteur d'un gros sac, planté devant un appartement en coin. Une canette de Coca écrasée et une poupée Barbie décapitée gisaient, abandonnées, au pied de la statuette comme autant de cadeaux qui n'auraient pas trouvé preneur. Je cognai sur le bois déglingué de l'écran antimoustique.

En haut de la colline, un groupe d'ados traînait près de la cabine téléphonique d'une petite épicerie, attendant les gosses blancs de banlieue pour leur vendre du crack. Au pied du monticule, deux enfants noirs vêtus d'uniformes scolaires amidonnés, leurs cartables lourdement chargés de livres, longeaient mon Bronco.

Alors que je m'apprêtais à regarder à travers la vitre, la porte s'ouvrit sur la femme la plus mahousse que j'aie vue de ma vie. Encore plus grosse que celle du *Wild Bill's*. Elle aurait pu lui mettre la pâtée. Elle avait les bras comme mes cuisses. Les cuisses aussi larges que mon torse. Et elle arborait une moue renfrognée, comme si elle avait passé sa journée à m'attendre pour se défouler de tous ses problèmes sur moi.

– Bonjour, madame.

Elle portait un tee-shirt moulant noir, un cycliste assorti et des sandales en plastique rose. Ses cheveux tressés et teints formaient un cocktail mal assorti de dreadlocks jaunes et rouges. Je faillis lui demander où elle avait bien pu dégotter un caleçon taille 90.

Je m'abstins. J'avais la trouille.

– Vous êtes Wordie?

– Ça se peut. Et vous, vous êtes qui?

– Un ami de Clyde.

Elle croisa les bras sur son énorme poitrine. Son sein gauche était agrémenté d'un tatouage. Une rose rouge.

– Sa sœur essaie de le retrouver.

– Écoutez, j'ai pas le temps, jeta-t-elle en faisant mine de refermer la porte.

Le talk-show d'Oprah Winfrey résonnait à l'intérieur de l'appartement.

– Et de quoi nous cause donc Oprah aujourd'hui?

Wordie m'adressa un froncement de sourcils.

– Oh, je sais pas. Une femme qui donne des conseils pour celles qu'ont des maris mous du chibre.

– Vous êtes mariée?

– Ah, ça non! s'exclama-t-elle en laissant échapper un petit rire.

Puis, se reprenant, elle fit de nouveau mine de claquer la porte.

– C'est sa sœur Loretta qui m'envoie.

Wordie coinça les mains sur ses immenses hanches.

– Vous connaissez Loretta Jackson?

– On est de la même famille.

– Ben voyons.

– Enfin, c'est tout comme.

– Ah oui?

Je hochai la tête.

– Entrez, dit-elle, laissant la porte en bois se rabattre sur la moustiquaire.

Je la suivis chez elle, vers Oprah et les odeurs de boucane et de légumes.

Les légumes étaient extra. Croquants, assez salés, mais avec ce goût fumé qui me rappelait chez moi, le bar et tout ce qui comptait à mes yeux. J'aimais bien Wordie, qui, pour l'instant, semblait m'avoir à la bonne. Enfin, disons qu'entre les pubs et Oprah – qui accueillait effectivement les témoignages de femmes aux maris bandant mou – elle me montra de vieux albums photo en plastique marron pleins de coupures de presse sur Clyde James et sa carrière gospel. Tout ça remontait jusqu'en 1964.

– Dites, demandai-je, je pourrai vous emprunter vos albums un de ces jours ? Ce serait génial si je pouvais photocopier ces trucs.

Elle me considéra, l'air très pincé, puis repartit à sa télévision.

Je me replongeai dans la lecture des articles de journaux, jaunis et déchirés à force d'être lus. Je les feuilletai jusqu'à celui dont la manchette indiquait LA FEMME D'UN MUSICIEN NÈGRE EXÉCUTÉ. Je lus lentement la feuille, qui sentait l'antimite et le renfermé :

> MEMPHIS – La police a découvert les cadavres de deux Nègres en début de matinée samedi, à la suite de ce que les enquêteurs qualifient d'exécution.
> Les victimes ont été identifiées. Il s'agit de Mary James, 29 ans, et Eddie Porter, 33 ans. Mme James était l'épouse de Clyde James, un chanteur de la région. M. Porter jouait de l'orgue dans le groupe de M. James, indique Bobby Lee Cook, le propriétaire de Bluff City Records.
> Selon l'enquêteur Ray Jenkins, des services de police de Memphis, les corps ont été découverts vers 10 heures du matin au domicile des James, 433 Rosewood Avenue. Tous deux présentaient des blessures par balle à l'arrière du crâne.
> M. Jenkins s'est refusé à préciser si la police avait établi une liste de suspects. Il n'a été procédé à aucune arrestation.
> Selon M. Cook, Clyde James a atteint à une renommée d'envergure nationale avec un succès récent appelé *Lonely Street*. À en croire ses déclarations, M. James a été effondré en apprenant la mort de sa femme et de son ami. Le chanteur séjournerait actuellement dans sa famille, ainsi que parmi des membres de l'Église Évangélique Méthodiste de Sion.
> « Eddie Porter était l'un des meilleurs musiciens qu'il m'ait été donné de connaître, et il manquera énormément à toutes les personnes qui travaillent dans l'industrie du disque de Memphis », a conclu M. Cook.

Une sirène de police s'était mise à vagir dans le lointain. Je pris une profonde inspiration et regardai les murs couverts de moisissure de l'appartement de Wordie. Derrière le canapé, une mosaïque de pochettes d'albums et de photos officielles dédicacées par Clyde James ; des articles de *Billboard* et des communiqués de presse des Bluff City Records. Clyde James, la paume à plat sur un visage pensif. Clyde James arborant un sourire plein de confiance que démentait sa mine sombre.

Je sentis Wordie se lever derrière moi. L'écho de sa respiration résonnait dans la pièce lépreuse. Ce n'était pas moi qu'elle regardait, je le savais, mais son héros déchu. Le soleil s'engouffra dans la pièce, enveloppant mon visage d'une chaleur momentanée.

– J'ai essayé de l'aider, monsieur, je vous assure.

– Il est vivant.

Elle ne répondit rien.

Je ne me retournai pas, de crainte que mon regard la rende plus rétive encore.

– J'ai besoin de le trouver, expliquai-je.

– Il veut pas qu'on l'aide, rétorqua-t-elle. Les gens arrêtent pas de me l'enlever. Mais il revient toujours. C'est ici qu'il est bien. Je sais ce qu'il lui faut, à mon Clyde. C'est de l'amour, rien d'autre.

Une nouvelle émission vociférait dans le poste de télé, sur le mensonge et les femmes adultères, cette fois. Ça criait et hurlait tant et plus. Wordie prit mon assiette de légumes, repartit dans la cuisine.

Elle ne possédait qu'une chaise pliante, un unique canapé recouvert d'un dessus de lit à fleurs fané, et une table basse composée de deux parpaings et d'une planche en bois gauchie. Au milieu de cette dernière reposait un carton débordant d'enveloppes. Plusieurs dizaines. La plupart étaient marquées URGENT en gros caractères rouges.

Wordie revint en se dandinant et se planta devant le téléviseur avec un soupir.

– Écoutez, dis-je, ce n'est pas dans mes habitudes, mais... le mieux que je puisse vous donner, c'est cent dollars.

Elle me regarda par-dessus son épaule, lissa son cycliste sur ses cuisses puis se lécha les lèvres.

– Il faut absolument que je le trouve, ajoutai-je.

Son visage se transforma en un mélange de soulagement et d'appréhension.

– Vous dites que vous connaissez Loretta ?

– Appelez-la, si vous voulez, offris-je.

Elle contempla le linoléum déglingué et secoua la tête. Dans la cuisine, une casserole tintait toutes les trois secondes sous une infiltration d'eau de pluie.

Je plongeai la main dans mon portefeuille pour en sortir cinq billets de vingt, grosso modo mon budget pour les jours à venir une fois que j'aurais réglé ma chambre dispendieuse au Peabody.

J'écrasai la somme dans sa main tendue. Main qu'elle avait étrangement petite, mais calleuse et chaude.

– Y'a des tas de gens qui le cherchent ces temps-ci, dit-elle. Des gens dont il se passerait bien.

– Qui, par exemple ? Quel genre ?

– Du genre qui lui veut pas du bien, répondit-elle en coinçant l'argent entre la ceinture du caleçon et l'épais repli de graisse à sa taille. Je lui ai parlé des hommes qui sont venus me voir y'a quelques semaines. Il a dit *bye bye* et je l'ai pas revu depuis. Pouvez chercher si vous voulez, mais ça servira à rien. Il s'est taillé.

– Il dormait dans ce campement de SDF près du Piggy Wiggly ?

Elle acquiesça.

– Où croyez-vous qu'il ait pu aller d'autre ?

– Aucune idée.

J'inclinai la tête vers Wordie. Gentiment. L'air volontaire. *Vous pouvez me faire confiance.*

– Qui est-ce qui en a après lui ? demandai-je.

– Des gros mastards pleins de muscles. S'ils s'en prennent à lui, je les démolis.

– Ah ? Et comment ?

– Je suis pas conne. Au moment où ils partaient, j'ai copié leur numéro de plaque.

Vingt minutes plus tard, après avoir attendu qu'on me rappelle depuis une rôtisserie sur Poplar, je tenais la réponse. La voiture était une Lincoln noire immatriculée au nom d'un casino de Tunica, dans le Mississippi : le Grand Magnolia.

À quarante-cinq kilomètres à peine sur la Highway 61.

12

Jusqu'à ces derniers temps, Tunica avait la réputation d'être la ville la plus pauvre du comté le plus misérable de l'État le plus déshérité de tous les États-Unis. Jesse Jackson l'a qualifiée un jour d'Éthiopie de l'Amérique. À présent, c'est le troisième paradis du jeu après Las Vegas et Atlantic City. Ce comté oublié des dieux, dont les uniques espoirs d'avenir étaient jadis le poisson-chat et le coton, offre désormais des marquises électrifiées vantant les bandits manchots au jackpot facile et les spectacles de café-théâtre venus de Broadway.

Le ciel de ce début de soirée y semblait plus bas et plus dur qu'à Memphis, notai-je en me dirigeant vers le sud sur la 61. J'écoutais les North Mississippi All Stars improviser sur le standard *K.C. Jones*, l'histoire d'*a mighty man dead and gone.* L'horizon se consumait dans des tons jaunes, bleus et orange vif, abandonnant à des bribes d'ombres marron les fermes aux toits en tôle ondulée mangée par la rouille et les arbres couverts de kudzu.

Les coopératives agricoles cédèrent bien vite la place aux boutiques d'occasion et aux magasins d'alcool embrasés de néons. Les vieux cafés s'étaient changés en chaînes de supermarchés. À croire qu'une banlieue de mégapole cauchemardesque s'était abattue sur la vallée du Mississippi.

Les coups d'épingle de la froidure d'automne, l'odeur des tas de feuilles mortes brûlant devant les maisons en préfabriqué et les mobile homes cabossés me parvenaient à travers les vitres ouvertes de mon Bronco. Des avions d'épandage étaient garés devant de petits hangars, des Oldsmobile et des Buick rouillées devant des motels miteux.

L'horizon vira bientôt à un bordeaux, puis un noir d'encre. Des rayons de lumière se projetaient à l'opposé de la chaussée en une vision rappelant l'énorme OVNI de *Rencontres du troisième type* : à environ un kilomètre et demi, des néons violets, verts, bleus et roses clignotaient et brillaient dans les ténèbres.

J'engageai le Bronco dans une large allée circulaire, illuminée par une succession de réverbères en fer forgé, et me dirigeai jusqu'à une monstruosité à trois étages grande comme plusieurs terrains de football. Des lueurs blanches spasmodiques enveloppaient cette construction en faux style avant-guerre tel un cadeau de Noël. Devant le casino, une fontaine de la taille d'un étang à truites où une dizaine de jets d'eau jaillissaient jusqu'à trois mètres de haut.

Le Grand Magnolia. Quand j'étais reparti me changer au Peabody, la réceptionniste m'avait informé que l'établissement disposait de près de six cents chambres, d'un golf homologué pour la compétition, d'un ball-trap et d'un casino offrant plus de mille machines à sous « Qualité Vegas », d'après elle. Comme si la qualité pouvait se mesurer à l'aune de Las Vegas.

Le Grand Magnolia tenait tout à la fois de l'attraction de foire et du centre de congrès. Le plus ridicule ou presque, dans des endroits comme celui-là, c'était que, selon les lois du Mississippi, tout casino devait être sur l'eau. Si bien qu'à Tunica, les promoteurs avaient creusé un chenal à partir du fleuve afin que chaque établissement ait droit à sa douve.

Bon sang, que j'exécrais ces trucs. Ils étaient tout le contraire de ce qui m'enchantait dans le Delta. On les avait construits par dizaines sur cette noue grasse, marron, jadis travaillée par des lignées entières de cultivateurs. Quand on pense que Robert Johnson avait grandi à quinze kilomètres à peine. Enfin, ça n'avait pas changé grand-chose. Les gens du comté étaient désormais enchaînés aux casinos comme les générations précédentes l'avaient été à la terre.

Je continuai de remonter la chaussée, dépassant deux hôtels, versions naines de l'établissement de jeux proprement dit, pour pénétrer sur un immense parking couvert de pick-ups et de berlines fatiguées. Criquets et cigales s'en donnaient à cœur joie dans l'infini des champs de coton, sous une lune rousse suspendue bas dans le ciel au-dessus d'un bosquet de mimosas.

Au milieu du jazz édulcoré merdique que diffusaient des haut-parleurs cachés à la vue, je franchis le pont-levis pour entrer dans le casino. Je foulai la moquette verte ornée de feuilles de magnolia dans des échos de chutes de pièces et de rires de femmes.

Des panneaux tournants dorés annonçaient POKER CRÉOLE et SUPER-BLACK-JACK.

Je dénichai un bar près des tables de black-jack, m'assis et commandai une Dixie et un hamburger. Je n'avais rien pris depuis le petit déjeuner hormis les légumes de Wordie et mon estomac se rappelait à mon bon souvenir depuis la frontière du Tennessee. Ça suffirait pour me familiariser avec les lieux – et aussi me reposer un peu avant de me mettre en quête du responsable de la sécurité. Il fallait qu'on m'explique ce qui pouvait pousser un casino à rechercher un SDF qui n'avait pas un sou en poche pour miser.

J'observai un vieux Noir en chemise de flanelle, la cigarette au bec, enfoncer tout un gobelet de pièces de vingt-cinq *cents* dans une machine à sous comme si l'argent des courses de la semaine n'était qu'à un tour de rouleau de là. La boue noircie du Mississippi crottait ses vieux brodequins de chantier.

Le bar était tenu par une Blanche sèche et nerveuse aux ongles longs, couleur cerise, et à la permanente figée. Elle devait avoir dans les quarante ans mais toutes ces nuits de turbin l'avaient usée jusqu'à la corde.

Je la remerciai pour la Dixie et tendis l'oreille afin de capter les bruits du casino : applaudissements serrés, mâtinés de grognements déconfits, en provenance de la table de roulette ; tintements d'une musique style synthé Casio issue des bandits manchots. Alors que je priais pour obtenir mon hamburger tout en étudiant une nouvelle entaille au bout de ma botte, une femme surmontée d'un casque de cheveux blonds, à la poitrine anormalement développée, prit place à côté de moi.

Elle me décocha un sourire, la langue coincée entre les dents. Pas mal côté corps, mais ses seins étaient si manifestement de récup' que je manquai éclater de rire.

La femme se passa les doigts dans les cheveux et poussa un soupir. *Si, si, sérieux, comme au cinéma. Eh ben. Peut-être qu'elle allait répéter son truc avec la langue?*

– C'est quoi ton nom, beau gosse? demanda-t-elle en injectant de la douceur dans son regard.

– Tom Mix.

– Je vois clair dans ton jeu : tu n'es pas là pour le casino.

Je la dévisageai sans cesser de sourire. Elle oscillait tant d'avant en arrière qu'elle avait du mal à garder les yeux fixés sur moi. Son haleine évoquait un tonneau de whisky.

– C'est quoi, ton péché mignon? demanda-t-elle.

– La pêche aux petits canards, dis-je. Je suis superdoué. Mais j'ai encore du mal avec le seau, il n'arrête pas de tomber au moment où je m'y attends le moins.

Elle fit les yeux ronds et gloussa sans comprendre.

– Alors, Tom, on a une fiancée pour ce soir? dit-elle en passant les mains sur les genoux élimés de mon 501.

Elle portait un soutien-gorge en dentelle blanche, tendance plutôt haut de gamme, avec une attache épaisse sur le devant et de petites fleurs bleues sur les bonnets. Je toussotai et détournai les yeux.

– En fait, je suis là pour le boulot.

– C'est quoi, ton numéro de chambre?

– Je n'ai pas de chambre.

– Tu as bien une voiture?

Aah. Si c'est pas quelque chose, l'orgueil. Moi qui me croyais irrésistible dans mon tee-shirt noir et mon jean délavé. Combien prenait-elle?

– Non, répondis-je. Juste une pétrolette. Et elle n'a même pas de selle.

La fille fronça le nez. Sans rigoler. Détourna la tête et ramena d'un geste brusque ses cheveux en arrière. Je regardai la barmaid décatie puis revins à la blonde. Une miss toute lisse, sans un repli de peau, mais qui, d'ici cinq ans, paraîtrait tout aussi dure, tout aussi abîmée, tout aussi exsangue.

J'ôtai sa main de mon genou tandis que la barmaid me déposait à grand bruit un hamburger d'allure spongieuse accompagné de frites froides. La viande était comme du carton. Je jetai un coup d'œil à la blonde et lui adressai un clin d'œil.

– Vous voulez des frites ? offris-je et j'en fourrai deux dans ma bouche.

– Va te faire mettre, jeta-t-elle.

Elle tomba presque au moment de descendre du tabouret de bar.

– Ça reviendrait moins cher, marmonnai-je tout en m'attaquant à la bouteille de ketchup.

Environ dix secondes plus tard, la barmaid s'approcha et posa les coudes sur ma table. Un doux sourire aux lèvres, elle observa le départ de l'autre femme. Le tintement des machines à sous s'accentua à mes oreilles.

– Qui s'occupe de la sécurité par ici ? m'enquis-je.

– Vous cherchez du travail ? demanda-t-elle avec l'accent rocailleux du nord du Mississippi.

– Peut-être.

– Un mec noir du nom de Humes. Il a son bureau dans le hall.

Le trajet prit près d'une heure, qu'Abby passa à rebondir et à brinquebaler en tous sens sur les tapis en caoutchouc imprégnés d'huile du coffre. Quand la voiture finit par s'arrêter, un homme lui enfila une taie d'oreiller sur la tête en lui flanquant une arme dans les côtes. À travers le tissu ne filtraient que des lumières et de vagues formes. Quelqu'un lui tripota les fesses et les seins de ses mains calleuses avant de la jeter contre du béton froid, puis de claquer une porte.

Elle arracha la taie d'oreiller, se mit à marteler le battant en appelant à l'aide. Au bout de ce qui lui fit l'effet d'une bonne demi-heure, elle finit par se laisser tomber à terre, s'essuyant le visage de ses mains pour regarder autour d'elle.

La pièce mesurait dans les quatre mètres de côté. C'était plein de tables de black-jack et de machines à sous poussiéreuses empilées les unes sur les autres. Une table de craps et une vieille roulette reposaient sur le sol près de la porte. Pas un bruit ne résonnait au-dehors, et il faisait une chaleur infernale. Pas d'air conditionné. Un vrai sauna, se dit Abby en dégageant ses cheveux pour les coincer derrière ses oreilles.

Elle tâta les écorchures à ses coudes, cracha sur le sol sale le sang de sa lèvre fendue. Tout en serrant ses genoux contre sa poitrine, elle songea à Nelly et à la longue étendue boisée derrière la station-service : les types s'emparaient d'elle, la projetaient sur les feuilles pourrissantes; ils la violaient. Abby les voyait assis à califourchon sur elle, l'étranglant. Consciente que tout ce qui était arrivé à la copine de sa cousine était sa faute, elle tâcha d'empêcher ces pensées de l'envahir.

Elle entendit des bruits de pas et ferma fort les paupières. Elle ne se trouvait plus dans cet endroit. Elle était de retour à Oxford. Ses parents étaient vivants, Il y avait Maggie.

Un verrou glissa en un claquement sec.

Deux hommes pénétrèrent dans la pièce. Un Blanc mince qui devait avoir l'âge d'Abby, suivi d'un vieux Noir grisonnant. Tous deux en blazer bleu et cravate rouge, et armés. Des radios crachotaient à leur ceinture.

– Allez, en route, enjoignit le Noir.

Il avait des taches de rousseur et de hautes pommettes d'Indien. Quelque chose de méchant dans le regard.

– Laissez-moi tranquille! hurla Abby. Où est-ce que je suis? Qui vous êtes, merde?

– Viens. Il veut te voir.

L'homme l'attrapa par le devant de sa chemise et la força à se relever en lui tordant le bras derrière le dos. Il la poussa dans un tunnel de béton. Elle serra les dents sous l'effet de la douleur, l'épaule quasiment démise, tandis qu'ils avançaient à travers l'étroit passage. Le tunnel décrivait plusieurs coudes sous une série de voûtes où luisaient des tubes au néon.

Au bout d'un nouveau tunnel, le jeune gars ouvrit une porte latérale, révélant un bureau lambrissé de bois sombre, en partie éclairé par des lampes Tiffany. Les abat-jour colorés avaient l'air découpés dans des plaques de caramel dur.

Le Noir la poussa sur un canapé en cuir noir.

Quand elle redressa la tête, ce fut pour découvrir une silhouette assise dans un fauteuil en cuir, pile devant elle. La lumière vive et la fumée lui brouillaient les traits. Abby distinguait l'incandescence orange d'un cigare. Un homme, qui respirait sur un rythme haché, accéléré.

– Bonjour, mademoiselle MacDonald.

La voix nasillarde, éraillée, de ceux qui boivent trop de bourbon et fument depuis leur enfance.

Elle avait ce goût de sang dans la bouche ; elle entendait encore le claquement sourd des verrous dans la pièce en béton dans laquelle ils l'avaient enfermée. Elle plissa les paupières pour tenter de percer la lumière brûlante.

– Vous devez être fatiguée.

Abby entendait sa propre respiration, à présent. Beaucoup trop rapide.

– Vous n'avez pas soufflé une minute depuis la mort de vos parents.

Elle se mordit la joue et ouvrit grand les oreilles.

– Des relais routiers, des motels minables… Ça me tracasse, vous savez. Pourquoi êtes-vous restée sur la route comme ça ? Pourquoi vous n'êtes pas partie à la mer ? Vous auriez aussi pu quitter le pays… Ça vous plaît de vous fondre dans le décor ? Vous préférez l'anonymat ?

Abby sentit le sang affluer, brûlant, à son plexus. *Ça y est. Ça y est.*

– Mais qu'est-ce que vous me voulez, bon sang ?

On aurait dit la voix d'une autre. De quelqu'un de plus fort.

Au-dessus d'eux bourdonnaient des rires ponctués de carillons électroniques. Un nouvel éclat de rire. Un pas lourd.

– Nous avons besoin d'aide pour retrouver quelque chose qui appartenait à votre père.

Le sac noir reposait ouvert sur le bureau, ses sous-vêtements sales gisaient par terre. Elle se sentit toute nue, et très gênée.

– C'est vous qui les avez tués, hein ? Sale fils de pute !

– Aidez-nous à mettre la main sur ce que nous cherchons. Vos parents pourront reposer en paix.

Des mains se tendirent vers le sac, l'ôtèrent à sa vue. La lumière était si éclatante que même en plissant les paupières, elle ne parvenait pas à distinguer les traits de son vis-à-vis. Un halo bleu pulsait dans son champ de vision.

– Où votre papa range-t-il ses papiers?

Elle secoua la tête.

– Vous allez me tuer, de toute manière.

– Que nenni. Je ne tue pas les petites filles. Je les fais juste saigner et souffrir jusqu'à ce qu'elles m'apprennent ce que je veux savoir.

Abby contempla ses mains. Elle respirait à toute allure, son cœur battait à tout rompre. Elle se mit à prier en silence une nouvelle fois. Cette prière qu'elle n'avait pas cessé de prononcer pendant le trajet en voiture, où elle se jurait de savourer la moindre seconde que lui accorderait le Seigneur.

– Abby?

Elle ne décrocha pas les yeux de ses mains.

Une caresse douce sur le dos de sa nuque.

– Allez-y, jeta l'homme à quelqu'un qui se trouvait derrière elle. Amusez-vous bien.

Deux silhouettes issues des ténèbres s'interposèrent entre elle et l'homme. La première était le vieux Noir tavelé. La seconde était Nelly.

Enfin, apparemment. La vision fragmentaire d'Abby lui renvoyait un corps et un visage familiers. Mais l'amie de Maggie avait l'air changée. Elle se tenait autrement. Jusqu'à sa façon de respirer qui paraissait différente. Elle l'étudiait d'un regard scrutateur.

– Bon, on se la récure, cette petite dégoûtante? lança-t-elle à la cantonade.

La porte du bureau de la sécurité était fermée. Je m'apprêtais à rebrousser chemin jusqu'au hall quand une femme noire vêtue d'une blouse de ménage s'avança en faisant tintinnabuler un trousseau de clés dans sa poche. Elle ouvrit la porte.

Je suivis le mouvement.

La pièce minuscule était pourvue d'un secrétaire minable et ornée de marines sur les murs. En dehors de l'odeur de fumée froide, impossible de croire que ça servait à quoi que ce soit. Pas un papier. Aucun tableau d'affichage. Zéro calendrier.

– Savez-vous où je peux trouver Humes? m'enquis-je.

La femme sursauta comme si elle venait de recevoir une décharge électrique. Elle avait le visage rond, aplati. Le teint marron cuivré.

– Désolé, dis-je en levant les paumes en avant pour lui montrer que je ne lui voulais aucun mal. Je cherche mon vieux pote M. Humes.

– *Meerde.*

Elle était très vieille et toute menue. Elle ne m'arrivait même pas à hauteur du torse.

– Vous, vous lui voulez pas du bien.

– Si, madame.

– Non.

Elle sourit.

– Pourquoi vous le cherchez? Il a encore déconné?

Je lui rendis son sourire.

– Vous allez lui foutre une peignée?

– Non, je veux juste lui parler.

Elle leva les yeux vers moi pour étudier mon regard. M'adressant un clin d'œil, elle me tapota le bras.

– Voyons, il met jamais les pieds ici. Mais allez pas lui raconter comment vous l'avez trouvé...

Elle laissa la porte du bureau ouverte pour me mener le long d'un couloir interminable, jusqu'à une porte métallique jouxtant une sortie de secours. Une caisse toute proche contenait des centaines de dépliants pour touristes. La totale, de Graceland au Delta Blues Museum de Clarksdale.

La dame déverrouilla la porte en métal et me la tint grande ouverte.

– Allez-y, dit-elle. La dernière porte à gauche. C'est toujours là qu'il est, assis à rien foutre et à reluquer ses *Playboy.*

Je me penchai vers la mamie et lui déposai un baiser sur la joue.

Dès leur passage au relais routier, Perfect avait éprouvé le désir incontrôlable de récurer Abby MacDonald dans ses moindres recoins. Cette gamine empestait. Elle puait la sueur corporelle, l'essence, et son haleine exhalait des relents de café. Elle avait de la repousse de poils sous les bras. Et les jambes hirsutes, à tous les coups. Ses sourcils n'étaient pas épilés, les cuticules lui mangeaient les ongles. Comment pouvait-on vivre ainsi ? Comment pouvait-elle se croire présentable ?

Perfect détestait tout chez elle. Ses cheveux blonds gras, sales, sa trogne sans maquillage, son petit corps noueux. Sans doute une coureuse de fond, ou une folle d'athlétisme. Elle n'avait pas une once de graisse. Elle ne comprenait pas qu'une femme, c'est censé avoir des formes.

Dans la pièce en béton, Perfect étudia Abby. La façon dont elle se prenait la tête dans les mains, la boue qui maculait son jean trop large, sans compter ces horribles chaussures de sport. Et impossible de la faire se tenir tranquille, en plus. Elle n'arrêtait pas de pleurer, petite fille, de l'appeler Nelly et de lui demander de partir.

Perfect, pantalon en velours moulant et tee-shirt blanc brodé d'un cœur à paillettes, se rapprocha de la fille pour l'observer mieux. Humes buvait une tasse de café, assis sur une table de black-jack, le flingue à la hanche. Ce connard attendait le début du spectacle. *Celui-là, il va falloir lui en donner pour son argent.*

Perfect saisit une bonne poignée de cheveux gras sur la tête d'Abby pour l'attirer jusqu'à la baignoire en acier trempé. Elle lui arracha son affreux tee-shirt nauséabond et lui ordonna d'ôter son jean sous peine de représailles mortelles.

La gamine continua à sangloter mais s'exécuta, faisant lentement glisser le pantalon par-dessus ses genoux. Elle avait la tremblote.

Elle s'attendait sans doute à être violée ou à subir des sévices sexuels d'une sorte ou d'une autre. Perfect flanqua sa petite personne fétide dans la baignoire emplie d'eau bouillante. Seulement vêtue de son slip et de son soutien-gorge, la gamine se plaqua le dos au mur en se cachant les seins de ses bras croisés.

Perfect secoua la tête, enfila une paire de gants en latex, et fit mousser l'éponge végétale.

La pièce située au fond du couloir était plus qu'un bureau d'appoint. Elle tenait à la fois de *Mission Impossible* et du *Dr Folamour.* Une bonne trentaine de moniteurs noir et blanc montrant divers points du casino étaient alignés le long d'un mur en parpaings gris. L'un des écrans donnait en gros plan sur les mains du croupier de black-jack, un autre sur une sorte d'entrepôt où plusieurs hommes étaient occupés à décharger un trente-cinq tonnes. Deux fauteuils à roulettes flanquaient le plan de travail étroit surmonté de micros sur lequel reposaient un mug de café à l'effigie du Grand Magnolia et un paquet de cigarettes froissé.

Je tâtai le mug. Encore brûlant.

Je pris place dans l'un des fauteuils et ramassai le numéro d'octobre de *Playboy* posé à côté du mug. Des pom-pom girls, mâtinées de critiques musicales ultra-boiteuses. Je sautai ces dernières, ainsi qu'une sorte d'encart spécial gadgets stéréo pour portefeuilles pleins, puis, allant droit au poster central, je me calai au dossier pour étudier la paroi de télés.

Une femme plantée à côté d'un bandit manchot, qui se curait le nez. Un jeune garçon latino grimpé sur les épaules de son père, lequel dansait dans une discothèque. Deux agents de sécurité, dehors, en train de fumer et de taper la causette assis sur le capot d'une Pontiac.

– Hé, dit une voix, qu'est-ce que vous foutez là?

Perfect passa une serviette de toilette sur la peau rougie d'Abby, débarrassée de sa crasse grâce à l'éponge grattante. Elle pleurait, parce qu'elle avait été légèrement éraflée au passage et que ça saignait un peu. Mais comment faire pour évacuer cette infection, sinon? Elle était vraiment dans un état épouvantable.

Humes lui braquait son revolver sur la poitrine. Il s'humectait les lèvres en matant son sous-tif et son buste mouillés. Il passa les mains sur le petit ventre plat, se rengorgeant de sa sensation de pouvoir. D'un geste brusque, Perfect chassa le canon de l'arme, lui cracha de retourner s'asseoir, puis elle attacha les poignets d'Abby à la canalisation d'eau au moyen de menottes.

La gamine était à présent allongée sur cette table de massage pliante qui servait pour les prestations en chambre. Quand Perfect lui fit couler de la cire brûlante sur les aisselles en l'étalant avec la spatule en plastique, mademoiselle saignait et pleurait encore.

– Ne t'inquiète pas, petite, dit-elle en lui caressant les joues. Je vais te chouchouter. Quand on te laissera repartir, tu seras toute pimpante et tu sentiras bon le chèvrefeuille. Ne t'inquiète pas, On va bien s'entendre, toi et moi.

Perfect lui étala les bandes de papier sur les aisselles, les lissant dans le sens de la pousse des poils. Elle reprit entre ses mains le visage agité de sanglots puis se hâta d'arracher le papier à rebours, emportant à la racine un gros tas de poils noirs.

Abby hurla et pleura de plus belle.

– Je me souviens, la première fois que ma mère m'a obligée à me pomponner, dit Perfect. Elle m'a fait asseoir dans un bain brûlant jusqu'à ce que j'aie les orteils ridés comme des pruneaux, et puis elle m'a carrément roulée dans le talc. Ensuite, elle m'a mis du rouge camion de pompiers, tracé deux traits sous les yeux à l'eye-liner, et elle m'a enfilé ma tenue du dimanche bleue et blanche. En me disant qu'il fallait que je me fasse belle pour mon oncle. Qu'il aimait les gentilles petites filles. Es-tu gentille, Abby? Es-tu ma gentille petite fille?

La gamine toussa, crachant sa salive en plein dans l'œil de Perfect. Celle-ci se contenta de s'essuyer en déversant une nouvelle dose de cire jaune sous les bras d'Abby. Qui hurla, brailla – en donnant des coups de pied, à présent.

Perfect adressa un hochement de tête à Humes. Ils lui ligotèrent les jambes à la table à l'aide de plusieurs draps déchirés. Avec le plus petit lambeau, elle bâillonna cette fille qui ne savait même pas ce qui était bon pour elle.

Perfect appliqua la cire, puis une nouvelle bandelette, qu'elle arracha exactement comme on le lui avait enseigné. Les yeux rougis, baignés de larmes, Abby poussa un hurlement étouffé.

Ayant trouvé un peigne dans son sac, Perfect entreprit de démêler avec rudesse les nœuds que faisait la chevelure mouillée. Tout en sifflotant un petit air.

Elle aimait tant ça, aider les gens à se bichonner.

*

Je me retournai vers la porte et découvris un môme aux cheveux raides de guère plus de vingt ans, en blazer bleu et pantalon de toile.

– On m'a envoyé ici attendre M. Humes.

– Personne m'a prévenu.

– C'est vous ? demandai-je.

– Non, répondit-il en étudiant ma tête.

– Ceci explique peut-être cela.

– On n'aime pas les petits malins par ici.

– Pourtant, si vous saviez. Vous seriez surpris.

Ses maxillaires se serrèrent. Il saisit le talkie-walkie qui pendait à sa hanche.

– Bougez pas de là, mon pote. Surtout, bougez pas.

Je mimai un pistolet avec mon index et mon pouce, laissant retomber le chien imaginaire. Le môme secoua la tête et repartit dans le couloir.

Peut-être Humes sous-traitait-il ailleurs ses collectes de fonds, peut-être avaient-ils déjà trouvé Clyde... Ou peut-être que je perdais mon temps. Enfin, au moins, c'était mieux que de rester assis à classer mes vinyles dans mon entrepôt de La Nouvelle-Orléans.

Je m'avançai jusqu'à la fontaine d'eau, m'en versai un gobelet. Vraiment extra, tous ces écrans. Je rigolai en voyant un type livide, en costume tout aussi blanc que lui, s'essayer à la danse, puis ce fut au tour d'une grand-mère occupée à tabasser le bandit manchot qui lui avait raflé son oseille.

J'étais sur le point de replonger le nez dans les pom-pom girls quand quelque chose, dans le recoin droit du mur de moniteurs, accrocha mon regard.

Ce cadrage-là ne provenait pas des salles de jeux. Ça avait l'air d'une zone de stockage. Des murs en parpaings couverts de vieilles machines à sous. Deux personnes en train de discuter.

Une femme était penchée au-dessus d'une jeune fille allongée sur une longue table. Je me relevai pour m'approcher de l'écran, à la fois fasciné et écœuré par ce spectacle.

La jeune fille était pratiquement nue, et ligotée. Elle avait les bras menottés à un tuyau au-dessus de sa tête et des bandes de tissu lui maintenaient les jambes à l'horizontale. Ses cheveux lui retombaient sur les yeux. Elle tordait le cou pour se détourner du visage de l'autre femme.

Les battements de mon cœur s'accélérèrent. Une giclée brûlante d'adrénaline me fusa dans tout le corps. La femme venait de planter un revolver dans l'œil de la fille tout en lui versant quelque chose le long des jambes.

Sous le moniteur, une étiquette en plastique annonçait : 102.

13

Perfect Leigh mourait d'envie de trancher dans les cuticules d'Abby. Au point que le sang lui battait aux tempes. Mais vu la façon dont la gosse se débattait et criait, l'opération allait être délicate. Peut-être en lui laissant les mains attachées au tuyau ? Perfect arracha une nouvelle bande de poils blonds sur la jambe de sa prisonnière, suscitant un énième hurlement étouffé, et un nouvel éclat de rire chez Humes. Ce connard prenait vraiment son pied à observer les jeunettes se tortiller en petite tenue. Quel pervers !

Hmm. Apparemment, la plus grosse concentration pileuse se situait sur les mollets, mais ça ne demanderait pas plus d'une lichette de cire et d'une petite torsion du poignet. Perfect s'interrompit un instant. Elle tira les cheveux humides de la gamine, à présent démêlés, pour les nouer en une queue de cheval et se recula afin d'admirer le travail.

Oui, ça ouvrait de nouvelles perspectives. Elle avait les aisselles nettes maintenant. Les jambes étaient presque terminées. Prochaine étape, les ongles, et ensuite, au maquillage ! Découvrant une longue traînée de poils récalcitrants, Perfect relâcha le bâillon autour de la bouche d'Abby.

– Ça ne prendra qu'un petit mot de toi, ma chérie, susurra-t-elle. Tout petit. Où ton papa rangeait-il ces fameux papiers ? Vous louez un coffre à la banque, vous autres ? À moins qu'il en ait eu un caché chez lui ? Voyons, tu es presque propre maintenant. Nous allons être forcés de passer à des choses beaucoup plus sérieuses. Et puis M. Humes que tu vois ici a des plaisirs un peu étranges...

Humes sourit, salua brièvement de la tête, puis sortit de la pièce. Il allait revenir. Persuadé, à coup sûr, que Perfect n'obtiendrait pas ce qu'ils voulaient. Perfect baissa les yeux vers Abby, qui virait au bleuâtre.

Elle souligna du bout du revolver le tracé du ventre nu en observant la gamine s'étirer du mieux qu'elle pouvait malgré ses entraves.

– Très bien, petite, comme tu préfères. Avant qu'il s'attaque à toi, j'aimerais bien t'enfiler une jolie petite robe noire. Et on va devoir brûler ce jean et ce tee-shirt atroces.

Tout en fredonnant, elle posa l'arme sur une pile de serviettes propres pour se concentrer sur la tâche restant à accomplir.

– Tu vas être mignonne à croquer, Abby. Ne t'inquiète pas. Au moment de ton dernier souffle, je te jure que tu seras la plus belle fille du bal.

Je courais le long de couloirs en béton tortueux en quête de la pièce entrevue sur le moniteur. Ce qui m'avait amené ici semblait sans importance, à présent. Une gosse était ligotée sur une table, on la menaçait d'un revolver à la tête. Le pire, c'est que je ne savais pas comment intervenir si je la trouvais. Shooter dans la porte, actionner l'alarme d'incendie ? Peu importe. Je ne pouvais pas me contenter de jouer les spectateurs en m'en lavant les mains.

Bon Dieu ! Les numéros se succédaient sans queue ni tête. Et la plupart des pièces étaient des réduits pleins de canettes pour distributeurs de boissons, de piles de papier toilette ou de serviettes blanches.

Juste au moment où je croyais toucher au but dans le son de mes bottes claquant sur le sol en béton dur, le numéro passa de 99 à 111. *Merde.* Je repartis à toutes jambes en sens inverse, toujours aux aguets, mais le couloir ne donnait nulle part.

Brusquement, j'entendis un autre bruit de pas dévaler le tunnel. Je m'aplatis contre le mur. Un Noir vêtu d'un costume me dépassa, regardant droit devant lui. J'inhalai profondément, pour reprendre mes recherches une fois le silence revenu.

Le tunnel suivant était froid, humide et vide. Le sol, maculé de traces de pas. Je m'apprêtais à rebrousser chemin quand j'entendis quelque chose tout au bout. On aurait dit des cris d'animal blessé.

Abby tâchait de se concentrer pour chasser la douleur. À l'issue de chaque nouvel arrachage, l'engourdissement la gagnait. Elle essaya de se focaliser là-dessus, d'imaginer cette insensibilité lui enveloppant la peau telle une couche protectrice. Quand la femme s'attaqua à l'arrière de ses jambes, déracinant de nouveaux poils, elle mordit de nouveau dans le bout de tissu qui la bâillonnait, en s'efforçant de ne pas crier.

Jamais de sa vie elle n'avait éprouvé une douleur aussi vive. Elle mordit plus fort, les joues sillonnées de larmes.

– Gentille petite fille, dit Nelly en lui agaçant l'oreille du bout d'un revolver. Purge-toi de toutes ces saletés que tu as dans la tête. Est-ce que ton papa te traitait bien? Tu étais sa petite chérie, c'est ça? Tu sais qu'il est mort pour une sottise qui ne le regardait pas.

Abby n'avait plus qu'une envie : que Nelly appuie sur la détente, histoire d'en finir une bonne fois pour toutes. Sans qu'elle ait rien dit des dossiers dénichés dans le bureau de son père. Ce serait finir comme lui, mais plutôt laisser pourrir ces conneries de papiers dans la consigne de l'aire de repos que de révéler quoi que ce soit à des monstres pareils. Elle ferma les yeux, se concentrant plus fort. Ils pouvaient bien lui flanquer des coups, la violer ou même balancer son corps dans les eaux du Mississippi, elle s'en foutait.

– Tu es dégoûtante, dit Nelly. (Avant de brailler comme l'avait fait Abby :) Allez!

Elle lui écrasait le revolver contre l'oreille. Puis elle le reposa sur les serviettes pour tirer une trousse à maquillage de son sac à main. Abby fit jouer les muscles de ses membres coincés, et tourna la tête au moment où la porte s'ouvrait à la volée.

La fille était attachée à une sorte de banc surélevé. Une grande blonde qui n'aurait pas déparé en vendeuse de voitures dans *Le juste prix* était campée au-dessus d'elle, un pinceau à maquillage à la main. Apparemment figée sur place, pétrifiée en plein geste.

J'avançai jusqu'à la table dans le claquement de la porte métallique qui se refermait derrière moi. La femme n'avait pas bougé. La fille me suivit du regard tandis que j'effectuais le tour du banc tout en repérant le revolver posé sur une pile de serviettes.

Elle avait une vingtaine d'années tout au plus. Elle était blonde et menue, en petite tenue – slip blanc et soutien-gorge. Je me fis soudain la réflexion que si ça se trouve, je venais de faire irruption dans un baisodrome privé. Peut-être que ces gens venaient prendre leur pied parmi toutes ces piles de tables de black-jack et de roulette.

C'est alors que je notai ses larmes et sa peau rougie. Des bandelettes de coton couvertes de poils reposaient entre ses jambes. Je crus sentir une odeur d'urine.

Je me jetai sur le revolver. La femme avança la main. Sauf que j'avais l'avantage, et que je la projetai par terre au moment où elle m'enfonçait la tête dans le thorax. Elle me saisit la jambe, mais je la repoussai d'un coup de pied et lui braquai l'arme, un calibre .38, à hauteur de poitrine.

– Debout, ordonnai-je en reculant lentement vers la fille sans détourner le canon de la femme. Où se trouve la clé de ces menottes?

Elle ne répondit pas. Un sourire vint néanmoins éclairer ses traits.

– Pourquoi, tu veux te joindre à nous?

J'ôtai le tissu de la bouche de la fille. Qui, entre deux sanglots étranglés, m'affirma que la femme essayait de la tuer. J'imprimai une secousse aux menottes, qui se détachèrent aussitôt. Aucune clé n'était nécessaire.

La fille baissa les poignets et se mit à les frotter tour à tour avant de se redresser pour arracher les liens qui maintenaient ses jambes. Elle fonça vers la porte tandis que, sans bouger d'un pouce, je continuais de tenir la femme en respect.

– Allons-y, dis-je.

– Il y en a d'autres! hurla la fille depuis la porte. Il revient.

J'étirai le bras vers le tas que formaient un jean et un tee-shirt, les lui tendis. Pendant qu'elle les enfilait en quatrième vitesse, je coinçai le revolver à ma ceinture pour ligoter la femme avec le tissu, comme on trousse une truie. Je lui fourrai une poignée de bandelettes couvertes de poils dans la bouche et ouvris grand la porte pour la fille.

Toutes les autres portes étaient fermées à clé. Aucun vestibule ne menait nulle part. La radio d'un gardien grésillait plus loin dans le couloir. Je me retournai, agrippant la main de la fille. Je transpirais à grosses gouttes à présent, et le moindre pas me faisait l'impression de déclencher un raffut du tonnerre.

Un panneau SORTIE luisait environ quinze mètres plus loin dans l'étroit boyau, et nous partîmes au petit trot dans cette direction. Au moment même où nous atteignions l'angle, le jeune gars que j'avais vu dans la salle de surveillance passa le coin.

– Je t'avais dit d'attendre, jeta-t-il en me braquant froidement son fusil vers la tête.

Mais au moment précis où il amorçait son geste, j'étais passé du trot au sprint, et je lui décochai un swing dans le nez. Le gamin tomba en arrière. Sa tête alla s'écraser contre le béton. Sans cesser d'avancer, je récupérai le fusil du bout des doigts tout en faisant signe de l'autre main à la fille de me suivre.

Je gardai l'arme dans mes mains moites en courant vers la sortie de secours.

Les couloirs cédèrent bientôt la place à la nuit humide du Mississippi. Une rampe menait à une passerelle qui faisait tout le tour du bâtiment et, plus loin, par-delà la terrasse en béton, s'étirait un canal étroit fendant en deux les champs de coton. Nous sautâmes, touchant des pieds le fond fangeux. Nous étions couverts jusqu'aux genoux d'une eau rutilant sous les reflets d'un néon rose.

Maintenant, regagner le parking.

Le Bronco. Memphis.

Nous crapahutâmes à travers le chenal jonché de mégots de cigarettes et d'emballages de Burger King, puis grimpâmes sur la berge d'un lopin de coton. Il faudrait s'enfoncer dedans sur encore une centaine de mètres avant de couper vers le parking et le Spectre Gris. Je serrai les dents, me pliai en deux et fis signe à la fille de se rapprocher.

Je guettais le cul du casino derrière moi. Mon cœur bondissait, désordonné, dans ma poitrine. Trois hommes munis de fusils surgirent au bord de la terrasse.

La grosse lune rousse était suspendue au-dessus telle une décoration de Halloween.

Dès que nous eûmes atteint le bout du champ, la fille me lâcha la main pour marcher sur mes talons. Portant toujours le fusil, je fis glisser la sécurité avec mon pouce.

– On va sortir, annonçai-je. Restez avec moi.

– Qui vous envoie?

Elle était mignonne. Les cheveux blonds, longs jusqu'aux épaules. De grands yeux noisette, les lèvres charnues.

– Personne, dis-je. Je vous ai repérée sur une caméra de surveillance.

– Vous êtes flic? demanda-t-elle avec un regard vers le revolver toujours coincé dans ma ceinture.

Son tee-shirt était trempé et crotté, ses mains couvertes de sang et de saleté.

– Eh bien, ça va peut-être vous paraître étrange, mais mon métier, c'est prof de fac.

Elle regarda les hommes qui se déployaient dans le champ de coton, puis me considéra de nouveau.

Je tentai un sourire en coin.

– De musicologie.

Elle secoua la tête puis fila droit devant elle le long d'une rangée de cotonniers. Un homme poussa un cri derrière nous et tira. La détonation produisit un bruit sourd. Je plaquai la fille contre terre. Mes coudes se plantèrent dans le sol labouré, ma main se referma sur sa bouche.

– Faites-moi confiance.

Elle hocha lentement la tête. Je la lâchai.

J'apercevais le Spectre depuis le bord du champ. La fille gisait à côté de moi, le souffle court, aplatie sur le ventre. Jetant un coup d'œil dans mon dos, je distinguai, à mi-chemin des alignements de plants de coton, un type brandissant un fusil, ainsi que le gosse que j'avais cogné, qui approchait par-derrière.

J'avais déjà tué un homme, et peut-être même un deuxième à Chicago. Cela ne m'avait pas procuré de sensations plaisantes. Mais ces types-là allaient nous descendre, moi et la fille, sans hésiter une seconde. J'ignorais ce qu'elle avait fait ou ce qui lui valait de se trouver là, mais c'étaient de sales types. Des violeurs, des tueurs, et il n'y avait qu'une seule issue pour sortir du champ.

Je regardai le parking, où un nuage clairsemé d'insectes entourait les hauts réverbères. Dans la stridulation régulière des cigales pareilles à un million d'horloges.

Je raffermis ma prise sur le fusil, coinçant la crosse au creux de mon épaule, et visai le Noir.

– Lâche ton arme ! hurlai-je.

L'homme la pointa dans ma direction et fit feu. Des mottes de terre m'atterrirent dans les yeux.

Je visai le torse et appuyai sur la détente, faisant choir dans le champ sa masse molle.

Une détonation retentit derrière nous.

Je saisis la main de la fille. Nous nous précipitâmes vers le parking et le Bronco.

Au bord du macadam, deux vigiles baraqués aux cheveux en brosse accouraient vers nous. Je fis feu vers leurs pieds à deux reprises. Ils se hâtèrent de filer vers le casino.

Je cueillis mon trousseau dans ma poche, tremblant au moment d'insérer la clé dans la serrure.

– Merde ! gueulai-je tout en trouvant enfin la bonne.

Je sautai dans l'habitacle, tendis le bras pour débloquer la porte côté passager et la fille me rejoignit d'un bond.

Le rétroviseur explosa en une myriade d'éclats. Je me retournai au moment où le gosse rechargeait son fusil à canon scié. Enclenchant la marche arrière, je tournai puis sortis du parking sur les chapeaux de roue dans une odeur de gomme brûlée.

Je m'engageai sur la Highway 61 sur fond de *Shake 'em on Down* gueulant dans mon radio-CD.

La nuit froide et noire défilait le long du Bronco. Je m'efforçai de reprendre mon souffle.

Je me tournai vers la fille en tendant la main.

– Nick.

Elle la serra, parvenant à sourire malgré ses ecchymoses.

– Abby.

14

Perfect Leigh faisait les cent pas dans la salle de surveillance tandis qu'un des gros bras de Ransom repassait les enregistrements vidéo en accéléré d'une main tout en se tenant le nez de l'autre. La cassette contenait des heures et des heures de voitures entrant sur le parking ouest, avec gros plan sur le visage du conducteur et sur les plaques d'immatriculation. Des culs-terreux aux dents cassées, au sourire aviné. Des truands de Memphis pleins aux as, lunettes de soleil et cheveux gominés. Le gamin leur avait juré, à Ransom et à elle, qu'un vieux Bronco serait un jeu d'enfant à repérer. Il devait mal connaître Ransom, sinon il n'aurait pas fait cette promesse en l'air, se dit Perfect en essuyant la cire jaune qui s'était collée sur son tee-shirt neuf. Et voilà, son petit cœur à paillettes était foutu, maintenant.

Elle grinça des dents et se tourna vers la pyramide d'écrans télé. Qu'allait donc faire Ransom du corps de ce crétin de Humes? Bah, il n'avait qu'à raconter au shérif de Tunica que quelqu'un avait tué leur brave chef de la sécurité en tentant de cambrioler le casino. Il n'aurait plus qu'à se pencher en avant pour que l'autre lui lèche le cul.

Le jeune joua avec les boutons, passant en revue les images jusqu'à trouver celles qu'ils cherchaient : Bronco gris, grand type avec une cicatrice en travers du sourcil. Affichant un sourire béat en remarquant la caméra.

– C'est ça, connard, jeta-t-elle, fous-toi de notre gueule.

Cette Abby MacDonald avait peut-être plus d'amis qu'ils ne l'avaient cru.

Tambourinant de la main gauche, le gamin fit avancer la cassette jusqu'au gros plan sur la plaque du Bronco. *Louisiane, le paradis des sportifs.*

Perfect regardait fixement les doigts énervés du gamin, qui s'en rendit compte lorsqu'il se retourna vers elle. Il interrompit son manège pour se tâter le nez avec précaution.

Tout d'un coup, un courant d'air froid s'engouffra dans la pièce. Perfect se recroquevilla, les bras autour du corps. Ils avaient baissé la clim à 5 degrés, ou quoi ? Et puis un homme lui posa rudement la main sur l'épaule en parlant fort. Trop près de son oreille. Elle sursauta.

– C.J., jeta Ransom, appelle M. Jim et fais-lui retrouver ce numéro de plaque. Dis-lui bien qu'il me le faut tout de suite.

Seigneur. Elle ne l'avait même pas entendu entrer.

Le gosse rembobina la cassette, appuya sur MARCHE, et Ransom s'approcha du moniteur pour étudier les traits de leur visiteur. Il fit un arrêt sur image, laissant le visage vaciller sur l'écran.

– Asseyez-vous, mademoiselle Leigh, ordonna-t-il en prenant place dans un fauteuil.

Cheveux gris en catogan. Santiags noires en peau de croco. Jean noir et chemise assortie boutonnée jusqu'au cou. Ceinture à grosse boucle ronde en argent. Même ses yeux étaient noirs : des flaques d'encre, mortes, incrustées dans son visage osseux et hagard. Cigarettes et bagarres par milliers.

Elle obtempéra. Il se pencha en avant tandis que le gamin disparaissait pour passer le coup de fil.

Il avait bu. Et fumé. Whisky et havanes, son carburant habituel. Comment avait-elle jamais pu le trouver attirant ?

Il lui prit la main, lui caressant la paume de ses longs doigts calleux. Il avait des ongles trop longs pour un homme, mais propres et manucurés.

– Vous avez tous merdé, dit-il. Vous auriez dû emmener cette petite à Moon Lake et vous en occuper là-bas. Tu as bâclé le boulot, Perfect.

– Tu te doutais que ça arriverait, dit-elle en ôtant sa main. Elle inspira en faisant semblant d'observer les écrans.

Ransom se ficha un cigare entre les lèvres, l'alluma, souffla un nuage de fumée qui se plissa et s'enroula vers le plafond. Il demeura silencieux quelques instants, se contentant d'étudier l'image floue de l'homme. Qu'il fit défiler et repartir en arrière sur le magnétoscope, avant de désigner du doigt un détail à peine perceptible.

– Une carte de parking de l'hôtel Peabody, dit-il.

De sa voix éraillée, rocailleuse.

Le gamin revint dans la pièce, le sourire aux lèvres.

– Il s'appelle Travers, annonça-t-il. Il est de La Nouvelle-Orléans.

– Je file au Peabody, lança Perfect. Il doit y être encore.

Ransom secoua la tête.

– C.J., je veux que tu rappelles M. Jim. Dis-lui de se débrouiller pour régler ça. Il faut quelqu'un de rapide, de retors. Un champion.

– Ce salaud m'a troussée comme un cochon ! s'insurgea-t-elle.

Ransom rigola en silence.

– Ça, tu peux le dire... Mais non, pas question.

Il prit une nouvelle bouffée de cigare et scruta les jambes croisées de Perfect.

– Tu as déjà tué quelqu'un ?

Elle acquiesça.

– Sans doute un pauvre crétin qui n'avait rien vu venir. Mais là, c'est autre chose.

– Permets-moi d'y aller, insista Perfect. D'apprendre.

Ransom lui caressa la nuque. Elle se rappela toutes ces nuits, à Biloxi, quand elle avait dix-neuf ans. Le fric claqué à tout-va, la cocaïne, les innombrables trous noirs qui la frappaient n'importe quand. Il céderait. Il avait encore le béguin pour elle.

Il reluquait toujours ses jambes. Qu'elle écarta d'un centimètre, sur quoi il remonta les yeux à hauteur de son visage. Sans doute histoire de s'assurer qu'elle parlait sérieusement, quand elle disait qu'elle voulait tuer l'homme qui lui avait manqué de respect et l'avait mise à cran.

Ransom hocha la tête.

– Ce Travers a intérêt à prier pour son âme, jeta-t-il en triturant la bague de son cigare. (Il en déchira l'étiquette, qu'il étudia un temps fou, à croire qu'il lisait un livre.) Dis à M. Jim de porter la prime à vingt mille dollars. Chacun.

Les traits et le regard enrobés de fumée mauve.

Graceland Too, c'est à Holly Springs, à une bonne cinquantaine de kilomètres d'Oxford et au moins quatre-vingts de Memphis. Une petite rue citadine mène à la maison coloniale à un étage que gardent des lions en pierre – exactement comme ceux de chez E. Mais ici, ça n'a rien d'aussi chic. Une vigne vierge échevelée se tortille jusqu'au-dessus du premier étage et de la cheminée. Et le propriétaire, un type balèze du nom de Paul McLeod, a flanqué une antenne satellite à l'arrière. Mais c'est pour la bonne cause, songe Jon Burrows. Ils sont en prise sur Elvis vingt-quatre heures sur vingt-quatre, sept jours sur sept, trois cent soixante-cinq jours par an.

McLeod prend cinq dollars aux touristes qui viennent visiter sa collection dédiée à E. Il assure la tranche du matin. Son fils, Elvis Aaron Presley McLeod, se tape les après-midi ; il mesure dans les un mètre quatre-vingt-dix et il a une mémoire photographique, comme on dit. Il se rappelle des trucs sur E dont Jon a même jamais entendu parler.

La famille a affiché des portraits d'E au mur, au plafond, et jusque dans la salle de bains. E passe sur vingt écrans de télévision à travers la maison. *À plein tube* dans le salon. *Changement d'habitudes* dans la salle à manger. Et, dans la cuisine, le Show NBC de 1968.

Burrows sourit et essuie la sueur qui lui recouvre le front avec le chapeau noir en feutre qu'il vient d'acheter sur l'aire de repos d'avant Vicksburg. C'est de là qu'il a appelé Black Elvis. Black Elvis, qui l'a mis en contact avec les McLeod. Black Elvis, qui lui a dit qu'ils prendront soin de lui jusqu'à ce que les choses se soient un peu tassées. Alors Jon loge là, chez eux, depuis deux semaines. Et, nom d'un chien, qu'est-ce qu'ils l'ont bien traité. Jambon de pays le matin, avec des petits pains viennois chauds. Ils ont même des mugs à café avec la tête d'E dessus.

Burrows descend le chemin gravillonné dans le cricri des cigales perchées sur les arbres. Le crépuscule rouge se reflète dans les flaques qui parsèment le terrain. La vapeur fumant sur le sol chaud, l'air chargé de chèvrefeuille : ce soir, tout sent le sexe. Riche, humide.

Bon sang, qu'est-ce que sa Dixie lui manque. D'après Black Elvis, le mobile home de sa fiancée de Tupelo, c'est là que la police ira chercher en premier. Ça le démange tant d'y aller, à Jon, que ses boutons de braguette vont finir par péter.

– M'sieur Jon ! appelle McLeod dans la nuit.

Burrows lève la tête vers la véranda de la vieille bâtisse. McLeod prétend qu'elle a cent cinquante ans. Sans doute pour ça qu'elle penche du côté droit.

– M'sieur Jon, Elvis va mettre *L'Amour en quatrième vitesse*, et je sais que c'est votre film préféré. Vous vous souvenez, ce que vous nous avez dit sur miss Ann, vous savez ? Que la mafia de Memphis[1] l'appelait la lapine ? Qu'elle se mettait toute chose quand elle dansait, si y se frottaient le nez et tout ?

– Bien sûr.

– Et on vous a aussi fait à manger, m'sieur Jon, ajoute McLeod, le dentier lui glissant hors de la bouche.

Il lui tend l'assiette en plastique avec son sandwich au beurre de cacahuètes et à la banane frite. McLeod met deux tablettes de beurre dans chaque sandwich. Il dit qu'E les aimait que comme ça.

– Merci beaucoup, dit Burrows en prenant l'assiette à l'effigie d'E, une photo du show *Aloha from Hawaï*. Je crois que je vais aller taper sur le Gros Dur à la cave.

– Z'avez qu'à faire signe, m'sieur Jon. Elvis tarit pas d'éloges sur vous. Si vous avez besoin de quelque chose, criez.

– Merci beaucoup, répète Jon en rebroussant chemin en direction de la double porte de la cave.

Il tire la poignée de l'un des battants, se glisse vers la fraîcheur de son bunker au-dessous des herbes folles et des tas de briques ébréchées.

---

1. Surnom du groupe des copains proches d'Elvis Presley, qui l'accompagnaient dans ses tournées et ses lubies.

Ayant refermé derrière lui, il s'avance vers l'écran électronique qui luit sous sa peinture sur velours d'E. L'icône sacrée. Celle où Il pleure, un nimbe bleuté autour de la tête.

Burrows s'assied devant l'ordinateur, se lance sur Internet en trois coups de clic. Avant le bourdonnement qui signale la connexion, l'ordi éructe des sons étranges. Burrows tape d'une main en tenant son sandwich de l'autre. Qu'est-ce qu'il donnerait pas pour un Coca.

Tout en regardant la ligne d'adresse, il dévore le sandwich, le beurre chaud lui dégoulinant sur le bras. Un vrai bonheur d'être sorti avec cette Allemande deux ans plus tôt. Elle lui a appris un paquet de trucs en informatique quand ils ont quitté le Mississippi pour Vegas.

Burrows tire une carte de visite de sa poche puis saisit l'adresse avec soin. La page d'accueil du site PERDUS DE VUE met quelques secondes à s'afficher. Il clique sur la photo d'un jeune Mexicain pauvre, dont le visage laisse place à un nouveau site appelé PRIME ASSURÉE. Les noms des types recherchés sont organisés par région. Burrows double-clique sur SUD. Tombe sur une liste d'États. Sous le label Mississippi, le nom, la photo et la dernière adresse connue d'un repris de justice du nom de Dock Boggs. Cinq cents dollars seulement. Merde.

Le second contrat porte sur une femme du nom de Lillie Fitzpatrick. La mise à prix est de deux mille dollars, mais il faut se taper tout le trajet jusqu'à Atlanta où madame tient un institut de beauté.

Il se rabat sur son deuxième choix, la Louisiane. Tandis que l'ordi se démène pour aspirer les noms, Burrows termine le sandwich, raclant avec la langue le beurre resté sur son palais.

Au cours de ces deux dernières années, il a descendu près de trente personnes. Hommes comme femmes. Ça rapporte pas mal mais, quand on est en cavale, le fric vous file entre les doigts. Il se sent comme E sur la fin, quand personne comprenait à quel point tous ces voyages lui tapaient sur le système. Sauf que lui, il a personne pour lui recouvrir ses fenêtres de papier alu quand il dort à l'hôtel en plein milieu de journée, ni pour lui filer des petites pilules maison ou des remontants. Chaque fois, il se contente de reprendre la route pour trimbaler ses dons le long du bitume du Sud. Douche brûlante et cuisine du terroir, voilà les seuls remerciements auxquels il a droit en contrepartie de son talent unique.

L'écran d'ordinateur s'éclaircit.

Juste au moment où tu commences à pleurer sur ton sort, E t'illumine sur ton vrai rôle sur cette Terre.

– Je douterai plus jamais de toi ! promet-il en se signant sur le cœur avec ses doigts collants.

Il connaît l'une des têtes mises à prix.

Il sort le cran d'arrêt que sa mère lui a acheté au supermarché, l'ouvre d'une chiquenaude. Il aperçoit son reflet tordu dans le chatoiement acéré de la lame. Sa barbe. Quelques années de plus. Et plus coriace que jamais.

Burrows referme sèchement le couteau, contemple l'écran. Y apparaît le visage d'un Blanc au sourcil écorné par une cicatrice, aux cheveux noirs mâtinés de blanc à hauteur des tempes. Ouaipe, c'est lui, pas de doute.

NICK TRAVERS.

Et il a pris de la valeur, nom d'un cheval.

Vingt mille dollars.

15

Le lendemain matin. Des fibres de moquette toutes fines contre ma joue et une lamelle de soleil brûlant dans les yeux. À un moment donné la veille au soir, avant que la gamine s'endorme, j'avais chopé un oreiller et un couvre-lit rêche, et je me réveillais avec des courbatures d'enfer. En règle générale, j'essaie d'oublier combien je me suis cassé d'os, foulé d'articulations ou démis de membres au fil des années, mais ces choses-là se rappellent à votre bon souvenir en des matins pareils. La fille était toujours lovée sur le lit, une mèche de cheveux dans les yeux. Les lèvres pincées. Enveloppée serrée dans une couverture bleue satinée.

Abby. Elle s'appelait Abby.

La veille, je lui avais fait grignoter à grand-peine une bouchée du sandwich au poulet commandé au service d'étage du Peabody. Abby n'arrêtait pas de dire qu'elle devait s'en aller, et elle avait fait mine de partir à deux reprises avant que je la convainque de rester. Je lui avais montré mon permis de conduire, mes cahiers de notes épars, et même le magnéto cabossé dont je m'étais servi dans le Delta. J'avais tâché de la décontracter et même de la faire rire.

Elle ne se fiait pas vraiment à moi. Simplement, elle était rompue et apeurée. Sans aucun endroit où aller. Avant de s'endormir, elle avait passé plusieurs heures à regarder sans rien dire le talk-show humoristique de David Letterman, puis la dernière moitié de *Diamants sur canapé*, dans un tee-shirt élimé du Jojo's Blues Bar et un de mes caleçons Scoubidou.

Elle avait dû s'assoupir le téléviseur allumé, me dis-je tout en roulant sur le dos et en découvrant les dessins animés du samedi matin. Toujours porteur des mêmes vêtements que la veille au soir, une chaussette en moins. Je me levai, me grattai la nuque, et zappai jusqu'à trouver *Scoubidou*. Un des premiers épisodes de la série d'origine, celui où il y a le vieux chercheur d'or et la ville fantôme. Nom d'un chien, qu'est-ce que j'adorais ça !

– C'est le propriétaire de l'hôtel, dit la fille d'une voix endormie.

Je me retournai, la découvris serrant l'oreiller contre elle, ses yeux marron cernés de cercles noirs.

– Il a découvert de l'uranium dans les mines.

Je me tournai de nouveau vers le téléviseur pour regarder Scoubi manger l'énorme sandwich de Samy, surmonté d'olives et de crème chantilly. J'ôtai la chaussette qui me pendait au bout du pied, m'assis auprès de la fille. Des rires préenregistrés emplissaient la pièce.

– Tu as vu celui avec Mama Cass ? demandai-je.

– La propriétaire de l'usine de bonbons ?

– Bravo, dis-je. Je croyais qu'il fallait être né dans les années soixante pour connaître.

– Tu oublies le Cartoon Network.

– Ah, toi, tu devais regarder les Schtroumpfs.

– Hein ?

– De tout petits bonshommes bleus, indiquai-je en rapprochant mon pouce et mon index.

Abby détourna la tête et serra l'oreiller plus fort contre son buste, chargeant ses cheveux d'électricité statique. Elle exhala longuement, à croire qu'elle tentait d'expulser des microbes.

– Bon, tu vas me dire qui tu es ?

– C'est déjà fait.

– Et ça, alors ?

Je tournai la tête vers mon sac de l'armée duquel émergeaient mes CD des Stones, des North Mississippi All Stars, ainsi qu'un Browning 9 mm en acier inoxydable. Une jambe de 501 propre tentait aussi une percée depuis le fond.

– Les profs ne se trimbalent pas avec des trucs pareils.

Je lui souris.

– J'ai un complexe d'infériorité assez prononcé.

Je recouvris l'arme avec la jambe de mon jean et ouvris une fenêtre. J'allumai ma proverbiale première cigarette devant le nouveau stade de base-ball construit pour les Memphis Redbirds. Dès la première bouffée, l'odeur du tabac me monta à la tête.

Je fus soudain pris d'une envie aiguë de me laver les mains. Voire de prendre une douche. Mes mains sentaient encore la poudre. J'avais jeté les deux armes dans le Mississippi après nos aventures mais elles me brûlaient toujours les doigts. Je me rappelais le bruit qu'avait fait le corps de l'homme en tombant comme une masse dans le champ de coton. Et cette sale lune qui baignait son visage éteint de sa lueur vive.

Abby se leva avec assurance pour me rejoindre à la fenêtre. Les jérémiades du dehors pénétraient dans la chambre. Elle n'était pas très grande, elle m'arrivait à hauteur du torse. Les cheveux raides, coiffés au carré, jusqu'à hauteur du menton. Elle avait le genre de visage qui peut se le permettre. Ledit menton s'épointait en forme de cœur. Son sourire devait être explosif – si elle savait ce que sourire voulait dire.

Un souffle de vent chaud me balaya le visage. Je continuai de contempler les immeubles du centre-ville et les ponts enjambant le Mississippi. J'avais merdé, la veille au soir. Peu importe ce qui s'était passé au casino, j'avais tué un homme. D'un coup de feu en plein cœur. Le mien battait à cent à l'heure et j'avais la bouche sèche comme du coton.

Je tentai de prendre une profonde inspiration mais l'oxygène me manquait. J'avais déjà fait le coup de poing quantité de fois, voire tiré sur mon prochain. Sauf que le lendemain, je me réveillais toujours perclus de doutes.

– Ça t'arrive parfois d'avoir l'impression que tu pourrais mettre ta main en plein milieu des flammes sans rien sentir? demanda Abby tout à trac.

Elle avait surtout parlé pour elle-même, en frottant les marques violacées à ses mollets.

Je tendis l'oreille. Deux trois klaxons résonnaient sur Union. Scoubidou et sa bande fuyaient le fantôme de l'espace. Je baissai les yeux vers mes pieds nus, tortillai les orteils de mon pied gauche.

– Des fois, oui… Alors, tu veux bien me dire ce qui se passe ?

Elle secoua la tête.

– Je ne sais pas.

– Qui étaient ces types ?

Elle s'assit par terre, remonta les genoux contre sa poitrine et se mit à osciller d'avant en arrière. Je m'approchai d'elle, me penchai pour lui poser la paume dans le dos. Je restai figé ainsi, à demi accroupi, les genoux me faisant un mal de chien, mais sans ôter ma main.

– Je ne sais pas, répéta-t-elle.

– Pour quelle raison cherchaient-ils à te faire du mal ?

– Tu ne peux pas m'aider.

– Pourquoi ça ?

Abby posa la tête au creux de ses bras.

– Découvre qui ils sont et je t'expliquerai tout.

– J'ai un ami qu'il faut qu'on aille voir, affirmai-je en me relevant. Lui, il saura.

– Quelqu'un de confiance ?

– C'est comme un frère pour moi.

16

Ulysses Davis dirigeait une officine de cautionnement judiciaire sur Poplar, non loin du tribunal et de la prison du comté de Shelby. Le quartier se résumait à ça sur plusieurs pâtés de maisons : des boîtes comme la sienne, dont les néons annonçaient le numéro de téléphone dans la vitrine, assurant chacune à sa façon : À TOUTE HEURE, À TOUT PRIX. Malgré ça, impossible de confondre le bureau de ce vieil U avec un autre. Au premier coup d'œil, on aurait dit une galerie d'art. Un tas de néons bleus, des murs couverts de photos de stars de films de kung-fu. J'avais charrié mon pote un jour à ce propos, en affirmant que ces types avaient tout l'air de ceux qu'il faisait sortir de prison à coups de caution. Il n'avait pas trouvé ça drôle. Depuis l'époque où l'on jouait tous les deux en défense chez les Saints, je l'avais rarement fait se bidonner.

Quand j'entrai avec Abby, il était assis à son gros bureau directorial. Marcus Roberts pianotait du jazz dans la chaîne. De l'encens au patchouli brûlait sur l'étagère toute proche. U avait noué ses cheveux tressés en queue de cheval, la sueur perlait sur sa peau chocolat. Une veste en cuir noir reposait au bord de son bureau, derrière lequel il classait des papiers.

Pour un peu, je n'aurais pas vu le jeune gamin black à la tête rasée, couvert de piercings et de boucles d'oreilles, qui se trouvait assis en face de lui. Je ne pus m'empêcher de remarquer l'entaille inégale qu'il présentait à l'oreille gauche, et qui saignait de sale façon. Du gros Scotch sur la bouche, il était menotté au fauteuil à dos droit.

– Salut, enfoiré, dis-je.

U se fendit d'un large sourire sans relever les yeux de ses papiers.

– Et comment va madame votre mère, monsieur le professeur?

Abby me décocha un regard incrédule.

Le gamin se mit à émettre des grognements.

U termina de mettre les points sur ses i, de tracer les barres sur ses t, puis il reposa son stylo. Il redressa ses cent dix kilos sur toute la hauteur de son mètre quatre-vingt-dix et vint m'empoigner la main. Avec son éternel air de sortir d'une salle de gym. Il faisait l'effet de passer son temps à ça : soulever de la fonte, s'exercer au tae kwon do et manger sa bouffe bio. Tofu et germes de blé. Le salaud. Pendant trois ans, j'avais tenté de le faire mordre dans des travers de porc et boire de la bière, mais macache.

– Qu'est-ce que tu peux bien me vouloir? demanda U.

– Te dire que je n'ai jamais cessé de t'aimer. Rattraper le temps perdu.

– Bon, alors, attends-moi ici, trouduc. J'en ai pour une seconde. Antoine que tu vois là a décidé de me niquer la gueule une fois de trop. Maintenant, je récupère mon fric.

Abby s'assit près d'une immense baie vitrée donnant sur la grisaille froide de la prison. Elle portait un pantalon de jogging acheté par mes soins dans le hall de l'hôtel, avec un autre de mes tee-shirts.

À l'extérieur, ça grouillait de flics et de familles avachies. Deux femmes en pantalon de simili-cuir et dos-nu allaient et venaient près de la vitre en affectant l'indifférence.

– D'où tu connais ce type? s'étonna Abby.

– On jouait au foot ensemble. Pendant les matches extérieurs, on partageait la même chambre.

– Qu'est-ce qu'il peut faire?

– Il connaît le moindre flic et le moindre agent fédéral de cette ville.

Abby demeura silencieuse un instant et saisit un vieux numéro de *Black Belt*, la revue de karaté. Chuck Norris faisait la couverture. En tenue de cow-boy. En train de shooter dans les roupettes d'un pauvre type.

Vingt minutes plus tard, U revenait de la prison où il avait déposé le gamin. Il se frottait les mains comme s'il venait de nettoyer sa cuisine.

– Suivez-moi, lança-t-il en ôtant sa veste.

Abby trouva un siège près du bureau. Je restai debout. Le patchouli continuait à brûler bien que Roberts ait terminé de jouer. La chaîne passait désormais des morceaux choisis de *Carmen.*

– Hier soir, je suis allé à Tunica, dans un casino.

– Je me doutais bien, depuis que tu m'as demandé de retrouver cette plaque. Bon, tu peux me dire pourquoi, maintenant?

– Je cherche un type du nom de Clyde James. Des vigiles du casino sont aussi sur ses traces.

– En quoi ça te concerne?

– James était un grand chanteur de *soul* dans les années soixante.

– Un nouvel article à écrire?

– C'est le frère de Loretta.

– Haaaa, fit U en frottant son bouc. Et elle se fait du mouron.

– Pendant que j'étais sur place, j'ai rencontré Abby, que voici. Une femme l'avait kidnappée et emmenée au casino.

– Lequel?

– Le *Grand Magnolia.*

– Je vois.

– En nous sortant de là, j'ai tué un homme.

– Pas vraiment ton rayon, Travers.

– Je veux traiter ça dans les règles. Où faut-il que je m'adresse? Pas question que j'y retourne le nez au vent.

U secoua la tête. Il replia sur son torse ses bras mastoc, aux veines et aux tendons apparents.

– Tu as idée d'où ça va mener? demandai-je.

– Eh bien, mon frère, il semble que tu aies atterri en plein dans un gros tas bien fumant de truands sudistes.

J'exhalai à grand bruit.

– C'est ça, dit U. Gaffe, et accroche-toi aux branches.

17

Perfect Leigh détestait les vieux cons en blazer bleu marine et pantalon de toile écrue. Or, aujourd'hui, elle en était cernée. À croire que ces types risquaient d'être refoulés de leur satané match de foot s'ils ne s'habillaient pas tous pareil. Quelle horreur de les voir tituber après tout le scotch qu'ils s'étaient envoyé. Et cette manie de brandir des drapeaux sudistes, de beugler l'ancien salut confédéré aux copains qu'ils croisaient ! Elle en avait sa claque de les voir, eux et leurs équivalents femelles en robe à fleurs et chapeau de paille. Ils se baladaient sous l'ombre des chênaies du campus de la fac, dans ce coin qu'on appelle le Grove, en mangeant les mini-sandwiches et les brochettes grillées piquées sur des cure-dents que proposaient des Noirs en smoking tout droit sortis des années cinquante.

En attendant Ransom, Perfect, assise sur le capot chaud de sa Mustang, tâcha de décider qui remportait la palme, des hommes ou des femmes. Les hommes étaient carrément pitoyables. Ils bavaient à sa vue, devant son pantalon en cuir rouge et son dos-nu en daim. Rien à faire de l'épouse pendue à leur bras, ou des marmots qu'ils tenaient par la main. Les femmes, quant à elles, c'étaient des hypocrites de première, Puant le parfum, les roploplos remontés bien haut dans leur Wonderbra, elles lui décochaient des moues désapprobatrices ou la montraient du doigt en riant entre elles.

Au moins, elle, elle savait qui elle était. Elle ne jouait pas les femmes aimantes, les mères dévouées, ni les petites amies se rengorgeant sur leur fiancé. Elle était Perfect Leigh. Cinquante-cinq kilos de purs appâts féminins. Pas besoin de masque ni d'étiquette. Elle en était consciente, et sacrément fière de son pouvoir.

Deux serveurs portant des plateaux en argent passèrent près d'elle. L'un se contenta d'exprimer son approbation d'un grognement. Un Blanc adipeux en costume, coiffé d'une casquette de base-ball tournée sur le côté, s'était léché les lèvres en se hâtant de détourner les yeux. Quand elle décroisa ses longues jambes en regardant sa montre, deux étudiants qui se passaient une flasque d'alcool manquèrent tomber à la renverse.

Ses cheveux permanentés avaient retrouvé leur teinte platine. Leurs boucles amples lui encadraient le visage. Ça lui avait coûté deux cents dollars et, quant à la tenue, pas loin de mille. Elle méritait bien ça. Il faut s'accorder de petites récompenses de temps à autre, histoire de s'encourager à la débrouillardise.

À la même époque, huit ans plus tôt, elle venait de quitter Clarksdale après avoir remporté le concours de Reine du Coton du comté de Coahoma. Les possibilités étaient infinies : coucher avec le juge du coin – un type au cou de taureau qui possédait plusieurs rades sur place –, se démener pour tenter de faire venir les touristes dans une ville à l'agonie, ou se faire des paquets de fric en tant que strip-teaseuse à Memphis.

Son avenir n'avait pas l'air de tracasser sa mère, dès lors qu'elle avait des chances de devenir célèbre et d'atterrir dans un de ses feuilletons télé. « Ton joli petit minois sera là en photo un jour », se plaisait-elle à répéter en désignant le programme du magazine télé quand elles faisaient la queue au supermarché.

Mais sa mère ignorait ce qui faisait tourner le monde. Elle se réfugiait derrière son étagère de films Disney – si nombreux que c'en était écœurant – et sa collection de verres à moutarde de personnages célèbres de dessin animé. Elle avait trouvé le prénom de sa fille sur une erreur idiote. En écoutant une chanson des Rolling Stones, avait-elle expliqué à Perfect quand celle-ci était encore petite : *J'ai vu Perfect-ly à la réception, un verre de vin à la main...* Alors que ce n'était même pas ça, les paroles. Ils disaient juste : «*Je l'ai vue à la réception, je l'ai vue aujourd'hui.*» Où avait-elle été pêcher Perfectly là-dedans?

Perfect avait fini par entendre la chanson alors qu'elle était déjà au lycée. Un crétin de fumeur de moquette lui avait fait écouter la vraie version dans son van merdique couvert de Vikings peints à l'aérographe. Ça avait éclairé sa lanterne : sa mère était une idiote. Dès lors, son univers avait changé.

Jusque-là, Perfect avait cru que ce prénom n'était pas un hasard, qu'il lui ouvrirait de grandes perspectives. Cette idée ayant viré au grotesque, elle avait eu l'impression que sa vie tout entière allait partir en quenouille. Si bien que deux mois plus tard, après l'obtention de son diplôme et son heure de gloire en tant que Reine du Coton, elle s'était décidée à déménager à Panama City Beach et à prendre un boulot, sur un parcours de golf zarbi qui faisait aussi bar et qui, chaque mercredi, organisait des concours de tee-shirts mouillés.

C'était là qu'elle avait rencontré un escroc du nom de Jake, l'homme qui lui avait pris sa virginité, au Flamingo Motel. Deux semaines plus tard, elle déménageait à Biloxi et Jake commençait à lui enseigner comment se faire passer pour des vérificateurs de la banque auprès des petits vieux, comment pigeonner les bouseux dans les comptoirs de chèques de voyage et estamper les chauds lapins qui se trimbalent avec plein de liquide sur eux.

Elle avait un don inné pour ça, d'après Jake. D'accord, il était dingue d'elle. Mais elle était douée, cela dit. Elle avait compris dès l'enfance que d'infimes changements d'attitude suffisaient à faire réagir tout autrement les gens. Comme cette fois où elle s'était mise à parler avec l'accent anglais, en colonie de vacances, en disant à ses camarades qu'elle avait un titre de baronne. Tout le monde l'avait crue, y compris plusieurs moniteurs, jusqu'à ce que quelqu'un téléphone à sa mère. Ça avait tout gâché.

Jake lui avait appris que ça ne s'arrêtait pas à la voix. Il y avait le regard, les épaules, la façon de bouger les mains.

– Tout le monde porte un masque, avait-il expliqué un soir au Wintzell's, à Mobile, alors qu'ils venaient de refaire un P-DG de banque de deux cents plaques. Tout le monde joue la comédie. Tu vois ce type? Lui, il s'affiche en père qui bosse dur. Cette femme, en grand-mère gâteau qui gâte ses petits-enfants. Et lui? C'est le rigolo que tout le monde adore fréquenter parce qu'il se connaît pas lui-même. Tu saisis?

Et effectivement, elle avait saisi. Jake les lui avait tous montrés. La moindre variété qui existait sous le soleil. Et sans doute aurait-elle épousé ce gars malin en diable, s'il n'avait tenté de doubler Levi Ransom – et disparu sur le parking d'un grand magasin Sears.

Enfin, elle en était venue à aimer Ransom à son tour. À porter le masque de l'amour pour lui, du moins. Histoire de se protéger, et aussi de rendre hommage à ce bon vieux Jake. Il aurait apprécié.

Tandis que le réseau de haut-parleurs commençait à ânonner la liste des joueurs entrant sur le terrain, Perfect baissa les yeux vers le brillant merveilleux de ses nouveaux ongles. Les bruits du Grove lui parvenaient, sous la chaleur du soleil d'automne cuisant le capot rouge de sa Mustang.

– Raconte, dit Ransom.

Elle leva la tête – et le voilà devant elle, tout hâlé et tout chic, comme Kris Kristofferson, avec ses cheveux gris qui lui descendaient jusqu'aux épaules et sa voix imprégnée de whisky. Chemise en lin froissée, pantalon bleu, pieds nus dans ses mocassins : ses tenues évoquaient plus le joueur de golf professionnel que le chef d'une bande de coupe-jarrets du cru.

– Je veux faire partie de l'équipe, dit-elle en mordillant une peau d'ongle qui dépassait. Je veux ce type.

– Remets-toi.

– Je veux le voir souffrir horriblement.

– Perfect, tu n'es pas là pour tuer les gens, dit-il en observant la foule qui grouillait vers le stade comme du bétail en transhumance. Tu as certains talents, mais laisse ça à d'autres… Bon, il faut vraiment que je rejoigne mes invités.

– Tu détestes ces connards, Levi. Ne me dis pas le contraire.

Il lui adressa son grand sourire en coin. C'était la seule et unique chose qu'elle ne feignait pas d'aimer chez lui. Levi Ransom avait l'allure d'un type qui a déjà vécu deux vies et qui, la troisième fois, se contente de rester assis en retrait à regarder tout le monde faire des conneries.

Derrière lui, des grappes de femmes à chapeau de paille et d'autres crétins cravatés en blazer sous une tente de réception.

– Laisse-moi y aller, dit-elle en tendant la main pour toucher sa poche. Je veux apprendre.

– Je ne connais pas ce gosse, finit par lâcher Ransom en se frottant la barbe après avoir pris place à côté d'elle sur le capot de la voiture. Il a pas mal d'expérience, à ce qu'on m'a dit, mais il est un peu maboul. Tu ne comprends pas cette partie-là de l'activité, chérie. Les mecs comme lui prennent leur pied à voir saigner les gens. C'est un peu comme des joueurs de base-ball. Des étoiles filantes. Qui se consument très vite.

– Qui est-ce ? demanda-t-elle.

– C'est la première fois qu'on fait appel à lui. Il dit qu'il connaît le type qu'on cherche et qu'il peut lui régler son compte pronto. Il a de bonnes références, de Vegas.

– Laisse-moi y aller avec lui, dit-elle en prenant l'air triste et en avançant sa lèvre inférieure.

Puis elle planta ses yeux dans les siens. Plus grave. Implorante.

Il sourit.

– Tu me surprendras toujours.

– Toi aussi, rétorqua-t-elle.

– Et merde, vas-y. Memphis. Appelle C.J. de là-bas. Il te dira ce que tu as besoin de savoir.

Elle se laissa glisser du capot, planta dans l'herbe ses talons aiguilles Manolo Blahnik.

– On a vraiment vécu des super-moments tous les deux, hein ?

– Oui.

– Qu'est-ce qui s'est passé ?

– Tu as mûri, répondit Ransom, avec ce que Jake aurait appelé la Tête Mélancolique.

Des jours meilleurs, un homme plus âgé, plus sage, qui avait tout vu. Elle faillit se laisser prendre à sa manœuvre de faux-cul.

Mais au moment où il tournait les talons pour repartir vers la tente et son nouveau groupe d'amis, un type châtain à la mâchoire carrée, dont le crâne commençait à se dégarnir, s'approcha pour lui mettre lui le grappin dessus. Le nouveau venu devait avoir la quarantaine bien tassée, la cinquantaine peut-être. Bel homme, tendance grandes dents et grand sourire, svelte et hâlé. Il portait un polo noir et un pantalon blanc cassé. Une Rolex en argent pendait, lâche, à son poignet.

– Merci, Levi, dit-il avec assurance. (Il gratifia Ransom d'une double poignée de main en s'efforçant autant que possible de garder les yeux plantés dans les siens.) J'ai encore un apéritif avant le début du match.

– Jude! dit Ransom. Quel plaisir que vous soyez passé. Tenez, je vous présente une amie de la famille, Mlle Leigh. Mademoiselle, voici Jude Russell. Il fait la tournée des popotes pour rallier certains de ses électeurs du Tennessee descendus par ici. Il ne veut pas qu'ils oublient le premier lundi du mois prochain sur leur calendrier.

Russell. Oui, elle savait qui c'était. Un sénateur de gauche venu de Memphis qui voulait devenir gouverneur. Son paternel était un raciste atroce à l'époque de la ségrégation. Ce type passait son temps à essayer de convaincre le monde qu'il n'était pas comme feu son papa.

– Ravie de vous connaître, dit Perfect, l'appâtant d'un petit sourire entendu.

Rien. Pas un sourire. Pas de serrage de pogne. Il fit comme si elle n'était pas là.

Dix mètres plus loin, Russell fut intercepté par un nouvel apéro du club des bleu marine. Il échangea d'autres poignées de main, afficha sa banane hilare. Sous l'œil de Ransom, qui nettoya ses lunettes à l'aide de sa pochette, ferma un de ses yeux gris, et lorgna à travers son verre propre.

– Je hais ce fils de pute, lâcha-t-il.

18

Sa nouveauté mise à part, le complexe judiciaire de Tunica n'était remarquable en rien. Ramassé, en brique rouge, fruit d'autant d'ingéniosité architecturale qu'une boîte de crackers Ritz, il reposait au bord du centre-ville vieillissant tranché en deux par la voie ferrée. Un drapeau américain aussi empesé qu'immaculé flottait en haut d'un mât devant le bâtiment, à côté des jeunes arbustes à peine enracinés qui se dressaient, marron et morts, près des portes d'entrée.

Ulysses sauta en marche, laissant glisser ses bottes sur l'asphalte comme je garais le pick-up sur un emplacement visiteurs. Mon vieux pote portait des lunettes fumées et avait remonté le col de sa veste en cuir noir.

– Hé, Shaft, tu as l'intention de t'arrêter?

– Moi oui, mec. Mais toi, j'ai comme l'impression que t'es pas pressé d'aller en taule.

Je coupai le contact et plongeai les mains dans les poches de mon jean. Je regardai les arbres morts puis le long panorama du centre-ville ancien, tout endimanché : magasins, boutiques d'antiquaires, et un salon de thé.

– Tu te rappelles la fois où tu as enfermé cet entraîneur qui nous mettait au régime... comment il s'appelait, déjà? dit U.

– Ça ne me rappelle rien du tout.

– Si, tu sais bien, on était en stage. Souviens-toi, tu l'as coincé dans ce vieux casier à linge où on balançait nos suspensoirs et nos chaussettes sales.

– Qu'est-ce qui t'y a fait repenser?

– C'est la dernière fois que je t'ai vu te tracasser pour quoi que ce soit. Ils avaient parlé de te virer de l'équipe.

– Merde.

– Pour ton histoire, tu crains rien. De la légitime défense. Tu vas t'en tirer les doigts dans le nez.

Je hochai la tête.

– Pareil pour la fille.

Nous avions laissé Abby à Memphis en compagnie d'un associé de U du nom de Bubba Cotton[1]. Bubba était plus mastard que U et moi réunis. À en croire U, il lui était arrivé de tuer un homme à coups de fourchette à gambas dans un restaurant de poissons, près de l'aéroport. J'aurais parié qu'Abby était en sûreté.

Un rideau de nuages d'un noir intense filait vers l'est à l'horizon et un panneau STOP, au carrefour, se balançait sous la bourrasque. Le soleil avait beau briller de tous ses feux, les nuages eurent tôt fait de l'avaler. De l'autre côté de la rue, le vent sifflait entre les fentes étroites des *shotgun houses*, les petites maisons tout en longueur typiques de la région.

U se dirigea vers le complexe comme on pénètre dans une épicerie pour s'acheter du pain, puis il me fit signe de le suivre. À ce stade, je regrettais quelque peu de ne pas être resté au Peabody. J'aurais ôté mes bottes, observé les nuages fluctuer au-dessus du fleuve et commandé un sandwich et un Dr Pepper au service en chambre.

U se remit en route.

Dès que nous eûmes posé le pied à l'intérieur, l'atmosphère fétide du bâtiment nous prit à la gorge. Nous approchâmes du mur de Plexiglas qui protégeait la réceptionniste. Blanche, la quarantaine, maquillée comme une voiture volée, elle ne mâchait aucun chewing-gum, ne fumait aucune cigarette ni ne semblait rien faire d'actif. Ses mains étaient posées à plat sur une pile de papiers au-dessus de son côté du comptoir. Son regard baissé refusait de reconnaître qu'elle nous avait entendus passer le seuil.

---

1. Littéralement : Péquenaud Coton. Le Sudiste dans toute sa splendeur, donc.

J'ignore pourquoi, mais son air crâne me fichait la hargne. J'avais envie de plonger le bras dans le petit cercle découpé à travers lequel on est censé parler, histoire de lui titiller la tête d'une chiquenaude.

– Mademoiselle ? demanda U.

Elle ne décrocha pas de sa contemplation.

C'était peut-être un truc religieux. De la méditation, ou alors elle se répétait lentement une prière russe comme dans *Franny et Zooey.*

– Mademoiselle ?

Ses yeux basculèrent vers le haut.

– Nous devons parler au shérif.

– M. Beckum ?

– Y en a-t-il d'autres ? demanda U.

Elle eut l'air contrariée. Sidérant. Une réaction. Un mouvement des muscles faciaux.

– Il est en réunion pour l'instant.

Au-dessus d'elle était accroché un portrait dudit shérif. La trentaine, coupe d'homme d'affaires, moustache de star du porno. Non, je ne suis pas amateur de films X, mais peu de gens peuvent se targuer d'avoir l'air naturel en portant la moustache.

– Faut-il qu'on l'attende ici ?

– Peut-être qu'un de ses hommes pourra vous aider ?

U croisa les bras sur son énorme torse. Il détourna les yeux, agacé.

Je pris une immense inspiration, puis, avec lenteur et simplicité :

– Madame, nous avons un meurtre à signaler.

Le shérif Robert Beckum fit une entrée inattendue dans le hall. Pas de pantalon de toile froissée, pas de froncement de sourcils, pas de lunettes de soleil à la *Cours après moi, shérif...* Beckum était glabre – je notai mentalement de l'en féliciter par la suite – et portait un pantalon en velours et une chemise de flanelle bleue délavée. Une manche présentait des éclaboussures de boue. Il arborait le large sourire du type parfaitement et sincèrement satisfait de sa journée.

Il échangea une poignée de main avec U puis se tourna vers moi.

– Vous êtes sérieux à propos de ce meurtre, tous les deux?

Il paraissait plus maigre que sur la photo, et moins âgé. Sans doute la vingtaine bien avancée, en fait. Son expression était grave, son nez, pointu et ses cheveux châtains ramenés en arrière sur son crâne. Il possédait un don pour monopoliser l'attention assez proche de celui du vendeur de chaussures. Il gardait votre main dans la sienne plus longtemps que vous ne vous y seriez attendu.

Enfin, j'avais appris jadis, il y a de ça un bail, que les poignées de main ne disent pas grand-chose sur leur auteur.

Je me fiais plutôt au regard. Beckum gardait le sien planté dans le mien.

– Il y a eu du grabuge au Grand Magnolia hier soir, expliquai-je. Une jeune femme y était retenue contre son gré. Je lui suis venu en aide et au moment de nous enfuir, j'ai tué un homme d'un coup de fusil.

Beckum secoua la tête.

– Mazette! Personne ne me tient plus au courant de rien, par ici. Ça devrait pourtant venir aux oreilles du shérif si un type se fait descendre.

U m'adressa un regard à la dérobée.

– Hier soir, vers minuit, précisai-je.

– Vous étiez aller jouer au casino? Vous aviez un petit coup dans le nez?

Je secouai la tête.

– J'étais passé voir le responsable de la sécurité.

Beckum n'avait pas dévié ses yeux des miens d'un iota. Pénible, au bout du compte. Il arborait l'expression du type qui sait lire dans les esprits et s'attend à ce que vous trembliez de peur lorsqu'il vous décoche le légendaire regard oblique.

– Pour quoi faire? demanda-t-il.

– Je cherchais un ami.

– Il travaille là-bas?

– Non.

– La fille aussi, c'était une amie?

– Non.

– Comment avez-vous su qu'on la retenait contre son gré ?

– Elle était ligotée.

– À l'intérieur du casino? s'étonna Beckum, un sourire sarcastique aux lèvres.

– Dans un réduit. Je l'ai repérée sur un écran de contrôle. Alors qu'on s'enfuyait, un homme s'est mis à me tirer dessus. J'ai riposté. Et je l'ai touché au thorax.

– Pourquoi avoir apporté une arme dans un endroit pareil?

– Je n'ai rien fait de tel. Je l'avais récupérée sur l'un des vigiles, qui essayait de m'empêcher de partir.

Beckum hocha la tête et se tourna vers U.

– Et vous, qu'est-ce que vous avez à voir là-dedans, mon vieux?

– Je suis agent de cautionnement judiciaire, répondit-il. Je suis ici pour m'assurer que cet homme est traité comme il se doit, mon vieux.

Beckum ricana. Du coin de l'œil, je vis U serrer les mâchoires.

Beckum l'avait repéré, lui aussi, mais avait détourné les yeux comme si ça glissait sur lui. Et pourtant, lorsqu'il reprit la parole, le rouge lui était monté aux joues.

– Bon, allons faire un petit tour du côté du Grand Magnolia, vérifier de quoi il retourne.

– C'est l'idée, dit U.

19

Plein milieu de journée ou pas, le tableau était le même que la veille au soir. Les néons bleus et verts, la lumière tamisée à la perfection ; les tintements de la musique électronique ; les centaines de bandits manchots, tables de jeux et de roulette vrombissant avec l'énergie d'une fête qui n'en finit jamais. L'odeur non plus n'avait pas changé. Des relents de tension et de bière mêlés à du cigare bon marché et à la fumée d'innombrables cigarettes.

Flanqué par U et Beckum, je me dirigeai vers le bureau de la sécurité en passant la foule en revue à la recherche des types croisés la veille. J'aurais pu avoir deux cents hommes avec moi plutôt que deux, le même restant de nervosité m'aurait obstrué la gorge. Je déglutis, serrai les molaires et continuai à marcher.

Quelque part dans tout ce peuple, une blonde en robe de cocktail écarlate, au visage en lame de couteau, s'extasiait avec un Noir en costume rouge : les dés qu'elle avait bénis d'un baiser venaient de remporter la partie. Du coin de l'œil, je la vis – sourire nonchalant, yeux injectés de sang – plonger la main dans la poche du gars, imprimer une secousse puis vaciller en arrière.

Du côté opposé, deux types aux cheveux noirs frappaient des grenouilles en caoutchouc avec des maillets recouverts de mousse. L'un mâchait un chewing-gum. Le second faisait semblant de tirer sur le bretzel allongé qu'il avait à la bouche.

Mon estomac me lançait. Mes grincements de dents me résonnaient dans les oreilles.

Devant nous, à hauteur des guichets de caisse, deux hommes en blazer vert arrivaient à la rencontre de Beckum. U et moi demeurâmes en retrait. Beckum flanqua une claque sur l'épaule d'un des vigiles, un Blanc coiffé en brosse à la denture évoquant un râteau, qui sourit et désigna une porte de service en exprimant son assentiment.

Beckum nous fit signe de le suivre.

– Le grand chef se trouve au poste de commande, expliqua-t-il.

– C'est dans l'autre direction, indiquai-je.

Haussant les épaules, le shérif continua d'avancer. Il portait des bottes fauves en cuir d'autruche qui devaient valoir dans les mille dollars, mais abîmées comme si elles en valaient cinquante. Entaillées et crottées.

– Comment se fait-il qu'ils n'aient pas signalé un truc pareil ? demandai-je à voix basse.

– Tu ne l'as peut-être pas tué, dit U en fixant le couloir droit devant lui. Ou alors ils ne tiennent pas à ce qu'on sache qu'ils gardent des gamines enchaînées au cabinet noir.

Quelques secondes plus tard, nous suivions Beckum jusqu'en haut d'un escalier qui menait au deuxième étage du casino, puis dans un bureau lambrissé regorgeant de lampes Tiffany et de photos sépia de scènes de l'Ouest sauvage. Des formes cireuses dans des cercueils. Des femmes à l'air endurci brandissant des six-coups.

Un vieillard fichu comme une bouche d'incendie se leva alors que nous passions le seuil. Son buste était rond, ses jambes courtaudes, et ses petits doigts boudinés peinèrent à empoigner toute ma main.

À la mention du meurtre, il sourit à l'unisson de Beckum. Il gratta sa nuque hirsute et regarda un second vigile assis au fond, dans un coin.

– Est-ce qu'un homme à nous se serait fait descendre hier soir, et que ça nous soit sorti de la tête ?

Son collègue se bidonna.

– Ce n'était pas un vigile, dis-je. Il s'appelait Humes. Chef de la sécurité pour tout ce sacré machin.

Le rire secoua Petit Tas.

– Non seulement j'apprends qu'un type s'est fait tuer ici hier soir, en plus, vous me dites que j'ai un patron !

Je sentis mon visage s'empourprer et mon poing droit se serrer. U ne pipait mot. Je n'entendais que sa respiration régulière derrière moi. Au-dessus de ma tête, Kenny G me tapait sur les nerfs avec son saxophone. Je m'enfonçai les ongles dans la paume de ma main.

– Donc, dis-je, vous ne connaissez pas de Humes ?

Petit Tas haussa les épaules. Beckum ricana de nouveau.

Je croisai les bras contre mon torse et contemplai Petit Tas. Impassible. Le souffle tranquille. Un psychopathe doublé d'un menteur.

– Shérif, cet homme se fout de votre gueule. Je tiens à vous faire refaire le chemin de mes tribulations ici hier soir, si ça ne vous embête pas.

Petit Tas haussa derechef les épaules en exhalant son ennui. Son haleine sentait l'oignon et la cigarette. Sur son visage, des veines rouges dessinaient la carte d'une existence frustrée.

La porte n'y était plus. À l'endroit où la femme de ménage m'avait fait entrer la veille se dressait un présentoir de brochures touristiques. Je tâtai le panneau en préfabriqué – la peinture était sèche ; cherchai les contours d'une porte, jusqu'à pousser sur la cloison tandis que Beckum et Petit Tas restaient debout à m'observer.

– Vous êtes doués, les gars. Et les pièces de service, derrière ? Je veux les voir.

– Écoutez, vieux, dit Beckum, je suis complètement crevé. J'ai passé la nuit dans une chasse à l'homme dont je ne suis sorti qu'à 6 heures du matin et je n'ai pas dormi une seconde depuis. Ça ne vous ferait rien de laisser tomber ? J'ignore ce que vous cherchez et pourquoi – et, pour être franc, je m'en tape. Mais je n'ai pas le temps de me mettre en quête de portes dérobées, de macchabée qui n'existe pas, de gamine disparue, ni tous ces délires-là.

– Je veux voir les autres couloirs.

– Vous y êtes, rétorqua Petit Tas.

– Non, ceux dont se sert le personnel. Vous ne pouvez pas avoir aussi condamné ça.

– Tout ce qu'il y a, ce sont des remises, des vestiaires et des salons pour nos employés, ce genre de trucs. Mais, shérif, je trouve que tout ça vire carrément au grotesque.

– Pourquoi ça vous gêne qu'on jette un œil ?

Petit Tas mena la voie jusqu'à une porte en acier située dans le grand hall du casino. Ayant composé un code, il franchit l'ouverture d'un pas indolent. Une odeur froide et musquée s'engouffra par la porte ouverte tandis que nous nous élancions dans les cavernes de béton. Des plafonniers grillagés les éclairaient par intermittence. Je marchai en tête, tâchant de refaire le même chemin que la nuit d'avant.

– Où sont les écrans de contrôle ?

– À l'étage.

– Foutaises, dis-je.

Je continuai d'avancer. Les murs semblaient rétrécir. Le sang affluait, brûlant, à ma figure et à mes oreilles. J'entendais ma respiration. Le claquement de mes bottes battait un rythme régulier.

Le couloir s'acheva perpendiculairement sur un autre, partant à droite et à gauche. C'était le chemin qui menait à la porte condamnée. J'avançai d'une cinquantaine de mètres, pour constater que la voie était bloquée par des piles de barils de peinture hautes de deux mètres.

– Malin, commentai-je en contournant Petit Tas pour continuer jusqu'au fond.

– Hé ! appela Beckum.

U me rattrapa.

– Ils sont bons.

Je hochai la tête.

Je me tournai vers la première porte. C'était celle-là. Ou ça en avait l'air, du moins. J'étais tellement désorienté qu'il aurait pu s'agir des toilettes pour dames. L'endroit me rappelait le coude du couloir de la veille, mais je n'avais souvenir d'aucune porte le long du corridor menant à la salle de surveillance. Je tendis la main vers la poignée. Fermée à clé.

– Ouvrez.

– Écoutez, je veux bien, dit Beckum, mais ne prenez pas ces messieurs de haut.

Petit Tas tira un trousseau de clés de sa poche, en pêcha une parmi une dizaine d'autres et ouvrit la porte.

La pièce était remplie de roulettes et de tables de black-jack poussiéreuses, avec quelques mannequins sans bras, censés représenter des beautés sudistes, coincés près de la porte. Le long du mur du fond, une rangée de trucs étirés, rectangulaires, sous une bâche. Je m'avançai, ôtai la bâche.

Des machines à sous.

– Z'avez fini ? demanda Petit Tas.

– Pièce 102, énonçai-je. Mais laissez-moi deviner... c'est une piscine maintenant.

Eh bien, non !

Elle n'existait pas du tout.

L'enfilade de numéros s'arrêtait à 101. Le long couloir de béton continuait, dénué d'une quelconque ouverture. Les plafonniers en cage brillaient dans la semi-pénombre.

– Vous ne vous rendez donc pas compte de ce qu'ils ont fait ? m'insurgeai-je d'une voix qui sonnait creux. Ils ont tout fait disparaître ! Allez interroger les employés. Ils vous parleront des travaux entrepris ici cette nuit. Ils ont condamné deux portes et déménagé plein de trucs. Cherchez la trace de ce Humes. Il était ici hier soir. Des gens l'ont vu. Quelqu'un aura forcément entendu les coups de feu... Il y a eu des témoins. Vous ne pouvez pas faire comme si ce type n'avait jamais existé. Ils nous mènent en bateau.

Beckum regarda U.

– Vous feriez bien de vous arranger pour que ce garçon dorme un bon coup. Et assurez-vous qu'il ne remette plus les pieds ici.

– C'est tout ? Vous n'allez rien faire d'autre ? s'enquit U.

Beckum se frotta le crâne en scrutant la profondeur du couloir.

– Et vous voulez que je fasse quoi ? Que je l'arrête pour meurtre ? C'est vraiment ce que vous souhaitez pour votre pote ?

Un quart d'heure plus tard, je flanquais mon poing dans le tableau de bord du Bronco. U abaissa le dossier du siège et contempla les champs de coton que je lui avais montrés. Une pluie silencieuse tambourinait sur le toit. Le ciel d'un noir d'encre semblait s'étirer jusqu'au golfe du Mexique.

– Je ne suis pas fou, U.

– Écoute, mon frère, je te crois, dit-il. Si tu m'affirmais que t'as vu un poulet qui fume, j'irais trouver cet emplumé pour te ramener un paquet de Camel.

20

Jon adore les odeurs de Graceland. Plus de vingt ans après, ça sent encore le bacon cramé, le cigare Tampa Nugget et les parfums de femme bon marché. Sans doute parce que tout, dans ce domaine sacré, est comme Il l'a laissé pour Son retour sur Terre. Chaque fois que Jon entre dans le hall de devant, qu'il voit le long canapé en cuir blanc et tous ces vitraux ornés de paons, son cœur fait carrément des bonds dans sa poitrine. Il y a le piano d'E, sur lequel Il chantait du gospel jusqu'aux aurores avec ses potes, et de jolis rideaux bleus dans la salle à manger, là où Dodger Lui servait systématiquement son jambon bouilli et ses patates douces. S'il s'écoutait, Jon sauterait par-dessus les cordons en velours pour courir jusqu'à la chambre d'E, s'allonger sur le tapis épais et s'imprégner de tous ses effluves. Rien à dire, c'est un oxygène saint qui s'infiltre au plus profond de vos poumons pour que vous ne fassiez plus qu'un avec Lui. Jon en aspire une grande goulée, s'écarte des vieux de la visite guidée – des impies, des idiots –, et sort de la bâtisse, suivant le sentier qui mène au Jardin de méditation.

L'homme qu'il a appelé depuis une cabine téléphonique de Holly Springs lui a demandé de choisir l'endroit pour la prise de contact. Alors autant que ce soit là. Il connaît les lieux comme sa poche, leurs moindres méandres, leurs brèches – juste au cas où les flics voudraient lui jouer des tours. Abaissant son chapeau sur ses paupières, il caresse son épaisse barbe noire.

Aujourd'hui, il est vêtu tout en noir, pour aller avec son humeur. Un jean et un tee-shirt, avec une manche remontée pour faire voir son tatouage – Elvis qui porte la couronne d'épines –, et puis des brodequins cirés nickel chrome. Jon se sent comme devait se sentir E à l'époque où Il tournait *Charro!* quand personne ne Le croyait capable de faire l'acteur. Bon sang, Il chantait juste la chanson du générique, et Il ne dansait pas une seule fois. Si c'est pas ça, faire l'acteur, on se demande bien ce que c'est.

Elvis avait été forcé de contenir Son pouvoir quand les types qu'on voit dans le film Le marquaient au fer rouge comme un jeune bœuf, et puis qu'ils se mettaient à tirer au canon sur la vieille ville de l'Ouest. S'Il avait dansé, chanté, l'histoire n'aurait pas été pareille.

La journée est bien entamée. Jon a l'estomac qui grogne. Il s'assied sur les marches dans le jardin, sentant son genou pomper de bas en haut comme un piston. Il est tellement obsédé par ce nouveau mec à descendre qu'il en a oublié de manger.

S'il est aussi tendu, c'est peut-être à cause des deux Kleenex imbibés d'essence à briquet qu'il a sniffés avant de prendre le bus de l'autre côté du boulevard. Nom de nom, la fontaine a vraiment l'air étrange au milieu de ces fleurs floues, de ces torsades et tout!

Mais ce jardin a toujours été un des refuges préférés d'Elvis, et Jon a besoin de se concentrer. Assis comme ça le long de la petite courbe que décrit le mur de brique, il a l'impression d'être un mec important, genre ces gens de la Bible qui débattaient des Saintes Écritures sans arrêt. À ce qu'on raconte, la première fois qu'E a vu le travail du paysagiste, des larmes de joie ont dévalé Ses joues.

Jon se rappelle un truc que lui a raconté un papi pendant la Semaine Elvis, quelques années plus tôt, alors qu'il venait juste d'arriver du Mississippi bien décidé à faire quelque chose de sa vie. Soi-disant qu'E aurait envoyé quelqu'un jusqu'en Italie pour acheter ces statues de soldats romains, et puis que tous ces jolis vitraux incrustés dans le mur courbe viendraient d'Espagne.

Jon observe la grande fontaine arrondie derrière les tombes, où une femme maigre et ridée vagit comme un bébé, puis le ciel gris au-dessus de sa tête. E a abandonné un monde à qui Il manque beaucoup trop.

Jon joint les mains et incline la tête.

> *Seigneur Elvis miséricordieux, écoute ma prière, entends mon inquiétude, et accorde-moi tout mon potentiel malgré mes soucis. Je me suis égaré loin de mon talent. Je suis devenu une chiffe molle à Tes yeux, comme à l'époque de Hollywood quand le gouvernement T'a amputé de Tes rouflaquettes et des pouvoirs grâce auxquels Tu régnais sur le monde. Je veux renaître comme Tu l'as fait en 68, quand l'Esprit Saint T'a pénétré et que Tu T'es assis sur le trône de l'univers. Fais de moi un homme, Seigneur Elvis. Marque-moi au fer rouge de Ta connaissance et de Ton pouvoir, pour me permettre de redevenir moi-même en Toi. En Ton nom, je…*

Jon a quasiment fini de prier quand il aperçoit la femme la plus superbe qu'il ait vue de sa vie. Elle s'avance devant la tombe de Jesse Garon Presley[1], cueille une fleur dans la couronne et se la coince derrière l'oreille. Une blonde aux yeux bleus avec un corps tout en rondeurs. Elle porte un jean serré effrangé et un haut blanc moulant, échancré, qui laisse voir un bon morceau de son buste.

Quand elle se mordille la lèvre inférieure genre hyper impatiente en balayant le jardin du regard, Jon manque se pâmer sur place. Il sait bien qu'il vaudrait mieux la laisser tranquille, continuer à attendre son rendez-vous de boulot. Mais nom d'un cheval, ces hanches. Ces yeux. Ces lèvres… On dirait carrément une bouteille de Coca. Il pourrait sûrement lui entourer la taille rien qu'avec les mains.

La femme rejette ses cheveux blonds en arrière et s'assied sur la barrière pendant que tout le monde continue à contempler la tombe. On ne lui voit qu'un tout petit bout de ventre en dessous de son mini corsage. Elle se regarde la peau. Quand elle ouvre les lèvres sur un léger sourire, le sang de Jon se met à pulser à ses oreilles.

---

1. Frère jumeau d'Elvis, mort à la naissance.

Puis elle baisse son regard bleu vers sa poitrine, direction le corsage si tendu sur sa personne, en souriant de plus belle. Elle est en train de s'observer. De mater ses courbes et ses rondeurs.

De Dieu !

Au moment où Jon s'avance vers elle, le vent chasse une de ses épaisses mèches blondes sur ses yeux. Elle la repousse d'une petite soufflette de ses lèvres de vedette de ciné.

– Madame ?

Le sourire disparaît. Elle coince ses pieds dans la clôture basse, pose les mains sur le rebord et détourne les yeux.

– Madame, dès que je vous ai repérée, j'ai pas pu résister, il a fallu que je m'avance, pour vous dire que vous êtes la plus jolie fille que j'aie jamais vue.

La femme effleure ses lèvres pulpeuses de ses longs ongles rouges et sourit.

– Enfin, je suis sûr qu'on vous le dit souvent. Et puis je suis qu'un péquenaud de rien du tout. Mais je me demandais... il y a un milk-bar de l'autre côté de la rue, un peu plus loin. Ça s'appelle le Rockabilly. Est-ce que vous me laisseriez vous offrir un sorbet à la myrtille chez eux ? Ce serait un vrai plaisir, madame. Leurs glaces sont bonnes comme un nuage au paradis.

– Tu es stone ? demande-t-elle.

D'une voix supertraînante. Pas qui cherche à séduire, plutôt comme quelqu'un qui n'a pas une minute pour ce genre de conneries.

– Non, madame, dit-il en entendant le bruit de sa propre respiration sous ses paupières baissées.

Elle a croisé les bras sur sa poitrine et n'arrête pas de jeter des regards en direction de la foule clairsemée qui reflue vers le devant de la maison. C'est le moment de la journée que préfère Jon. Être l'ultime personne à quitter le jardin, à dire au revoir à E et à sa famille avant que la nuit enveloppe leurs corps esseulés.

– Vous cherchez quelqu'un en particulier ? demande-t-il.

– Peut-être. Je ne sais pas.

Il observe les yeux bleus se mouvant vers la foule, se concentrant sur un vieil homme en tunique et pantalon assorti qui porte un sac à main de femme. Il a les cheveux teints en un noir si intense qu'ils en paraissent bleus. Un Blanc, le teint terreux, qui donne l'impression de coucher avec d'autres hommes.

La femme secoue la tête.

Jon, le rouge aux joues, sourit, survolté.

– Vous cherchez un homme qui s'appelle Deke Rivers?

Elle tourne lentement les yeux vers lui en pinçant la bouche, comme si elle était supercontrariée, et puis elle déplie les bras.

– Tiens, et que savez-vous de Deke?

21

Ayant essuyé plusieurs coups de feu, occis un de mes semblables et m'être finalement fait traiter de menteur, la seule chose qui semblait pouvoir régler le problème, panser ma psyché, voire me motiver à trouver les réponses que je cherchais était fort simple : une assiette de travers de porc au *Blues City Café*. Je sais bien que la plupart des fans de barbecue, les vrais, ne jurent que par le *Cozy Corner* sur North Parkway ou le *Payne's* du bout de Lamar. Mais même si le *Payne's* fait des sandwiches magnifiques, il n'y a rien de tel que de tremper ses frites dans une sauce à la mélasse sur Beale.

J'en commandai une plâtrée. U refusait de manger quoi que ce soit de frit ou de grillé. Abby demanda un Coca.

– Tu es sûr de ne pas vouloir de *gumbo*? demanda U en nettoyant la dernière cuillerée de son assiette.

Ça avait l'air carrément appétissant, mais qu'est-ce que la cuisine de Loretta me manquait.

Abby secoua la tête. Elle triturait la montre à son poignet, un truc en or, terni, qui avait l'air d'un modèle d'homme.

Apparemment, elle n'avait pas desserré les dents de tout le temps qu'elle avait passé chez Bubba Cotton. Il avait mis *Des jours et des vies* à pleins tubes sur la télé pendant qu'elle regardait par la fenêtre en jouant avec le chat. Mais rien qui puisse défriser Bubba, d'après U. Son pote n'avait pas décroché plus de deux phrases devant lui au cours des dix dernières années. Ce que Bubba voulait vous faire savoir, il le grognait.

Je regardai U, qui repoussa son assiette creuse et sourit.

– Meilleur que le tofu ? demandai-je.

– Bien meilleur. Encore qu'une bonne sauce teriyaki est fichue de donner du goût à un pneu de voiture.

Il regarda Abby, puis revint sur moi. Hocha la tête. Lentement, sans détourner les yeux. Le moment était venu.

– Abby, écoute, je sais que c'est terriblement dur, tout ça, et que je n'ai aucun moyen de me représenter tout ce que tu as subi au casino, mais il faut qu'on en sache plus sur ces gars.

Abby continua son manège avec la montre. Soudain, elle s'arrêta, la laissant pendre à son poignet pour tirer du pot à condiments deux sachets de sucre. Elle les déversa devant elle, formant un petit monticule, qu'elle ratissa ensuite au moyen de sa fourchette. Un minuscule jardin zen sur la table.

Lorsqu'elle secoua le poivrier au-dessus puis mélangea le tout, sa concentration ne faiblit pas une seconde. Elle serrait les mâchoires comme si grincer des dents pouvait mettre un terme à la souffrance qu'elle avait endurée, quelle qu'elle fût.

– Ils voulaient quoi ? demandai-je.

Je lui saisis la main, qu'elle retira. Le jardin zen se dispersa par terre, balayé sous son bras.

U était demeuré silencieux. Calé en arrière sur sa chaise, feignant l'indifférence.

– On peut aller marcher ? demanda-t-elle. J'ai besoin d'air. Si je reste ici une minute de plus, je vais dégueuler.

– Bien sûr, dis-je en pêchant mon portefeuille pour laisser tomber de l'argent sur la table.

Elle avait déjà filé, traversé le restaurant et gagné les portes donnant sur l'embranchement de Beale Street. Je me faufilai entre deux hommes d'affaires cravatés, soûls et chaussés de derbys en plastique et la trouvai longeant un passage entre deux rues. Tête baissée. Les mains coincées sous ses aisselles.

Beale était un quartier noir animé, récemment devenu un des centres touristiques de la ville. J'adorais les histoires que racontaient les vieux bluesmen qui jouaient à Handy Park à la bonne époque. Les anciens lieux de perdition. Les académies de billard. Les bistrots à whisky. Les épiceries. Les prêteurs sur gages. À présent, cette rue historique n'était plus qu'une enclave piétonne commerçante, un pâté de maisons entier de néons, jonché de bars ayant autant d'importance culturelle qu'un magasin Gap à Des Moines. Qui serait venu à Memphis pour manger des hamburgers au *Hard Rock Café*? Ainsi que se plaît à le répéter mon vieux pote Tad Pierson, ce que cherchent les gens quand ils visitent une ville, c'est en saisir la substantifique moelle.

Du funk pulsait, issu de quelque bar anonyme. Du jazz flottait à travers les portes ouvertes du suivant. Un stand de TI-PUNCH GRANITÉ faisait sa pub sur un panneau en tôle déformé, comme s'il s'agissait d'une buvette en plein air du bon vieux temps.

– Abby? hurlai-je en la rattrapant enfin au carrefour de Rufus Thomas Boulevard. (Je la pris par la main pour l'attirer loin de la chaussée au moment où passait une voiture à cheval.) Je t'en prie. Quelqu'un a essayé de nous tuer hier soir. Et maintenant, ces gens-là se foutent de ma gueule en faisant comme si ce n'était qu'une bonne blague. Allez, raconte!

– Tu dois m'aider, dit-elle. Donne-moi ta parole.

– Tu l'as.

Elle mesurait une tête de moins que moi. Je voyais les racines sombres de ses cheveux en bataille sentant le shampooing d'hôtel. Elle ne portait pas de maquillage et la gêne lui monta aux joues, comme si elle s'apprêtait à raconter la chute d'une histoire salace qu'elle ne voulait pas vraiment qu'on entende.

– Tu viendras à Oxford avec moi?

J'acquiesçai.

– J'ai une cousine là-bas, poursuivit-elle en claquant des dents. Je n'arrive pas à la joindre.

– Tu crains qu'ils ne la contactent?

Elle opina de la tête. Un mendiant s'avança jusqu'à moi et s'empara du pan de ma veste en jean au moment où le vent s'engouffrait dans Beale tel un torrent glacé. L'homme raconta qu'il avait perdu son ticket de bus alors qu'il devait aller voir sa femme malade. Je lui tendis deux dollars sans le regarder.

– Que veulent-ils?

– Mes parents ont été assassinés. Je suis partie de là où j'habite et je suis repassée à la maison prendre certaines affaires de papa. Ces gens-là m'attendaient.

– Qui était ton père?

– Un avocat.

– Pourquoi est-ce qu'ils...?

– Je ne sais pas. Je te jure que je ne sais pas!

Ses pupilles se dilatèrent tandis que le vacarme de la musique virait à un *beat* à tout rompre. Ce rythme métronomique donna l'impression d'enfler en puissance et en vitesse par-dessus le son du saxophoniste qui jouait pour la rue déserte.

Je tendis à Abby mon blouson usé jusqu'à la corde.

Elle le prit sans protester et s'en recouvrit avec un frisson.

22

Perfect Leigh adorait les hôtels chics. Elle se délectait de leurs petites attentions : les bonbons à la menthe qu'on vous glisse sous votre oreiller, les draps dont on vous rabat le coin pour la nuit. Elle raffolait du service en chambre et des prestations annexes : massage, nettoyage à sec et tous ces innombrables trucs de lèche-cul qu'ils arrivaient à fournir. Au fond, elle adorait qu'on la chouchoute, qu'on se mette en quatre pour lui faire plaisir. Si seulement l'univers pouvait n'être qu'un grand hôtel, songea-t-elle en traversant le hall du Peabody. Si seulement tous ces gens pouvaient sans arrêt me passer de la brosse à reluire comme si c'était leur trip.

L'air paraissait plus pur au Peabody, à croire que les richards ne pétaient pas autant que les tocards de fermiers qui prenaient des chambres à Tunica. Ça embaumait le café brûlant, le pot-pourri floral et les chaussures neuves à peine sorties de leur boîte.

Ce jour-là, Perfect portait une chouette paire de bottes montant jusqu'au genou et un chemisier blanc aux manches remontées jusqu'aux coudes. Ses cheveux luisaient d'une blondeur de miel. Et puis elle sentait bon. Talc et savon Calvin Klein.

Elle se sentait tellement propre qu'elle rechigna même à toucher le chasseur hâbleur occupé à tendre leurs reçus de bagages à un couple de Japonais. Ils s'extasiaient, et *oooh ! et aaah !* devant la fontaine en marbre située au milieu du hall, sans compter les dorures et les tapis orientaux.

Dès qu'ils eurent disparu, elle saisit le gars par la main. Il devait avoir la quarantaine, la cinquantaine peut-être. Dur à dire avec les Noirs. Les yeux injectés de sang. Il empestait la sueur. Pourtant, elle sourit, la tête en arrière comme sa maman le lui avait enseigné au fil de tous ces concours de beauté pour enfants.

– Bonjour, dit-elle en l'attirant dans le couloir menant aux salles de réception.

Le froid et le silence régnaient. Peinture fraîche et cigarettes.

– Bonjour à vous, mademoiselle. Puis-je vous faire avancer votre voiture?

Elle le serra dans ses bras et fondit en larmes. Le badge de l'homme lui accrocha l'œil. *Renaldo.*

– Il m'a quittée, Renaldo.

– Qui ça, mademoiselle?

– Mon mari. Il est parti avec une autre femme. Il m'a abandonnée avec les enfants.

– Oh, je suis désolé, et Dieu sait que vous êtes mignonne et tout. Mais...

Elle le serra plus fort, lui écrasant bien ses seins sur le torse, le laissant apprécier son décolleté, sentir son Calvin Klein. Quelle facilité. Pour un peu, elle en aurait bâillé.

– Un grand gaillard. Les cheveux poivre et sel. Avec une cicatrice en travers du sourcil. Il porte des bottes.

Il secoua la tête. Perfect relâcha sa prise et lui tendit cinquante dollars.

– Trouvez le collègue qui a enregistré son départ, il aura droit au double.

– Seigneur, il a dû vous en faire voir de toutes les couleurs.

– Vous n'avez pas idée, Renaldo. Je vous en prie, aidez-moi.

Renaldo toucha le rebord de sa toque verte puis s'éclipsa. Quelques minutes plus tard, il était de retour avec un petit Noir souriant jusqu'aux oreilles – oreilles qui évoquaient un gremlin. Il dansait littéralement d'un pied sur l'autre.

– Vous l'avez vu? demanda-t-elle.

Il se tourna d'abord vers Renaldo, puis décocha un rictus à Perfect. Qui lui tendit le billet de cent.

– Oui, je l'ai vu. Il est parti avec une jeune femme. Elle était pas aussi jolie que vous, madame.

Perfect finit par laisser échapper le bâillement qui couvait. Arrachant un long fil qui s'était collé à sa botte de suédine, elle fit courir sa langue sur ses dents, amorça un sourire aussitôt effacé.

– Et?

– C'est ça que j'ai vu.

– Où allait-il?

Il secoua la tête et regarda ses mains.

Perfect, aidée en cela par dix centimètres de bottes, se redressa de tout son mètre quatre-vingts. Elle ramena ses cheveux derrière son oreille, puis balaya du regard le couloir de droite et de gauche et, tout à trac, s'arracha un long pan de chemisier.

Les hommes se mirent à reculer, comme s'ils étaient en présence d'un chien enragé.

– Dites-moi où ils sont partis ou je crie au viol.

– Seigneur Dieu! s'exclama Renaldo d'une voix presque inaudible. (Il recula sa toque sur son crâne et attira son petit jeunot de collègue contre son torse.) Vous êtes dingue.

– Tu as raison. Carrément cintrée. Et maintenant, dis-moi où ils sont allés.

Elle se mit à grogner, le souffle court, comme si elle s'apprêtait à hurler. Déchira son chemisier de plus belle, dévoilant son soutien-gorge en dentelle. Les deux l'évitaient du regard mais semblaient avoir les pieds plantés dans le plancher.

– Dans le Mi... Mi... Mississippi, lâcha le jeune gars. J'ai demandé s'il leur fallait un taxi et il m'a dit de faire amener son pick-up. En disant qu'il partait dans la région. C'est tout ce que je sais. Ils m'ont rien dit sur eux.

Perfect lui tapota la joue et redressa la toque de Renaldo.

– C'est tout ce que voulais. Merci, les garçons.

C'est avec l'impression de flotter au-dessus du sol qu'elle regagna le hall, puis la voiture où attendait Jon.

La bougresse, si elle me fait pas gonfler le boa constrictor, se dit Jon en observant Perfect émerger du Peabody sur Union, puis avancer jusqu'à la voiture, qui est garée près du nouveau stade de base-ball.

Doux Jésus, elle a des cannes immenses – autant qu'Inga, son ancienne fiancée. Et puis l'assurance lui suinte de partout.

Ça, ça la rend encore plus sexy que tout ce que Jon aurait pu imaginer. À croire qu'elle a toujours su que le plus grand pied qu'il prendrait de sa vie, ce serait de faire son nid dans son tiroir, comme un pourceau. Mais bizarrement, Perfect le traite comme le mongolien de service dans les repas de famille. Le marmot qui bave sur sa chaise roulante pendant que tout le monde se jette sur sa salade de patates en discutant de l'alcoolisme du grand-père.

Elle s'installe à côté de lui et ôte son chemisier. Elle porte un soutif rose avec des fleurs. Mince, elle a les seins tellement mahousses qu'ils en distendent le truc. Ouh là là, et ce petit ventre avec juste une fente pour le nombril... Si elle a envie qu'ils le fassent là, elle n'a qu'à claquer des doigts. Jon se penche vers le levier de vitesses, sentant le boa s'affamer infernal... et tout ce qu'il récolte, c'est une gifle. Elle le repousse sur le siège du conducteur et elle enfile un nouveau corsage.

– Touche-moi et je te fais renvoyer dans ta station-service du trou du cul du monde, ça prendra deux secondes. Je me contrefous de savoir combien tu as tué de gens.

– Désolé, mam'zelle Perfect.

– C'est mieux. Maintenant, démarre.

– On va où ?

– Je te dirai. Démarre. Prends vers le sud.

– Le Mississippi ?

– Non, l'Alaska. Évidemment, le Mississippi ! Allez, roule.

Quand Jon baisse les yeux vers son entrejambe pour être sûr que rien ne se voit, elle est en train de vérifier son rouge dans le miroir du pare-soleil. Elle n'a rien de commun avec les femmes qu'il a connues. C'est elle. L'unique, l'irremplaçable, celle qu'E trouve toujours à la moitié du film. Celles-là aussi, elles détestent toujours E au début.

Bon, s'il veut l'épouser à la fin, il va falloir sortir le grand jeu. *Qu'est-ce qu'il aurait fait, E ? Réfléchis.* Jon bifurque vers la voie rapide et fait défiler mentalement les scènes sacrées de *Clambake.* Shelley Fabares qui cherche un rupin alors que tout ce qu'il lui faut, c'est l'amour d'E.

Toujours pareil : jamais de guitare quand il vous en faut une.

23

La dernière fois que j'étais venu à Oxford, Mississippi, j'avais dû verser une caution pour tirer de prison un ex-prof à moi qui avait exhibé son anatomie devant un groupe de touristes à la maison de William Faulkner. À l'en croire, il tâchait de terminer la composition d'un blues sur lequel il bossait depuis dix ans quand le fameux groupe – des retraités en voyage organisé par *Southern Living*[1] – avait envahi le lieu historique en cette journée où il était normalement fermé au public. Mon pote avait éprouvé une telle rage d'être dérangé qu'il lui était venu une idée extra : déboutonner sa braguette, sortir son instrument et se flanquer sa guitare hawaïenne entre les jambes. Quand une rombière, son bourbon-menthe couvert de buée à la main, lui avait demandé s'il pouvait leur pousser la chansonnette, mon mentor en matière de musicologie avait haussé la *steel guitar* à plat à hauteur de son torse pour faire mine d'en jouer. Ce vieux dingo en rigolait encore quand je le trouvai dans les geôles du comté. À ce qu'il disait, les cris d'orfraie qu'avait poussés la dame avaient dû porter jusqu'à l'Ohio, la Pennsylvanie ou Dieu sait où elle habitait.

Quittant l'autoroute, je traversai Jackson et le cortège de restaurants franchisés, d'hypermarchés et d'immeubles de standing qui s'étaient approprié la capitale de l'État au cours de ces dernières années. Je me demandai où était passé mon pote.

1. Revue de l'art de vivre sudiste.

Ah, nostalgie, quand tu nous tiens! Dix ans avant, lui et moi partions régulièrement au hasard des routes du comté d'Oxford pour rechercher des bluesmen disparus dans les petites villes. L'homogénéisation d'un lieu si unique, si typique de l'Amérique, m'écœurait.

J'avais entendu parler d'un giga-méga-hypermarché qui comptait dévaster par hectares entiers les forêts alentour. D'une chaîne de restaus hallucinante décidée à importer dans le nord du Mississippi sa haute cuisine à base de purée au fromage à la peau de patate. Et même de retraités au regard éteint rêvant d'appartements à trois cent mille dollars avec marges d'isolement d'un mètre cinquante, le long de kilomètres de greens de golf vallonnés.

C'était pour ça, bien sûr, que je revenais si rarement. L'Oxford que je voulais garder en tête était celui que j'avais connu jadis. Ses petits gâteaux au beurre au *Smitty's*. Ses films de samouraïs au Hoka. Ses groupes de blues au *Sid and Harry's*.

Il s'était écoulé des années depuis mon dernier passage aux Archives Blues locales, et c'est à elles que je destinai ma première visite. Je voulais rentabiliser mon temps au mieux tout en m'occupant d'Abby. Avec un peu de chance, je découvrirais quelque chose sur Clyde sans être obligé de revoir ce connard de Cook.

Plus tôt dans la matinée, j'avais laissé un message à Ed Komara, mon ami responsable du fonds d'archives, ainsi qu'à une femme travaillant à la documentation du *Commercial-Appeal*, l'unique quotidien de la région de Memphis. J'avais fait la connaissance de cette dame au cours de mes longues recherches parmi les nécros du journal et l'avais récemment aidée à obtenir des places pour un concert de B.B. King, par l'intermédiaire de Jojo, ami de toujours de cette légende vivante du blues.

Retour d'ascenseur : la documentaliste m'avait promis de rassembler tous les articles imaginables à propos d'Eddie Porter et de Clyde James et de me les faxer au bureau d'Ed à la fac d'Oxford. J'assurai à Abby que tout ça ne prendrait qu'une minute et qu'ensuite nous pourrions nous mettre en quête de sa cousine, laquelle paraissait injoignable au téléphone.

Mais quelque chose de bizarre se produisit au moment où nous nous mettions à discuter de Clyde James et de mon boulot à la fac. Abby n'eut soudain plus que ce sujet-là à la bouche. Elle me posa un millier de questions au cours du trajet, me faisant même passer certains morceaux de Clyde que j'avais gravés sur CD.

– Alors, c'est ça ton boulot, chercher ces chanteurs?

– Ouais.

– Et il était connu? célèbre? demanda-t-elle par-dessus le vacarme de mon pot d'échappement.

– Numéro 1 en 1966. Ensuite, il a laissé tomber.

Abby demeura silencieuse un moment dans le virage qui nous faisait contourner le Grove pour prendre vers le campus. Elle rassembla ses cheveux en une couette qu'elle coinça dans l'attache de sa casquette Ole Miss. Elle portait le pantalon de jogging et le tee-shirt comme s'il s'agissait d'une sorte d'uniforme.

– Tu me laisseras te donner un coup de main?

– Je crois qu'il faut surtout qu'on te mette en sécurité.

– Je tiens à t'aider, affirma-t-elle avec un hochement de tête, à croire qu'elle venait à l'instant de se décider.

L'ombre des chênes dansa sur son visage tandis que nous filions sous le soleil le long des arbres. Nous nous garâmes sur la chaussée et nous dirigeâmes vers les Archives.

L'université hébergeait le fonds au sein de l'ancienne bibliothèque de droit, espace nettement plus vaste que celui dans lequel je travaillais à Tulane. Nous, nous n'avions droit qu'à une petite salle d'étude pleine à craquer, séparée de la bibliothèque proprement dite, et essentiellement vouée au jazz. Alors qu'à l'Ole Miss, tout ou presque portait sur le blues. Deux niveaux comprenant plus de vingt mille photos – parfois des portraits sans équivalent ailleurs –, sept mille microsillons donnés par B.B. King en personne, et jusqu'aux dossiers comptables de l'ancien label Trumpet Record. Des affiches, des souvenirs, les anciens numéros de *Living Blues*, revue qu'éditait l'université, ainsi que de vieilles coupures de presse.

Sitôt passé le seuil, je repérai une table couverte de magazines et de chemises de classement. Une femme noire en bou-

bou m'adressa un signe de tête tout en continuant sa conversation téléphonique.

J'avais reconnu le logo familier des Bluff City 45, avec leur main déployée pleine d'as, de jokers et de valets. Une boîte de café de La Nouvelle-Orléans reposait en haut d'une pile de dossiers. Vide, sûrement. Ed ne réclamait jamais rien de plus en guise de dédommagement. Un Post-it annonçait qu'il avait dû prendre un avion pour New York afin d'assister à un symposium. Ed me disait de l'appeler si j'avais besoin de quoi que ce soit d'autre.

Abby s'assit à la table, attendant que je lui passe un dossier.

– Eh, minute, tu ne devais pas essayer de joindre ta sœur?

– J'aidais souvent mon père sur ses affaires. Je lisais les dépositions pour trouver les trucs pas logiques. J'étais plus douée que ses assistants, d'après lui.

– On n'est pas tout à fait dans le même cas de figure. Ça n'a rien de très compliqué. Je vais juste parcourir des articles pour noter avec qui Clyde travaillait.

– Pourquoi tu ne demandes pas aux gens que tu connais déjà?

– Il vaut mieux s'en remettre à soi-même.

– Ils mentent?

– Oui. Et ils oublient.

– Ensuite, ton programme, c'est quoi?

– Une fois que tu seras en lieu sûr, je repars à Memphis en quête de James.

– Tu penses vraiment qu'il est vivant?

– Oui.

Après être allé chercher deux Cocas au distributeur de l'entrée, je mis environ trente secondes à séparer le bon grain de l'ivraie. Deux articles consacrés aux enquêtes sur l'assassinat d'Eddie Porter et Mary James, envoyés par le journal de Memphis – deux entrefilets. Le premier remontait à mars 1969. Il citait les propos du chef de la police, un certain Wagner, qui affirmait savoir ce qui était arrivé à Porter et James, mais être dans l'incapacité d'inculper quiconque «à cause du manque de coopération des habitants de South Memphis». Le deuxième en disait plus :

Memphis – Le bureau du District Attorney du comté de Shelby a déclaré ne procéder à aucune inculpation contre Clyde James dans l'assassinat de deux personnes de couleur tuées l'année dernière. Les enquêteurs avaient soupçonné le chanteur au cours de leurs investigations préliminaires. Un cambriolage avec effraction figure à son casier judiciaire.
James travaillait dans un groupe de musique soul dont faisait également partie la première victime, Edward Porter. La seconde victime n'était autre que la femme de James. Un porte-parole du bureau du District Attorney a expliqué que James avait beau se trouver chez lui au moment des faits, plusieurs autres personnes avaient été entendues à propos des meurtres.
Le dossier n'est pas clos, ajoute-t-il.

Comment ce petit détail avait-il pu échapper à Loretta? *Merde.* Si Cook était proche de Clyde, pas étonnant qu'il ne veuille pas parler. J'enfilai un casque et posai un 45-tours sur la platine disques. *Pouring Water on a Drowning Man*[1].

Abby parcourut l'article, prit quelques notes sur un bloc emprunté à la bibliothécaire, et attendit que je lui passe le casque – ce que je fis.

Ça te plaît? écrivis-je sur le bloc.

Elle acquiesça en fermant les yeux.

Je continuai à lire les brèves biographies de Clyde. Toujours pareil. Ses débuts avec les Zion Ramblers, son passage au chant profane, et puis ses premiers enregistrements pour Bluff City. Je trouvai un chouette communiqué de presse à propos de sa jeunesse, sa relation avec Loretta et son métier initial de maçon, à South Memphis. L'auteur s'efforçait d'établir un parallèle hasardeux : le ciment et la truelle lui auraient pavé la voie de la réussite.

J'entrepris de farfouiller dans une seconde pile, où je découvris une photo publicitaire de Clyde, dans une veste en cuir noir très chic. Il souriait. Mais ce sourire lui relevait à peine la lèvre et son regard paraissait brumeux, perdu dans le vague, à croire qu'on l'avait surpris dans un moment difficile. Comme si l'on s'était immiscé dans sa tristesse.

---

1. *Tu déverses de l'eau sur un homme qui se noie.* Classique *soul* créé par le chanteur James Carr, dont la biographie présente des similitudes avec celle de Clyde James.

J'ôtai les écouteurs et parcourus quelques magazines. Rien. De courtes bios. Quelques critiques de disques.

Abby me transmit un bout de papier jauni, en le tenant par le bout à la façon d'un poisson mort. Elle semblait craindre de déchirer cette vieille coupure de journal. Et, dès que je le touchai, je compris pourquoi : le papier était fin et cassant, quasi transparent.

Je dépliai l'article, que j'aplatis doucement avec la paume. Abby sourit. Fière de sa trouvaille. Au dos, un tampon en indiquait la provenance : le *Tri-State Defender*, un journal noir appartenant au célèbre *Chicago Defender*. C'était un éditorial portant sur les meurtres de Porter et James, et titré : UNE SUPERSTAR PEINE À AFFRONTER LA RÉALITÉ.

> Voici deux ans qu'un inconnu a ôté la vie à un musicien de talent et à une magnifique jeune femme. Pourtant, aucun coupable n'a été débusqué par ceux qui prétendent constituer notre police. Les lecteurs ayant déjà tâté de la maréchaussée locale sauront reconnaître une telle apathie. Mais étant l'un de ceux qui ont connu Eddie Porter intimement – je fus son pasteur et le premier à l'engager pour jouer de l'orgue dans notre petite chapelle –, je bous à l'idée que le problème réside peut-être ailleurs qu'au sein des forces de l'ordre : dans notre communauté même.
>
> Le soi-disant ami de Porter, le chanteur *soul* Clyde James, se trouvait à son domicile au moment des meurtres. Cependant, M. James a affirmé à la police n'avoir été témoin de rien. Tout comme Porter, sa femme, dont on dit qu'elle était enceinte à l'époque, a été tuée par arme à feu. Comment peut-on ne pas entendre des détonations dans le quartier tranquille de Rosewood Avenue ? Comment peut-on rester sourd à un tel déchaînement de violence sous son propre toit ?
>
> Je souhaitais poser ces questions directement à M. James, mais il semble que personne ne soit en mesure de retrouver la superstar. Qu'il n'a cessé d'errer de bar en bar, en abandonnant la réalité loin derrière. J'ai même entendu des rumeurs de drogue à son propos.
>
> Monsieur James, si vous lisez ces lignes, réagissez. Racontez ce que vous savez à M. Wagner et aux services de police.
>
> On me rapporte en haut lieu que M. James a d'abord prétendu avoir vu deux Blancs sortir de sa maison puis s'éloigner au

volant d'un break. Il semble à présent qu'il ait modifié sa version des faits.

Manifestez-vous, monsieur James. Et parlez.

Le papier était écrit par un prédicateur local du nom d'O.T. Jones, et suivi d'une publicité pour son sermon du dimanche. Un arc-en-ciel en noir et blanc esquissé grossièrement au-dessus d'une flèche d'église. La phrase d'accroche proclamait : LE TRAIN DE LA LIBERTÉ JAMAIS NE S'ARRÊTE.

– C'est lui qui les as tués, tu ne crois pas? dit Abby.

– Je vais te dire un truc : je m'en fous. Toutes ces conneries donnent une idée des raisons qui l'ont poussé à se débiner, en tout cas. Si je faisais son portrait, je retournerais sans doute à Memphis, histoire de voir si on me laisse consulter le dossier de police sur le meurtre de Porter. Ta leçon numéro un si tu veux devenir chasseuse de blues : Fais appel aux archives et aux registres officiels.

Abby était en train de déchirer les coins d'une feuille de papier. Dans ma précipitation à profiter au mieux de notre échappée belle loin de Memphis, j'avais oublié ce qu'avait subi cette gamine. Ses parents avaient été assassinés et moi, le cul sur ma chaise, je discutais d'un autre meurtre assez dégueulasse comme s'il s'agissait simplement d'un vieux film. Je me fis l'effet d'être un fieffé salaud.

– Désolé, dis-je.

– Désolé pourquoi?

– Il faut qu'on parte.

Je rendis les dossiers et coupures de presse à la bibliothécaire, qui s'avança jusqu'aux portes grillagées pour remettre sous clé le passé de Clyde. Je levai la tête vers les murs couverts d'affiches de récitals de *juke house* et de billets de concert. Howlin' Wolf. Little Milton. Jusqu'à ce poster d'un festival de musique de Memphis montrant un grand portrait de la légende *soul* Rufus Thomas mordant dans un hot-dog farci d'un harmonica.

– Mon père ne me laissait jamais écouter ce genre de musique, lâcha-t-elle, presque pour elle-même, alors que nous descendions le vaste escalier.

Je lui en demandai la raison.
– C'était une vraie honte pour notre État, d'après lui.
– Et toi, tu en penses quoi?
Elle parut étonnée par ma question.

24

À mesure que nous avancions dans le tunnel de thuyas géants, des ombres violettes avaient glissé sur le toit de tôle des écuries où travaillait sa cousine Maggie. Abby partit en tête d'un pas vif, tandis que je traînais la patte en observant une feuille de magnolia décrire un tracé tourbillonnant dans sa chute. Quelque part, un pivert frappait l'écorce avec une énergie à réveiller les morts pendant qu'un écureuil explorait une pile de briques couvertes de mousse.

Je propulsai un caillou dans les bois et suivis Abby jusque dans le long bâtiment, où une lumière jaune hachée, saturée de poussière en suspension, fauchait l'air. Au bout des stalles dans lesquelles s'ébrouaient les chevaux, j'entendis une voix de femme. L'air sentait le purin et le vieux cuir.

Mince, les bras musclés, la peau hâlée. De courts cheveux noirs, et des yeux d'un vert éclatant. Maggie mesurait une tête de plus qu'Abby et portait un jean et un tee-shirt gris. Des bottes marron remontant au déluge. Elle avait le regard vif, rapide, de qui évalue votre apparence et soupèse sa décision en quelques secondes.

Elle serrait sa cousine très fort contre elle.

Abby s'écarta un instant pour me prendre par la main et me tirer vers elle. Je me présentai. La femme ne pipa mot. Elle me considéra comme si je venais de dégainer et de pisser par terre dans ses stalles.

– Je n'ai pas la braguette ouverte, j'espère?

– Encore heureux, rétorqua-t-elle.

Le devant de son tee-shirt était maculé de sueur et une tache de terre lui soulignait le bord de la mâchoire. Une paire de bottes de rodéo texanes, décorées de roses rouges et de cactus, reposait près du portillon de la stalle.

– Ça vous dérangerait de me dire ce qu'un type de votre âge fout avec Abby?

– Elle m'aide au jardin. Des fois, on joue aux dominos ensemble, et elle nourrit mes chats.

À l'intérieur, un quarter-horse avec une étoile blanche sur le front agitait la tête de droite et de gauche. La femme fronça les sourcils. Deux virgules vinrent s'inscrire autour de sa bouche.

– À quoi ça rime, Abby?

– Calme-toi. Et détrompe-toi : il est venu à mon aide.

– Ton aide? Il t'aide à quoi, ma puce?

Maggie baissa la tête pour regarder mes bottes, puis revint à mon visage. Je lui décochai le sourire écervelé du mauvais garçon soumis à une séance d'identification au poste de police.

– C'est une longue histoire, Maggie. Écoute, je dois te parler, c'est important. Tu connais une femme du nom de Nelly?

– Non.

– Réfléchis bien. Elle dit qu'elle t'a connue par l'intermédiaire de son petit ami. Vous vous seriez rencontrées pendant un court-bouillon d'écrevisses géant.

– Je n'ai jamais mis les pieds dans un tel truc. C'est bon pour les rustres de la Louisiane.

Je souris.

– Exactement.

– J'ai essayé de t'appeler, précisa Abby.

– Eh bien, parfois les télécoms s'agacent un peu quand on fait tarder son chèque.

– Tu as bientôt fini ici?

– Viens, dit Maggie en traversant la terre battue pour se rendre au fond des stalles. Je m'appuyai sur un portillon en bois vermoulu pour lisser l'étoile blanche sur la tête du cheval.

– Nick? demanda Abby.

Je me retournai. Elle me faisait signe de les suivre. Je dois reconnaître que j'observai la démarche de Maggie. L'appréciai.

Elle était faite pour porter des jeans. Et c'était quelqu'un de sincère, sans chichis. J'ai toujours eu un faible pour les femmes qui jouent franc jeu. Je ne sais pas pourquoi. Il semble que toutes celles qui ont vraiment compté dans ma vie n'ont aucun mal à vivre sans moi.

– Tu ne m'avais pas dit que c'était une peau de vache.

Abby baissa la voix.

– Elle est canon, hein?

– Ah oui? Je n'avais pas remarqué.

Maggie, parvenue à l'avant-dernière stalle, pivota en souriant jusqu'aux oreilles. Abby parvint à sa hauteur. Quelques secondes plus tard, elle fondait en larmes. Je m'approchai. Elle avait passé les bras autour d'un alezan à la crinière noire.

Le sourire n'avait pas quitté Maggie mais, soudain, elle m'aperçut de nouveau. Elle plissa les paupières, plantant ses bottes dans la terre marron.

– Veux-tu qu'on aille faire un tour à Taylor? Il n'y a que là qu'on trouvera quelque chose d'ouvert un dimanche, proposa-t-elle avec douceur sans cesser de jouer les chiens de faïence avec moi.

– Ça te va, Nick? demanda Abby.

Maggie n'avait pas détaché les yeux de l'intrus que j'étais. Je plissai les paupières à mon tour.

– Parfait.

L'Old Taylor Road s'étirait hors d'Oxford telle une vieille rengaine. La route virait et zigzaguait au-dessus des douces courbes des collines ceintes de clôtures en barbelé. Un soleil las disparaissait à travers les pins. Les résidences bon marché pour étudiants cédèrent bientôt la place à des fermes de guingois et des mobile homes déglingués. J'avais habité tout près pendant deux ans mais sans jamais venir par là. Je suivais la Rabbitt décapotable de Maggie et je finis par me dire qu'on était perdus. Une petite blague à moi destinée, maintenant qu'Abby était assise tranquillement dans l'autre voiture, à moins que Maggie ne m'amène là où attendaient quelques cow-boys blancs de ses amis.

Pourtant, nous finîmes par arriver parmi un groupe de maisons et de boutiques. La lumière bleue et orange s'éparpillait entre les chênes et glissait jusque sur les *shotgun houses* à toit de tôle. Je me garai devant une vieille construction flanquée d'une immense véranda tarabiscotée, tout droit sortie d'une photo noir et blanc de la Crise de 1929. Trois hommes étaient assis sur une planche de deux mètres cinquante posée sur de vieux bidons de peinture rouillés. L'un jouait du dobro ; le deuxième d'une grosse contrebasse.

– B'soir, dit le joueur de dobro.

– Salut, répondis-je.

Je trouvais ça cool, comme entrée en matière.

À l'intérieur, nos prîmes place autour d'une table en bois massif couverte d'une nappe à carreaux rouges et blancs. Maggie, qui avait apporté un pack de bières pris dans la glacière de sa voiture[1], décapsula deux canettes. Des éclats de glace tombèrent de l'alu.

– Maggie ! protesta Abby.

– Oh !

Elle pêcha une nouvelle bière et la déposa au milieu de la table.

– Désolée.

Le plafond était en bois, affaissé sur ses poutres anciennes ; le plancher, en bois lui aussi, était lisse comme du verre. Des graffitis recouvraient les murs, ainsi qu'une étagère de stockage remplie de bouteilles de sauce au poivre, pots de piment de Cayenne et autres flacons géants de mayonnaise.

Des hommes en salopette. Des femmes avec des sacs à main en peau de serpent à deux cents dollars. Des fermiers grisonnants, des étudiants. C'était bondé.

– Abby a dit que vous comptiez l'aider, entama Maggie en faisant sauter la capsule de sa bière.

– Je vais m'y efforcer. Mais je veux surtout m'assurer qu'elle ne court aucun danger.

– Elle est parfaitement en sécurité ici.

Elle alluma une cigarette et souffla sa fumée vers l'autre côté de la table. Un bruit de fond étouffé de conversations emplissait la salle.

---

1. Aux États-Unis, chacun peut apporter sa bière ou son vin dans les restaurants ne disposant pas de licence de vente d'alcool.

– Ne vous croyez pas forcée d'en rajouter, dis-je. Vous êtes une coriace. J'ai compris.

– Elle n'a plus besoin d'aide. Vous avez fait ce que vous deviez. Vous l'avez ramenée à moi. Merci. Je vais vous payer à dîner. Buvez cette bière, savourez votre repas, et ensuite, ouste. Entendu ?

Abby ferma les paupières, s'écrasa les doigts sur les tempes.

Maggie resta muette pendant une demi-minute environ. Une serveuse s'avança vers notre table et nous commandâmes tous la même chose : poisson-chat et riz aux noix de pécan. Je terminai la bière puis tentai un nouveau sourire à l'adresse de Maggie. Un bon, de ceux qui accrochent les femmes à mes basques.

– Vous avez quelque chose sur votre tee-shirt.

J'essuyai la sauce tombée sur ma poche.

– Du côté gauche, précisa-t-elle.

Rebelote avec les restes de celle au piment rouge que j'avais consommée au petit déjeuner.

– Je m'en mets toujours partout, dis-je.

– Mazette. Je suis sûre que toutes les femmes en tombent à vos pieds.

– Vous seriez étonnée.

Je plissai le nez.

– Est-ce que je sens toujours le purin ?

Abby intervint :

– Eh, oh, la paix, tous les deux ! Je suis là !

Les deux battants de la porte s'ouvrirent et un vent frais, comme issu d'une machine, parcourut la pièce.

– Maggie, reprit Abby, je suis retournée hier à Oxford chercher certains des papiers de papa, et une femme m'a suivie. Elle a prétendu qu'elle te connaissait, elle m'a emmenée dans une vieille station-service où deux types m'ont enlevée. Ils m'ont embarquée dans un casino de Tunica. Je ne voulais pas t'en parler, pour que tu ne te fasses pas de bile, mais putain, tu es vraiment trop dure avec les gens, des fois !

Abby n'avait pas l'air du genre à employer souvent le mot « putain », qui en paraissait d'autant plus ordurier et agressif dans sa bouche. Il resta suspendu en l'air un moment.

– Bon, alors, qui est-ce? Tu l'as vraiment rencontré à Memphis?

– Non, il est venu à ma rescousse au casino. Il a tué un homme en essayant de me protéger.

– Nom de Dieu, dit Maggie en écrasant sa cigarette et en me dévisageant de nouveau.

Le groupe de bluegrass s'était mis à jouer au-dehors et nous nous transportâmes sur la véranda pour terminer notre tourte aux pêches. Le plat en équilibre sur le bras et le café à la main, je pris place entre Abby et Maggie sur le long banc. Les musiciens s'étaient assis à l'arrière d'un pick-up des années 1950 pour se lancer dans une succession de chansons d'amour. De *You Are My Sunshine* à *You Don't Miss Your Water.*

Le plaisir était du préemballé, ces temps-ci. Je le constatais dans tout le Vieux Carré : des bars qui vous découpaient une culture cajun et *New Orleans* de pacotille en tranches prédigérées. Il y avait eu quelque chose d'extra à se demander si l'on reviendrait entier de sa soirée à l'ancien *Tips*, ou à tenter le diable en garant sa voiture près du *Rivershack*. À présent, nous avions le *House of Blues*, le nouveau *Tips*, et les stands de ti-punch avaient succédé aux piano-bars inaugurés dans les années 1940. Je n'aurais jamais deviné que je finirais par passer un moment génial avec Abby et sa cousine revêche, mais c'est pourtant ce qui arriva. Ne prévoyez jamais rien. C'est le plus sûr moyen de jouir de la vie.

Abby touilla sa glace autour des pêches et Maggie attaqua une nouvelle cigarette. Elle portait ses bottes de rodéo éraflées et un tee-shirt blanc faisant la promo des chapeaux Stetson.

Moulant, le tee-shirt. Elle n'avait rien de repoussant.

Quand le groupe acheva la dernière note de la chanson de William Bell, Abby reposa sa tarte en regardant fixement droit devant elle. Elle remonta jusqu'au genou l'ourlet élastique de son pantalon de jogging pour frotter les petites protubérances rouges apparues sur son mollet. Maggie ramassa nos assiettes et repartit à l'intérieur, laissant claquer la moustiquaire derrière elle.

Abby contemplait toujours les ténèbres.

– Je veux te suivre. T'aider.

– Allons au poste de police voir quelle protection on peut te trouver. Je dois repartir à Memphis.

Elle secoua la tête et se mordit le bord de la lèvre.

– Tu avais promis.

– Promis de retrouver ta cousine et de m'assurer que tu ne risquais plus rien.

– Tu as besoin de moi.

Maggie revint s'asseoir, s'adossant au mur délabré. Elle décapsula une quatrième bière récupérée auprès de quelqu'un et se mit à osciller la tête au rythme de la musique. Les notes convolutées du dobro et de la mandoline se fondaient dans la fraîcheur de ce soir d'automne, tombant avec la douceur des souvenirs. Cette musique me rappelait une époque bénie de ma vie, que je n'avais pas su reconnaître comme telle.

Je tournai la tête vers Abby. Elle portait le même pantalon depuis deux jours, étiré comme de vieilles chaussettes au-dessus de ses chaussures de sport. Les genoux étaient déjà distendus, salis.

– Abby, lança Maggie en soufflant de la fumée, j'ai récupéré le courrier de tes parents et j'ai trouvé un truc bizarre. Une lettre de Memphis adressée à ton père. Il faisait souvent appel à des détectives privés ?

– Sans doute.

Elle se serra frileusement dans mon blouson en jean.

Je posa ma tasse à café par terre et regardai tour à tour les deux femmes.

– C'est la secrétaire de ton père qui me l'a donnée, en précisant que c'était confidentiel, dit Maggie. Tu devrais peut-être regarder.

25

Maggie habitait à quelques kilomètres à peine du bourg de Taylor, au bout d'un chemin de terre tortueux flanqué de talus de kudzu et de vrilles de chèvrefeuille. La maison était blanche, ancienne – une sorte de boîte en bois et en tôle allongée, ornée de grosses guirlandes de Noël pendant du toit. À l'extérieur, des buissons de roses poussaient près de courts rangs de maïs et de tomates, rabougris et marron à cette époque de l'année. Un fil à linge couvert de robes à fleurs en coton et de pantalons sacrément courts fléchissait près de la maison.

– Vous vivez avec un nain? demandai-je alors que, une fois garés, nous traversions la nuit frisquette d'automne.

Les étoiles étaient vives et nettes au-dessus de nos têtes, mais un vent mordant s'était levé et un rideau de nuages sombres filait vers l'est.

– Un fils, répondit Maggie depuis les ténèbres. Vous savez, ces petites choses que les hommes ne peuvent pas s'empêcher d'engendrer mais qu'ils abandonnent derrière eux?

– Moi, je n'ai aucun gosse, marmonnai-je sur ses talons.

Nous pénétrâmes dans une vaste pièce lambrissée qui sentait la nourriture italienne cramée. Un téléviseur projetait sa lumière chiche : une pub pour les 4 × 4 Chevrolet.

Un petit garçon aux cheveux aile de corbeau était allongé sur un canapé troué, un livre de coloriage à la main. Une vieille dame noire sortit de la cuisine en s'essuyant les siennes sur un torchon. Elle échangea quelques mots avec Maggie avant de disparaître par une porte latérale.

Je restai debout, craignant de réveiller le môme.

Le sol en linoléum gondolé était parsemé de camions miniatures et de héros décapités en plastique. Maggie avait couvert les murs de photos trop intimes pour être vendues dans le commerce. Des clichés noir et blanc de pierres tombales, de vieillards sur leur véranda et de soleils blafards plongeant bas au-dessus des champs de coton.

– Elles sont de vous ? m'enquis-je.

Elle acquiesça et tendit à Abby un carton de chips plein de courrier. Puis elle alla prendre dans ses bras le petit garçon flasque mais grommelant et s'absenta. Abby laissa choir le carton sur le vieux canapé ; je m'assis à côté d'elle.

La femme regardait Ray Leno[1] quand nous étions entrés. Je m'empressai de zapper sur la télécommande et de le remplacer par David Letterman. Le canapé était recouvert d'une épaisse couche de poils. Au-dessus du manteau de cheminée, une tête de chevreuil fixait le vide.

Abby parcourut plusieurs lettres, enveloppes de réexpédition et revues. J'en reconnus certaines : *Soldier of Fortune*[2], *Southern Living*.

Ayant scruté une enveloppe plus longtemps que les autres, elle se hâtait maintenant de la déchirer pour en extraire le contenu. Qu'elle parcourut brièvement.

Ses lèvres s'entrouvrirent. Elle rabattit une mèche folle derrière une oreille. Ramenant ses jambes en tailleur, elle secoua la tête puis me tendit la feuille.

Ainsi que l'avait annoncé Maggie, l'en-tête était au nom d'un détective privé de Memphis, un certain Art Copeland. Copeland annonçait en des termes simples qu'il comptait conserver les arrhes versées par Bill MacDonald ; il expliquait avoir minutieusement épluché les archives de la sécu, de la police, et les registres d'immatriculation sans rien trouver de plus à propos de l'homme que recherchait le père d'Abby.

1. Ray Leno, animateur du *Tonight Show* sur NBC et principal concurrent de David Letterman, dont il fut naguère le collègue.

2. Revue militaire grand public à tendance ultra-conservatrice.

Désolé, mais il n'existe plus aucune trace de Clyde James depuis 1974.

– Bordel de merde ! lâchai-je.

– Bordel de merde ! fit Abby.

La pluie nous rattrapa au moment où nous parvenions à la maison blanche des faubourgs d'Oxford et à son immense véranda. Nom d'un chien. J'avais l'impression qu'il n'avait pas cessé de flotter depuis mon arrivée à Memphis. Si seulement la météo avait pu nous accorder quelques instants de répit. J'en avais ma claque d'être trempé, gelé, et de devoir changer de tenue pour ainsi dire toutes les heures.

Bizarrement, alors que nous courions nous abriter, cette averse-ci me parut différente. Beaucoup plus froide et plus glacée, de fines aiguilles minuscules frappant le visage de côté. Nous montâmes en râlant sur la véranda, couverte de plantes vertes mortes dans leurs pots en terre cuite. Abby, qui me précédait, tira une clé de son poing serré.

La porte de derrière était recouverte de ruban de scène de crime. On s'était efforcé, semblait-il, de barricader la maison. Un cadenas arraché à une barre de blindage pendait inutilement.

Abby le balaya d'un geste et ouvrit le pêne dormant. Nous entrâmes au pas de course au moment où l'orage éclatait dans la nuit épaisse et crépitait sur la forêt de pins.

Alors que nous pénétrions dans les lieux, le tonnerre remit ça, secouant la bâtisse plongée dans l'obscurité.

Abby tenta d'actionner l'interrupteur mais rien ne fonctionnait. D'une chiquenaude, j'allumai mon briquet. Elle fila brièvement, pour revenir avec deux grosses bougies. Un retour précipité, comme si les autres pièces manquaient d'oxygène et qu'elle ne pouvait respirer qu'en ma présence.

– Où est le bureau ? m'enquis-je.

Elle tint les bougies avec précaution tandis que je les allumais, frissonnant un chouia après ce déluge glacial. Je la suivis à l'arrière de la maison. La foudre frappa, sacrément près. Après un geste de recul, Abby se reprit. Elle avait entendu les coups de feu dans sa tête ; elle s'efforçait d'ignorer les bruits, d'ignorer ce qu'elle voyait, et j'en eus la gorge serrée.

Faisant glisser des portes en bois coulissantes, elle désigna un gros bureau flanqué de deux classeurs en métal. Les murs étaient peints en rouge foncé et couverts de gravures de scènes de batailles de la guerre de Sécession. Sur un panneau, une collection d'armes à feu anciennes.

Abby s'assit sur le canapé, les dents s'entrechoquant méchamment. Au-dehors, un éclair fendit l'air de son zigzag bleu et bordeaux. Elle se recouvrit le visage de ses mains.

– As-tu des vêtements de rechange ici ? demandai-je, m'efforçant de lui changer les idées.

Elle secoua la tête, sans ôter ses mains.

– Non.

– Ils sont toujours à ta résidence universitaire ?

– Je ne veux pas.

– J'irai avec toi, Abby. Où est ta chambre ?

Elle demeura pétrifiée quelques secondes, puis se leva sans dire un mot pour contourner l'antre paternel jusqu'à un bref couloir et une pièce bardée de vieilles reproductions de tableaux. Renoir. Picasso. Sur une longue bibliothèque bleue, plusieurs coupes de compétition surmontées de figurines de chevaux dorées. Un vieux chapeau de cow-boy reposait de traviole sur une silhouette en carton grandeur nature de James Dean.

La chambre sentait le renfermé, l'inoccupé, comme certains musées de La Nouvelle-Orléans. Ça donnait l'impression qu'il ne fallait rien toucher. À la lueur des bougies, Abby ouvrit avec précaution une commode ancienne pour en tirer un jean et un sweat-shirt.

Ses cheveux blonds bouclés étaient hirsutes. Son regard noisette exsudait l'épuisement. Je repliai les bras pour étudier ses livres par la tranche tandis qu'elle ôtait la veste et se débarrassait du tee-shirt.

J'entrevis son soutien-gorge et son ventre plat. Me hâtai de me détourner.

– Pas grave. Tu m'as déjà vue sans rien dessus, de toute manière.

J'acquiesçai et repris mon examen de ses lectures. Des auteurs du Sud : Eudora Welty. Willie Morris.

– Et Salinger, tu aimes ? m'enquis-je.

Je l'entendis ôter le pantalon molletonné et vis un soutien-gorge humide atterrir par terre.

– Je n'ai jamais rien lu de lui.

– Tu devrais. Dans *L'Attrape-cœurs*, il y a une super-histoire où il retrouve un vieux gant de base-ball qui avait appartenu à son frère, Allie. Il raconte qu'Allie écrivait des poèmes tout le long des doigts, et jusque dans le creux de la paume.

Quand je me retournai, vêtue d'un jean propre et d'un sweat-shirt, elle rassemblait ses cheveux mouillés en une couette. Je ramassai les vêtements trempés, les roulai en boule et les pris sous mon bras. Elle attendit que je termine de pérorer, sans savoir où je voulais en venir.

Je souris.

– Au bout d'un moment, tout ça ne te fera plus souffrir autant. Garde certaines de leurs affaires pour te souvenir d'eux plus tard.

– Tu es proche de tes parents? demanda-t-elle.

– Je l'étais.

– Ils sont morts?

Je hochai la tête.

– Oh, je suis désolée, dit-elle. Je ne voulais pas te faire de peine.

– Bah, fis-je en détournant les yeux. C'était il y a longtemps.

– Ils ont été tués, eux aussi?

– Mon père était alcoolo. Il s'est imbibé jusqu'à en mourir.

– Et ta mère?

Je saisis la bougie sur l'étagère, inspirai profondément.

– Elle, elle n'aimait pas beaucoup la vie.

L'expression de son regard se modifia. Elle passa de la tristesse à la douceur tandis qu'Abby ramassait sa bougie et partait en tête, menant véritablement la marche, pour la première fois.

Pendant plus d'une heure, nous épluchâmes les deux classeurs jumeaux de son père. Avec l'impression de parcourir le moindre dossier qu'il avait jamais eu entre les mains. Je lisais en premier, puis lui passais le lot à la lueur de la flamme. À deux reprises, elle me donna l'impression de mourir d'envie de me dire quelque chose mais, chaque fois, elle changea d'avis à la dernière seconde pour enfouir de nouveau son nez dans les papiers.

– Ton père plaidait quel genre d'affaires ? demandai-je.

– C'était surtout un spécialiste des contrats. Il réglait les problèmes financiers de ses clients, il leur créait des comptes spéciaux. Et il a pas mal bossé sur des testaments pour les vieilles personnes du coin. Il avait toujours beaucoup de travail quand elles mouraient.

– C'est quoi, ces « Sons of the South » ?

Je poussai dans sa direction une pile de documents et de tracts qui avaient pour logo le drapeau des troupes confédérées lors de la Guerre de Sécession[1]. Abby lut en même temps que moi : un tas de déclarations grandiloquentes et de citations de généraux morts. Ils ne cessaient de répéter qu'ils n'étaient pas un groupe raciste, juste des Sudistes soucieux de préserver leur culture.

– Je ne l'ai jamais entendu en parler, s'étonna-t-elle.

Elle articulait silencieusement au fil de sa lecture. Des rassemblements destinés à sauver le drapeau officiel du Mississippi. Une reconstitution de la bataille de Vicksburg. Un gros congrès ou équivalent à Jackson, dans le Tennessee.

– Ce sont des racistes, remarquai-je.

– Ils affirment que non.

– Dire qu'on ne soutient pas le Ku Klux Klan ne signifie pas tout à fait qu'on est pour la paix entre les peuples.

– Regarde ici, dit Abby. « Les Sons of the South n'en appellent à aucune violence ni agression envers ceux qui ne relèvent pas de l'héritage celtique du Sud. Notre association a pour objet de défendre l'extension des prérogatives des États, de promouvoir le patrimoine local et de ramener nos enfants vers la morale chrétienne. » Ça ne paraît pas si atroce que ça.

– Quel genre de patrimoine exactement, redis-le-moi.

– Bon, celtique, admit-elle en faisant la moue. Écoute, mon père adorait la Guerre de Sécession. Ça ne veut pas dire qu'il était raciste. Ce n'est pas parce qu'on est pour l'existence

1. Bien qu'il n'ait jamais été l'emblème officiel des États confédérés, une aura de racisme entoure ce Southern Cross, aujourd'hui signe de reconnaissance controversé des Blancs sudistes contestant l'existence de l'État central.

d'un drapeau plein d'histoire qu'on n'aime pas les Noirs. Il a travaillé toute sa vie avec des gens de couleur.

– Abby, peu importe.

– Un jour, alors qu'il y avait des invités à dîner, un crétin de New York a commencé à délirer en disant que les Sudistes sont racistes parce qu'ils sont ignares. Pour un peu, papa lui aurait arraché les yeux. Il a répondu que les gens les plus racistes de sa connaissance étaient du Nord.

– Calme-toi, enjoignis-je en lui arrachant le tract des mains. Bon, mettons ça de côté. Je voulais juste savoir si ton père avait parlé d'adhérer à cette association.

Elle secoua la tête. Je posai le dossier dans une pile à part. Nous en étudiâmes d'autres, en ajoutant certains à celui des Sons of the South.

– Lui arrivait-il de se rendre au casino ?

– Il n'en a jamais parlé.

Au bout d'un moment, je me levai pour m'étirer puis me remis à passer en revue les dossiers, les rangeant à mesure dans chacun des huit compartiments des meubles. Abby en remarqua un et détourna la tête quand je le sortis : il contenait des dessins au crayon remontant à son enfance.

– Ton père possédait pas mal de foncier. Quatre mille hectares de l'autre côté du Delta, et aussi côté nord. Sans compter des terrains à Jackson.

Abby hocha la tête, écoutant avec attention, mais les mains tremblant de fatigue devant son visage.

– Oui, il m'emmenait souvent sur place. On chassait un peu. Il aimait ça. Et on entrait dans les vieilles cabanes pour trouver des trucs. Des fois, on partait chercher des pointes de flèches dans le lit des ruisseaux.

Je lui adressai un sourire en feuilletant quatre dossiers tirés du reste des archives. À l'extérieur, le crépitement monotone de la pluie tombait des gouttières. Les bougies agitaient leur lumière sur son visage. Je me levai.

– Bon, on part d'ici ?

– Je veux. Au fait, tu as trouvé d'autres choses à propos de ce chanteur ?

– Je suis sûr d'être passé à côté de pas mal de trucs, répondis-je en rassemblant des lettres. Il y a là quantité de papiers juridiques auxquels je ne comprends rien.

– Moi, pareil.

– Et pour ce qui est des archives financières, il faudrait un comptable… J'ai surtout trouvé des palanquées de docs sur les Sons of the South, et pas mal de correspondance privée à propos de laquelle j'aurai besoin de ton aide, si ça ne t'embête pas… Alors, est-ce qu'il t'avait parlé de ces gens-là ?

Elle secoua une nouvelle fois la tête puis traversa avec moi les cavernes mortes de la maison, en tenant les bougies, pour ressortir dehors sous la pluie. Elle referma à clé derrière nous, comme si ça avait une quelconque importance, et l'odeur forte de la stéarine chaude s'éleva tandis que les flammes mouraient rapidement dans le vent et l'humidité.

Alors qu'elle me suivait jusqu'au Bronco, regard baissé vers les cailloux cassés de la route, je vis un labrador efflanqué couleur chocolat agiter sa grosse queue et lui poser ses deux pattes boueuses sur la poitrine.

– Un copain à toi ?

Elle hocha la tête.

Je maintins la portière ouverte. Tout le monde grimpa à l'intérieur.

26

Survolté et trempé de sueur, Jon piaffe en attendant que l'asperge aux dents gâtées appelle son nom. Il va enfin chanter son morceau. C'est sa chance. Celle qui devait forcément se présenter depuis qu'il a rencontré Mlle Perfect. Normal, quand tu courtises une femme classieuse. Tu pousses la beuglante. Elle se rend compte de ton talent. Et bientôt, tu l'embrasses sous une lune en carton-pâte. Qu'est-ce que ça en a pris, du temps, de la convaincre d'interrompre les recherches pour ce soir ! Ils sont à Oxford, tout de même. Un peu de bon temps ne leur fera pas de mal. Étirer ses jambes. Vivre un peu … *Live a Little, Love a Little.* Ils bouclaient le tour du Square pour ce qui devait être la cinquantième fois quand il a repéré le grand panneau en plastique aux lettres décalées annonçant : KAR-A-OKÉ CE SOIR. Là, il a su comment s'y prendre.

Elle a seriné à n'en plus finir qu'il fallait qu'ils repartent surveiller la maison, qu'ils devaient tuer ce Travers et une gamine qui s'était mal conduite. Il lui a répondu de se détendre. Demain, ils auraient tout le temps de les poursuivre jusqu'à Tombouctou. Il a laissé planer cette idée, l'air de rien. Comme s'il voyait aucune objection à courir jusqu'à Tombouctou avec Mlle Perfect, si tant est qu'elle sache où ça se trouve.

Et maintenant, elle attaque son quatrième daiquiri en observant l'horloge trop tarte en forme de chat à côté de l'entrée. La queue qui remue. Les yeux exorbités.

Le petit bar est relativement sombre. Il baigne dans l'odeur des pizzas à moitié mangées qui reposent sur les tables autour d'eux. Il faut dire qu'il y a une pelletée d'étudiants dans la salle, des jeunes de l'âge de Jon, soûls comme des barriques.

Un grand gars du coin boit sa cruche de bière à la paille. Sur la scène, deux nénettes brament un vieil air qui parle d'amours de vacances en gloussant comme des folles. Tellement éméchées qu'elles tombent presque de scène en regagnant leur place.

Jon sirote un Dr Pepper. E ne buvait jamais d'alcool, alors pas question de le faire.

L'endroit lui rappelle Memphis cet autre jour, quand un bus plein de doryphores du Nord était descendu se chanter tout le répertoire d'E au Holiday Inn de l'Elvis Presley Boulevard. La police n'a jamais retrouvé celui avec des fausses rouflaquettes, qui portait des lunettes de soleil métalliques à la E. Marrant comment il a disparu après avoir chanté *That's All Right Mama* en bâfrant un gros cheese et en se foutant de la gueule d'E qui avait tant grossi. Incapable de comprendre ce qui s'était passé, le mec : l'E de remplacement et tout. Même quand Jon lui a fait rentrer ses conneries dans la margoulette en l'étranglant.

Jon secoue la tête. Hé, il a vraiment la cervelle qui part en quenouille, ce soir. Il gobe une deuxième pilule en faisant semblant de tousser et prend une nouvelle gorgée de Dr Pepper. Il tourne la tête vers Mlle Perfect, qui se fait toute petite dans le box en Skaï du bouiboui à pizza. Elle s'emmerde comme un rat mort. Joue avec la paille de son daiquiri.

Plus rien ne la fera chier quand il sautera sur scène. Elle verra tout le monde hurler et se pâmer comme il les voit déjà, et elle sera tellement toquée de lui qu'il arrivera plus jamais à sortir du lit.

– *Est-ce qu'Elvis a quitté les lieux?* demande le type aux dents pourries en contemplant la foule.

Jon saute sur la vieille scène en bois et il éprouve la même impression de puissance que dégageait E. Malgré le déguisement de la barbe, il sent les regards se fixer sur son corps gainé de cuir noir, sur ses rouflaquettes électriques et jusque sur le collier TCB[1] en or 24 carats qui lui pend au cou.

Mais le truc bizarre, c'est qu'ils ont l'air de se foutre de sa gueule. De le prendre pour un genre de demeuré. Bon, OK. C'est comme ça que ça marche. Il y a toujours un grand con près du juke-box pour dire qu'E ne sait pas chanter. *Un, deux. Un, deux, trois...*

Jon regarde Mlle Perfect, aussi en pétard qu'un serpent soûl. Ça lui fait mal aux seins qu'il monte sur les planches. Qu'on se souvienne de lui plus tard. Mais ce qu'elle ignore, c'est qu'il redemande que ça.

Et puis, le truc arrive. Magique.

Jon porte le gros micro à ses lèvres et beugle son chant sacré – si lancinant, si beau, qu'il en a presque envie de chialer à mesure que les paroles s'échappent de sa bouche :

Là-bas en Louisiane,
Où les alligators ont la dent dure,
Vit une femme à côté de qui, je vous jure
Les alligators ont l'air d'agneaux :
Polk Salad Annie.

Merde, les étudiantes deviennent hystériques en le voyant incliner les épaules et gigoter de partout. Perfect se contente de regarder, la mâchoire pendante, une cigarette grillant entre ses ongles rouge cerise. Jon chante comme le ferait E, spécial pour elle. Il veut que les paroles saintes flottent jusqu'à ses oreilles, remontent les kilomètres de veines jusqu'à son palpitant. Il veut la voir tortiller son supercul en forme de cœur, froncer son petit museau de lapin.

Nom d'un petit bonhomme, sans compter qu'il sent son sang s'échauffer en pensant à cette Polk Salad Annie. Une sauvageonne infernale. Qu'il se met à imaginer en bikini en peau de bête, laissant voir son petit ventre. Elle porte une lance

---

1. Pendentifs fabriqués spécialement par un joaillier à la demande d'Elvis Presley, qui les distribuait à ses proches. Les reproductions de colliers TCB font partie de la bimbeloterie obligée vendue à Memphis autour du King, devenu principale attraction touristique de la ville.

pour sortir dans le bayou. Un chat sauvage lui sert d'animal de compagnie, elle hurle comme une perdue chaque fois que Jon lui fait l'amour dans la fourche des arbres, et elle se vautre dans la boue.

– *Polk Salad Annie!* entonne Jon au deuxième refrain. *Tout le monde disait que c'était dégueulasse... que sa mère trime aux travaux forcés.*

John le chante comme si c'était la mère de Perfect qui s'était écartée du droit chemin. Et quelque part c'est vrai. Elle a engendré une créature si sacrément belle qu'elle fait rêvasser tous les hommes de la planète.

John regarde en direction de Perfect, ignorant l'étudiante qui se pourlèche les lèvres, les deux femmes accrochées à ses basques. Il continue à chanter pour sa nana. Son Ann-Margret à lui.

Dix minutes plus tard, Perfect, tirant Jon par le bras, le ramenait à la Mustang. Elle n'était peut-être pas experte dans l'art de tuer les gens, mais une chose était sûre : ils s'étaient beaucoup trop fait remarquer ce soir-là. Si meurtre il devait y avoir, il faudrait que ça se passe ailleurs qu'à Oxford.

– C'était intéressant, affirma-t-elle, se refusant à lui dire qu'il chantait comme une casserole et que tout le monde s'était fichu de lui.

Elle ne voulait pas meurtrir son ego. Il fallait qu'il croie que toutes ces étudiantes allumées le lorgnaient pour son talent, pas pour le paquet gros comme le Texas qui gonflait son fute en cuir.

Les gamines n'avaient pas arrêté de le chauffer une fois qu'il avait fini de chanter. Elles lui avaient fait porter des bières – aussitôt remplacées par des Dr Pepper. En lui laissant leur numéro comme des gosses de treize ans, en ignorant totalement Perfect et en adressant des œillades obscènes à Jon depuis l'autre côté de la salle. Mais ce qui avait le plus touché Perfect lors de cette soirée, ce qui lui avait vraiment fait comprendre qu'elle le tenait par les roustons, c'était qu'il n'avait pas détaché ses yeux une seconde de son visage. Ou de ses seins.

Il bavait devant elle. Mais les hommes réagissaient tous comme ça. Au point de lui passer ses quatre volontés.

Un peu cassée par les daiquiris, elle s'enferma à clé à l'intérieur de la voiture. À cause du grand parking tout vide. Dépourvu de réverbères. Des sacs en papier voletant en tous sens dans le vent.

Elle sentit Jon l'entourer de ses bras. Une forte odeur de sueur et de cuir, des lèvres épaisses s'écrasant sur sa nuque… Un frisson lui dévala la colonne vertébrale, comme dans le temps, avant sa rencontre avec Levi. Avant que le sexe ne devienne un truc subi.

La voilà, sa gratification. *Ça va coller.* Il serait le cadeau qu'elle s'offrirait.

– Jon, je veux que tu fasses quelque chose pour moi, dit-elle alors qu'il l'enveloppait de ses bras, remuait le pelvis contre son popotin.

– Oui, mam'zelle Perfect?

À l'Ole Miss Motel, à la grande surprise de Jon, Mlle Perfect ouvre la porte d'un coup de pied. Toute la journée elle l'a regardé comme s'il était un handicapé du bulbe, et maintenant, voilà-t-y pas qu'elle lui arrache le beau tee-shirt Hanes que lui a acheté sa maman. Sans même refermer le battant. Putain, le vent et la pluie s'engouffrent carrément dans la piaule. Elle le pousse vers le lit comme une tigresse.

Le lit est rond et rouge, avec un baldaquin superchic au-dessus, qui fait penser à un petit manège. Des lumières rouges défilent vers le haut autour des quatre piliers, pareilles au sang qui pulse dans les veines de Jon quand elle lui rampe jusque sur le torse et lui écrase les poignets. Jon se dit qu'elle va l'attacher ou un truc comme ça, et puis elle tend le bras, en ahanant toujours, pour enfoncer une touche sur le vieil autoradio au-dessus du lit. De la musique country se met à sortir des baffles, en haut, près du miroir qui orne le ciel du baldaquin. Pendant ce temps, Mlle Perfect redescend pour fermer la porte.

Ce doit être tous ces Dr Pepper qui ont fini par le soûler, parce les petites lumières qui scintillent autour du lit lui font un peu tourner la tête. Le lit est devenu un petit bateau rien qu'à eux. Ils vont débarquer quelque part sur une île déserte, et elle sera forcée de s'habiller en peaux de bête comme Polk

Salad Annie, et de secouer les cocotiers pour qu'ils aient de quoi manger.

La radio continue de jouer, toute grésillante, pendant que Mlle Perfect le pousse au bord du lit en faisant une sale moue, comme si elle était furax qu'il reste assis là. Elle a de beaux cheveux platine, des yeux bleus grands comme des pièces de 50 *cents*. Un joli petit nez retroussé, et puis des lèvres charnues, élastiques. Et Dieu, qu'elle sent bon. Il en a l'eau à la bouche.

– Je m'excuse, mam'zelle Perfect. Je pensais pas à mal..., entame-t-il.

Et là, paf, la revoilà qui lui grimpe dessus, à califourchon, qui lui lèche le visage et qui lui trifouille tout autour de son petit jésus. Elle lui ôte ce qui reste du tee-shirt, qu'elle jette par terre. En roucoulant doucement, elle se met à lécher le portrait d'E qu'il s'est fait tatouer sur le biceps.

Seigneur E. Pour un peu, il se sent capable de casser du bois, là, tout de suite, comme Lui quand il était karatéka.

Jon prend une grande goulée d'air et plonge la main sous le corsage de Perfect. Elle a la peau chaude comme un four. Il tâche de lui défaire son soutif à l'arrière. Comme il trouve pas, il cherche sur le devant, parce que parfois, ça se ferme par là chez les filles chic. Mais au moment où il approche, elle lui calotte la main et lui mord l'oreille. Fort.

– Non mais qu'est-ce qui se passe? C'est plus drôle, mam'zelle Perfect. Qu'est-ce que vous êtes en train de me faire?

Elle le fait rouler sur le flanc et, d'un geste brusque, rabat le couvre-lit. Elle a le souffle court, maintenant, les narines dilatées, et elle tremble comme si elle était gelée. Quand elle se redresse pour ôter son caraco par-dessus sa tête en lui faisant signe du doigt, il n'arrive plus à bouger. Un lapin pris dans les phares.

– Enlève ça, ordonne-t-elle. Elle porte un soutif en vraie dentelle, ses seins débordent sur le dessus. Elle a le ventre plat, dur, une taille qui s'incurve serrée avant de s'arrondir en des hanches superbes.

– Euh...?

Sur quoi elle lève le bras et le saisit par les cheveux. Une pleine poignée.

– Ouille!

– Enlève-moi ça. Tout de suite!

Son haleine sent le vieux fruit, l'alcool à 90°. Il percute. Elle est déchaînée comme pas possible.

Elle s'empare de ses mains, les place sur le bouton supérieur de sa braguette à elle. Elle n'a plus rien en haut et quand Jon descend la tête, le nez pile sur ses seins lourds, il se dit qu'il va carrément jaillir de son caleçon.

Il tâche de faire doux en lui descendant son fute jusqu'aux genoux, pour la laisser s'en débarrasser toute seule. Mais il va se déchaîner, ça ne va pas tarder. Elle porte un slip en coton blanc avec des fleurs bleues.

– Seigneur E, Seigneur E.

– Jon! Gaffe à ce que tu fais!

Elle se rassied sur le lit en tortillant ses petits orteils tout en scrutant son regard, et puis elle se laisse aller en arrière, sur le dos, à plat.

– Oh, un miroir! s'extasie-t-elle. (Sa langue dérape, s'emmêle, à cause de tous les daiquiris.) J'adore ça, les miroirs. Je te l'ai déjà dit?

Elle commence à faire rouler son slip jusqu'à ses genoux, le repliant en un bourrelet pareil à de la pâte à beignets, et ensuite par-dessus ses chevilles. Jon est pétrifié. Il reste là à contempler sa beauté. Une beauté du diable dans les bruits du tonnerre, de ce souffle haché.

– Dans *Des filles, encore des filles*, E, il dit que les tempêtes, c'est un moment privilégié, qui vous donne l'impression de vivre à cent à l'heure.

Mais Mlle Perfect n'écoute pas. Ses yeux sont révulsés. Elle gémit, quelque chose d'horrible.

Elle l'appelle finalement pour qu'il la rejoigne à l'horizontale, alors il ôte ses bottes à fermeture Éclair d'un coup de pied, et puis son fute en cuir, comme s'ils lui pesaient. Elle bouge dans le lit comme un serpent, elle se passe les mains partout, elle plonge sous les couvertures. Bon sang. Lui, il a l'impression d'être Captain Marvel. Il devrait dire *Shazam!*, il serait fort comme cent.

De là où il est, il saute sur le lit, l'enfourchant cul nul. Il se met à embrasser ses seins magnifiques, à baisser les mains plus au sud. Et là, elle le gifle si fort qu'il en a la tête qui part en arrière.

Putain de moine!

Il lui coince les poignets au-dessus de la tête, s'assied à califourchon sur son buste.

– Écoute-moi, femme. Je sais pas ce qui te prend, mais soit tu veux, soit tu veux pas. J'ai jamais pris une nana de force. Là, tu me files mal au crâne.

Elle se libère de sa poigne et attire la tête de Jon contre sa poitrine en feulant comme un fauve. Elle sent comme le parfum de fleurs d'un de ses livres de senteur quand il était petit.

Il recommence à lui embrasser les seins; elle tient son visage entre ses mains. Vraiment serré, comme un étau.

– Tu veux faire quelque chose pour moi, mon chou?

– Oui, m'dame.

Elle lui presse la tête encore plus bas, la plongeant là où Jon a jamais été à ce jour. Il sait bien qu'il y a des lois contre ça, il a vu des trucs sur l'Enfer dans les bédés de l'église baptiste. Mais, nom d'un chien, il peut plus s'arrêter.

Il reste là, en bas, tandis que le vent, la pluie, les nuages noirs s'agitent au-dessus de leur tête. Il ouvre les yeux assez longtemps pour voir que Perfect se regarde elle et pas lui, qu'elle se mate dans le miroir. Elle lui a posé les mains sur la tête. Elle sourit. Se sourit à elle-même.

Jon y fait pas gaffe jusqu'à ce qu'un vent mauvais se mette à battre au-dehors et qu'à force de tambouriner, la pluie coupe les lumières rouges autour du lit. Perfect hurle dans la nuit pendant qu'une bourrasque enfonce la porte en mugissant. Elle halète, elle gémit, elle lui griffe la nuque. Il sent son sang chaud lui dégouliner sur la peau.

Il remonte, histoire d'avoir droit à la meilleure partie de jambes en l'air de sa vie, mais là, patatras!

Mlle Perfect reste allongée une seconde, à se faire des mimiques et à souffler des baisers vers le plafond.

Et ensuite, elle se retourne, s'enveloppe dans les draps. Et puis elle se met à ronfler.

Jon se lève. Il se mordille la lèvre comme un malade en regardant les griffures et les marques rouges sur son ventre. Fermant la porte à la volée, il chope un oreiller pour dormir par terre.

27

À minuit, Abby et moi nous arrêtions dans une station-service près du centre-ville afin d'acheter de l'eau minérale et plusieurs paquets de bœuf séché pour Hank, qui les bâfra jusqu'au dernier à côté de la station de gonflage. Abby le serra fort contre elle tandis qu'il lapait l'eau dans l'un de mes vieux mugs à café. Son visage s'était éclairé. Elle l'étreignait si fort qu'il en grognait.

Je souris à ce spectacle, mon cerveau bourdonnant de tout ce que j'avais appris.

Le père d'Abby cherchait à retrouver Clyde James ; il avait été tué, et sa fille enlevée. Quelques semaines après la mort des MacDonald, des hommes avaient fait irruption à La Nouvelle-Orléans en menaçant Loretta. À présent, il y avait tous ces trucs à propos d'un groupe de tarés du nom de Sons of the South.

Nous repartîmes en ville, faisant le tour du Square pour prendre en direction de chez Maggie. Nous nous arrêtâmes un instant à un passage piétons ; Hank haletait dans l'habitacle du Bronco.

Cinq jeunes filles en épaisse tenue de jogging, à peu près du même âge qu'Abby, nous croisèrent au pas de course en rigolant. Elles poussaient des cris, encouragées par le froid grisant. La pluie perlait sur mon pare-brise et dessinait de drôles de motifs par-dessus les réverbères.

Abby, étreignant de nouveau son chien, regarda les gamines descendre la colline et disparaître au loin.

J'avais compté la déposer chez Maggie et filer sur Memphis le lendemain mais, depuis la découverte de cette lettre, je n'en étais plus tellement sûr. J'éteignis le CD de R.L. Burnside et allumai la radio, trouvant une station qui passait de la *soul* à l'ancienne.

Hank sauta sur le siège arrière.

– La bibli est encore ouverte à cette heure-ci ? m'enquis-je.

– Le bar, tu veux dire ?

– Non, la vraie. Celle de la fac.

– J'imagine.

– On pousse jusque là-bas ?

Elle acquiesça. Je finis de longer l'ancien tribunal et pris vers le campus tandis qu'Abby marquait sur sa jambe le rythme d'une chanson écrite des décennies avant sa naissance.

Au deuxième étage de la bibliothèque de l'Ole Miss, j'avais pris place à côté d'Abby derrière un terminal d'ordinateur. Un silence absolu régnait, ponctué du grésillement intermittent des néons et des éternuements du type salement enrhumé derrière l'accueil.

L'écran s'éclaircit. Abby venait de cliquer sur SONSSOUTH.COM. La majeure partie de ce que nous découvrîmes consistait en des balivernes du même tonneau que ce que nous avions lu parmi les dossiers de son père. Nous consacrâmes environ cinq minutes à regarder les photos de quinquagénaires blancs en route pour un congrès dans un aéroport, ou complotant pour restaurer l'honneur du Sud. C'était le genre d'assoce qui rabat les hommes trop cultivés pour faire partie des milices, et trop orgueilleux pour reconnaître qu'ils ont certains de leurs concitoyens dans le collimateur.

– Où sont stockés les microfilms ? demandai-je.

– Qu'est-ce qu'il te faut ?

Je regardai dans sa direction.

– Des articles de journaux.

– Récents ?

– Remontant à ces dernières années.

– Ils sont numérisés sur serveur.

– Pas tout ce qu'on cherche, quand même ?

– Tiens, regarde !

Elle m'emmena dans une alcôve située au premier étage, où elle saisit « Sons of the South » dans un ordi bourré de logiciels documentaires Lexis Nexis. J'en avais entendu parler, mais la plupart de mes recherches portaient sur des musiciens en activité des décennies plus tôt.

Abby se révéla très douée. Elle récura les entrailles de l'ordi en trois coups de souris et en tira une douzaine d'articles. La plupart provenaient du *Commercial-Appeal* mais plusieurs avaient paru dans *The Tennessean.*

Elle fit défiler les premiers. La plupart se bornaient à citer le porte-parole qui évoquait la position des SOS sur la modification du drapeau du Mississippi et du Southern Cross qu'il arborait en vignette.

La préservation de ce symbole était leur cheval de bataille – et devait être aussi celui des habitants du Mississippi, puisque le drapeau de l'État n'avait pas changé depuis. Ça me rappela U, qui racontait qu'à l'époque où il faisait partie de l'équipe de foot de l'Ole Miss, il voyait systématiquement une bande de jeunes Blancs pourris de fric agiter le Southern Cross chaque fois qu'il réussissait un tacle.

U appréciait tant leur geste que le jour où leur corpo avait organisé un défilé afin de célébrer l'histoire du Sud, il s'était planté à un carrefour pour brûler ce satané bout de tissu. Il ne m'avait pas raconté la suite, mais à mon avis, personne n'était allé chercher de crosses à un gars qui soulevait ses deux cent vingt kilos de fonte quotidienne et s'entraînait chaque jour aux arts martiaux.

J'en rigolai tout seul pendant qu'Abby continuait de faire défiler les articles.

Deux éditoriaux attaquaient les Sons of the South, taxés de coalition de Blancs privilégiés voulant jouer à la guéguerre sans vraiment se salir les mains. L'un des rédacteurs donnait dans la satire : il expliquait que le Sud devait se reprendre et vantait les qualités premières nécessaires pour devenir esclave.

Il était noir.

– Continue, enjoignis-je.

Abby cliqua, mais avant que l'article ne disparaisse, quelque chose attira son attention à la fin du texte.

– Attends, dit-elle. Elle revint sur la page en question et lut la phrase, le nez à dix centimètres de l'écran.

– Quoi?

– Ce type dont il parle. Ce sénateur de l'État, Elias Nix...

– Oui?

– C'était l'un des meilleurs amis de papa. Ils ont fait leurs études ensemble, ou un truc comme ça. Je l'ai vu une fois ou deux. Il a assisté à l'enterrement.

Nous parcourûmes plusieurs autres papiers sur l'association. Les Sons of the South disposaient d'une base paramilitaire à Jackson mais leur porte-parole niait le fait. Pour la énième fois, ce monsieur répétait qu'ils n'étaient que des citoyens de premier plan soucieux d'animer la vie locale et de promouvoir un style de vie typique.

J'avais un Bic à la bouche et j'en avais mâchonné le bout. Sentant l'encre sur ma langue, je la recrachai dans une poubelle.

– Tu as la bouche toute bleue, fit remarquer Abby.

– Et sur les joues? demandai-je en me frottant les lèvres.

– Non, ça va.

– Bien.

– Tu as quelqu'un dans ta vie, Nick?

– Pourquoi? Tu préfères les vieux?

– Primo, tu n'es pas «vieux», comme tu dis. Tu as quoi, quarante ans? Deuxièmement, c'est à Maggie que je pensais, pas à moi. Tu lui plais bien.

– À d'autres.

Je n'avais pas quarante ans. *Pas encore.*

– Si, fais-moi confiance, dit Abby.

Ses joues s'étaient pincées sous son regard marron enjoué.

– C'est pour ça qu'elle s'en prend à moi?

– À mon avis, oui.

– Eh bien, sache que je suis pourvu côté femmes.

– Tu es marié?

– Passe à l'article suivant, dis-je.

– Réponds-moi? Tu es marié, oui ou non?

– Non, dis-je.

– Mais ta petite amie voudrait te mettre la bague au doigt, compléta-t-elle, le visage luisant devant la lumière du moniteur.

– Minute, est-ce que tu pourrais faire une recherche à la fois sur «Elias Nix» et sur «sénateur»?

Elle hocha la tête. L'écran afficha des centaines de titres.

– Essaie «Nix», «sénateur» et «jeux d'argent».

Elle tapota sur le clavier.

Deux articles.

– Elle s'appelle comment?

– Kate.

– Tu l'aimes?

– Eh, oh! On est où, là, à la cour de récré?

Abby éclata de rire et me flanqua une bourrade dans l'épaule.

Je souris.

– Elle habite Chicago et on s'est rendu compte récemment que c'est bien loin de La Nouvelle-Orléans.

– Tu as encore du bleu sur la langue.

Je crachai derechef dans la poubelle.

Quand je consultai l'écran informatique, Abby faisait défiler un article expliquant que Nix se présentait au poste de gouverneur en novembre. Nom d'un chien, je savais bien que j'avais déjà vu ce foutu nom. Ce gars avait son visage placardé partout dans Memphis... mais il était tard et j'avais été tellement absorbé par Clyde James que je ne réfléchissais plus clairement. Je ne me prenais que rarement de passion pour la politique, du reste. Elle était si pourrie en Louisiane qu'en général, je passais ma journée au lit le jour des élections.

– Regarde ça, dit-elle.

Apparemment, cette année-là, le Tennessee allait trancher par référendum sur l'opportunité d'organiser ou non une loterie au niveau de l'État. Et quantité de gens pensaient que les tables de jeu ne tarderaient pas à déferler dans la foulée.

Nix était du même avis.

Il déclarait à un reporter de Memphis qu'il souhaitait voir des casinos flottants sur les berges du fleuve d'ici à la fin de son futur mandat.

28

J'achetai un Coca pour me nettoyer la langue et appelai U d'une cabine depuis l'immeuble de la corpo étudiante. Abby, qui avait imprimé des dizaines d'articles, était assise à côté d'une rangée de distributeurs automatiques, occupée à feuilleter et stabiloter les pages. À quelques pas de moi, un gosse aux allures de hippie dormait, des annales universitaires sur *Crime et Châtiment* à la main. Une sale odeur émanait de lui, si bien que je me détournai de quatre-vingt-dix degrés en direction d'une longue série de fenêtres le temps qu'Ulysses décroche. Mais je fis chou blanc. J'essayai finalement son numéro de bipeur, et il rappela environ une demi-minute plus tard.

– Pension pour chats de Mme Davis. En quoi puis-je vous être utile?

– Oui, ben je cherche un neuneu du nom de Travers. Il faut qu'il paye pour sa chatte.

– Ne quittez pas, énonçai-je d'une voix suraiguë.

– Arrête de faire le con, Nick. Qu'est-ce que tu veux? Je planque devant le mobile home d'un petit Blanc à attendre qu'il revienne. Je dois récupérer du fric pour sa bonne femme. Putain, j'ai presque fini ma dernière bouteille de flotte et j'ai rien d'autre à écouter que ce pirate des frères Marsalis que tu m'as envoyé. Ils commencent à m'échauffer les oreilles!

– Au moins, ce ne sont pas ces conneries que tu mettais en voiture avant... Grand Master quoi, rappelle-moi?

– *Flash*, lâcha-t-il en prenant une profonde inspiration.

– Oui, et puis les Sugarhill Gang, et Run-DMC…

– Eh, je crache pas dans la soupe. Ça me botte toujours. J'ai toujours foi dans la vieille école. Et tu aurais intérêt à raisonner pareil.

– Bon, écoute…, dis-je en voyant le hippie commencer à s'agiter à mes pieds.

Il se renifla l'aisselle, frotta le duvet couleur pêche poussant sur son menton et tenta d'étreindre le mur de brique entre ses bras.

– … Je suis toujours avec Abby. On a découvert quelques petits trucs. Primo, son père avait engagé un privé de Memphis pour lui trouver Clyde James.

– Ton Clyde James à toi?

– Oui, monsieur.

– Mazette.

– Deuxio, son père était en rapport avec un groupe appelé Sons of the South. Tu les connais.

Silence au bout du fil.

– Tu es un des membres fondateurs.

U rigola.

– En tout cas, apparemment, leur assoce est liée à ce sénateur qui se présente au poste de gouverneur, Elias Nix.

U toussota et son téléphone mobile se mit à crachoter tandis qu'il bougeait.

– Pour un peu, je m'y serais laissé prendre. Maintenant, tu fais de la parano sur d'honnêtes hommes politiques, et… Merde, je crois que le plouc rentre chez lui…

– U?

– Minute…, chuchota-t-il. Bon, me revoilà. J'ai été forcé de me coucher sur la banquette. Je croyais que c'était lui.

– Et?

– Tu crois que je serais encore là à te causer?

– En tout cas, qu'on prenne Abby, moi ou Clyde, tous ces trucs sont en rapport avec les casinos… Or, Nix veut les autoriser à Memphis.

– Riche idée. Comme si les habitants n'étaient pas déjà assez fauchés comme ça.

– Eh, tu sais qu'on en a même à La Nouvelle-Orléans?

– Conclusion, tu veux m'envoyer à Nashville secouer les puces à Nix? Lui demander pourquoi il veut faire du fric sur le dos de tous ces couillons de pauvres?

– Pas encore, dis-je. Plus tard, peut-être. Tu as des renseignements sur Tunica et sur le syndicat là-bas?

– Pas plus que ce que je t'ai déjà dit.

– On ne pourrait pas savoir à qui appartient le Grand Magnolia en allant consulter le cadastre?

– Bravo. Pour un peu, je t'appellerais Sherlock, mais c'était plutôt une idée pour Harry.

– Harry Holmes? Le boxeur? Tu veux dire que tu as déjà regardé?

– Ouaipe, dit-il. Écoute, vieux, il faut vraiment que j'y aille, le plouc blanc rentre chez lui une bouteille de Bud à la main et il a carrément un Glock dans l'autre. C'est la poisse. En tout cas, pour résumer : ce casino est enfoui sous d'innombrables strates de noms de sociétés. Ça te prendrait toute une vie de découvrir les vrais proprios – et encore, il te faudrait l'ordi de la Nasa.

– Tu connais des gens du FBI qui pourraient nous aider?

– Laisse-moi le temps de me renseigner, soupira-t-il. Adios.

À mes pieds, le hippie, pleinement réveillé, était occupé à caresser le petit furet qui logeait apparemment dans sa besace verte déchirée. Il sourit et lui donna un bout de biscuit à grignoter. L'animal s'en empara puis se faufila dans le sac pour en chercher d'autres.

– Alors? demanda Abby.

– Pas grand-chose. Il dit qu'il va poser des questions autour de lui cette semaine.

– À qui? Aux flics?

– Ouais.

Elle m'observait depuis le petit fauteuil aux pieds branlants, déjà repeint mille fois, qu'elle s'était déniché. Elle m'expliqua que pendant que j'étais au téléphone, elle avait organisé par sujet et par ordre chronologique tout ce que nous avions trouvé à la bibliothèque. Les Sons of the South. Elias Nix. Elle m'annonça que dès notre retour chez Maggie, elle comptait aller farfouiller dans les papiers de son père et qu'elle m'expliquerait où en trouver d'autres. Quand je lui demandai où, elle détourna la conversation.

– Et côté pègre? demanda-t-elle lorsque nous fûmes sortis.

Je jouai avec les clés que je tenais à la main pendant que nous descendions la colline vers le parking où j'avais laissé le Bronco. Les feuilles mortes s'enroulaient les unes autour des autres au gré d'un tourbillon de poussière. Les branches craquaient au-dessus de nos têtes. Il avait cessé de pleuvoir. Un front froid agressif s'était abattu sur tout le nord du Mississippi.

– Je connais quelques truands, répondis-je avec un sourire, mais ils ne sont pas très doués.

– Les miens, si, dit-elle.

– Tu fréquentes des malfrats?

– Enfin... un, répondit-elle, traversée à son tour par un semblant de sourire. Et ses affaires tournent assez bien. Il contrôle la moitié du marché de l'herbe dans cette partie de l'État.

– Et comment une petite jeunette comme toi en est-elle venue à rencontrer un tel personnage?

– Il a pris des leçons d'équitation l'an dernier chez Maggie. Il était carrément infoutu de grimper sur un cheval, au début. On lui a appris. Sans savoir qui c'était, à l'époque.

– Et qui était-ce donc?

– Il s'appelle Son Waltz. Un jeune, lui aussi. Il n'a que quelques années de plus que moi. Son parrain tient une académie de billard près du Square. Quand Son a eu vingt et un ans, il lui a monté son bar rien que pour lui.

– Il représente quoi, pour toi? C'est ton petit ami?

– Qu'est-ce que tu vas chercher là? s'insurgea-t-elle en rougissant. Je lui ai juste appris à se débrouiller avec les chevaux.

– Et tu penses qu'il saura quelque chose à propos de la pègre de Tunica?

– Raven sait tout.

– Je croyais qu'il s'appelait Son?

– Il préfère qu'on dise Raven.

Je lui souris.

– D'accord, on ira le voir demain. Là, je suis un peu sur les rotules.

– Aujourd'hui, insista-t-elle en s'arrêtant pour me tirer par la manche.

Je baissai les yeux vers elle et fis la moue.

– Et Hank?

– On n'a qu'à le laisser dans le pick-up, dit-elle. Allez, viens. Le *Highpoint* est tout près, juste après les limites du comté, et c'est ouvert jusqu'à l'aube.

29

En ces petites heures du matin, des dizaines de motos, pick-ups et autres berlines allemandes entouraient le Highpoint. La boîte n'était qu'un simple hangar tubulaire tenant grâce à des kilos de mastic et de peinture grise pour bâtiments de la Marine. Elle reposait sur un petit recoin gravillonné à côté de la Highway 6, dans le comté de Panola, et, exception faite de l'unique lumière bleue allumée près de l'entrée, ne faisait aucun effort pour se signaler au chaland. Sous le lampion, un gamin efflanqué porteur d'une queue de cheval raclait de la saleté sur sa botte tout en grillant une cigarette.

Le ciel d'un noir bleuté scintillait au-dessus de nos têtes. Une légère averse écrasait les gros cailloux du parking, le long du lit étroit d'un ruisseau. La pulsation lancinante du blues *roots* qui passait à l'intérieur de la boîte parvenait jusqu'à nous. Ça me rappelait les heures incalculables que j'avais passées dans la *juke house* de Junior Kimbrough avant qu'elle ne soit détruite par les flammes.

À travers la porte entrouverte, l'odeur de fumée et de transpiration affluait au-dehors. À croire que le vieux baraquement nous poussait des soupirs des familles. Je portais mes vieilles bottes – à présent crottées de boue grise –, un jean, un tee-shirt à manches longues et mon blouson en jean. Qui n'était pas à la hauteur ce soir-là. Il faisait si froid que la peau du visage me tirait.

J'allumai une cigarette, pour me réchauffer et aussi parce que c'est ce qu'on fait en entrant dans un bar, puis je contournai le gamin. Il était un peu plus petit que moi, les yeux et les cheveux d'un noir indien. Ayant levé la tête, il acquiesça comme si je venais de lui demander la permission d'entrer. Je lui décochai mon expression rien-à-cirer de renommée mondiale et le dépassai, attendant Abby.

Elle, le gamin ne la regarda pas de la même manière. Il la contempla sans rien dire et, l'espace d'une seconde, je crus qu'il allait nous faire des ennuis. Sur quoi il se fendit d'un sourire d'extrême bienveillance avant de la serrer contre lui. Il portait un débardeur blanc sale sous un manteau court en cuir noir. Une médaille de saint Christophe lui pendait au cou.

– Nick?

Je tournai la tête de quatre-vingt-dix degrés.

– Je te présente Raven.

Je serrai la main du gamin. Tout en regardant Abby avec l'air d'attendre une explication, il m'adressa sa propre version de la mimique «rien à cirer».

– Salut. Tu as de la bière?

J'étais laminé, et las de devoir m'expliquer.

– La plus fraîche de tout le Mississippi.

– Je reviens.

Raven menait ses affaires en public, semblait-il. Ayant trouvé un petit coin reculé loin de la scène, sur laquelle un Noir en costume de croque-mort jouait d'une Fender vert pétant, il prit place sur un canapé écossais miteux à dominante marron. Partout dans la vaste salle, les clients assis, qui sur des fauteuils pliants, qui sur des transats, qui sur des canapés du même style que le nôtre, sirotaient leur bière en fumant de l'herbe. Le sol était une dalle de béton.

Un policier municipal assis au bar, tout sourires et casquette d'uniforme sur le comptoir, observait le vieux musicien solitaire lâcher ses notes pleines de tristesse, de désespoir et de cœurs brisés qui restaient suspendues dans l'air enfumé.

J'enfonçai la capsule d'une canette de Budweiser en regardant le vieux lancer ses impros d'une grande beauté. Il encourageait sa guitare avec des hochements de tête, comme si elle fonctionnait en toute indépendance. Je savais ce qu'il éprouvait. Moi aussi, certaines fois, il m'arrivait d'avoir le feu de Dieu à l'harmonica, à croire que quelqu'un d'autre jouait à ma place. Comme si le fantôme de Little Walter ou de Sonny Boy avait fermement décidé de se manifester par mon intermédiaire.

Le gamin buvait du Coca dans un mug plein de glace pilée. À côté de lui reposait un gros sac humide de cacahuètes bouillies encore chaudes. Il les décortiquait et laissait choir les cosses par terre tout en regardant le musicien égrener son set. Tout cela ponctué de regards furtifs à Abby.

J'allumai une nouvelle Marlboro puis me penchai en avant, les coudes sur les genoux, tandis que deux lycéennes éméchées se mettaient à danser paresseusement à côté de la scène.

– Ils te fichent la paix, maintenant? demanda Abby.

– Ils sont toujours là, dit-il. Tu vois le gonze au bar?

Un Noir arborant une casquette de base-ball façon camouflage y buvait sa bière. Raven planta ses yeux droit dans les siens et l'homme détourna la tête vers le bluesman.

– Il est de la DEA[1], précisa-il avec un grand sourire. Ils se sont toujours pas figuré comment je fais rentrer le matos.

L'une des gamines – à peine sortie de l'adolescence, la vingtaine au maximum, en jean moulant et caraco rouge – s'approcha et au passage caressa Raven sous le menton. Abby se plongea dans l'étude de ses mains en inspirant profondément. Je souris.

– Bon, gamin…, entamai-je.

– Raven.

– Raven, repris-je, tu es au courant de la façon dont ça marche à Tunica?

– Je sais qu'ils ont des patineuses sur glace en bikini et des chanteurs de country *has been* qu'on paye en passes de pute.

– Sans déconner?

– Sans déconner.

Je haussai les sourcils et tournai de nouveau la tête vers la scène, où le vieux se lançait dans un énième blues du nord du Mississippi. Ses riffs spectraux se vrillaient et flottaient dans l'air telles les volutes de fumée autour de nous. Ses coups

1. Drug Enforcement Agency, agence fédérale américaine de lutte contre le trafic de stupéfiants.

constants contre la caisse pleine de la guitare évoquaient ceux d'un esprit frappeur impatient.

– Et côté syndicat, ça donne quoi ?

Il secoua la tête et éclata de rire.

– Là, pas question, mec. Qui tu es, toi, d'ailleurs ?

– Il est nickel, Raven, intervint Abby. Tu es au courant de ce qui est arrivé à mes parents ?

Il fit « oui » de la tête.

– Nick me file un coup de main.

– Pourquoi t'es pas venue me trouver, moi ? Et puis d'abord, qui c'est, ce type ?

Je fermai les yeux et, soupirant profondément :

– Écoute, gamin... Raven. C'est très grave ce qui se passe. Des gars ont kidnappé Abby et l'ont emmenée dans un casino. Je me trouvais sur place pour chercher un ami à moi, alors je l'ai aidée à se tirer de là. Et maintenant, tout ce que je veux, ce sont des renseignements.

– Sur le syndicat de Tunica ? Hors de question.

Il laissa tomber ses cosses de cacahuètes par terre et plongea la main dans le sac pour en prendre d'autres. J'adressai un regard à Abby, qui se rapprocha de lui pour lui dire deux ou trois trucs que la musique rendit inaudibles. Il hocha la tête à plusieurs reprises puis tourna de nouveau la tête vers moi.

– Tu lui mens, je te descends.

Son regard était sombre, dur. Il essaierait à coup sûr.

– OK, ça marche.

Elle lui flatta le genou tandis qu'il terminait de mâcher ses cacahuètes et que les dernières notes du bluesman s'enroulaient autour de nous, dans la fumée d'herbe toujours aussi épaisse.

– Quel flambe ? demanda-t-il.

– Le Grand Magnolia.

Il secoua la tête en rigolant.

– C'est à Ransom.

Je pris une nouvelle gorgée de bière et me penchai plus près.

– Levi Ransom, précisa-t-il. Le patron du syndicat pour tout le nord de Biloxi. Un sale enfoiré, qui prendrait son pied s'il pouvait m'éjecter.

– Il a quelle tête ?

– Je l'ai jamais vu. J'ai entendu dire qu'il avait fait écorcher vif un gars qui s'intéressait à sa femme. Paraît aussi qu'il élève des pitt-bulls de combat dans sa ferme. Il doit être de Memphis, à mon avis. J'ai croisé des mecs qui lui ont filé un coup de main à Angola. Ils l'ont aidé à démarrer. Mon père était de par là-bas. S'il était pas mort, il pourrait te parler de Ransom.

– Une question quand même : est-ce qu'il possède assez d'influence pour avoir des hommes politiques à sa botte ?

– Tu es d'où ?

– De la Louisiane.

– Et tu me demandes ça ? Les jeux, c'est le fric. Le fric, c'est ce qui gouverne l'État.

– Et les Sons of the South ? Des antifédéralistes, dingues du Southern Cross et toutes ces conneries.

Raven secoua la tête en se versant une nouvelle dose de Coca. Les traits tirés, épuisée, Abby se laissa aller en arrière sur le canapé. Des rides de détermination sous les yeux.

– Et Elias Nix ? demanda-t-elle.

– Ouais, lui, je connais. Un connard, un Républicain de Nashville. Qu'est-ce qu'il a fait ?

– Il pourrait être pote avec ce Ransom ? demandai-je.

– Écoute, mec, Ransom, c'est une légende vivante dans le coin. Suffit qu'une rumeur coure sur un projet qu'il a en tête pour que ça arrive. Le jour où j'apprendrai qu'il veut reprendre mon business, je serai déjà fini. Mais c'est un malin. Il laisse personne l'approcher de trop près. Je te répète ce que je sais : il possède le Grand Magnolia et deux ou trois autres flambes. Il a forcément des liens avec le syndicat de Biloxi. C'est tout.

J'avais dû laisser transparaître ma déception, parce que Raven me demanda d'aller faire un tour dehors avec lui. Abby resta à l'intérieur tandis que nous passions la porte de derrière pour gagner un coin où rouillaient sur place de vieux fauteuils à bascule. Je demeurai debout, observant le bout de forêt, les voitures luisant sous la lueur intermittente de la lune. Raven plissa les yeux et se concentra de nouveau sur moi.

– Je ne plaisantais pas quand je menaçais de te tuer, précisa-t-il en me montrant les deux armes de poing qu'il portait sous son manteau.

J'ouvris à mon tour ma veste, dévoilant la poignée du Browning qui faisait saillir ma grande poche intérieure.

– J'ai de quoi me protéger.

– Protège-la surtout elle, d'accord ?

Sa respiration formait de la vapeur devant lui.

Je hochai la tête. Il avait beau n'être qu'un gamin, il comprenait ce que signifiait donner sa parole. Appréciable.

– Tu crois que Ransom a des billes politiques dans le Tennessee ? demanda-t-il.

– Ça se pourrait.

– Tu sais, quand j'ai des problèmes ou que j'ai besoin de renseignements, je cherche toujours quels sont les ennemis de mon adversaire. Tu connais *L'Art de la guerre* ?

– Et qui sont les ennemis de Ransom ?

– Il n'en a plus qui soient là pour le dire. Mais celui de Nix, c'est Jude Russell.

– Tu sais comment je peux entrer en contact avec lui ?

– Non, mais ce qui est sûr, c'est qu'il a une ferme à la sortie de Clarksdale. Quand il est pas en train de serrer des pognes pour sa campagne électorale, c'est là-bas qu'on le trouve. S'il y a le moindre rapport entre Nix et le syndicat, il saura – ou sinon, il sera ravi de l'apprendre. Mais en tout cas, à ce qu'on raconte, c'est le brave blaireau de base. Il aime la chasse, la pêche... Vérifie.

Je l'assurai que telle était mon intention. La lune commençait à se dégager d'un grand carré de ciel noir. L'eau pendouillait aux branches des arbres comme du grésil. Le fardeau de toute cette flotte paraissait plus que les maigres troncs n'en pouvaient supporter.

30

L'odeur de la poitrine fumée en train de frire et du café finissant de passer parvenait jusqu'au lit en métal à l'ancienne dans lequel j'avais dormi chez Maggie. J'étais éveillé depuis un petit moment. Encore désorienté par cette maison qui n'était pas la mienne, je contemplais le plafond en bois brut, affaissé en plusieurs endroits comme s'il regorgeait d'eau. Je m'étirai les pieds avant de les frotter l'un contre l'autre. Une pâle lueur faisait blêmir la vitre en verre au plomb, s'étalant sur le plancher de pin gauchi.

Malgré mon envie de me rendormir, je finis par me glisser dans mes vêtements et mes bottes et par ranger le Browning dans mon blouson en jean. Je ne m'étais pas rasé de plusieurs jours. Une douche aurait été fort bienvenue.

– Salut, lança Maggie postée devant la cuisinière. Abby dort encore.

Elle fit glisser le bacon de la poêle en fer jusque sur une assiette en céramique bleue.

Elle était vêtue d'un jean et d'une chemise de bûcheron rouge avec des boutons pression. À ses pieds, des bottes crottées de boue. Ses cheveux noirs étaient mouillés, ramenés en arrière, et ses yeux plus verts encore que dans mon souvenir de la veille. Couleur jade, ou presque. Des dessins animés et des rires de petit garçon retentissaient dans la pièce à côté.

Maggie désigna de la tête la cafetière en émail bleu moucheté posée sur la cuisinière, et je me versai une tasse. Dehors, un soleil faiblard luisait au-dessus du jardin ménagé dans la futaie.

Une cage à singes pour enfants. Une balançoire en bois.

– Vous avez trouvé votre bonheur, d'après elle?

Je hochai la tête. C'était une belle femme. De celles qui n'ont besoin d'aucun maquillage, d'aucun parfum ni de quoi que ce soit de plus que ce dont les a gratifiées la nature. Manifestement, le travail physique ne lui faisait pas peur. Elle avait les mains crevassées et le teint vif de qui s'active au-dehors.

Nous passâmes un moment à évoquer les Sons of the South, Elias Nix, ainsi que l'idée qui m'était venue – un prétexte pour nous rendre à Clarksdale.

– Je me disais que j'irais peut-être faire un tour à Memphis histoire de rencontrer Jude Russell, lâchai-je.

– Qu'est-ce qui vous fait croire qu'il acceptera de vous recevoir?

– Je compte m'arranger pour lui faire passer un message par les cow-boys qu'il parque dans son bungalow de chasse.

– Vous montez? demanda-t-elle en s'asseyant et en ôtant ses bottes de boulot.

– À cheval? Plus depuis un moment. Mes parents avaient une ferme, dans le temps.

– Vous aviez une monture à vous?

Je hochai la tête.

– Mon père a fini par le céder contre une caisse de bière.

– Prévenez-moi si vous voulez vous y remettre. J'ai des hectares entiers de sentiers. De bonnes terres avec des ruisseaux et de chouettes forêts.

Elle sourit. Des dents parfaites. Ses mains s'activaient au bord de sa tasse et je me sentis rougir.

– Quelque chose ne va pas?

– Non, rien du tout.

– Je vous suis reconnaissante d'être venu en aide à Abby.

– Ne me remerciez pas. Tout ça est en rapport avec l'homme que je cherche.

– Un proche à vous?

– D'une certaine façon, oui.

– Oh, j'ai failli oublier, dit-elle en se levant d'un bond pour attraper les assiettes. Vous voulez du sel, du poivre?

– Auriez-vous du Tabasco?

Elle en avait et nous passâmes un moment à manger. Son fils arriva, prenant place sur les genoux de sa mère. Elle lui coupa un morceau de bacon, qu'il mangea sans cesser de me fixer, comme si j'étais la dernière babiole à la mode. Elle le fit rebondir sur sa cuisse. Il sourit.

Au bout de quelques minutes, tout ça finit par l'ennuyer. Il sauta sur ses pieds et se précipita dans la pièce où se trouvait la télé en imitant un bruit d'avion.

– Vous êtes divorcée?

– Oui, le père de Dylan m'a quittée pour l'une de ses étudiantes. Il était prof d'écriture en fac.

– Ici?

– Oui. Sa copine n'avait que dix-neuf ans. Voilà pourquoi j'ai un peu flippé en vous voyant avec Abby.

– Je ne sors qu'avec les élèves de sixième. Les bonbons sont assez efficaces, mais j'ai une préférence pour les animaux à poils longs.

– Ce n'est pas drôle.

– Les marionnettes?

Elle secoua impatiemment la tête.

– D'après Abby, vous avez l'intention de vous marier.

– La vache, comment se fait-il que, chaque fois qu'une femme entend parler d'un homme qui songe peut-être à se caser, elle le harcèle jusqu'à ce qu'il le fasse? J'ai dit que j'y pensais, c'est tout.

– Vous la connaissez depuis longtemps?

– Une dizaine d'années.

– Vous l'aimez?

– Oui.

– Alors, où est le problème?

Je regardai au-dehors : la cage à singes, la balançoire fabriquée maison et les petits camions rouillant sur un tas de sable. La lumière vive du matin me fit plisser les paupières tandis que je buvais mon café.

– La distance, lâchai-je.

– Écoutez, c'était juste histoire de faire la conversation…

Je lui souris.

– Et puis, elle sait que je déteste le changement, ajoutai-je sans savoir pourquoi j'évoquais tout cela devant une femme que je venais à peine de rencontrer.

Pourtant, ça faisait du bien de sortir ce qui me suppurait depuis deux mois dans la tête. Qui ne cessait d'y tournicoter comme un disque au rythme lancinant. Sans fournir aucune réponse. Aucune révélation. J'aurais tant aimé être un de ces gars qui prennent leurs décisions au hasard d'une chanson, d'un changement de météo ou du nouveau chapitre d'un livre. *Ouais, c'est ça. Dieu a inscrit ce passage-là à cet endroit rien que pour moi...* Mais je n'étais, je ne serais jamais ainsi, ce qui me cantonnait souvent dans les limbes.

– L'idée de vieillir vous déplaît, hein?

– Ce n'est pas ça, répondis-je. Disons juste que j'aime préserver mon univers tel qu'il est.

Elle hocha la tête en me versant le reste du café, qui était encore brûlant et avait le même goût que la tasse d'avant.

– Si vous ne progressez pas dans votre vie, vous risquez de continuer à répéter les mêmes erreurs.

Je bus le café.

Nous étions occupés à nous regarder sans rien dire quand Abby fit irruption dans la pièce. Douchée, les joues rouges, souriante.

– Tu es prêt? demanda-t-elle.

J'adressai un sourire à Maggie.

Elle me le rendit avant de regarder dehors le vaste panorama des champs de coton. Tout à la fois familiers et inconnus.

– Je connais un grill super à Clarksdale, dis-je en me levant.

– Maggie, demanda Abby, ça t'embêterait de garder Hank?

– Putain, ferme ta gueule et contente-toi de préparer ton flingue, d'accord? jeta Perfect en vérifiant son maquillage dans le rétroviseur.

Elle ôta son trop-plein de rouge au moyen d'une facturette d'essence. Ils planquaient depuis une heure devant la maison de la cousine d'Abby. Jon s'était repris une dose de ses petites pilules blanches. Il voulait foncer tuer tout le monde dans la maison.

Sa jambe jouait les pistons. Il mâchait son gros tas de chewing-gum. Encore furax qu'elle ait repoussé sa main sous les draps au petit matin.

Il déplia les bras, qu'il avait croisés sur son torse.

– Je commence à en avoir marre d'attendre, rétorqua-t-il. Ransom m'a pas engagé pour jouer les baby-sitters.

– C'est lui qui décide. On va attendre, point.

– Peut-être que j'ai envie d'avoir mon mot à dire.

Elle avait une gueule de bois de derrière les fagots et ce tueur rockabilly qui voulait la sauter de nouveau n'arrangeait rien. Bon, admettons, elle s'était pris une cuite, elle lui avait demandé deux trois petits services. Et après? Elle ne lui devait rien. Que dalle.

– Pourquoi tu m'as pas parlé de cette cousine hier soir? demanda-t-il au bout d'un moment.

– Calme-toi, je n'y ai pas pensé, point.

– Non, t'étais trop occupée à te foutre de ma gueule! râla-t-il en flanquant son poing dans le tableau de bord.

Il poussa un grognement.

– Jon, dit Perfect, ne fais pas le bébé.

Elle se sentait légèrement sur les nerfs – mais décrassée, au moins. Après une bonne demi-heure passée sous la douche, elle s'était rasé les mollets puis avait enfilé son pull en cachemire rose, son jean Earl et ses bottes à talons aiguilles Jimmy Choo. En chaussant d'énormes lunettes en écaille aux verres si sombres qu'ils lui cachaient les yeux.

Quelque chose bougeait devant la vieille maison blanche.

– Tu le vois? demanda-t-elle en désignant Travers, qui descendait le chemin de terre dégueulasse et grimpait dans son pick-up.

Jon se lécha les lèvres tandis que le Bronco démarrait puis disparaissait.

– On te rattrapera sur la route, marmonna-t-il entre ses dents.

Perfect enclencha une vitesse et suivit le mouvement en ménageant une distance de sécurité.

Jon fit jaillir le barillet de son revolver, compta les balles, le remit en place. Sa jambe n'arrêtait pas de faire le piston. Ils sortirent du virage sur lequel se terminait le chemin vicinal pour s'embarquer vers l'ouest sur la Highway 6, en direction de Batesville. Ils suivaient la ligne inférieure du triangle qui s'étirait au sud-est, de Memphis à Oxford, puis rebiquait vers l'ouest – en direction de Tunica et de la Highway 61, apparemment. À moins que ce Travers ne les ramène tout simplement à Memphis par l'Interstate 55.

– Faut que t'appelles Ransom et que tu lui dises que c'est le moment, dit Jon tout en inspectant ses phalanges enflées.

Il suça le sang qui coulait de son égratignure. Il avait dû heurter le logo en métal de la voiture quand il avait cogné dans le tableau de bord.

Elle se paya sa tronche.

Les yeux noirs, cernés, il regardait droit devant lui en se balançant d'avant en arrière. Perfect entrevit un autre flingue, un genre de petit Beretta, qui émergeait de sa poche de jean. Quand il s'aperçut qu'elle regardait, il grinça des dents.

Elle avait toujours réussi à décoder les gens. À sentir des trucs sur eux à l'intérieur de sa tête. Mais avec Jon, rien ne venait. À croire qu'il avait l'esprit vierge, ou quasiment, absorbé à cent pour cent dans l'émotion qu'il éprouvait à tel ou tel moment. Perfect fut parcourue d'un frisson : il avait tourné son regard vide vers elle.

Ça lui flanqua la chair de poule tout au long de la nuque. L'espace d'un instant, elle en eut la bouche sèche.

Et la respiration coupée. Mais ses vieux instincts reprirent le dessus. Elle tendit le bras pour lui alpaguer l'entrejambe.

– Vous comptez vraiment nous créer des ennuis, monsieur Jon? demanda-t-elle tout en serrant fort, sa main faisant des promesses que son corps ne tiendrait jamais.

Jon retroussa sa lèvre d'un côté et chaussa la paire de lunettes en métal doré qu'il avait achetée le jour de leur rendez-vous à Graceland.

– Si c'est la bagarre que tu cherches, tu vas être servie. *If you're looking for trouble...*

31

Au temps de sa splendeur, Clarksdale avait constitué la capitale de l'empire du coton qu'était le Delta. Pendant la Grande Migration de la première moitié du XXe siècle, elle avait servi de point de départ aux Noirs du Mississippi sortis de leurs champs pour remonter vers Memphis – ou pour acheter le ticket onéreux qui les emmènerait à Chicago afin de s'y réinventer une vie, ainsi que l'avait fait Muddy Waters en 1945. La ville vibrait d'énergie en ce temps-là. Sur Issaquena Avenue, on pouvait vendre son coton, se payer une femme, s'acheter une bouteille de whisky ou tout simplement un sac de flocons d'avoine pour sa famille. À présent, la majorité du centre-ville noir était recouverte de contreplaqué bombé de graffitis. On s'y remettait de la dernière épidémie de crack. Plutôt que de végéter comme saisonniers ou comme serveuses dans la demi-douzaine de motels alentour, la plupart des hommes et des femmes qui pouvaient se permettre de partir s'étaient rendus à Memphis en quête de boulots mieux rémunérés. Pourtant, ces derniers temps, la municipalité avait fait de sacrés efforts pour transformer sa ville en site touristique.

La cinquième roue du carrosse social qu'était jadis le blues représentait désormais le pôle d'attraction de cette bourgade appartenant jadis aux propriétaires terriens blancs. Il y avait un super-musée, abrité dans l'ancienne gare de chemin de fer, et quelques hommes d'affaires locaux avaient ouvert un restaurant-concert en compagnie d'un acteur de Hollywood qui avait vu le jour dans le coin.

Pourtant, en dix ans, l'ancien circuit dont je gardais le souvenir s'était évaporé. Sunflower Avenue se révéla vide ou presque et le vieux Wade Walton, qui m'avait souvent coupé les cheveux en racontant qu'il avait fait de même pour Muddy Waters, Ike Turner ou Sonny Boy Williamson, avait passé l'arme à gauche. Sa boutique à côté du musée n'était plus qu'une coquille vide en parpaings tassée sous l'ombre impressionnante des silos à grain.

On était lundi après-midi. Il faisait gris, et froid. De gros nuages noirs flottaient bas, comme dans une rivière sale. Ni tonnerre, ni pluie. Un temps à cyclones. Un grésillement électrique dans l'air et le silence complet au centre-ville.

Il me restait des tas d'amis au musée. La plupart fort au fait de la vie politique. L'un d'eux était un ex-hippie qui savait exactement où trouver la tanière de Jude Russell. Sur la Highway 61, juste après une petite bourgade du nom d'Alligator.

Abby attendit dans la voiture pendant que j'appelais La Nouvelle-Orléans depuis une cabine. Loretta m'avait demandé de la tenir au courant et j'étais ravi de le faire. Ça me donnait l'impression de garder ce lien avec mes proches dont j'avais tant besoin quand je voyageais. À croire qu'il fallait qu'on me rappelle qui j'étais.

Tandis que le vent faisait virevolter des gobelets en carton et tinter des canettes en aluminium le long de la rue, la sonnerie retentit sur fond de parasites. Ça sonnait dans le vide. Je consultai ma montre sur fond de sirène mugissant au loin.

À l'intérieur du Bronco, Abby lisait des pochettes de CD en se triturant les cheveux. Deux sonneries encore. J'éprouvais le même besoin impérieux de la défendre qu'au premier jour. J'avais l'impression qu'elle faisait partie de ma famille. Comme un grand frère qui protège sa petite sœur, j'imagine – et qui, si un quelconque garçon va trop loin avec elle, éprouve le besoin d'enfoncer la caboche du gars dans un mur. C'était pareil. J'étais prêt à écraser quantité de têtes pour Abby. Notre expédition vers sa maison d'Oxford, puis la rencontre avec Magie, n'avaient fait que renforcer cette conviction.

Je lui fis un petit signe de la main. Elle me salua de même.

Le téléphone continuait à sonner. Rien.

Nous n'eûmes aucun mal à dénicher la maison. La difficulté consistait à pénétrer dedans. Mon pote du Delta Blues Museum m'avait assuré que je la trouverais sans problème étant donné le mur qui en faisait le tour. Je lui avais demandé de le décrire, à quoi il s'était contenté de répondre : « Tu verras. »

Et effectivement, je voyais. Une palissade en rondins d'environ quatre mètres de haut, surmontée de piques hérissées façon ancien fort de cavalerie ou portail de *Jurassic Park*. Un chemin de terre longeait ce mur sur près d'un kilomètre, jusqu'à une échancrure dans laquelle je distinguai les contours d'une porte escamotable. Un Interphone accompagné d'un pavé numérique s'entortillait autour d'un pylône métallique, duquel je m'approchai sans sortir du Bronco.

Je fus tenté de presser des touches pour demander un Whopper et des frites, mais ce genre de connerie met généralement les gens hors d'eux pendant que je ris tout seul de ma bonne blague. Je pouvais peut-être déguiser ma voix?

– Tu crois que ça leur plairait, un numéro d'imitateur?

– Tu imiterais qui?

– Je ne sais pas. Ce qu'on fait dans ces cas-là. Sean Connery. Un Chinois qui vitupère. Le petit cousin de Scoubidou, celui qui vient de sa cambrousse...

– Le petit cousin de Scoubidou.

– Tu es sûre?

– Non.

J'enfonçai quelques touches. Pendant un moment, rien ne se passa. Juste quelques grosses gouttes de pluie qui frappaient le toit par intermittence. Finalement, l'Interphone grésilla.

– Je voudrais commander un Whopper avec des frites. Non, mettez-moi plutôt des oignons.

– Vous êtes sur une propriété privée, fit la voix.

On aurait dit une femme.

– Je suis venu voir Jude, énonçai-je.

Vous savez, le coup du prénom. Ils allaient se dire qu'on jouait au golf ensemble, qu'on buvait des Heineken et qu'on se foutait des claques sur les fesses dans les douches.

– J'ai appelé la sécurité, monsieur.

– Nous maîtrisons la situation. Retour à la normale. Nous avons eu une brève panne de bouclier spatial.

Abby secoua la tête et se mit à rire, la tête enfouie entre les mains – enfin je crois. Moi aussi, je rigolais sous l'averse. Devant ma stupidité crasse, dont je venais soudain de mesurer toute l'ampleur : quelle idée d'avoir cru que je pourrais débarquer chez un type qui voulait devenir gouverneur du Tennessee ! Je venais d'enclencher la marche arrière, le bras sur le dos du siège passager, quand trois hommes brandissant des fusils nous bloquèrent la route. Ils portaient des cirés jaunes dont la capuche leur masquait le visage.

Mon cœur accéléra un tantinet.

Un des types se mit à cogner contre ma vitre comme un dingue, au point que je me souvins de ce que ça me coûterait de la réparer. J'abaissai ladite vitre en le regardant. L'eau dégoulinait des bords de son large chapeau de cow-boy en formant des torsades. Il arborait un bouc gris et son regard bleu avait une expression dure. Il chiquait du tabac.

– Vous n'avez plus d'oignons ?

Il me regarda sans rien dire.

– Vous n'êtes pas fan de *Star Wars* ?

– Quoi ? demanda-t-il, carrément agacé qu'on lui fasse perdre son temps.

– Vous savez, Obi Wan Kenobi ? Luke Skywalker ? La Force ?

– Dehors. Sortez de là.

– Désolé, c'était de la simple curiosité. J'ai vu la route, j'ai tourné.

– Vous cherchiez M. Russell ?

Je jetai un coup d'œil à Abby, qui tremblait en regardant ses chaussures. Elle avait le dos voûté, comme si ça pouvait la dissimuler au regard de ces hommes.

Cela me mit dans une rogne absolue. Contre les salopiauds qui avaient un tel effet sur elle.

– Toi, va te faire foutre. Je suis ici pour voir Jude Russell, alors s'il est là, tant mieux, j'ai quelque chose à lui dire. Sinon, retourne dans ta grotte.

J'entendis le déclic d'un fusil. Il tendit la main vers ma poignée de portière.

Sans réfléchir, plus par bêtise que par courage, je brandis le Browning et le lui braquai vers la tête. D'autres déclics de fusil se mirent à résonner autour de moi tandis qu'il laissait tomber son arme et reculait de plusieurs pas. Livide, la mâchoire pendante.

– Je ne cherche pas d'ennuis. Aucun, précisai-je. J'ai un message pour M. Russell. Ça concerne Elias Nix. Il voudra être au courant, j'en suis sûr.

L'homme hocha lentement la tête.

– Posez votre arme, monsieur, dit-il. Après ça, on pourra discuter.

Je m'exécutai et les hommes se jetèrent sur les deux portières pour nous traîner sous la pluie, Abby et moi. Quand ils ouvrirent les énormes portes qui bâillaient comme une orque et nous poussèrent à l'intérieur, le tonnerre grondait au loin, au-dessus d'un champ de coton.

32

Plutôt que d'exiger de voir Russell ou de maudire à haute voix les hommes qui venaient de nous flanquer leurs fusils sous le nez, je demandai une tasse de café. J'adressai un sourire aimable à ces culs-terreux de première bourre en chemise de flanelle et bottes de chasse au canard, en ajoutant que je prendrais trois sucres. L'homme au bouc gris, celui qui avait braqué le premier son arme vers la voiture, inclina alors la tête à l'adresse d'une vieille femme noire. Celle-ci sortit pour réapparaître quelques minutes plus tard, porteuse d'un mug fumant décoré d'une tête de labrador.

– Merci, dis-je. On s'est un peu mouillés pendant cette marche de la mort de Bataan. Mais c'est coquet, chez vous. J'aime beaucoup. Votre décorateur hésite entre Ralph Lauren et Ted Nugent ?

Je parcourus du regard les trophées de chevreuils et de sangliers sur les murs. Un ours noir d'Amérique grandeur nature, plusieurs perches noires naturalisées sur des plaques, et même un aigle chauve. Ce type faisait carrément empailler des espèces protégées.

Je bus mon café – pas mauvais –, assis à une table en bois de fer pouvant accueillir près de vingt convives. Le lustre couvert de grosses bougies éteintes qui pendait au-dessus de moi avait des relents d'Inquisition espagnole.

L'homme au bouc gris ne m'avait pas dit grand-chose mais il s'était montré sympa avec Abby. Sitôt le seuil franchi, il lui avait proposé un sweat-shirt sec ainsi qu'une serviette. Elle avait accepté la serviette et était occupée à se tapoter les cheveux pour les sécher lorsqu'un éclair éteignit un instant les lumières.

L'homme prit place à côté de moi puis finit par se présenter. Pas dur à se rappeler. Royal Stewart. Je lui serrai la main en avalant une gorgée de café bouillant tandis que les autres hommes rangeaient leurs armes parmi les dizaines que contenaient les râteliers flanquant la porte d'entrée.

– Je n'avais pas l'intention de vous effrayer, expliqua Stewart. Nous étions à la chasse quand on nous a appelés.

Sa voix avait des tonalités agréablement chantantes, avec un petit quelque chose qui évoquait Memphis.

– Mon boulot consiste à prendre soin de cet endroit et de Jude. Alors ne vous braquez pas, d'accord? Terminez votre café et repartez tranquillement.

– Je ne suis pas venu ici boire le café. Même s'il est bon. Ce ne serait pas un zeste de noix de muscade que je sens?

– Crachez le morceau, jeta Stewart, l'aspect chantant gagné par une raucité agressive. Vous voulez que M. Russell vous dédommage pour je ne sais quels ragots? Ce n'est pas du tout son genre.

Je reposai le café.

– Dites-lui que ça concerne les Sons of the South.

Stewart partit d'un rire hilare. Il réordonna sa coiffure de ses doigts écartés sans cesser de s'esclaffer.

– Rien que ça? Vous voulez lui révéler qu'Elias Nix est de mèche avec ces fous furieux? Vous ne lisez pas le journal, ou quoi? Il passe son temps à s'en indigner.

– Écoutez, arrêtez de me faire perdre mon temps, d'accord? Vous voyez cette jeune demoiselle, là-bas? Ses parents ont été assassinés il y a quelques semaines. J'ai découvert chez eux un tas de lettres personnelles montrant qu'au moment de sa mort, son père travaillait pour les Sons sur instruction de Nix. Si j'étais flic et que j'apprenais une telle info, je tiendrais à lui en dire deux mots.

Stewart se gratta le bouc.

– Faites-moi voir ces lettres.

– Amenez-moi Russell.

– Enfin, bon sang, il se présente au poste de gouverneur et les élections sont dans deux semaines ! En ce moment même, il visite un comité de soutien à Memphis et il en a un deuxième prévu ce soir. Ainsi que des discours et des interviews télé à préparer. Décidément, vous ne lisez pas les journaux. Qui plus est, je suis sûr que les malheurs qui ont frappé cette jeune fille font l'objet d'une enquête appropriée… Et puis, qui êtes-vous, d'abord ?

Abby éleva la voix :

– C'est un ami de la famille.

Je souris.

– Je vous assure que ça en vaut la peine. Vous ne croyez pas qu'il tiendra à être au courant plutôt que d'apprendre tout par la presse ?

– Au courant de quoi ?

– Du contenu des lettres. Il y en a toute une boîte, signées de Nix en personne.

Stewart se leva et quitta la pièce. Quand il revint plusieurs minutes plus tard, son teint était cramoisi et il semblait un peu moins à cran. Il se mordilla l'intérieur de la joue puis se tortilla sur son siège avant de finir par se pencher au-dessus de la table.

– Si vous nous racontez des conneries, je vous fais arrêter pour violation de propriété.

Deux heures et demie plus tard, Jude Russell ouvrait la porte en chêne du bungalow de chasse, en franchissait le seuil, ôtait son chapeau à larges bords et secouait son ciré pour en faire tomber l'eau. Il était plus jeune que je m'y étais attendu – ou il le paraissait, du moins. Les traits fins, juvéniles, au hâle prononcé, sillonnés de quantité de rides. Les cheveux fins eux aussi, gris-brun, les yeux d'un marron tirant sur l'ambre. Il portait un jean vieilli artificiellement et des pataugas dont il se débarrassa à l'entrée. Ayant souri à tous les gens assis dans la cuisine, il nous rejoignit à grandes enjambées en se dirigeant vers un frigo en acier brossé de taille herculéenne pour y pêcher une bière. Quand il l'eut dénichée, il revint au bout de la table, y posa ses pieds nus et sourit de nouveau à la cantonade.

– Bon, c'est quoi cette histoire, nom de Dieu?

La pièce dégageait une bonne aura, comme c'est souvent le cas lors d'une tempête. Quand les éléments se déchaînent contre les fenêtres et font valser les arbres au-dehors, on est heureux rien qu'à se trouver à l'abri.

– Hé, minute. Royal, dis à Rance de sortir Muddy de l'enclos et de l'amener ici. Nom de Dieu. Bon, alors, c'est quoi cette histoire? Qui êtes-vous?

Je me présentai, présentai Abby. Je lui racontai l'histoire des parents en tâchant de ne pas me perdre dans les détails et je lui fis part de notre conviction que Nix était mêlé à tout ça.

– D'accord, mais pourquoi venir me trouver moi?

– Nous avons besoin de renseignements sur son compte.

– Vous voulez savoir si c'est juste un brave défenseur des traditions ou un enfoiré de facho? dit Russell comme le labrador empâté qui venait d'entrer dans la pièce secouait son pelage mouillé avant de lui poser le museau sur les genoux.

Russell se gratta le crâne et saisit un torchon afin d'essuyer le chien.

– Qui est-ce, et qui sont les Sons of the South? demandai-je.

– Seigneur Dieu. J'ai chambardé mon planning, conduit sous la pluie pendant plus d'une heure et je vais devoir me retaper le trajet pour un dîner électoral à la con, tout ça parce que vous voulez des renseignements sur mon adversaire? Merde, Royal, vu la façon dont tu en parlais, on aurait dit que ce garçon avait des photos de Nix en train de se farcir une chèvre!

Tout le monde s'esclaffa hormis Royal, que cette sortie avait eu l'air de gonfler quelque peu. Russell jeta le torchon par terre et se laissa aller en arrière sur son siège. Croisant les mains derrière sa nuque, il regarda le plafond.

– Les lettres.

Royal et moi repartîmes sous la pluie jusqu'au Bronco chercher les papiers trouvés chez Abby. Au retour, Russell et moi passâmes une demi-heure à parcourir les notes de travail et autres messages de félicitations sans intérêt de Nix au père d'Abby. Abby, qui se sentait mal à l'aise devant ces regards étrangers, et ça me désolait. Mais je savais que c'était le seul moyen de tirer les vers du nez à notre hôte forcé.

– Bon, commença-t-il, daigneriez-vous m'indiquer quel est votre rôle dans tout ça, mon bonhomme ?

– Je suis un ami de la famille.

– Comment avez-vous connu son père ?

– Nous ne nous connaissions pas.

– Un ami à moi, intervint Abby.

Russell était doué, le style joueur de poker qui sait déceler ce qui se trame derrière la façade d'un simple coup d'œil en direction des traits de son vis-à-vis. Mais j'excellais moi aussi à ce petit jeu, et je lui rendis son regard. Jojo avait été bon prof.

– Cette demoiselle vous a engagé ? demanda-t-il.

– Non.

– Vous faites quoi dans la vie, Travers ?

– Glandu.

Il rigola.

– J'enseigne l'histoire du blues à l'université de Tulane.

– Sans rire ? dit-t-il, un grand sourire se peignant brièvement sur ses lèvres. Dans ce cas, vous êtes sûrement allé au Sunflower Festival ?

– Ouais.

– Vous savez que nous nous trouvons tout près de la plantation Stovall, où Muddy Waters a enregistré son disque pour ce fameux type de la Bibliothèque du Congrès… ?

– Alan Lomax.

– Vous le connaissez ?

– Je l'ai rencontré une fois, à Washington.

– Il est toujours vivant ? Je vous parie qu'il a des anecdotes sur Clarksdale, sur l'époque où les Blancs ne bougeaient pas de leurs quartiers réservés.

– Il vit en Floride. Il a été assez malade ces dernières années.

Russell m'avait largement fait dévier du sujet. Qu'on réponde à mes questions par d'autres ou qu'on tente de détourner la conversation pour me faire parler de moi n'avait rien de nouveau. C'est le genre de finasseries auxquelles il faut s'attendre venant des managers visqueux qui s'énervent en vous entendant demander des comptes sur les royalties des bluesmen autour desquels vous bossez. Mais là, le candidat démocrate semblait animé d'un intérêt sincère envers l'histoire du Delta. Il avait dû faire plus que parcourir quelques pochettes de disques.

Il gratta les oreilles de son gros chien, termina sa bière. Il m'en proposa une. Je refusai.

– Bon, dis-je, tentant de revenir à Nix, c'est un facho ou pas?

Serrant les mâchoires, Russell frotta ses pieds nus l'un contre l'autre. L'un était contusionné, enflé et violet autour du gros orteil. Il adressa un regard à Royal, qui haussa les épaules. En fait de cerbère, ce dernier devait faire plus que surveiller le bungalow. Sans doute jouait-il les conseillers pour notre ami.

Je souris un instant. Je m'étais tiré de pas mal de situations en y allant au flan, en général pour retrouver des musiciens ou des types qui leur devaient de l'argent. Seulement, là, j'étais assis en compagnie de l'homme qui serait peut-être le prochain gouverneur du Tennessee. Je ne pus m'empêcher d'avoir la banane. Mon vieux mentor en matière de chasse au blues aurait été fier de moi. Règle numéro un : *Avec du bagout, tu peux te tirer d'à peu près tout.*

Une bonne déposa au milieu de la table un plateau d'argent couvert d'achards, de salami, de fromage et de saucisse sèche. Chacun piqua dedans puis se rassit pendant que Russell semblait plongé dans la contemplation de l'énergumène qui avait débarqué chez lui.

– C'est une de vos étudiantes?

Je secouai la tête.

– Votre petite copine?

– Non.

– Quel rapport avec le blues, alors?

Je songeai bien à évoquer Clyde James, Loretta, mes démêlés à Memphis et au casino, ainsi que tout ce qui nous avait amenés ici chez lui, mais cela ne ferait que renforcer ses soupçons. Autant m'en tenir à une image respectable. L'ami de la famille. De nouvelles infos sur Nix.

– Abby et moi sommes amis, que voulez-vous que je vous dise? La police d'Oxford refuse de l'écouter, et nous voulons en savoir plus sur Nix et sur les Sons of the South.

– Donc vous vous êtes dit : «Allons frapper à la porte de ce brave Jude»?

– Oui, à quelque chose près.

Il étudia de nouveau mon visage.

– Bah, de toute façon, rien de ce que je peux vous raconter ne me créera d'ennuis. Je le serine assez à certains journalistes, ceux auxquels je peux me fier... Sachez tout de même que si vous en parlez à quelqu'un d'autre, je nierai avoir tenu de tels propos. Pas parce que c'est faux, mais parce que ça risquerait de me valoir un procès...

Il soupira. La pluie tambourinant sur le toit en métal était le seul bruit audible dans la pièce.

– Les Sons of the South sont ultra-dangereux et les relations qu'entretient Nix avec eux me font craindre le pire pour le Tennessee. Le blues et le patrimoine noir de la région vous tiennent à cœur? Nix, lui, ne voit rien de tout ça. Le Sud est blanc. Par sa musique. Sa culture.

– Celte.

– Exactement, dit-il en signifiant son approbation d'un mouvement de la bouteille de bière vers moi. C'est leur terme fétiche.

– Et...

Royal intervint :

– Je vais vous donner un exemple assez éloquent. (Il poursuivit sans même regarder Russell.) Il y a deux ans, des problèmes ont éclaté à Biloxi au cours des vacances de printemps. Vous vous souvenez? Ça a fait la une des télés nationales. Plusieurs étudiants noirs ont été accusés d'avoir violé une jeune Blanche et mis un bar à sac. En fait, il s'avère que la fille avait participé à un concours de tee-shirts mouillés et emmené cinq jeunes gens dans sa chambre. J'ignore les détails exacts et je ne veux pas les connaître, mais quand les médias s'en sont fait l'écho, plusieurs membres des Sons of the South se sont rendus à Biloxi pour mettre la main sur ces garçons à leur sortie de prison. Ils en ont traîné un derrière leur voiture sur une route de campagne et ils l'ont crucifié à une porte de grange avec un pistolet à clous.

Russell avait scruté mon visage pendant que j'écoutais son lieutenant. Avant de prendre la parole à son tour, il hocha la tête et ménagea le silence nécessaire pour qu'Abby et moi nous imprégnions bien de l'histoire.

– Ce qui fait d'eux un danger ambulant, expliqua-t-il, c'est que leurs adhérents ne sont pas un ramassis de chauffeurs routiers et d'éleveurs de porcs. Il s'agit de profs de fac, d'avocats. D'hommes d'affaires de Nashville. Vous avez déjà vécu dans le Tennessee ?

Je secouai la tête.

– En fait, c'est trois États en un. Vous avez l'Est, autour de Nashville, qui est patricien et conservateur en diable. Ils ont voté contre Gore aux élections. Après ça, il y a l'Ouest, plus rural et qui, en général, vote comme nous. Et enfin, Memphis. C'est un autre monde. Essentiellement noir. Des Démocrates qui n'en démordront pas. Ce qui nous inquiète, c'est l'influence que pourrait avoir Nix sur les fameux comtés de l'Ouest. Ses discours ont terriblement bonne presse auprès des chrétiens fondamentalistes.

– Mais *quid* des jeux d'argent ? dis-je. Je sais qu'il est partisan d'organiser une loterie publique et d'autoriser les casinos sur le fleuve. Pourquoi est-ce que les fondamentalistes en question ne se rebiffent pas contre ça ?

– Ils le font. Mais il les baratine en disant que ça attirera des capitaux dans la région, et il esquive les problèmes véritables à coups de grandes tirades qui en appellent aux valeurs familiales, en prétendant vouloir revenir au Tennessee qu'il a connu enfant. Il a un charme fou. Il maintient les Sons dans l'ombre juste ce qu'il faut pour que personne ne s'y attaque, hormis certains bons journalistes d'investigation qui comprennent les risques insensés qu'un tel groupe représente. Merde, il y avait même un portrait de lui aujourd'hui dans un quotidien de Nashville, et l'auteur du papier s'est contenté de mentionner les Sons en passant. Or les Sons et Elias Nix sont une seule et même chose. Il en est le père fondateur et l'unique démagogue.

Russell se confectionna un sandwich avec le fromage, les achards et le salami restant sur le plateau, et le replia entre ses mains tel un magicien avant de mordre dedans.

Royal consulta sa montre, se leva. Il remit son chapeau en me regardant.

– M. Russell doit réembrayer sur son planning, les amis. Merci d'avoir pris le temps de venir. Nous espérons vous avoir été utiles. Si vous trouvez quoi que ce soit qui établisse un lien entre Nix et ce qui est arrivé aux parents de Mlle MacDonald, prévenez-nous.

Russell se leva à son tour, enveloppant de son bras l'épaule d'Abby. Au premier abord, ce geste la fit se raidir, mais elle se détendit quelque peu – jusqu'à lui rendre son sourire tandis qu'il l'attirait près de lui.

– Je suis désolé de ce qui t'arrive, assura-t-il. J'ai perdu ma mère quand j'étais en fac et j'ai dû arrêter mes études pendant un an. Je ne comprends même pas comment j'ai pu m'en sortir sans elle. Mais tu verras, on y arrive.

Son regard brun s'était adouci. Il la serra plus fort contre lui.

– Faites bien attention à vous, tous les deux.

Je l'assurai que nous serions prudents, et nous sortîmes du bungalow pour regagner le Spectre puis reprendre la 61 en direction de Memphis. Abby était demeurée silencieuse depuis notre départ. Elle contemplait les longs rideaux gris de la pluie et la succession de feux arrière rouges au loin devant nous. Du coin de l'œil, je la vis tirer le sweat-shirt sur ses mains pour les réchauffer. Un vieil air de Peetie Wheetstraw passait sur l'autoradio.

– Nick, demanda-t-elle, si on trouvait d'autres papiers de mon père, tu crois qu'ils nous aideraient ?

33

Chlac, Perfect referma son mobile en indiquant à Jon que Ransom leur avait enfin donné le feu vert. Elle réfléchit aussitôt à la façon de s'y prendre pour régler leur compte à la fille et à Travers – la plupart des plans impliquant de distraire ce grand dadais tandis que Jon lui flanquait son flingue sous le nez. Elle pouvait jouer les minettes sexy, les touristes perdues, ou les victimes, peut-être… Sinon, pourquoi ne pas carrément apprendre à Jon le coup du cogneur d'épouse ? Elle n'aurait qu'à hurler et à vagir pendant qu'il l'attraperait par le devant de son corsage en gueulant qu'elle l'avait trompé avec un autre homme. Un rôle fait pile-poil pour ce peigne-cul jaloux. Travers, où qu'il soit, sauterait dans le piège à pieds joints. Il essaierait de jouer les chevaliers blancs.

D'un autre côté, ça donnerait quoi s'il y avait des gens dans le coin et qu'ils s'interposaient aussi ? La situation risquait de tourner au vinaigre. Non, autant rester simples. Séparation d'avec miss Abby, et Travers comme pivot central. Tout ça bien sûr en fonction de l'endroit où ces deux-là s'arrêteraient, et s'il y avait foule autour ou pas.

Perfect tourna la tête vers Jon tandis que la Taurus continuait d'avaler le bitume de la Highway 61. Il parlait encore. Tout seul. D'Elvis, de sa conviction qu'il était le Christ réincarné. Il voulait emmener Perfect voir *Bagarres au King Creole*, parce que les films d'après, seuls les fidèles les comprenaient.

Seigneur, qu'il était nerveux aujourd'hui. Il s'était envoyé toute une fiole de pilules blanches et, depuis leur départ de Clarksdale, il s'était transformé en vrai moulin à paroles. Vraiment pas croyable, le coéquipier. D'abord muet comme cette carpe de John Kerry, et puis il s'était mis à babiller pareil qu'une poupée dès qu'ils avaient pris vers le Nord. Il avait déblatéré sur sa maman, sur la grosse moto qu'il s'était achetée, et voilà maintenant qu'il embrayait sur la journée qu'il avait passée dans ce parc d'attractions merdique de Memphis qui s'appelait Libertyland.

– Je croyais que ta mère t'avait abandonné ?

– Jamais de la vie.

– Qu'elle était partie au Canada pendant une période, et qu'une certaine Erdele s'était occupée de toi ?

Elle n'oubliait jamais rien de ce qu'on lui racontait. Elle aurait préféré, des fois.

– Maman m'a jamais abandonné, grommela-t-il. Elle ferait jamais ça. Tu m'as mal compris, c'est tout.

– À quel âge tu t'es fait dépuceler, Jon ?

– Mam'zelle Perfect, pourquoi vous posez des questions comme ça ? s'insurgea-t-il en remettant ses lunettes de soleil en métal. Ça vous plaît de me choquer avec ce genre de trucs, c'est ça ? Vous croyez que ça va me faire rougir, hein ?

Il se mit à triturer les bagues en or qu'il portait aux doigts.

– La première fois que je me suis tapé une fille, j'avais neuf ans.

– Impossible.

– C'est vrai. Et elle, quinze.

– Une vraie femme, tu pourrais ?

– Vous le saurez jamais.

– Oh, Jon, susurra-t-elle en lui faisant courir ses doigts sur le menton, sans dévier les yeux de la route. Tu veux être fixé ? Regarde.

Elle lui posa la main sur le genou.

– Je vais poser ma main sur toi et toi la tienne sur moi, dit-elle. On va jouer à la poule mouillée. Celui qui s'arrête en premier est un dégonflé.

– Je connais ce jeu, jeta-t-il en retroussant sa lèvre.

– Tu vas les descendre? demanda-t-elle en avançant sa main de trois centimètres en haut de la cuisse de Jon.

– Ouais, avec ce brave .45, le même que celui que portait E quand Il a rendu visite au Président, dit-il en remontant sa main d'autant. Vous saviez qu'il L'avait nommé agent fédéral pour lutter contre la délinquance? Et vous, vous avez quoi comme flingue?

Elle remonta un peu plus, raclant ses ongles contre le jean serré.

– Moi? Oh, un petit Smith & Wesson qu'un ex m'a filé. Le pauvre gars. Quelqu'un a balancé un ventilateur électrique dans son bain moussant.

Il avait atteint le niveau où les cuisses deviennent entrejambe. Sa main tremblait, vibrait. Quel plaisir, songea Perfect. Que du bon dans ce sang chaud. Elle déplaça sa paume au même endroit sur lui. *Nom d'un chien.*

– Un jour, j'ai tué un homme avec du fil de pêche au brochet.

– Et moi, un jour, j'ai flingué un type dans son...

Elle était remontée carrément, palpant un bon morceau du paquet de Jon.

– Putain! gueula-t-il. Regarde la route!

Elle se rabattit sur la voie de droite en faisant une embardée, ratant de peu un semi-remorque qui les croisa en vrombissant. Elle sourit, vérifia son eye-liner dans le rétro et s'étira les lèvres. Bien joué, ce contour noir qui leur donnait l'air plus pulpeux.

– C'est moi qui ai gagné!

Je jetai un coup d'œil vers Abby pour voir si elle avait remarqué que nous roulions maintenant sur la 78, en direction de l'aire de repos dont elle m'avait parlé, mais elle dormait. Les lèvres entrouvertes. Les mains coincées contre la portière, sous la tête. Je réglai le chauffage du pick-up et baissai le son de l'autoradio jusqu'à entendre le bruit régulier de mes gros pneus sur cette ligne droite menant à Memphis.

Notre visite à Jude Russell n'avait servi à rien. Il s'était montré affable, avait confirmé mes hypothèses sur Nix qui, en sus d'être Républicain, était aussi un enfoiré de raciste. Néanmoins, la seule chose qui m'apparaissait à peu près clairement, c'était que le père d'Abby avait été en possession d'éléments capables de menacer gravement la campagne pro-casinos à Memphis. Mais où était le rapport avec Clyde ? Un chanteur de *soul* oublié ne collait pas dans le puzzle. Les jeux d'argent étaient le seul rapport possible.

Le vent secouait les champs de coton et mugissait contre les flancs du Spectre. Le ciel était d'un noir de folie. J'observai un vieux carton qui tournicotait et qui finit par aller s'écraser contre un mobile home tout de guingois.

Je repensai à ma conversation avec Maggie dans l'après-midi, à ma résistance au changement, tout en écoutant Delbert McClinton.

Comment avais-je pu me persuader que je serais un jour assez mûr pour élever un gosse comme elle le faisait ? Pour assister aux matches juniors, guetter les soldes intéressantes dans le journal du dimanche, me déclarer fier de mon gazon, m'inquiéter des prix de l'immobilier, échanger des tuyaux sur le vin avec d'autres couples, porter des Dockers ou autres pantalons présentables, m'inquiéter des effets de la spéculation sur mon fonds de pension, voire – voire ! – trouver un jour la musique trop forte ?

Ça me donnait envie de vomir rien que d'y songer. Cela dit, bien entendu, je n'avais jamais prévu non plus de courir partout dans le Delta pour essayer de résoudre les problèmes des autres à l'approche de la quarantaine.

Comme Abby s'était mise à gigoter à côté de moi, je remontai un brin le volume de l'autoradio. Je serais bien resté au volant à écouter le nouvel album de Delbert jusqu'à la fin de mes jours. Seulement, quand j'avais quitté la 61, l'aiguille du réservoir était déjà bien au-dessous du niveau de la réserve.

– Abby ? On est encore loin ? Quelle sortie c'était, déjà ?

– Là ! hurle Jon en montrant la bretelle du doigt. Ils sortent !

Perfect suit le Bronco qui contourne un Kentucky Fried Chicken et un Hardees pour entrer dans une immense station-service pour routiers. Dont le grand panneau de pub annonce des fringues western et un restau du terroir. Deux trucs que Jon adore. Un endroit authentique comme on n'en fait plus.

Il les observe. Ils se garent sous un de ces grands auvents spécial gros culs qu'il y a. Travers fume tout en faisant le plein comme le couillon qu'il est, et la petite blonde, mignonne comme tout, rentre dans la galerie marchande genre nana superpressée. De pisser, sûrement.

Pipi et Coca-Cola. Voilà pour quoi ils devraient faire de la pub, dans ces trucs. C'est ça qu'ils veulent, les gens. Jon récupère son chapeau sur la banquette arrière et se le rabat sur les yeux.

– Tu y vas? demande Mlle Perfect.

Il hoche la tête.

– Surveille-la bien. Elle est maligne, cette petite garce.

– Et toi tu vas faire quoi?

– Distraire notre gars, dit-elle. Pour que tu puisses faire comme tu veux avec la fille. On n'a qu'à s'y prendre à la pompe s'il le faut. On les flanquera tous les deux dans la voiture. Menottés, à l'arrière.

Jon saute de la Taurus, franchit des flaques dégueulasses et atteint le long alignement de lumières vives, d'éventaires, de chapeaux de paille, de santiags. La fille se dirige vers le fond, les toilettes, près d'une antique salle de jeux vidéo. Jon fait tinter la monnaie dans ses poches et marmonne pour lui-même :

– En piste.

J'avais pratiquement fini de faire le plein quand je remarquai une blonde en talons aiguilles vêtue d'un jean et d'un pull rose moulant jusqu'à l'inconfortable. Une professionnelle, à coup sûr. Sinon une grue, du moins une danseuse nue spécialiste des piliers en cuivre. Elle s'avança vers moi sans marquer de temps d'arrêt. Un sourire très chouette. Les cheveux bouclés. Un grain de beauté sur la joue.

Je la regardais. J'aime regarder les filles.

Continuant de fumer ma cigarette, je me retrouvai aussitôt en train de prendre la pose. Torse en avant, clope au bec. Le cow-boy Marlboro, en somme.

– Salut, lança-t-elle en mordillant le bout de son petit doigt.

– Salut, dis-je en toussant et en laissant tomber la cigarette sur mon tee-shirt neuf. Merde!

Rompant mon garde-à-vous, j'époussetai les cendres incandescentes et m'empressai d'écraser le mégot sous ma botte.

– C'est con de fumer en faisant de l'essence, jeta-t-elle.

– Je tâche d'éloigner les étincelles.

– J'ai connu un type qui est mort comme ça, dit-elle en plissant les yeux tout en fixant les miens.

– Je serai plus prudent la prochaine fois.

Je jetai un coup d'œil vers le goudron pour vérifier qu'il n'y avait pas de fuites.

– Les petites étincelles font les grandes explosions, relança-t-elle.

Tandis que le prix continuait à grimper, elle s'accouda à la pompe à essence sans cesser de me regarder. Elle avait les yeux d'un bleu peu naturel. Beau, mais d'une teinte qui n'existe pas dans la nature.

– Oui, il paraît que ce sont des choses qui arrivent.

Elle poussa un soupir, s'humecta les lèvres.

– Vous êtes d'où ?

Je désignai le sud.

– Vous allez où ?

En montrant le nord, cette fois. Ce n'était pas de la réserve. J'avais vraiment du mal à parler.

– Vous n'aimez pas qu'on vous baratine, hein ? dit-elle en me faisant signe d'approcher. Alors, permettez que je vous livre un secret.

Jon adore jouer. Au flipper, surtout. Ou à des trucs pas trop compliqués, comme les jeux vidéo avec des 4 × 4, des flingues, des voitures de course. Il déteste ça quand il faut accumuler des objets ou penser stratégie. Ce qui le botte, lui, c'est de talonner sa rosse, d'écraser le champignon et de se donner à fond.

La vraie vie, c'est sans commune mesure avec une partie de Battleship à la con. Il faut courir des risques et se dépatouiller avec les conséquences. Et pour peu qu'on sache frapper fort, tout s'arrange.

Il glisse une pièce de vingt-cinq *cents* dans un Police Trainer. L'écran éclate sous ses yeux, montrant différents grades. Il choisit capitaine. Oui, tiens, ça lui va comme un gant. Capitaine. Captain America.

Il vise et tire, sentant sa vraie arme, le .45, lui fouailler les côtes. Braquant le pistolet en plastique vers les petites boules qui jaillissent en l'air, il les fait exploser comme des œufs. Il continue à en canarder jusqu'à ce qu'il repère la fille, en route vers les toilettes mais qui s'arrête à côté de la consigne.

Elle sort une clé, ouvre un petit casier.

De nouveaux œufs qui explosent. Ça en fait, des points. Des tintements électroniques : il a réussi l'examen, et l'écran éclate sur une autre partie. Cette fois-ci, des gens apparaissent dans le champ de vision. Des bons et des méchants. Sauf que parfois, Jon a du mal à voir la différence. Une petite vieille avec ses cabas. Un type débraillé qui se trimbale une pétoire à canon scié. Qui est-ce qui vous fera le plus mal? Qui est-ce qui vous mettra bien profond, à la fin?

Il tire sur tout ce qui bouge. Le score monte, puis replonge.

La fille passe à côté de lui, un pacson de dossiers dans les bras, et repart vers le devant de la station.

Il arrête de tirer, laisse l'arme pendre à son doigt et la range dans sa rainure comme s'il était un chevalier japonais en armure.

Perfect brassa sa voix dans ses poumons et la ressortit d'un seul jet, toute chaleureuse, souffle et mots compris. Elle frotta ses lèvres contre l'oreille de Travers.

– N'essaie plus jamais de te foutre de ma gueule.

Il recula d'un pas, comme s'il la distinguait pour la première fois. Les lumières s'étaient allumées sous l'auvent, elles se reflétaient sur les flaques arc-en-ciel. Voyant ses yeux écarquillés, Perfect se retourna et distingua Abby qui revenait de la station. Elle arrivait vers le Bronco.

Perfect sortit son arme en s'écartant de Travers et des pompes.

Jon suivait dans la foulée. Il coupait en direction de la Taurus, la main déjà plongée dans sa veste en cuir, en mâchant son chewing-gum comme un malade. Il se faufila à l'intérieur de la voiture de location, mit le contact et amorça un demi-tour en direction des pompes.

Sans dire un mot, Perfect braqua le flingue vers le visage repoussant, négligé de Travers.

Jon recula à fond sur une quinzaine de mètres, freina, jaillit de la voiture. Il abaissa son arme vers Travers tandis que Perfect se dirigeait vers la fille.

– Elle les a, dit-il. Elle les a mis dans le vide-poches.

Travers leva les mains en l'air.

Abby avait verrouillé la portière du pick-up. Perfect balança son arme contre la vitre avec force cris et hurlements, mais ça ne donna qu'un choc rude.

Elle continua à cogner comme une dingue en hurlant à cette petite garce d'ouvrir cette satanée portière. Elle était hystérique et, pour la première fois en deux ans ou presque, elle se sentit vraiment perdre les pédales. Son visage la brûlait. Elle n'avait plus qu'une envie : lacérer de ses longs ongles rouges cette putain de gamine.

Histoire de lui apprendre un peu la vie.

Jon ne décrocha pas un mot en s'avançant vers Travers. Perfect, qui tâchait de reprendre sa respiration tout en l'observant, tira un gros flingue de la poche de ce sale cow-boy.

Qui, mains toujours en l'air, se contentait de contempler Jon en crispant son poing droit. Les flaques huileuses submergeaient ses brodequins. Pas un muscle de son visage ne bougeait, à croire qu'il était littéralement gelé sur place. Les pieds pris dans des blocs de glace.

Perfect s'attendait à ce que Jon parle vengeance, Bible, Elvis, ou annonce à Travers qu'il était revenu lui en faire voir de toutes les couleurs. Mais non.

Au lieu de ça, comme pris dans une sorte d'extase mystique, son coéquipier prit une inspiration et balaya la scène du regard. À croire qu'il voulait s'imprégner de tout ce qu'il voyait.

Le vent charriait des odeurs de bacon grillé et de vapeurs de diesel.

– Ouvre la portière, ordonna-t-elle.

En cognant légèrement, cette fois. Le canon pointé vers Abby derrière la vitre.

Travers secoua la tête.

– Comment ça, non ? Jon, descends-moi ce connard.

L'arme tendue à bout de bras, Jon ramena le chien en arrière. Pourtant, au lieu d'appuyer sur la détente, il laissa le flingue retomber autour de son doigt et le rangea dans sa veste en cuir.

Perfect suivit la direction de son regard. Jusqu'au parking, sur lequel deux voitures de la police d'État venaient de se garer près du restaurant. L'un des flics se flanquait une claque sur le ventre en se poilant tandis que l'autre vérifiait qu'il avait bien verrouillé sa portière. Ils se dirigèrent ensemble vers l'entrée de la station.

Quand elle se retourna, Travers, tourné vers Jon, reculait en direction du pick-up.

Les taquets de verrouillage remontèrent. Travers ouvrit la portière, se précipita à l'intérieur et mit le contact.

Là, ce fut au tour de Jon et de Perfect de sentir cette glace huileuse leur grimper jusqu'aux genoux : Travers venait de s'esbigner dans un crissement de pneus. Il tournait à gauche vers le pont enjambant la chaussée. Et que Perfect soit damnée s'il n'avait pas raté la bretelle d'accès ! Il continuait à foncer le long d'une petite route sinueuse. Merde, il allait les semer. De ce côté-là de la frontière de l'État, les petites routes de campagne, il y en avait des millions.

Jon sauta de nouveau dans la voiture qui ronronnait toujours. Il jeta à Perfect le lourd pistolet de Travers. Elle en trouva le poids agréable.

– J'ai trop de talent pour le perdre, dit-il en ouvrant toutes les glaces et en mettant l'autoradio à fond les ballons. On y va, femme. C'est le moment d'assurer.

34

Je me dis que je serais en mesure de semer ce duo de choc sur l'une des petites routes menant à Memphis. Les chemins de terre et autres voies carrossables se ramifiaient par milliers jusque dans les collines, tandis que la grand-route présentait une sacrée ligne droite. Ils m'avaient pris mon flingue, qui plus est, alors que tous deux étaient armés.

Je fis grimper le Bronco à 110 puis freinai et rétrogradai, cherchant de nouveaux embranchements où me fondre dans la nature. Au départ, j'avais été tenté d'attirer l'attention des flics sur l'aire de repos, mais je ne voulais pas risquer de me faire tuer en essayant d'approcher d'eux.

Je jetai un coup d'œil dans le rétroviseur tout en me demandant comment diable j'avais pu ne pas reconnaître la femme. Il avait fallu qu'Abby se mette à hurler par-dessus nos crissements de pneus. *C'était elle. La tortionnaire du Grand Magnolia.* Néanmoins, ce qui me chiffonnait plus encore, c'était que je connaissais aussi son compagnon. Je traversai à fond de train une petite bourgade anonyme et bifurquai sur une nouvelle route en passant en revue mes souvenirs de ce gars.

Il y avait quelques années de ça, il travaillait pour un producteur californien qui avait été tué par un ami à moi. Le gamin – qui, à l'époque, avait tout d'une copie conforme d'Elvis Presley – était censé avoir suivi le même chemin. J'avais lu l'annonce de sa mort dans le journal. Pourtant, malgré sa barbe et les quelques années écoulées, j'avais reconnu sa banane, son regard vitreux, son air crâne.

Merde, les diables qui me peuplaient les méninges venaient de sortir de leur boîte. J'étais poursuivi par des fantômes.

Abby, coincée contre la barre de renfort de la calandre, s'agrippait à la ceinture de sécurité. Elle garda les yeux fermés tandis que nous nous envolions une seconde au-dessus d'une ornière de chemin vicinal pour longer bientôt le tracé d'un ruisseau boueux. Les branches d'arbres s'agitaient comme des doigts de sorcière au-dessus de nos têtes dans la lumière étouffée.

Pied au plancher, nous dépassâmes six ou sept mobile homes posés sur un petit terrain, découvrîmes un nouveau chemin de terre, prîmes lentement en direction d'une berge fangeuse, puis je coupai le contact. Le moteur vrombissait et cuisait sous l'effet de la chaleur. Je tournai la tête vers Abby. Elle lâcha la ceinture, tendit le bras vers les papiers éparpillés au cours de notre fuite.

Je lui pris la pile des mains mais, avant que j'aie eu l'occasion de les regarder, la Taurus nous dépassa dans un grondement et un crissement de freins, suivis du grincement aigu d'une boîte de vitesses qui passe la marche arrière.

J'ouvris ma boîte à gants, y fourrai les papiers et fis demitour dans un nuage de poussière rouge, en écrasant le champignon jusqu'à 100 sur cette route cahoteuse qui ne menait nulle part.

– Tu conduis comme un manche, dit Perfect. Accélère, bon sang. On les rattrapera jamais. Allez, gamin, allez !

Elle inséra la jambe le long de celle de Jon, écrasant ellemême cette satanée pédale.

– Hé, arrête, femme ! Tu vas nous envoyer dans le décor !

Les roues arrière de la voiture de location chassèrent sur la terre et les cailloux tandis que le Bronco piquait derrière un angle, hors de vue.

– À gauche ! hurla-t-elle. La poussière ! Suis la poussière !

Jon s'exécuta, et elle serra les dents en voyant les feux arrière rouges réapparaître dans le pare-brise. Ils étaient dans un tunnel d'arbres. Érables. Peupliers. Chênes. Couleur d'incendie. Des jaunes et des rouges brûlants contre le ciel noirci.

– Mais qu'est-ce qu'il a sous son capot? marmonna Jon pour lui-même. Il lui a gonflé le moteur, je parie.

– Rattrape-le, intima-t-elle en sortant le Smith & Wesson, pour pêcher deux balles à grande vélocité dans son sac. C'est l'endroit rêvé. On va les flinguer tous les deux. On balancera leurs corps ici, en vérifiant que ce pick-up se voit pas depuis la route. Personne ne les trouvera avant le printemps.

Sourire vissé aux lèvres, Jon prit le virage par la corde tout en accélérant. Les roues chassèrent de nouveau. Tandis qu'ils décollaient du sol pour atterrir dans un choc sourd, il se mit à pousser le ululement confédéré. Mourir ne lui faisait ni chaud ni froid, comprit Perfect en cet instant.

Elle lui empoigna le genou. Il en rougit d'énervement.

– Rapproche-toi, dit-elle, en abaissant la vitre pour braquer son flingue en direction du pick-up. Je les tiens.

Les coups de feu éclatèrent au moment précis où nous nous aventurions sur un court pont de bois. Rebondissant et brinquebalant, nous bifurquâmes vers un nouveau chemin de terre. Avec un peu de chance, celui-là nous ramènerait sur la grand-route. Le coin devait être une sorte de parc naturel : des bornes en bois et des panneaux interdisant la chasse jalonnèrent notre parcours sur plusieurs kilomètres. Pas un chat. Pas une construction. Juste ces pistes lisses qui tranchaient dans le paysage vallonné du Mississippi agricole.

De nouvelles détonations.

Deux rudes échos éclatant derrière nous. À l'oreille, pas l'impression qu'ils avaient fait mouche, ce qui ne m'empêcha pas de mettre la gomme sur le V8 au fil des tournants et des lignes droites. Je dis à Abby de s'asseoir sur le plancher et elle obtempéra, mains sur les oreilles, visage enfoui entre les genoux.

Dans le rétro, je distinguais la Taurus, la femme braquant son flingue en direction de l'arrière du Bronco. Alors que j'écrasais le champignon sur une nouvelle ligne droite, mon pare-brise arrière explosa.

– Merde! hurlai-je en pilant sur le frein.

Je braquai rudement – en priant pour qu'on ne fasse pas de tonneau.

La route s'interrompait net.

Le seul moyen de sortir de là, c'était de repartir vers la Taurus.

– Bordel à queue ! hurle Jon, pris de la même sainte fièvre que le jour où il a gagné la course en sacs pendant les vacances de la colo de sa paroisse.

Alléluia. Il reste plus qu'à les flinguer. Perfect ira chercher ces foutus papelards et lui, il empochera ses quarante mille dollars. Nom de nom. Il va enfin pouvoir offrir cette Cadillac à Mlle Erdele. Mlle Erdele. Maman. Jon Burrows/Jesse Garon.

Tout est clair, maintenant. La boucle se boucle : son passé, son avenir et les chiffres sacrés dont lui a parlé Black Elvis. Soi-disant qu'il serait né sous un signe de lune. Dansons sous la lune. Enfant de la lune. Il est aussi changeant, aussi mouvant que cette espèce de projecteur qui ne disparaît jamais vraiment de la Terre.

– Je suis déchaîné, annonce-t-il.

– Quoi ? hurle-t-elle.

Jon décélère, met au point mort et observe le vieux Bronco tourner au ralenti en attendant qu'ils viennent chercher leur dû. Travers est dedans, carrément HS après le superboulot du brave capitaine Jon Burrows. *Comment est-ce qu'il a survécu ? Pourquoi est-ce qu'il est revenu ?*

Saloperie de come-backs.

– Tu ressuscites comme en 68, mon salaud !

Il enclenche la vitesse et écrase le champignon.

– Non, Jon ! hurle Perfect. On les tient ! On les tient !

En le voyant arriver, je passai rudement la première, mes pneus patinant un instant derrière moi, puis je fonçai droit vers la grille du radiateur de la Taurus. J'attendais qu'il se dégonfle en premier. Je serrais les mâchoires à m'en faire mal.

La voiture se rapprochait de plus en plus. Je devais avoisiner le 80.

– Oh putain de putain de putain ! jeta Abby à voix basse par-dessus le grondement du moteur.

Je serrai les dents plus fort et poussai le Spectre en avant, puisant la moindre étincelle de puissance moteur pour le propulser sur la voie cahoteuse, où deux voitures ne tenaient pas de front.

Le mec faisait de même. Je distinguais pratiquement ses yeux. Il devait rester dix mètres entre nous quand je braquai sèchement sur la droite pour escalader le talus. Je le contournai. Et filai sur ma lancée.

Je flanquai trois claques victorieuses sur le toit du Spectre et continuai de sillonner les tournants en quête d'une issue.

Souriant et rigolard. Sacrément soulagé, en fait, et le cœur battant la chamade quand je plongeai la main pour tirer de nouveau Abby sur son siège. Je les avais semés, c'était sûr. J'étais trop loin devant, ils ne nous rattraperaient jamais.

Elle boucla sa ceinture. J'empruntai un nouveau chemin.

J'étais allé trop loin. Trop de possibilités s'offraient à eux pour qu'ils nous retrouvent.

Je continuai à sourire et à rire, en frottant le dos d'Abby pour la rassurer, quand le sol disparut sous nos roues.

On devait être à 100 à l'heure et soudain, plus de route, rien que l'air pour nous porter, on partait s'écraser vers le bas.

L'atterrissage fut rude. Mon dos explosa de chaleur, des amibes noires me rampèrent sur les yeux tandis que ma ceinture me ramenait en arrière sans ménagements.

À ce stade-là, je fermai les paupières.

Jamais de ma vie je n'avais eu autant envie de dormir.

35

Les feuilles sentaient la mort. Un doux fumet d'humus humide mâtiné d'une odeur piquante de vieilles pièces en cuivre. Du sang frais. Avant même d'ouvrir les yeux, je sentis la touffeur collante qui me recouvrait la tête. Tout était assourdi, silencieux, amorti. Moi, enveloppé de feuilles. Enfoui dessous. Plein sur le visage et sur la bouche. Un insecte muni de millions de pattes me rampait sur le bras. Je recrachai de la terre, les neurones nageant littéralement. Même sensation que lorsqu'on descend du grand huit, d'emporter les creux et les bosses avec soi. Vomir ne m'aurait peut-être pas fait de mal.

Une petite main me souleva la tête. J'ouvris les yeux pour découvrir l'obscurité régnant au-dessus de moi. Sans rien voir. De petites lèvres s'écrasèrent près des miennes.

– Chut, dit Abby.

J'obligeai mon corps à rester tranquille. Pas difficile. Je n'étais pas certain de pouvoir bouger les yeux.

Un bruit de pieds courant sur des feuilles, les écrasant. Des branches cassées. Un homme et une femme. Trop lointains pour que j'entende ce qu'ils se disaient. De simples connotations à partir du son de leur voix.

Il faisait nuit, à présent. J'en étais sûr. Bordel, c'était mon cœur, ce truc qui me faisait mal, compris-je en tâchant de ne pas bouger un cil, ni un poil. Tout se mouvait dans le flou. La pire gueule de bois que je me sois tapée de ma vie.

Les bras d'Abby m'enveloppèrent et m'attirèrent vers son buste. Je sentis ses seins contre mon cou et ses ongles s'enfoncer dans ma peau. Devant moi, l'ouverture d'une caverne étroite creusée dans la terre. La lueur grise de la lune perçait à travers le couvert des arbres, atteignant le tapis épais et humide qu'était le sol de la forêt.

J'actionnai mes bras. Caverne, peut-être pas. Une petite cavité au sein d'une colline. D'un monticule de terre et de pierre érodé pour former un terrier. Le genre d'endroit où se cacher pendant l'orage quand on est un chien.

Je ne dis rien. Ne bougeai pas.

Les voix étaient plus audibles à présent.

Tout me revenait. La femme du casino. Un homme que je connaissais, tueur à gages. Le trou noir. Nom de Dieu, combien de temps étais-je resté dans le cirage ?

La poitrine d'Abby s'élevait et retombait de façon saccadée. Elle me serra encore plus près. Ses mains crottées de glèbe noire et humide, les feuilles en train de retourner à la Terre frottant contre mon visage : je me fis soudain la réflexion que c'était comme cela d'être mort, mais conscient. Bah, ce n'était qu'un simple passage à vide. Rester immobile.

Envie que ces putains de voix s'en aillent.

Merde, plus de flingue. Plus de caisse. Plus aucun endroit où s'enfuir. Des kilomètres infinis de forêt inconnue.

Quand j'aspirai, je sentis monter un grognement. Crépitement mouillé de la pluie tambourinant sur du kudzu mort à l'entrée du terrier.

Deux bottes noires apparurent.

– J'te parie qu'ils ont suivi c'te connerie de ruisseau ! hurla l'homme.

La femme cria une réponse en retour.

Il demeura là un instant. À trois mètres de mes pieds, pas plus. Presque comme s'il jouait au chat et à la souris avec nous. Histoire de nous faire exploser le cœur avant d'en finir. Avant de flanquer son canon dans ce boyau, ce tombeau de terre.

Ça me revint. Il avait tenté de violer une connaissance à moi, et torturé un vieil ermite si timide qu'il parvenait à peine à croiser votre regard.

J'agrippai le genou d'Abby.

La pluie se remit à faire *floc floc* sur une feuille marron aplatie.

Les pieds disparurent.

Crissement des semelles de bottes sur le lit lisse du ruisseau, s'évanouissant au loin.

– On reste là ? murmura-t-elle.

Je me pris la tête dans les mains et tortillai les orteils. Ça fonctionnait.

Nausée. Vomi. Sur mon tee-shirt.

Je me comprimai le crâne de plus belle, m'extirpai du trou fangeux à l'aide du bras qui ne me faisait pas souffrir, et j'émergeai dans la forêt. Un million de gouttes dévalant le long des arbres, des arbustes, atterrissant sur les feuilles en décomposition, formant des flaques. De petits rayons de lune, quasiment trop faibles pour qu'on les distingue, conférant un aspect gris à la surface lointaine du ruisseau. Une allure froide, aussi froide que l'air qui nous entourait.

Seigneur, qu'est-ce que je dégustais.

Abby m'aida à me remettre debout. J'essuyai le dégueulis sur mon visage avec la veste, redressai le dos et me tâtai les bras. Le gauche pendait, flasque, à mon côté, et le bout engourdi de mes doigts me picotait.

On marcha. Une progression exigeant de se concentrer sur chaque pas, jusqu'à ce que je finisse par distinguer un gros pin. J'écoutai couler le ruisseau et tambouriner la pluie. Convaincu du départ de nos poursuivants, je flanquai mon épaule contre le tronc. Un craquement écœurant. La douleur fusa à travers mon torse jusque dans ma tête contusionnée, et je finis par tomber à genoux en me mordant l'intérieur de la joue pour ne pas hurler.

– Oh bon sang !

Abby s'était agenouillée, elle aussi. Elle lissait mes cheveux humides, les écartant de mon front. Elle prit ma tête dans ses mains en marmonnant, une sorte de prière à voix basse.

– Ça va, dis-je. (Je bougeai mes doigts et sentis l'épaule tourner dans son articulation comme elle le devait.) Je faisais souvent ça quand je jouais au foot. Elle se démet régulièrement.

– Seigneur, répéta-t-elle.

Je me remis debout. Abby m'observait, toujours accroupie, et, l'espace d'une seconde, elle scruta mes traits. Puis elle se hâta de se relever elle aussi, en désignant la route qui s'arrêtait net, sans prévenir.

Elle m'étreignait la main.

Ça me donna envie de mener la marche. Me fit me sentir un peu plus fort que je ne l'étais.

Nous avançâmes aussi silencieusement que possible. Abby tendait l'oreille. Observait.

Elle devait avoir passé pas mal de temps dans la forêt. Elle en connaissait sûrement les rythmes depuis ses équipées de chasse au cerf avec son père – j'en aurais mis ma main à couper.

Nous suivîmes un petit ravin où je perdis l'équilibre une fois, atterrissant sur le cul, jusqu'à ce qu'Abby me désigne le lit étroit couvert d'aiguilles de pin et de feuilles mortes roussâtres. Au bout de son doigt gisait l'engin écrasé que j'aimais jadis passer mes dimanches à lustrer. Les chromes dans lesquels on pouvait se voir sourire.

Apparemment, les travaux de terrassement s'étaient interrompus net. Le chemin se terminait en surplomb du ravin, sur le fond boueux duquel mon Bronco était tout bonnement tombé en s'écrasant contre un petit chêne trapu qui l'avait arrêté dans sa chute. Mon pare-brise avant était salement étoilé côté conducteur et l'extrémité du capot paraissait bien enfoncée.

– Quel dommage, Nick.

– À combien crois-tu qu'on soit de la civilisation?

– Trois, quatre kilomètres.

– Bien, dis-je en suivant des yeux la route que nous avions empruntée. On suit le tracé, mais en se planquant, d'accord?

Je m'avançai à hauteur du Bronco, peiné de ce qui lui était arrivé, ne songeant ni à ma petite personne, ni aux deux frappadingues qui couraient les bois à notre recherche. Non, tout ce qui me préoccupait, c'était ce vieux Spectre Gris et de savoir s'il était récupérable.

J'attirai à moi la portière du côté passager. Elle s'entrouvrit en se balançant, complètement foutue, et je me penchai à l'intérieur.

Je pris mon sac de l'armée et, connement, la façade détachable de mon changeur de CD, comme si mon souci majeur devait être les voleurs, puis j'ouvris le vide-poches pour y récupérer les papiers.

Mais on l'avait déjà forcé.

Le rabat en métal était arraché à hauteur des charnières. Mes CD s'y trouvaient. Mon vieux livret Ford. Mon mug à café ébréché, mon bric-à-brac.

Je sentis Abby derrière moi, regardant par-dessus mon épaule. Elle fondit en larmes.

Je me tortillai pour sortir de l'habitacle.

Moi aussi, j'avais envie de pleurer.

Quoi qu'aient contenu ces documents, nos poursuivants les avaient embarqués.

36

Levi Ransom n'était pas si terrifiant que ça. Il ne parlait pas tout seul, n'avait pas de manies craignos genre déblatérer à toute vitesse des noms de serpents venimeux ni collectionner les comptes rendus de suicides super-atroces. Il n'aimait pas regarder des vidéos de gamines qui se débattent en petite culotte, ce n'était pas un fétichiste des pieds qui puent. Un salopard de première, ça, d'accord. Un truand, bien sûr. Le genre de type à vous enterrer dans trois États différents si vous lui mentiez. Mais il appréciait aussi le bon bourbon, les cigarettes à trois sous et le cul expéditif, sans sentiments. Il baisait comme d'autres mangent leur cheeseburger : sans même en sentir le goût, en se contentant de dévorer le tout aussi vite que possible.

Une fois son Jake mort, Perfect s'était retrouvée sans personne. Elle était restée coincée une semaine dans cette fête foraine à la con qu'il animait à Biloxi. Jusqu'à l'arrivée de Levi. Tout ce qu'elle se rappelait, c'était l'avoir écouté lui énumérer les possibilités qui restaient, assise dans un fauteuil poire. La plupart des solutions étaient minables : danseuse ; pute. À se démerder toute seule, de nouveau.

Finalement, il lui avait demandé si elle voulait partir avec lui en Jamaïque le jour même. D'une voix incroyablement chaleureuse, alors qu'il faisait une canicule infernale au-dehors. Jake n'avait pas payé la note d'électricité et la plupart des forains étaient repartis à Gibtown, enfin là où ils vivaient, peu importe. Perfect portait un bustier crade sans soutien-gorge dessous et un slip rouge en soie.

Levi n'arrêtait pas de lui reluquer les jambes en attendant qu'elle se prononce.

– Les plages de sable fin ou ce trou du cul du monde, avait-il résumé en ouvrant la porte.

Les relents de barbe à papa rance, l'air brûlant comme pas possible, s'étaient engouffrés dans la pièce.

Le lendemain, il se l'était tapée. En lui maintenant le visage contre l'oreiller. Environ cinq minutes chrono pour finir sa petite affaire. Après quoi il s'était relevé d'un bond, lui avait dit de s'habiller tout en parlant de s'offrir un steak avec un whisky. À peine si elle avait eu le temps de respirer.

Ces coïts brefs s'étaient poursuivis pendant deux ans sous son joug, jusqu'à ce qu'il déniche une serveuse de cocktails aux cheveux couleur rouille pourvue d'un 95 E.

Et ce soir, dans l'une des milliers de chambres en nid d'abeille du Grand Magnolia, il arborait la même expression que ce fameux jour dans la caravane. Perfect ne se faisait pas d'illusions, il ne se rappelait pas leur promenade jusqu'en haut de la longue cascade où il lui avait tapé sur les fesses en lui racontant des blagues salaces, ni cette fois où il s'était fait alpaguer pour avoir flingué un alligator dans un zoo miteux.

Non, il pensait juste à se bâfrer un nouveau cheese. Et, tandis qu'il parcourait les papiers récupérés par Jon dans l'épave du Bronco, Perfect comprit qu'elle s'était assez bien démerdée.

Il écrasa un nouveau cigarillo. Une dizaine étaient déjà recroquevillés dans le cendrier comme de petits vers noircis.

– Ils sont vivants? demanda-t-il.

Il était seul avec Jon et elle. La pièce était une chambre double toute simple. Table pour deux, laquée. Téléviseur boulonné au mur et téléphone avec un voyant rouge en forme de bulle pour les messages.

Jon contemplait ses bottes à fermeture Éclair. Elle, elle scrutait le regard de Ransom. Qui avait les boules, mais pas tant que ça. Il n'arrêtait pas de relever la tête pour lui reluquer les seins.

– Me chie pas une pendule, Levi. On a crapahuté deux heures dans cette forêt. J'ai des feuilles dans les cheveux, des ampoules aux talons et de la terre dans la raie du cul, alors commence pas.

Il gloussa, un de ses rires imprégnés de bourbon, et rassembla les papiers devant lui. Ses cheveux gris retombèrent sur son front, tanné comme une vieille selle de cheval. Le regard : bleu et dur.

– Vous vous êtes bien démerdés. Gamin?

Jon s'avança.

– Dix mille, ça te va?

– Non.

– Non? Avec ce que vous avez déconné?

– Je veux rien. Moi, je termine toujours le boulot.

Ransom, costume blanc et chemise en lin noire, se leva avec un grognement pour se rendre dans la salle de bains, dont on sentait d'ici les odeurs de plastique et de peinture fraîche. Personne n'avait jamais dû l'utiliser.

Perfect le suivit, les yeux braqués vers son dos. Un frottement de briquet. Quand il se retourna, elle vit les papiers qui commençaient à brunir et à se replier, frangés de flammes orange et bleues dans ses mains. C'était une odeur aigre qui planait, maintenant.

Pas comme du papier qui brûle. Plutôt comme une bête qu'on cuit.

Perfect regagna les deux fauteuils et la petite table. À quoi ça rimait, tout ça? Qu'est-ce qu'il y avait de si important pour qu'il ait fait tuer deux personnes et qu'il veuille en décaniller deux autres?

Une voiture entra sur le parking en contrebas, une vraie guimbarde dont la carrosserie ne tenait qu'avec du ruban adhésif, du mastic et de la colle. Un homme en sortit, la vingtaine. Blanc. En jean et tee-shirt INDIANAPOLIS.

Il resta planté là un moment, regardant les néons s'enrouler autour de cette connerie de façade imitation *Autant en emporte le vent* pendant qu'une gamine, une ado enceinte jusqu'aux yeux, suivait le mouvement et le rejoignait. Il s'adressa à elle avec hargne, lui balançant des trucs manifestement désagréables. Et la gosse continua d'avancer vers lui. Elle tendait le bras pour lui prendre la main. L'homme pivota pour la regarder sous la lueur des réverbères du parking.

Perfect ne vit pas vraiment les détails, mais ils avaient l'air de pleurer, tous les deux. Ouais, il y avait de sacrées chances.

– Perfect?

Elle se retourna.

– Il vous reste deux heures pour aller choper le dernier vol à Memphis.

Jon se tenait en retrait. Le visage à demi mangé d'ombres, tranché en deux par une lampe de table.

– Pour La Nouvelle-Orléans, précisa Levi.

Elle le regarda. En pensant encore un peu à ce triste petit couple.

– Un dernier truc.

Elle porta de nouveau son regard vers Jon. Rien. Juste le visage coupé en deux.

– La semaine dernière, j'ai envoyé des mecs se charger d'un homme que j'aurais dû liquider il y a trente ans. Eux aussi, ils sont revenus bredouilles. Mais je sais que sa sœur le protège – j'en suis sûr. Trouve-la moi, d'accord? Découvre ce qu'elle trafique. Sur ce coup-là, ce sera toi le chef, Perfect. Les gens mettent pas plus de cinq minutes à te faire des confidences. Déniche-moi ce mec.

Il sourit.

Trente ans, se dit-elle. Bien long pour une rancune. Mais ça se tenait. Ces papiers de tout à l'heure, c'était des rapports de police et des dossiers du tribunal de Memphis.

Remontant tous à décembre 1968, à ce qu'elle avait vu.

Le Palais des Gaufres était l'endroit idéal où se réfugier lorsqu'on avait des tueurs aux trousses. Il aurait vraiment fallu en vouloir pour tirer dans ce tas de vieux blaireaux gris souris qui mastiquaient leurs gaufres et leurs œufs baignant dans la graisse. Il auraient été fichus de coincer les balles au vol entre leurs dents sans cesser de mâcher, me dis-je en portant à ma tête une serviette humide pleine de glace pilée.

Je me sentais toujours aussi mal. Presque autant que lorsque certain bloqueur des San Francisco 49ers, qui s'était assis sur moi au cours d'un match amical, m'avait shooté dans le casque en repartant. Je me rappelle avoir tenté de lui sauter sur le paletot mais quelqu'un m'avait neutralisé à coups de pied ce jour-là. Après ça, le trou noir.

Abby, sourcils rapprochés, surveillait mon regard.

– Tu as déjà reçu un coup de pied à la tête ? demandai-je.

Elle secoua la sienne.

– Ça fait à peu près le même effet.

Elle amorça une grimace et termina son cheeseburger.

Un cheese. Un Coca. Une petite tape rassurante sur le crâne. Malheureusement, quelqu'un essayait de nous tuer.

Cette gamine tenait le choc, ce n'était rien de le dire. En toute hypothèse, ce qui nous était arrivé aurait dû lui filer les boules, ou une trouille d'enfer. Mais non. Elle était déterminée. Au dernier degré. Elle tenait à remonter à la source de tous ses ennuis.

– Tu as une tronche de déterré, fit-elle.

– Merci.

– Non, sans rigoler, ton front est tout enflé. On dirait le gosse dans ce film... comment ça s'appelle, déjà ? Il veut traverser toute l'Afrique en moto. Sam Eliot joue son père adoptif.

– *Mask*. Non, vraiment, je te remercie.

– De rien.

Elle sourit.

– C'est le deuxième pick-up que je bousille de ma vie.

– Qu'est-ce qui est arrivé au premier ?

– Le vieux que je recherchais avait payé deux Haïtiens pour qu'ils me rentrent dedans. Je me suis cassé le bras. Cette fois-ci, j'imagine que j'ai eu de la chance. C'est juste la tête qui a pris.

– Elle n'est pas belle à voir.

– Tu te répètes.

– Bon, alors, on fait quoi maintenant ?

La serveuse s'avançait jusqu'à nous. Elle déposa l'addition en face de moi sans aménité. Avec un petit air revêche. Genre « espèce de radin, tu n'as pris qu'un café ». Elle avait, je le jure devant Dieu, deux dents en or, un anneau dans le nez et un tatouage de Jim Morrison sur la nuque. On était dans le fin fond du Mississippi, pas à Los Angeles. Un joyeux bordel régnait partout. La télé câblée nous avait flanqués dans un mixer à transformer la culture populaire en sac de nœuds.

Elle mâcha son chewing-gum. Nous dévisagea une seconde, les ratiches éclatantes comme pas possible, puis elle s'éloigna.

– Tranquille, m'intimai-je.

– Alors? demanda Abby.

– J'ai appelé U.

– Il a dit quoi?

– Ça l'a fait rire.

Elle avait l'air inquiet.

– Oh, ne t'en fais pas. C'est toujours comme ça entre lui et moi. Un jour, un demi offensif très court sur pattes m'est rentré dedans pour me bloquer la route alors que je chargeais un quarterback. (Je souris à Abby.) Je te dis juste ça en passant, je ne vais pas te parler football, hein? Je sais bien que ça rase tout le monde... C'est juste histoire de te raconter un truc sur U... Enfin bref, ce demi-nain m'a plaqué aux genoux et il m'a carrément fait valser en l'air. Le quarterback m'a contourné pour chercher le touchdown. U s'est penché en avant, il m'a tendu la main sans rien dire en rigolant comme un bossu, et puis tu sais ce qu'il m'a balancé? «Mince, Travers, tu m'avais pas dit que tu savais voler!»

Je rigolai. La douleur avait fusé sous mon crâne, et je laissai tomber la compresse de glace par terre.

– Merde!

Abby me prit la main.

– Ça va?

J'acquiesçai. Le monde cessa de tourner. L'espace d'une seconde.

– Il a trouvé bidonnant que j'aie flanqué ce brave Spectre dans un trou. Pourquoi est-ce que je suis allé lui dire ça? Un trou!

Abby m'observait.

– Il ne va pas tarder à arriver, ajoutai-je. On retournera à Memphis avec lui.

– Et ensuite?

Je contemplai la route, guettant mon pote. Nullepartville, Mississippi. J'ignore pourquoi ça me faisait penser à l'une de mes répliques préférées, dans *Les Sept Mercenaires.*

– Tu sais ce que dit le type qui vient de sauter d'un immeuble de vingt étages?

Elle secoua la tête tout en mâchant son cheeseburger. Elle avait de la terre partout dans ses cheveux en pétard, et sur son tee-shirt, en petits tas épars.

Je lui souris.

– Jusqu'ici, tout va bien.

37

U m'avait réservé une grosse surprise pour notre retour à Memphis. Enfin, j'avais bien un petit doute puisqu'il n'avait même pas proposé de nous héberger chez lui dans Midtown. En le voyant nous ramener au Peabody après notre passage éclair dans un cabinet d'urgences médicales pour me faire examiner le crâne, j'aurais dû me douter qu'il mijotait un truc.

On détonnait vraiment, dans ce hall où un quelconque congrès venait de se disperser au bar. Le Peabody n'était que marbre et bois sombre, rampes en cuivre et tapis persans. Des effluves de vieux whisky. Le jazz feutré d'un piano… Le genre d'endroit qui vous donne l'impression d'avoir un peu plus de zéros que dans la réalité sur votre compte en banque. L'hôtel avait accueilli sous son toit Faulkner et Robert E. Lee[1], et la légende locale voulait que, s'il débutait à Vicksburg, le Delta finissait pile dans ce hall. Cependant, la majorité des touristes ne gardait en mémoire que les canards servant de mascottes à l'établissement, qui barbotaient à longueur de journée dans la fontaine intérieure avant de rejoindre leur nichoir nocturne sur le toit.

Les célèbres palmipèdes avaient quitté les lieux depuis belle lurette. Il était tard, près de minuit, quand nous trimbalâmes notre fange sur les coûteux kilims en quête d'un lieu où

1. L'un des chefs militaires sudistes, qui perdit la bataille décisive de la Guerre de Sécession à Gettysburg.

nous écrouler pour la nuit. Le 4 × 4 d'U aurait parfaitement fait l'affaire.

Mais, au lieu de se diriger vers la réception avec nous, U s'arrêta net en désignant un canapé au milieu du hall. Difficile de distinguer qui nous attendait car le congrès était un véritable tas de beaufs qui rigolaient à de mauvaises blagues et sifflaient l'alcool offert par leur boîte. Un couple dansait lentement, sans harmonie.

C'est alors qu'elle se retourna.

Loretta.

Toute de noir vêtue, en robe à col roulé, bottes montantes et manteau de daim tombant jusqu'à terre. Et tirant sur une cigarette. Ça faisait vingt ans qu'elle ne fumait plus.

Soudain, j'eus l'impression d'avoir dix ans ; ma mère venait de descendre la rue pour me ramener dîner au bercail. Une chaleur embarrassée gagna mon visage et ma nuque.

– Elle m'avait demandé de pas te prévenir, dit U.

– Merci.

Il ne manquait plus que ça. Loretta montant de Louisiane pour voir dans quel état j'étais. Comme quand les Saints m'avaient éjecté de l'équipe, et qu'à peu près tous mes proches m'avaient laissé tomber. Ma petite copine de l'époque était occupée à se frayer un chemin dans la vie *via* le lit de tous les fêtards de La Nouvelle-Orléans et quant à moi, je m'étais embringué dans une relation privilégiée avec des bouteilles de Jack et de Beam.

Loretta m'avait repêché dans un bar de motards près du quartier de Riverbend, en train de vomir dans les buissons. Sans décrocher un mot, elle m'avait attrapé par le colback, flanqué à l'arrière de l'El Dorado de Jojo et ramené jusqu'à mon entrepôt. Je ne lui avais jamais demandé comment elle avait su où me chercher.

– Quoi, demanda-t-elle, t'es pas content de me voir ?

– Si, m'dame, dis-je, la tête commençant à me lancer. Où est Jojo ?

– Seigneur Dieu, regarde dans quel état tu t'es mis. Ulysses, c'est toi qui as fait ça à mon garçon ? Vous n'êtes plus des ados, je vous l'ai déjà dit. Se bagarrer comme des gamins, à vos âges !

– J'ai eu un accident.

Elle me caressa la main, puis me tapota le visage.

– Tu vas t'en remettre. Et Jojo est pas là. J'ai pris le train toute seule cet après-midi. Il a carrément eu le culot de me demander comment il allait faire pour manger sans moi. Je lui ai dit de prendre des plats chez fesses en l'air. Quand il m'a demandé ce que c'était, je lui ai répondu que c'est quand tu te bouges le cul pour te préparer à bouffer.

U partit d'un grand éclat de rire. Comme la tête continuait à me lancer, je n'essayai pas de l'imiter.

– Et elle, c'est qui? demanda-t-elle avec un regard en direction d'Abby.

Je la lui présentai et, l'espace d'une seconde, connaissant les moindres attitudes de Loretta, je lus en elle comme dans un livre : elle se disait que j'avais suborné une de mes étudiantes. Si Abby avait plus de vingt ans, j'étais néanmoins bien conscient qu'elle en paraissait quinze; elle se montra polie, tendant même la main sans détacher les yeux de ses chaussures.

Loretta, quant à elle, haussa les bras pour la serrer contre sa poitrine gironde. Elle avait toujours eu le chic pour tomber sur des gens qui souffrent : à un certain moment de son spectacle, elle vous repérait tel ou tel pauvre diable dont la vie était radicalement synonyme de blues et elle entreprenait de le faire rire. Un don unique. Magnifique.

– Content de te voir, Loretta, dit U. Alors, c'est bon, tu l'as, ton Nick?

Elle sourit et m'enserra le torse de l'épaisseur de son deuxième bras.

– Hé, vieux, intima U, suis-moi une seconde.

Je me détachai de l'étreinte familiale – Loretta, aussitôt assise avec Abby, l'assaillait de questions –, pour suivre U au-dehors. Retour à son Expedition garé dans l'immense parking couvert du Peabody.

– Dors, dit-il, je ferai le guet.

– Rentre chez toi. Tout va bien.

– La nana t'a piqué ton flingue?

Je hochai la tête.

Il se remit à rigoler. À gorge peut-être encore plus déployée que lorsqu'il avait découvert le sort dévolu au Spectre Gris. Il appuya sur un bouton de porte-clés, le 4 × 4 pioupiouta, les serrures cliquetèrent dans les portières.

– Tu te charges à quoi d'habitude?

– Browning 9 mm.

– Merde! Quelle idée. On n'est pas dans *Les Mystères de l'Ouest*, collègue.

– Ça me convenait très bien jusqu'à maintenant.

– Comment tu fais pour cacher un truc pareil sous ton blouson? T'es obligé de te trimbaler un holster, ça te gêne pour bouger et n'importe quel mec un peu dégourdi peut se rendre compte que tu es armé. Monte.

Je grimpai côté passager dans le silence du parking vide.

U ouvrit son compartiment à gants et en sortit un Glock 9 mm. Plus petit que ceux qu'il m'avait été donné de voir. Sans doute un nouveau modèle.

– Flanque ça dans ta poche de blouson. Tu te rappelles plus où tu l'as trouvé, compris? Je suis sûr qu'il a un passé bien chargé, lui aussi. Je l'ai chauffé à ce petit Blanc de l'autre soir. (Il écarquilla les yeux.) Il tire jusqu'à dix-sept balles de suite. Embarque les deux chargeurs.

J'obtempérai.

– Et fais gaffe à toi, mon frère.

Loretta nous avait déjà réservé une suite. J'avais toujours su que Jojo et elle gagnaient bien leur croûte mais ils menaient en général un train de vie assez simple – hormis quand Loretta se déplaçait. L'année d'avant, lorsque nous avions joué au Chicago Blues Festival, elle avait loué une sacrée chambre au Palmer House. Elle disait que la vie était trop courte pour séjourner dans les « Au lit débine ».

J'approuvais. C'était chouette de se retrouver dans cette vaste pièce pleine de meubles en bois massif et de lampes dorées. Une giga-baignoire dans laquelle je restai une demi-heure sous le jet à me débarrasser le moindre pouce de peau de la terre qui s'y était incrustée. Loretta m'avait commandé deux bières et un sandwich au service d'étage.

Je la remerciai, mais l'idée de manger me soulevait gravement l'estomac.

Abby alla me succéder et le silence eut tôt fait de s'installer entre moi et Loretta. Elle avait une telle banane depuis que je l'avais présentée à Abby que son sourire mit plusieurs secondes à la quitter. Elle avait étendu son long manteau sur son fauteuil et ouvert une des fenêtres. Elle écoutait la rumeur de cette ville dans laquelle elle s'était fait un nom.

– Bon, demandai-je, tu vas m'expliquer la vraie raison de ta présence ici ?

– Tu as besoin d'aide.

– Et merde.

– Surveille ton langage, gamin.

Son expression n'avait pas changé d'un iota, elle continuait de tendre l'oreille aux bruits du dehors comme si c'était une musique.

– Bluff City, ça remonte très, très loin. Stax, Hi… on était tous dans le même quartier… On l'appelait Soulville.

J'ôtai mes bottes sans la quitter des yeux. Puis je m'étendis sur le lit pliant déjà prêt en humant la blancheur des draps. Je fermai totalement les yeux pour l'écouter raconter ses histoires.

– Pourquoi es-tu venue ? demandai-je d'une voix flapie. Je peux me débrouiller seul.

– Tu as besoin de moi, petit. Ils veulent pas te causer, à toi, pas vrai ? Demain, on va trouver Clyde. On part récupérer mon frère.

38

La musique n'est pas morte à Memphis. Bien qu'il y soit sacrément dur d'échapper au passé. Aux théories d'Elvites à Graceland, au mantra bien connu sur l'apport de Sam Philips au rock and roll, et même aux imitateurs de B.B. King jouant des standards dans les bars sans nom et sans âme de Beale Street. Pourtant, au-delà de l'aspect historique, des hommages, ou même de la littérature, il existe une scène musicale tout à fait réelle et fort énergique. De petits clubs de Midtown peuplés d'auteurs-compositeurs-interprètes attirés vers cette ville comme si c'était La Mecque, et qui espèrent simplement s'imprégner un chouia de ce qui a inspiré des générations d'autres musiciens. Avoir Memphis associé à votre nom ne vous en rend que plus intéressant, plus sincère, plus vrai.

L'un des meilleurs endroits pour aller s'immerger dans le milieu zicos du cru, c'était le *Hi-Tone*, sur Poplar. Je n'y avais pas remis les pieds depuis la projection d'un documentaire sur un bluesman local, Will Roy Sanders, quelques années plus tôt.

Ce soir, des hommes à rouflaquettes, le portefeuille en aumônière, hantaient le bar en clopant comme si le ministère de la Santé venait soudain de dire oui au tabac. Des femmes en robe de soie démodée et lunettes psychédéliques imprimées d'yeux de chat avalaient des bières d'importation en regardant le spectacle, assises autour des petites tables aux sièges dépareillés.

Le *Hi-Tone* avait ceci de particulier que le public y écoutait vraiment les artistes. On n'y venait pas pour se montrer, pour draguer ni, en général, pour se soûler : on venait faire honneur à la musique.

L'intérieur était un mélange infernal tendance Fred Sanford première période : des pubs kitsch pour les cigarettes Chesterfield, un poster de corrida, un crâne de vache, un poster de film d'Elvis, des lanternes japonaises, une enseigne de bière Schiltz remontant grosso modo à 1972... Loretta et moi étions passés en entrant sous les guirlandes de Noël enroulées qui pendouillaient au plafond.

– On jette jamais rien à Memphis, remarqua-t-elle.

J'aimais assez le résultat, un *mix* des cinq dernières décennies.

Dans la partie de devant du bar enténébré, un zoulou de vingt ans et quelque était campé sur une scène basse. Paré pour les rouflaquettes, paré pour la chaîne de portefeuille. Et avec une de ces chemises de mécano qui sont brodées d'un prénom improbable sur la poche. Earl. Tous les garages ont leur Earl.

– C'est lui? s'enquit Loretta.

– Possible. Je ne vois pas son père.

– Il va venir. Il me l'a dit.

Frappé d'un mal au crâne épouvantable, le dos courbatu de partout, je n'avais pas ouvert l'œil avant 2 heures de l'après-midi. Loretta, Dieu la bénisse, était descendue acheter de nouveaux vêtements à Abby dans la galerie marchande du Peabody avant de me remonter un club sandwich et un Dr Pepper. Entre deux bouchées, je m'étais un peu plus étendu sur la période que j'avais passée à Memphis ainsi que sur certaine conviction que j'avais et qu'il me restait à vérifier. C'était surtout Cleve le guitariste qui intéressait Loretta. Elle était apparemment persuadée qu'il m'avait raconté des craques, parce qu'il n'avait pas dit grand-chose à son propos à elle. J'avais répondu qu'il s'agissait sans doute de simple négligence, mais non, d'après elle, Cleve, également ex-membre du groupe de madame, aurait dû me lécher le cul en apprenant qu'elle était mon amie.

– Ça me met pas à l'aise, cette histoire de me faire lécher le cul, avais-je répondu. Ça finit souvent par me gratter.

Elle avait fini par appeler Cleve depuis l'hôtel. Il avait convenu de nous retrouver au *Hi-Tone* histoire de discuter un peu plus avant. Il lui avait servi la même histoire qu'à moi : Clyde était sans doute mort, mieux valait prendre langue avec Cook. Mais Loretta était quelqu'un de sacrément doué. Loin d'interroger davantage notre loustic, elle avait conclu en disant qu'elle aurait plaisir à le revoir. Au bar.

Elle avait pris un grand verre d'eau avec des glaçons et moi, une Abita Purple Haze, la framboise de cette bière parvenant, Dieu sait comment, à me tonifier l'organisme. À moins que la syncope de la veille ne m'ait ramolli le cerveau. En tout cas, ce léger pétillement me plaisait assez.

Le gamin qui se produisait chantait une ballade acoustique parlant d'un amour d'adolescence rencontré à l'hypermarché et de sa bouche au goût de chèvrefeuille. Il touchait bien sa bille. Un chouette talent pour les paroles, et pour les images. Son chant râpeux, rocailleux, en disait plus sur son expérience que son jeune âge ne l'aurait laissé croire.

– Tu te souviens quand tu as commencé à jouer? demanda Loretta en repliant soigneusement son long manteau sur son bras.

Elle prit une gorgée d'eau glacée.

– Mouais, un peu.

– Tu en chiais dans ton froc, Nicholas. Souviens-toi quand tu balançais tous ces chorus à Jojo pour qu'il vérifie si t'étais dans le ton. Comment il se foutait de toi et comment il te les renvoyait en ré au lieu de do pour t'asticoter!

Elle rigola.

– Ça ne m'a pas traumatisé longtemps.

– Ce gosse est doué, dit-elle.

Je hochai la tête.

– On m'enlèvera pas de la tête que le blues, ça tient à plein de trucs. Il y a des gens qui savent le jouer, mais pas mettre ce qu'il y a derrière. Tu entends ce gamin? Il est sincère. Souffrir, ça le connaît.

– Et toi? C'était quand, ton premier gig?

– Sur Beale Stret, en dix-neuf cent cinquante-sept. J'ai chanté *Things I Used to Do* avec un petit orchestre. Mon frère était venu mais ils ont pas voulu le laisser entrer. Il a été forcé de regarder par la fenêtre de derrière grimpé sur des caisses de bière.

Je souris.

– Tu as dépoté.

– C'est rien de le dire. Le public en est resté sur le cul. Ce soir-là, le proprio du bar, un petit nain couvert de pellicules, m'a proposé de chanter chez lui pour quatre-vingt-cinq dollars la semaine. J'en jetais à l'époque, fils. Cheveux platine, lèvres rouge cerise...

– Tu connaissais déjà Jojo?

– Non. Il avait pas idée de ce qui l'attendait, ce couillon.

– C'est quand vous l'avez engagé dans l'orchestre que tu l'as rencontré?

– Non, à la fête du 4 Juillet organisée par l'église. Il avait brassé de la glace, et là, rien qu'à regarder ses bras zébrés de crème, j'ai su que c'était un sacré bonhomme. Tu sais, ces cicatrices qu'il a sur les phalanges? Je sais pas pourquoi, mais elles m'ont toujours émoustillée. J'ai demandé au prédicateur de nous présenter. Il arrivait juste de Clarksdale. Un bouseux.

L'entrée principale du Hi-Tone s'était entrebâillée, et un large frisson me parcourut lorsqu'elle se rouvrit sur Cleve. Il franchit le seuil dans sa veste couleur moutarde en cuir caoutchouteux. Pantalon à carreaux et chaussures blanches. Chemise satinée, à motif tropical, avec un col pelle à tarte. Près de trente ans de décalage.

Il venait de faire une razzia au fond de son armoire pour trouver quelque chose de propre, j'en étais bien conscient. Mais là, il paraissait mode et branché. Quelques personnes l'arrêtèrent à la porte pour lui serrer la pogne, après quoi il se trouva tranquillement un siège près d'une petite table basse surmontée d'une bougie rouge allumée. Manifestement, il n'avait pas envie de se faire remarquer. Il s'assit et observa avec attention son fils, qui terminait une chanson parlant de crackers et de bière rance.

– On dirait qu'il a volé son pantalon sur un mort, remarqua Loretta.

Je rigolai et allai rejoindre Cleve, lui tapant sur l'épaule en montrant notre table. Il se leva dès qu'il eut repéré Loretta et se dirigea vers elle pour l'étreindre avec force. En rigolant, sans plus prêter attention à son gamin, et en la serrant contre lui comme pour demander son absolution.

Elle prit sa main dans la sienne et le fit asseoir sur le siège jouxtant le sien. Avec une attitude quasi régalienne. Comme s'il avait le droit insigne de prendre place à côté de la reine du blues. Elle avait sorti une pochette en soie qui devait appartenir à Jojo, et s'en tapotait le front.

Je captai certains mots de leur conversation, tout en m'efforçant de rester en retrait. Je laissai Loretta mener le jeu pour que Steve se détende. Si je me penchais par-dessus la table pour épier ses mouvements, il répéterait la même rengaine, s'abreuverait à nos frais et nous aurions encore perdu du temps. Je tenais à retrouver Clyde. Nous devions le retrouver.

«Alors comme ça, la dernière fois que tu l'as vu, Cook t'a raconté qu'il était dans le trou?» entendis-je entre les deux premiers sets, alors que Mack II s'était assis à notre table.

Mack I hocha la tête. Le gamin avait pris deux Bud sur notre ardoise. Moi, de même. De quoi me faire méditer sur l'affiche près de la scène, un film croustillant avec des délinquants juvéniles adeptes de *drag race*, et sur ses implications profondes quant au *Hi-Tone.* Je me rapprochai pour me joindre à la conversation.

Loretta posa les questions que j'avais déjà posées. Dévia sur des anecdotes assez savoureuses que je n'avais jamais entendues. De vrais petits bijoux sur les engagements qu'ils avaient assurés dans le Sud à l'époque de la ségrégation. Quand les musiciens noirs et les musiciens blancs essayaient de dormir dans le même hôtel.

– Tu te rappelles cette petite chochotte d'Atlanta? dit-elle. Ce type qu'a réagi de façon pas catholique quand t'as dit que vous dormiez dans la même chambre, Eddie Porter et toi? Il a répondu quoi, Eddie? Qu'il t'aimait bien, mais pas à ce point-là, c'est ça?

– Ouais, il nous avait demandé si on voulait un ou deux pieux dans notre chambre double, dit Cleve. L'autre pédé, ça lui a fichu la banane, genre je t'ai bien eu. Alors ce vieux

Eddie, il a pas hésité. « Écoutez, monsieur, il a dit, j'aime bien ce garçon, aussi blanc qu'il soit, mais pas dans mon lit. »

On passa le set suivant à écluser dans le reflet des projecteurs sur les facettes de la boule disco – des losanges blancs qui balayaient le visage de Loretta. Ça me faisait bizarre de me trouver avec elle à Memphis sans Jojo, loin de nos repères du Vieux Carré. J'avais envie de repartir dans mon recoin préféré du Blues Bar, à côté de la porte de derrière, un tas de bouteilles de Dixie devant moi, à écouter Felix fredonner en vidant les cendriers.

La conversation de Cleve et de Loretta finit par abandonner totalement Clyde pour s'attaquer à la famille, à la vie et au système de croyance nouvellement acquis du guitariste depuis qu'il avait vu une émission télé sur l'hindouisme. Loretta commençait à fatiguer, elle aussi, et ses répliques virèrent bientôt à des *mmm, mm, mon chou,* et *m'en parle pas.*

J'aidai le fils à remballer après son dernier set et je portai sa guitare dehors jusqu'à sa Pinto verte. Il me parla d'un chouette épisode de *Shérif, fais-moi peur* où Bo et Luke se rendent à Atlanta participer à une conférence gouvernementale destinée à trouver un substitut à l'essence.

– Complètement génial ! C'était la gnôle de l'alambic clandestin d'oncle Jesse !

Cependant, à quelques mètres de là, une seconde conversation avait cours avec Cleve. Je n'en surpris qu'un petit morceau : Bobby Lee Cook trempait dans des activités criminelles.

– Criminelles ? demandai-je. Avec les clubs de strip-tease, tu veux dire ?

– Merde, mais ç'a toujours été un truand, dit Cleve, sa cigarette au clou de girofle au bec, en rassemblant ses cheveux en une queue de cheval. Bluff City, c'était une simple lessiveuse pour la pègre du coin. Enfin, Loretta, tu étais bien au courant, non ?

39

Nous découvrîmes Bobby Lee Cook au Lotus d'Or, occupé à jouer au Boogle avec trois effeuilleuses dans l'un des boxes du fond. Une petite gamine paraissant à peine quatorze ans, vêtue d'un bikini doré, secouait la bulle, qu'elle reposa à grand bruit avant d'ôter le couvercle en plastique. Une Noire dont la pratique du métier semblait remonter à l'époque d'Earl Long[1] sur Bourbon Street fut la première à hurler un mot tiré de la donne de lettres.

– J'en ai un ! *Berlingue !*

Les deux autres filles – des blondes identiques, coupe au carré, bustier émaillé de faux diamants – en vagirent de rire. La gamine au bikini doré protesta :

– Tu délires, Tiki. C'est pas un mot, ça.

Quand des gens aussi bien dotés par la nature ont une voix à ce point désagréable, ça me fait toujours drôle. À la voir, cette gosse aurait été plus à sa place à dévaliser un centre commercial de Midtown grâce à la carte de crédit de papa. Au lieu de quoi elle s'exprimait comme si elle sortait tout droit d'un documentaire sur les Appalaches profondes, de ceux qui montrent des prédicateurs brandisseurs de serpents, des gosses

1. Gouverneur de la Louisiane entre 1930 et 1960. Favorable au vote des Noirs, Long était aussi l'amant d'une strip-teaseuse. Interné de force mais continuant à gérer l'État depuis son hôpital, il en fit bientôt licencier le directeur pour être libéré.

pour qui le dentifrice est une sucrerie rare mais savoureuse et autres familles consanguines.

– Bien sûr que si ! s'insurgea la femme noire. Comme dans *Berlingot.*

– Ouais, mais ça s'écrit avec un A et un I. J'ai pas raison, Bobby Lee ? Regarde. B-A-I-R-L-I-N-G-U-E.

La gamine lui avança le jeu sous le nez pour qu'il l'inspecte de plus près.

– C'est pas un mot, ton truc, c'est une langue étrangère.

Nous avions eu beau nous glisser dans le box contigu au leur, Cook ne nous avait pas encore repérés. Loretta n'ôta pas son manteau pendant que nous attendions. Elle jeta un regard en coin vers les murs en parpaing et le sol en béton. Sur les mini-scènes autour du bar, une demi-douzaine de filles se déhanchaient et s'écrasaient le popotin au rythme d'une antiquité de Huey Lewis and the News.

Je continuai d'écouter les joueuses, chassant d'un mouvement la serveuse venue prendre notre commande. Quelques secondes plus tard, Loretta hochait la tête et je tapais sur l'épaule de Cook. Il portait un tee-shirt de muscu noir. La base de sa nuque était couverte de poils poivre et sel. L'odeur de vinaigre et de talc émanant de sa personne nous parvenait malgré la cloison du box.

Je regardai la donne par-dessus son épaule.

– Oh, il y en a un autre, dis-je. T-R-O-U, et de l'autre côté, *DUC.*

Il se retourna.

– Putain, Travers, barre-toi d'ici, jeta-t-il avec un calme étonnant tout en se pinçant l'arête du nez entre le pouce et l'index. Tu m'as bousillé mon tee-shirt Calvin Klein.

Il se hâta de se hisser hors du box pendant que la gosse attirait le plateau à elle pour lire les différents mots qu'elle y voyait. Je crois qu'elle cherchait vraiment Trouduc.

Je demeurai assis sans cesser de sourire à Cook. Cependant, ses yeux venaient de se déplacer vers Loretta, et son expression s'adoucissait. Quand il s'installa à côté d'elle, toute hargne avait disparu de son regard.

– Putain de merde, Loretta ! Je croyais qu'il plaisantait, ce gamin.

Il la serra fort contre lui et elle lui rendit son étreinte, lui tapotant l'épaule de ses mains boudinées, baguées d'or. Il nous demanda ce que nous voulions en faisant signe à la serveuse de mettre le turbo.

– Où est la chienne ? demandai-je.

– Chez le véto.

– Qu'est-ce qui s'est passé ?

– Diarrhée. Elle a trouvé mes protéines en poudre. Elle a chié partout dans la cabine du DJ.

Sous la faible lumière, ses dents paraissaient jaunes. La musique assourdissante me forçait à tendre l'oreille dans sa direction pour entendre ce qu'il racontait.

– Dommage. C'est une chouette bête.

Loretta dit quelque chose et il hocha la tête.

– Tu veux un truc à boire, mon pote ?

– Une bière, répondis-je. Rien qu'une bière.

Haussant les épaules, il transmit les instructions à la serveuse, qui s'éloigna. Les filles restèrent à glousser et à agiter la bulle de Boogle dans le box voisin, au Skaï refermé par de l'adhésif. J'en entendis une inventer un nouveau terme salace qui n'était jamais parvenu à mes chastes oreilles, mais qui se révéla compréhensible à ses sonorités.

Loretta joignit les mains devant elle et se pencha plus près de Cook.

– Bobby, ça fait trente-cinq ans qu'on se connaît. J'ai besoin d'aide. Où est Clyde ?

Il me regarda, grinçant manifestement des dents. La serveuse revint, me tendit une bière. La pire qui soit.

– Il est mort, Loretta, énonça-t-il d'une voix douce, gênée. Désolé de te l'apprendre.

Je pelai distraitement l'étiquette de la bouteille – geste bien préférable à en boire le contenu – tout en observant la lueur des néons clignoter sur le visage en lame de couteau et les yeux bleus de Cook. Qui étaient plantés dans ceux de Loretta.

Il retenait son souffle.

– Il est vivant, affirmai-je en fixant la table. (Je ne relevai pas la tête de plusieurs secondes, puis je regardai Cook.) Je le sais. J'ai des témoins. On veut juste savoir où le trouver.

– C'est impensable…

– Quoi ? D'empêcher cette femme que tu apprécies tant de retrouver son unique frère ? Ouais, ça serait vraiment dommage. Écoute, je sais que toi et Clyde, vous étiez fourrés dans de très sales affaires à l'époque. Que tu utilisais la maison de disques pour recycler le fric de tes potes de Biloxi.

Cook baissa la tête en acquiesçant avec un large sourire. Quand je prononçai le nom de Levi Ransom, affirmant qu'à ma connaissance, ce type avait envoyé deux types chercher noise à Loretta à La Nouvelle-Orléans, il se mit à rigoler.

– Ça te dérangerait de me dire à quoi rime toute cette histoire ? demandai-je.

Pour toute réponse, il continua à se marrer.

– Eh ben, tu en as, de l'imagination, mon pote ! Loretta, ce garçon est vraiment un ami à toi ?

Elle sourit.

– Tout ce qu'on veut, c'est trouver Clyde. On n'a pas du tout l'intention de te créer des ennuis.

Je la sentis serrer ma main sous la table avec fermeté.

Cook eut un geste en direction de ma tempe meurtrie.

– C'est moi qui t'ai fait ça ?

– Ouais, répondis-je. T'es un gros dur.

– Loretta, Clyde est mort, redit-il en lui prenant la main pour lui malaxer les doigts. D'accord ? Tu comprends ? Ça faisait longtemps qu'il nous avait quittés. Tu te souviens des états dans lesquels il se mettait ? Après toute cette histoire avec Mary, il s'est enfoncé. Tu te rappelles ses syncopes, ses crises ? Eh ben ça a encore empiré. Estime-toi heureuse d'avoir été à La Nouvelle-Orléans. On a tous tenté de l'aider.

Les traits de Loretta se crispèrent et son regard s'égara en direction du vieux juke-box posé dans le coin, dont les lumières et néons spasmodiques pulsaient sur un tempo vestige d'une autre ère.

– S'il est vivant, je veux le savoir, lâcha-t-elle.

Le morceau s'acheva et le juke-box enclencha sur *Tryin' to Live Without You*, la version d'Otis Clay. Le drive d'enfer de Willie Mitchell et la section de cuivres de Hi, inimitables. Memphis dans toute sa splendeur.

Cook fit courir ses doigts sur ses biceps en hochant lentement la tête pour lui-même, jusqu'au moment où la strip-teaseuse noire vint se planter devant nous en jetant le Boogle sur la table.

– Cette petite grognasse l'a pété, dit-elle. Elle touche pas une bille en orthographe et elle dit que c'est moi. Elle a voulu écrire *Tootsie*, comme dans le film, avec un U. T–U–T–S–I. T'as le don pour trouver des cas, Bobby !

Elle repartit. La voix d'Otis Clay continuait de résonner. Loretta observait toujours le visage de Bobby. Je détournai la tête. À elle de jouer. Ce qu'il pourrait nous révéler, ce serait pour ses beaux yeux à elle. La seule chose que ce type trouvait d'intéressant chez moi devait être notre prochaine bagarre dans un quelconque supermarché.

– Tu te rappelles quand on a démarré ? demanda-t-il. Tu te souviens de ce petit cinéma que je m'étais dégoté à Soulville ? Eddie Porter et moi, on a passé deux semaines à découper des matelas en mousse et à les accrocher aux murs en plein mois de juillet. J'étais persuadé que j'allais me viander. Que j'aurais jamais assez de fric pour rembourser ma tante, que je serais forcé de recommencer à conduire mes gros culs. Mais toi, tu as tout changé. Ces premiers 45-tours que tu as sortis m'ont tiré de la mouise. On a acheté du nouveau matos. Engagé une secrétaire. Tu te souviens d'elle ? Mae. Sans toi, je n'aurais rien été, tu sais ?

– Alors, où est-il ? demanda-t-elle.

Cook grinça des dents une nouvelle fois et cogna doucement du poing sur la table.

– Tout ce que tu vois, c'est pour la galerie. Les filles. Je ne suis pas comme ça, Loretta. C'est pour le fric. Je suis forcé d'en passer par là.

Elle lui sourit et posa sa main sur celle de Cook, aux doigts délicats et manucurés.

– Tu connais le Harahan Bridge ? demanda-t-il.

Loretta fit « oui » de la tête.

– Il y est peut-être encore. Ça fait quelques années. Un petit campement où crèchent des gens sur la berge, côté Tennessee. La vérité, c'est que je voulais pas que tu le voies tel qu'il est devenu.

40

Je réfléchissais à un article que j'avais lu sur Clyde James quand, dans la lueur approchante du Memphis-Arkansas Bridge, Loretta et moi distinguâmes les boyaux jumeaux façon Meccano des deux autres ponts parallèles s'étirant au-dessus du Mississippi. Alors que nous en approchions, je me remémorai le court portrait de Clyde paru quelques années plus tôt dans la rubrique *soul* de *Living Blues*. Le manager expliquait comment, avant même la mort de sa femme, déjà profondément atteint de dépression, le frère de Loretta avait coutume de disparaître plusieurs semaines d'affilée. Il ajoutait que cela avait empiré après les événements de 1968 : pendant une tournée dans le sud du Mississippi, le chanteur avait pris la poudre d'escampette pour redébarquer sur son paillasson un mois plus tard. En l'apostrophant ainsi : «Je te cherche partout. Où tu étais passé ?»

Juste avant d'atteindre le pont routier, je fis bifurquer la petite voiture prêtée par U, piquant hors de la voie rapide vers un étroit chemin de terre. De hautes touffes d'herbe en soulignaient le tracé. Les pneus peu costauds rebondirent, nous brinquebalant dans l'habitacle jusqu'à ce que je trouve un endroit où m'arrêter à côté des deux ponts de chemin de fer. Rouille et bois vermoulu. Les gros boulons reliant les poutrelles devaient remonter à un bon siècle. On aurait dit les reliefs d'un Memphis qui n'existait plus. Au loin, vers la ville, plus au nord, on apercevait les deux bosses du Hernando-

Desoto Bridge, soulignées par leurs grosses ampoules, ainsi que le halo insolite du stade de la Pyramide.

– Et si je te demandais de rester ici? dis-je. Juste le temps que je prenne le pouls de la situation.

Loretta ouvrit la portière pour s'extirper de l'habitacle, puis lissa la suédine de son manteau. Un vent cinglant, fétide, s'élevait du Mississippi, remontant les escarpements de terre. J'allumai une cigarette tout en cherchant une lampe de poche dans le coffre de U. Quand je l'eus trouvée, je déplaçai le Glock afin de lui trouver une meilleure position dans mon étui en cuir ouvragé.

– Pourquoi tu fumes ces saloperies? demanda-t-elle. Tu as envie de mourir jeune? Sois pas couillon.

– Oui, m'dame, dis-je comme elle m'ôtait la clope du bec pour l'écraser sous sa semelle.

Ses épaules tremblaient un tantinet. Elle avait un petit chat dans la gorge. Je lui passai un bras autour des épaules tandis que nous nous dirigions vers l'un des remblais, parmi les marmonnements humains et les odeurs de feu de bois.

Juste en dessous de l'endroit où le Harahan jaillissait du talus, les étincelles d'une flambée volaient au vent pour aller mourir sous les traverses, loin au-dessus des eaux noires du fleuve. Au-dessus de cette ligne de partage de l'Amérique sur laquelle s'extasiaient jadis les explorateurs du Vieux Monde, on se serait crus suspendus au bord de la Terre.

Je tendis la main à Loretta pour m'assurer qu'elle ne perdrait pas l'équilibre en dévalant la pente. Les talons de mes bottes s'écrasaient dans la boue molle, laissant des traces faciles à repérer. Les bruits se rapprochaient. Encore de la fumée. De bois. De cigarette? Des tintements de bouteilles. Des grognements. Des gémissements bizarres.

Les hommes s'étaient déniché un petit recoin dans la crevasse où le pont se fond dans la colline. Quatre fauteuils de relaxation dans un sale état, un canapé – avec plus de ressorts que de tissu –, plusieurs cartons de frigo aplatis faisant office de grabats, et des dizaines de gars se réchauffant autour de petits feux de camp. Buvant du whisky sans étiquette et discutant. Plusieurs d'entre eux, des Blancs, arboraient de longues barbes jaunies style homme des bois, mais la plupart étaient noirs, le regard vitreux, le cheveu en friche.

Au bord de la zone éclairée par les flammes, l'un d'eux, penché par-dessus le talus bétonné, pissait vers le Mississippi en chantant à tue-tête comme s'il s'agissait de ses toilettes perso.

– Loretta.

Je lui empoignai le bras. Elle tourna la tête vers moi en haussant les épaules. Je m'avançai pour commencer à rechercher certain visage, que je ne connaissais que par une photo vieille de trente ans.

Personne ne m'adressa la parole. Quelques gars s'arrêtèrent de discuter. La plupart se contentèrent de nous ignorer.

– Clyde? hurla Loretta, comme si elle appelait son chat pour qu'il rentre manger. Clyde?

La plupart des pauvres hères que j'avais sous les yeux étaient à l'évidence plus jeunes que Clyde. Quelques-uns, trop vieux. Personne ne répondit aux appels de Loretta. J'exhalai un long soupir, puis je me retournai. Un vieillard blanc noueux muni d'un manche de pioche tentait de m'assaillir par-derrière en douce.

J'esquivai son coup. La matraque improvisée alla racler contre le béton du sol, et je balançai les épaules du vieux vers l'avant, le précipitant par terre la tête la première. Quelque chose produisit un craquement net.

Je gueulai au groupe que je ne voulais pas d'ennuis. Leur expliquai que Loretta était simplement à la recherche de son frère.

– Clyde James. Est-ce que l'un d'entre vous le connaît? Il créchait près du Piggly Wiggly sur Madison. Dans le cimetière, là-haut.

Deux toussotements, un grognement, le vieil homme pissant toujours dans le Mississippi, à croire qu'il avait une lance d'incendie fichée dans le corps.

– Écoutez, j'ai vingt dollars dans la main, ça servira bien à quelqu'un. De quoi s'acheter plein de whisky ou de Eight-Ball.

– Là-bas, grommela un petit Noir aux traits barrés de courtes moustaches argentées, en trench-coat rose vif et chapeau usagé à motif de Southern Cross. C'est là-bas qu'il est, si tu veux le voir.

– Où ça? demandai-je.

– Là-bas, répéta-t-il, d'autant plus en pétard qu'on l'oblige à se lever. Je vais te montrer. File-moi ton bifton.

Je m'exécutai.

Nous traversâmes un terrain herbeux jonché de canettes de bière vides et de pans de vêtements déchirés. L'homme qui nous mena jusqu'au deuxième pont, identique en tout point au Harahan, marchait avec lenteur, les épaules voûtées. Son visage était gris, comme si l'oxygène ne circulait pas au-dessus de son cou. Les yeux injectés de sang. Si je l'avais vu dormir dans la rue, je l'aurais pris pour un cadavre.

Je dirigeais la lampe de poche le long du sentier, le moindre bruit de pas et le moindre craquement me faisant battre le cœur à cent à l'heure. Notre guide finit par désigner une série de monticules d'un noir grisâtre serrés les uns contre les autres dans le froid d'automne. Un brasero de vieux chiffons et de bois d'échouage avait été allumé au pied du pont, comme pour marquer l'entrée de quelque château féodal.

Gardant mes doigts près du Glock, je me rassurai en songeant à la capacité de dix-sept coups vantée par U. Loretta s'aventura en tête. Je semai vite notre guide en la suivant sous le pont.

Où je fus accueilli par une immonde odeur de pisse et de merde. J'enfouis le nez sous ma veste. J'étais près de suffoquer.

– Seigneur Dieu! lâchai-je.

Loretta me prit la lampe de poche pour en balayer les tas devant nous.

Ils bougeaient.

Tous dégueulasses. Des noirs, des gris, des marron burinés. Des gens sous des montagnes de hardes. Des cartons d'os de poulet et des boîtes vides de nourriture pour chiens. Des bouteilles de whisky en pagaille. Des fosses ceintes de barbelés. Certains dormaient dedans, d'autres dans des cartons et d'autres encore, les plus nombreux, à même le sol, entassés. Il devait y en avoir trente, quarante.

– Clyde! beugla Loretta.

À la légère. Complètement inconsciente. J'écartai la main du Glock, trouvai à tâtons ses doigts. J'avais du mal à avaler ma salive. L'odeur était absolument atroce.

Ils dormaient tous comme des sonneurs.

Pendant une dizaine de minutes, personne ne bougea tandis que nous cherchions. Loretta s'arrêtait, leur flanquait le rayon de la lampe sous le nez, puis elle repartait. Un vieux se redressa comme un ressort en essayant de me faire avaler mes dents. Mais ces gens-là étaient d'une grande faiblesse physique. Leur corps ne fonctionnait qu'à peine, ils leur manquait plusieurs cases. Je me contentai d'éviter mon agresseur, qui retomba en arrière.

Entre les deux gros piliers du pont, un remorqueur poussait une péniche vers l'amont. La lune, qui s'était levée, tournoyait dans son sillage sur les eaux marron. Je crachai par terre, tentant d'évacuer de mon cerveau la pestilence, quand je me rendis compte que Loretta s'était arrêtée et se penchait vers le sol.

Je la rejoignis.

Elle pleurait.

Je la regardai. Elle me fit « oui » de la tête.

Clyde James ouvrit les yeux.

41

Au départ, Clyde avait pris Loretta pour sa mère. Assez curieux, assez freudien, et pourtant, si. Trente ans, nom de Dieu, il s'était écoulé trente ans. Sa tête n'était pratiquement plus que touffes de cheveux grises et durcies. Ses doigts évoquaient des poignards. Tandis que j'observais son visage, il gémit. Il avait les yeux salement injectés de sang et une haleine de fosse septique, mais sa bouche demandait le pardon. Une vraie litanie de « maman, aie pitié de mon âme ». Après cela, il se roula en boule et se mit à sangloter. Des touries d'eau de vie de malt et des boîtes de soda percées de trous l'entouraient. Sa tête reposait sur une valise en Skaï beige et il s'était enveloppé dans une bâche en plastique. L'hiver s'annonçait. Comment quiconque pouvait-il survivre au-dehors? J'avais l'impression de me retrouver au fond d'un océan.

Je regardai pleurer Loretta et sentis un gros caillou se former à l'arrière de ma gorge. Elle lui posa les mains sur la joue.

– Seigneur Dieu. Clyde? Clyde?

Il parlait, du froid, comme s'il venait de lire dans mes pensées. Les yeux grands ouverts, à présent, les traits empreints d'une lueur fiévreuse.

– C'est Lo, baby. Allez, Clyde, lève-toi.

Il se redressa sur les coudes. Je jetai un bref regard vers les monticules gigotant autour de nous, vers le remorqueur qui combattait le courant, vers les mèches des flammes léchant le pilier du pont. Avec l'envie de le choper par le colback pour sortir de cette saleté d'endroit. Je tâtai la poignée du Glock. Tâchai de calmer ma respiration.

Loretta s'avança près de lui et s'assit par terre dans son manteau à cinq cents dollars. Elle prit sa tête au creux de son bras. Le plafond au-dessus de nous s'était mis à vibrer durement, donnant l'air de se rapprocher encore : un train passait, mettant plusieurs minutes à franchir le fleuve. Ses lumières s'infiltraient, se fragmentant sur le sol et jusque sur les traits de Loretta, dont les lèvres bougeaient. Elle prononçait des paroles que je n'entendis pas.

Clyde sanglotait de plus belle. Elle lui tenait la tête comme on tient celle d'un enfant. Je m'assurai que personne ne bougeait autour de nous, les tympans résonnant du bruit du train.

Le convoi passé, Clyde parla à son tour.

– La pluie. Elle avait mal, elle aussi. Je la sentais souffrir mais ce n'était pas vraiment moi. J'étais là, par les yeux, l'esprit, tout, mais mon corps n'y était pas…

– Allez, Clyde, viens avec nous.

Il laissa retomber sa tête sur le côté. Violemment.

– Il y a des gens qui te cherchent. Ils veulent te tuer. C'est en rapport avec Mary. Qu'est-ce qui s'est passé ce soir-là avec Eddie et Mary, Clyde ? Qu'est-ce qui s'est passé ?

Il fit rouler sa tête de droite et de gauche.

– Il pleut. Dieu pleut. C'est le visage de Dieu. Il envoie de la rouille noire. De la rouille noire partout sur ma tête.

Je posai la main sur l'épaule de Loretta.

– Pas question. Je pars pas d'ici sans lui. Chope-le, on y va.

Je hochai la tête et tendis le bras pour entourer le torse de Clyde. Qui se débattit et se mit debout tout en roulant sur lui-même, éparpillant de ses pieds feuilles mortes et bouts de journaux déchirés.

– On essaie juste de t'aider, tentai-je.

– Non !

Il pleurait, se balançait, se frappait la jambe du poing.

Quelqu'un me hurla quelque chose et je sentis un choc dur dans mon dos. D'autres petits coups contre ma jambe : ils nous jetaient des pierres. Je me couvris la tête, plongeai la main vers le Glock et fis feu.

Les jets de pierres cessèrent. Je serrai les dents en voyant Loretta essuyer du sang à son oreille.

– Allez, Clyde, viens ici.

Je m'avançai vers lui ; il me grogna dessus. Je plongeai en avant, lui attrapant fermement le bras ; il me lacéra le visage de ses ongles incurvés. Mon sang commençait à s'échauffer. Clyde s'était cabré et tentait de me mordre le bras. Il avait presque réussi à m'emporter un bout de chair quand je le repoussai. Une sacrée affaire, essayer de s'emparer de quelqu'un à qui on ne veut pas faire de mal. Ça revient un peu à lutter contre un alligator.

– Clyde, l'adjura Loretta, laisse-moi te trouver quelqu'un pour t'aider. Ce sera comme avec ce docteur qu'on voyait avant. Tu te rappelles, ces pilules qu'il te donnait ? Tu te portes bien quand tu en prends. Allez !

Je plongeai une nouvelle fois vers lui, coinçai ses bras maigres contre ses flancs, et là, il se mit à se tortiller en tous sens. J'entreprenais de le porter, collé contre moi, en direction du terrain qui séparait les deux ponts pour l'évacuer du campement, quand sa tête bascula en arrière et vint heurter ma mâchoire. Je reculai d'un pas, pratiquement au bord de la syncope. Serrant les dents, je continuai de le propulser vers la voiture, ses pieds ne touchant pas le sol.

C'est alors qu'il fut pris de convulsions et poussa le pire gémissement que j'aie jamais entendu : cri, pleur et geignement à la fois. Loretta me hurla de le reposer par terre, ce que je fis. Il se laissa rouler sur le dos en tremblant, les yeux révulsés, puis il bascula à croupetons pour vomir. Je vis une flaque d'urine se former à hauteur de ses pieds.

– Laisse-le, enjoignit-elle.

Le visage impassible. Des larmes zébrant son fond de teint parfait.

Je hochai la tête.

– Il va falloir aller chercher de l'aide. On doit le faire hospitaliser. Seigneur, Nick, j'avais pas la moindre idée de tout ça. Je l'avais carrément laissé tomber. Disparaître de ma vie. Et pourtant, je savais. Que je sois maudite, je savais.

Dans la faible lueur ambiante, nous regagnâmes la voiture. Je serrais Loretta contre moi. Le remorqueur donna un coup de corne en amont. Le vent mauvais me rasait le bord des oreilles.

Loretta pressa son visage au creux de mon bras et je la serrai fort. Ses paroles avaient été un mélange déroutant de tristesse et de culpabilité.

Après cela, nous repartîmes vers le Peabody, vers notre suite et nos lits bien chauds, sans ajouter un mot.

42

L'après-midi suivant, peu après 6 heures, nous regagnions La Nouvelle-Orléans, Canal Street et le Vieux Carré dans une voiture de location. Un conducteur de calèche pour touristes s'était garé devant le bar. Ses clientes, des femmes d'un certain âge perplexes devant leurs appareils photo numériques d'acquisition récente, avaient l'air de perdre patience quand nous les dépassâmes. L'homme était en train de s'envoyer une bière bien fraîche en discutant des Saints avec Felix. Felix ne l'aimait pas. Et moi non plus. On s'était déjà accrochés plusieurs fois à propos de la manière dont il traitait ses chevaux. Dès qu'il me vit, il se hâta de reposer sa Dixie et de partir à grandes enjambées vers la porte sans demander son reste, en s'essuyant les lèvres du revers de la manche.

Felix, posté derrière le bar, se gondola sans cesser de trancher ses citrons, entre deux coups d'œil distraits à *Sports Center*. Son crâne black était si lisse, si nickel, que les images de la télévision se reflétaient dessus.

Loretta nous devança, Abby et moi, pour gagner le fond de la salle où Jojo avait établi son bureau, révélé par la pâle lueur jaune émanant du battant de porte entrebâillé. Sur le chemin du retour au fil de l'Interstate 55, épuisée au dernier degré, elle était restée pratiquement muette. Elle avait fait interner Clyde au Memphis Mental Health Institute sur Poplar à la première heure ce matin-là. J'étais parti en expédition avec plusieurs de leurs matadors – quoiqu'ils leur donnent une appellation beaucoup plus officielle là-bas –, et je me sentais moi aussi sur les rotules. Le corps à corps avec Clyde avait été rude et la mine d'enterrement de Loretta à l'hosto s'était révélée un spectacle difficile à supporter.

Je m'assis au bar. Adressai un sourire à Felix. Qui me le rendit, en décapsulant nonchalamment une Dixie. Il la posa à grand bruit à côté de mon coude.

– Tu as soif? demandai-je à Abby.

Elle fit «oui» de la tête. Felix répéta son manège.

– T'as de la chance, dit-il. Aujourd'hui, je demande pas si les gens sont majeurs.

Je fis les présentations tout en terminant ma bière glacée. J'étais claqué. Ras la casquette des voyages. J'avais envie de rentrer à l'entrepôt et de dormir pendant deux jours. Voire d'hiberner. Assis sur le tabouret de bar, j'étirai mes jambes.

La lueur jaune pâle de l'après-midi perçait de ses doigts brisés, épars, les prospectus scotchés sur la vitre – pour certains si anciens et si desséchés qu'ils avaient trouvé le moyen de se fondre dans le verre. J'entendis le bruit de sabots du cheval s'éloignant d'un pas lourd dans le crépuscule du Vieux Carré.

– Cet endroit existe depuis quand? demanda Abby.

Elle s'était attaquée à sa bière. Avec trop d'énergie. La mousse se déversa sur sa main.

– Aussi longtemps que je suis sur cette Terre.

Ma réponse parut la satisfaire. Elle tâta le rebord du vieux comptoir en acajou, palpant rayures, entailles et brûlures de cigarettes comme s'il s'agissait d'un texte en braille.

Nous regardâmes un moment le sport avec Felix tandis que les habitués de l'après-midi, les vendeurs de tee-shirts et autres musiciens de Bourbon Street, venaient s'en avaler une bien fraîche avant d'entamer leur soirée ou de rentrer chez eux. J'avais espéré voir Oz, ou même Hippie Tom, mais il était encore tôt. Oz devait avoir démarré ses visites guidées de lieux hantés. Halloween approchait.

Je sentis un bras se tendre vers ma gorge.

– Tu te relâches, jeta une voix bourrue, éraillée. Tu sais qu'un vieux salaud comme moi peut t'avoir par-derrière?

Je répondis sans relever les yeux.

– On devrait pas être forcé de surveiller ses arrières sous son propre toit.

– Ah ouais? dit Jojo, rigolard. Bien un truc de dingue de trouver qu'un bar, c'est chez soi.

Je me retournai, et nous échangeâmes une poignée de main – brève, pour éviter qu'il me broie les phalanges avec ses pognes de maçon comme il le faisait chaque fois.

– Abby, je voudrais te présenter le meilleur strip-teaseur de La Nouvelle-Orléans, j'ai nommé *mister* Joseph José Jackson.

Il tendit la main pour baiser la sienne.

– Lui, là, avec les cannes qu'il a, il aurait du bol s'il arrivait à gagner un *cent* sur Rampart Street.

Abby s'esclaffa. Jojo nous fit signe de le suivre vers la table du fond, celle d'où il gérait ses affaires et, à l'occasion, buvait un verre avec les défunts. Que savait-il de l'histoire? me demandai-je en m'asseyant. Que lui avait révélé Loretta exactement?

Les chaises étaient dépareillées, bancales, vieilles. J'eus un peu de mal à étirer une nouvelle fois les jambes, l'assise s'était tendue inconfortablement sous mon poids.

Jojo prit une expression sérieuse sous la grande enseigne au néon des bières Hax.

– Mademoiselle, énonça-t-il, je suis vraiment désolé d'apprendre ce qui est arrivé à vos parents. Si vous en avez ras le bol de ce garçon, vous pouvez au moins venir habiter chez nous. On a toujours besoin d'un coup de main, par ici. Suffit de nous dire.

Un clin d'œil traversa son visage parcheminé, d'un noir de suie.

Abby le remercia. Felix apporta une nouvelle tournée offerte par la maison et Loretta ne tarda pas à faire son apparition, porteuse de quatre parts de son célèbre jambalaya. Réchauffé mais toujours aussi bon. Si elle ne livrait jamais le secret de sa recette à quiconque, je savais qu'elle commençait par un gros jarret de jambon fumé. Même recuit, son plat était l'essence même de la vie : andouille, oignons, poivre vert et poulet marinés dans de la Crystal sauce[1]. Une grosse baguette croustillante du marché.

1. Sorte de Tabasco parfumé fabriqué en Louisiane.

Quand personne ne parle, on sait que la cuisine est bonne. Pas un d'entre nous ne dit mot avant d'avoir saucé son assiette en n'y laissant pas la moindre miette de jambon. Après quoi Loretta se mit à évoquer nos conversations avec Cleve et Bobby Lee Cook, puis nos démêlés avec Clyde sous le pont. Elle me dévisagea au moment de raconter ce dernier épisode, me faisant comprendre la nécessité d'omettre le reste. Elle n'avait pas parlé à Jojo des hommes débarqués au bar avant mon départ – pas plus qu'elle n'avait précisé qu'on avait tenté de nous tuer, Abby et moi.

– Alors comme ça, tu as fini par avoir la peau du Spectre? commenta Jojo.

– Ouais. Enfin, il est tombé en morceaux, rectifiai-je, un œil sur Loretta qui contemplait ses mains.

– Eh bé, dit Jojo, les yeux plissés. (Il s'inclina en arrière sur sa chaise, les bras croisés, attendant tout bonnement de voir ce que nous dirions.) En tout cas, content que vous soyez rentrés.

Tandis qu'un silence inconfortable tombait sur notre table, Felix se pencha pour allumer la bougie dans son photophore rouge. Il faisait nuit, à présent, et le groupe programmé ce soir-là, des gars d'Atlanta appelés The Shadows, était en train de s'accorder.

Quelqu'un avait ouvert les portes. Un vent mordant s'engouffrait depuis Conti Street, inclinant la flamme du lumignon.

– Lo, demanda Jojo, ça t'embêterait de faire la fermeture ce soir? Robert Junior joue au Tips et il m'a demandé d'assister à son gig.

– Je peux te donner un coup de main, précisai-je.

J'avais dû intervenir trop fort et trop vite, parce que Jojo haussa les sourcils.

– On reviendra pour le dernier set, conclus-je. Laisse-moi juste enfiler des vêtements propres et installer Abby à l'entrepôt.

Jojo hocha la tête sans rien dire et se leva de la table.

Alors qu'il tournait les talons, Loretta me fit un clin d'œil tout en me pinçant le bras. Ça l'amusait carrément de berner son homme.

– Je vais me débrouiller toute seule, Nicholas. Allez, rentre chez toi et reposez-vous.

– Ne repars pas du bar sans moi ce soir. Tu m'entends?

– J'ai jamais vécu dans la peur et c'est pas maintenant que ça va commencer. Et puis, de toute façon, on est rendus chez nous, maintenant. N'oublie pas qu'on est loin de Memphis.

Je remis ma veste et fis signe à Abby. Le groupe se lançait dans son premier morceau, dont les paroles évoquaient des âmes basculant dans la nuit. Un autre *Dark Side*.

43

Perfect en avait carrément marre d'attendre. Elle n'avait pas décollé depuis midi de ce Quartier français puant, et surtout de ce bouiboui à hamburgers dégueu où un vieux cuistot se récurait rituellement le nez sous ses yeux. À quand un peu d'animation ? Elle s'emmerdait. Et c'était à peu près ce qu'on pouvait lui faire de pire, à Perfect. Quand l'ennui la gagnait, elle devenait mauvaise. Elle fit claquer ses ongles l'un contre l'autre. *Chouette couleur. Gyrophare.*

Elle s'était murmuré ces derniers mots, la langue aplatie contre le haut du palais, tandis que le vent glacial qui dévalait Royal Street s'engouffrait dans la noirceur du bar.

Où était passé Jon ? Ça faisait déjà une demi-heure qu'elle avait raccroché avec Ransom, lequel avait assuré leur donner carte blanche. Mais Jon tenait à ce que la voiture soit prête à filer et à ce qu'ils soient garés sur une bonne place. À croire qu'ils allaient faire du shopping dans un grand magasin.

Elle exhala longuement, étudiant la superbe courbe de ses ongles à la lueur des bougies.

Le bar s'appelait le Laffite's. Censément un bâtiment classé, alors qu'on aurait dit une masure construite par des sagouins avec un seau de ciment et des lattes de bois pourri. Il n'y avait aucun éclairage électrique : toutes les tables étaient plongées dans une obscurité jaunâtre, juste illuminée par une petite bougie. Et, côté air conditionné, macache là aussi. Les hautes portes en bois grinçant étaient grandes ouvertes pour aspirer l'air frisquet, vivifiant de la nuit.

Jon, efflanqué et déterminé, finit enfin par émerger de la froidure pour s'asseoir à côté de Perfect. En guise de visage, un simple sourire noir encadré de barbe sous son chapeau de cow-boy.

– Quelle heure tu as?

– Presque minuit, répondit-elle tout en étudiant la façon dont il formait les mots avec sa bouche. (Elle se demandait comment il dirait *gyrophare.*) Tu t'es garé sur Mississippi Boulevard?

Il ne répondit pas. Ses traits s'étaient pincés dans le halo de la bougie. Comme il s'inclinait plus près en jouant avec ses bagues, ses cernes noirs eurent l'air de s'agrandir.

– Tu l'as vu?

– Il y était pas, il y avait que la Négresse.

Jon se retourna vers les portes ouvertes en tâtant sa poche de veste. Perfect observait sa jambe animée d'un mouvement de piston, sa bouche qui mâchait une tablette entière de chewing-gum. Du Juicy Fruit. Elle détestait cette marque. Ça lui rappelait sa période Biloxi, quand sa mère avait graissé la patte du juge du défilé de petites filles en l'emmenant rendre visite à Perfect dans sa chambre du Motel Six. Elle avait treize ans, à l'époque.

– Pourquoi tu tiens tant à liquider ce Travers? demanda-t-elle en s'efforçant de détourner la tête afin d'échapper aux relents douceâtres, écœurants, du Juicy Fruit.

– Il m'a tué.

Elle le scruta de nouveau sous son chapeau Resistol.

– Il y a des années de ça, je suis mort par la faute de ce mec.

– Tu es cintré. Je savais que tu avais des petites manies, mais de là à bosser avec un candidat à l'HP, hors de question.

Une serveuse s'approcha et leur demanda s'ils voulaient un deuxième Coca. Ils déclinèrent son offre, mais Perfect lui laissa un pourboire correct. Juste correct. Pas assez pour qu'on la remarque. Il lui en avait fallu, des efforts, pour avoir l'air si ordinaire aujourd'hui : pas de coup de brosse dans les cheveux, pas de maquillage... Elle tâchait même de laisser tomber légèrement les épaules pour que personne ne remarque son corps sculptural.

– Je ne suis pas fou, ma douce, dit Jon quand la femme fut repartie. Ce mec m'a volé mon nom sacré de Jesse Garon, et mon droit d'aînesse en tant que frère d'E. Je suis mort à Graceland un soir. Tous les journaux l'ont dit. Ils ont prétendu que j'essayais de voler la combinaison de scène d'E, celle qui est brodée du Dieu du soleil. Ils ont dit que la police m'avait balancé une balle dans le cœur. Que mon sang avait éclaboussé le couvre-lit en cuir d'E.

Perfect avait beau écouter, aucune réponse ne lui vint. Elle sentit tout l'air du bar chauffer et se transformer en vapeur puis s'enfuir soudain, comme avalé par un grand vide.

– Mais c'était pas moi, poursuivit Jon. C'était un autre Vrai Fidèle, qui m'avait volé mon portefeuille au motel. Il m'avait pris tout mon argent et il avait cru pouvoir se servir de mon permis de conduire, vu qu'il avait le look lui aussi. Sans doute qu'il avait raison. Il est mort. JE suis mort. Alors, je suis invisible, maintenant. Je m'appelle Jon Burrows. Je flotte sur la brume et je tue les gens avec un talent que le monde ne comprendra jamais…

– Et tu es qui, en fin de compte?

– Un simple croyant sur le sentier de la vie.

Perfect n'en pouvait plus de cet angle incurvé qui servait de sourire à l'autre frappé, des remugles entêtants de vomi et de bière française venus de la rue. Elle voulait en finir.

– Prête? demanda Jon en produisant un cigare.

Il frotta une allumette contre le grain de la table branlante. Un courant d'air fit un écart depuis la rue piétonne, s'engouffrant pour frapper le visage de Perfect comme une gifle.

Elle hocha la tête.

– *Et il leur dit : Je voyais Satan tombant du ciel comme un éclair*, récita Jon tout en se levant.

Ils commencèrent à remonter les pâtés de maisons qui les séparaient de Conti Street.

Quand E a balancé à ses fans ce message sacré entre tous qu'est le show NBC spécial de 1968, Il n'a eu que quelques mots à dire à DJ et à Scotty qui L'accompagnaient : « Parlez vrai et jouez pas clean. »

C'était la première fois depuis huit ans qu'Il se retrouvait devant un public, à cause du marché secret qu'Il avait conclu avec le gouvernement et le Président Kennedy : faire des films pour aider la jeunesse du pays. Ce soir-là, pour son grand retour, Il a même pas réussi à rester assis sur sa chaise avec sa guitare. Toutes ses émotions bouillonnaient et remontaient à la surface. Comme en ce moment pour Jon, pétri du besoin irrépressible de tuer Travers. Pourquoi il est pas là-bas au bar, lui aussi? C'est pour lui que Jon est venu. Qu'il a suivi cette piste-ci.

Quelques minutes plus tard, Perfect et lui passent l'angle d'un coin oublié du Vieux Carré, l'endroit dont leur a parlé Ransom. Le *Jojo's.* Ça lui revient, à Jon, il l'a vu quelque part dans un rêve. Les lumières sont éteintes, il n'y a que deux néons qui clignotent en mauve et vert dans la longue et grande fenêtre.

Le vieux blues à pleurer qui passe sur le juke-box flotte jusqu'au-dehors par les portes ouvertes. Deux hommes sortent, porteurs de guitares et de caisses claires. Encore un autre, avec un saxophone, habillé comme un joli cœur des disques Sun, chemisette de bowling années 1950 et pantalon bouffant; il étreint une énorme négresse derrière la nuque avant de s'entasser dans le fourgon avec les autres et de descendre, puis de disparaître vers le Mississippi.

– C'est elle? demande Jon.

– Oui, répond Perfect. Si Travers revient, Ransom a dit que tu pouvais lui régler son compte.

Jon tâte le flingue dans sa poche.

– Ça faisait longtemps, Jack.

– Hein?

– Quand on tue, explique-t-il, c'est comme si on était pris d'une décharge d'électricité dans tout le corps. Presque comme quand on fait l'amour, mais en plus fort... Des fois, je me dis que j'ai le cœur qui va exploser.

– Il n'est pas encore là.

– Il va arriver, assure Jon. Je le sens d'ici.

– Jon?

Il s'arrête au milieu de la chaussée sur Conti. Un troupeau de businessmen soûls comme des Polonais, en chapeau de cotillon, s'égrènent autour d'eux. Jon se frotte la barbe et hoche la tête devant les néons qui s'éteignent aux fenêtres du bar, la porte d'entrée qui commence à se refermer.

Tout au long de la rue, les bâtiments sont vides, et vachement sombres. On dirait qu'ils vont venir l'envelopper comme dans *Bagarres au King Creole.* Minuit dans le Vieux Carré. Les enseignes en bois battant sous les balcons. Les lampes à pétrole brillantes du restau du coin. Il plonge la main dans sa poche, touche le flingue, hoche une nouvelle fois la tête.

Ils se précipitent dans le bar pas encore bouclé. La Noire est en train de retourner les chaises sur les tables éparpillées autour d'une scène.

– On est fermés, dit-elle sans même se retourner pour les regarder.

Elle a des mouvements très calmes, elle éteint, et là, sans que Jon sache comment, son ombre se projette sur la piste de danse. Il recule jusqu'à la porte, fait glisser le verrou bruyant d'une main assurée.

La femme balance une nouvelle chaise sur la table puis enfouit les mains dans ses hanches pas possibles.

– Le fric est plus là, espèces de couillons. J'ai deux potes flics qui passent faire leur ronde d'ici une minute, alors vous avez intérêt à aller planquer votre cul de racaille blanche ailleurs.

Jon frotte une allumette, pour allumer son barreau de chaise.

Le juke-box émet une lueur verte qui fait danser des formes tourbillonnantes sur le visage de Perfect et sur celui de la Noire. Jon reste en retrait, attendant que Perfect commence son numéro. Il surveille les fenêtres des fois que Travers arriverait.

Perfect fait quatre pas en avant. Le flingue à dix centimètres du cœur de la grosse bonne femme.

– On est pas après ton fric, dit-elle.

L'autre secoue la tête dans le noir. Elle comprend, ça se voit soudain sur ses traits.

– C'est ton frère qui nous intéresse, mémé. Où est-ce qu'il est? On ne repart pas tant que tu ne nous l'auras pas dit.

– Eh ben alors, je vais devoir vous préparer le petit déj, qu'elle réplique. J'en ai aucune idée. Pourquoi vous le cherchez ? Il vous doit du fric, à vous aussi ? Si vous le voyez, dites-lui qu'il m'a toujours pas remboursé ce qu'il m'a tapé en 65.

Jon plante le cigare entre ses dents et souffle la fumée en direction de la lumière verte. De drôles de volutes tordues, en couleur et en gris, lui passent devant les yeux.

Perfect plante un flingue dans le flanc de la femme, qui se tient immobile. Elle jette un coup d'œil au visage de Jon puis revient à Mlle Perfect. En secouant lentement la tête, et en écrasant les paumes bien à plat sur une des tables. Elle est penchée en avant. Elle continue à secouer la tête.

– Bon, dit-elle, j'ai pigé... Mais qu'est-ce que vous lui voulez, à Clyde ? C'est un infirme.

Perfect lui écrase le flingue dans les côtes.

– Où est-il ? Où ça à Memphis ? Tu nous donnes une adresse, on envoie quelqu'un vérifier et on sort de ta vie. Promis.

– OK, dit la femme, OK.

– OÙ EST-IL ? hurle Perfect.

Avant de tourner la tête vers Jon, puis la Noire, en secouant la tête à son tour, comme si la situation l'attristait, la pauvre.

– Je suis vraiment trop bien pour m'abaisser à des truc pareils, jette-t-elle.

La femme détaille carrément Perfect des pieds jusqu'à ses cheveux pas coiffés. Elle secoue la tête comme si Perfect était même pas bonne à récurer les chiottes de son bar.

– Sœurette, je sais pas à quoi ton mac t'a mise accro, mais il faut que tu te tires de la grand-ville vite fait et que tu retournes à ton mobile home, parce que t'es destroy à faire peur.

Perfect serre les mâchoires et flanque la poignée du vieux Colt qu'elle se trimbale dans l'estomac de la femme, qui tombe à genoux et se met à tousser.

– Je sors pas d'un mobile home ! Alors, il est où ?

Ils manquent de temps. Il leur faut des réponses.

Jon s'agenouille et susurre :

– Où il est, madame ?

Perfect l'écarte violemment en le chopant par le col de sa chemise.

– C'est moi le chef. Fais le guet dehors !

Elle pousse la femme essoufflée par terre, puis se met à balancer à sa suite des bouteilles de bière et des verres à demi pleins. Elle rue dans le juke-box, interrompant net un énième blues sinistre, et s'avance jusqu'à une rangée de photos de gens en noir et blanc – des chanteurs célèbres, sans doute. Elle brise les sous-verres avec la crosse de son arme. Un paquet de portraits va s'écraser par terre. Perfect shoote dedans, les fait glisser sur le sol, réduits en miettes.

– OÙ EST-IL ? répète-t-elle à pleins poumons.

La vieille femme se remet debout. Elle lisse sa robe sur ses hanches. Jon s'éloigne jusqu'aux deux grosses portes cloutées, histoire de surveiller par la fenêtre. Pas un chat. Une rue morte. Il croise les bras sur sa poitrine et baisse les yeux.

– On sait qu'il est à Memphis ! gueule Perfect en allant et venant à toute vitesse sur le plancher en bois. (Elle braque son arme pile contre le front de la vieille.) Je te donne deux secondes.

– Le pouvoir, c'est ça qui te fait mouiller, hein, sœurette ?

– La ferme.

– Tu crois que ça te sauvera de ta jeunesse de merde ?

– Ta gueule !

– Regarde-toi, avec ton flingue et ton mec gras comme une loche. C'est pas une paire de grolles à cinq plaques qui va changer ta nature profonde. T'es partie de chez les bouseux mais t'as toujours du purin collé dans les coins.

Mlle Perfect baisse un instant les yeux vers les chaussures chicos qu'elle se coltine depuis leur départ de Memphis. Ses lèvres forment soudain un gros O.

Elle saute en arrière d'indignation et tire en plein dans la poitrine de la grosse Négresse.

Qui titube en arrière, s'effondrant et écrasant des chaises sous son poids. Son cri, profond, guttural, a eu l'air de remplir cette connerie de bar. Autour de la tête de Jon, tout est entré en résonance.

Tête en compote et cœur qui cogne.

Perfect baisse les yeux pour admirer le flingue dans sa main. Elle regarde la femme tombée, toute molle et qui se vide sur le plancher, puis elle se met à sourire. Elle ne savait pas qu'elle avait ça en elle.

– Mam'zelle Perfect, hurle Jon, c'est pas pour ça qu'on est venus ! Pétard, vous nous avez foutus dans une merde ! On a que dalle !

Il repart au pas de course près de la fenêtre, regarde au-dehors. Bon. Ils ont pas mis de gants et il sait pas quel genre d'arme c'est, ni à quel nom elle est. Rien à voir avec un contrat. Dans ces cas-là, on s'organise autrement. Lui, s'il avait dû tuer Travers ce soir, son flingue serait remonté jusqu'à un dealer de crack de South Memphis.

– Mam'zelle Perfect !

– Allons-y.

– On peut pas partir comme ça. C'est à vous, ce Colt ?

Elle hoche la tête.

– Vous l'avez eu où ?

– Je l'ai acheté.

La jambe de Jon s'est mise à tressauter alors même qu'il est debout, qu'il court jusqu'au long comptoir, jusqu'aux colliers de carnaval qui dégoulinent des étagères en verre comme un rideau de perles fantaisie. Parmi une rangée d'alcools, il chope deux bouteilles de gin et de whisky et il se met à les déverser partout. Sur le vieux bar balafré, sur le sol, sur le juke-box, et même sur la vieille Négresse qui repose par terre, immobile.

– Putain de Dieu, qu'est-ce que tu fous ? hurle Perfect.

– Je te sauve ta peau, femme.

Du talon de sa botte, il shoote dans la porte de derrière. Son esprit repart à toute vitesse jusqu'à une journée bouclée à clé dans son âme. *Maman respire plus non plus. Maman respire plus non plus.*

– C'est nickel, décrète-t-il en jetant son cigare derrière le bar.

Il observe la flamme bleu-jaune qui couve, puis s'élève, et qui commence à attaquer le bois. L'air s'engouffre dans la pièce en un souffle.

Deux vieilles photos couvertes d'une poussière dingue commencent à se craqueler. Elles tombent, comme si le hurlement de la vieille avait réveillé une dernière fois ces chanteurs morts.

Jon crie à Perfect de le suivre.

– C'est le dernier train pour Memphis, ma belle !

Tandis que s'amasse la fumée et que montent les flammes, le juke-box grésille et crachote, revenant à la vie une dernière fois. Ses faibles lumières pulsent puis s'effacent sur un 45-tours rayé, trop lent, qui semble mimer les battements du faible cœur d'une vieille dame.

44

Je me trouvais en plein milieu de Canal Street, remontant à pied vers Royal pour regagner le Vieux Carré, quand j'entendis les sirènes. Dès que Loretta m'avait appelé pour me signaler qu'elle fermait, j'avais grimpé dans un tramway, laissant Abby bouclée à double tour dans mon entrepôt devant des rediffusions de *Josie and the Pussycats*. Je comptais inviter Loretta à aller prendre un café au lait au *DuMonde* – la soirée était sacrément frisquette – afin de discuter de ce que nous ne pouvions évoquer devant Jojo. Mais, à peine descendu le virage de Conti, je distinguai la fumée jaillissant par-dessus les toits. Mon estomac fit le plongeon. Ma gorge se noua. Mon trot se changea en galop au fil du trottoir bosselé, des bars de nuit et des clubs de strip-tease « select ».

Au-dehors, deux camions rouges et une ambulance. Quand je hurlai qu'il y avait quelqu'un à l'intérieur, deux énormes pompiers étaient occupés à fixer leur tuyau à une bouche d'incendie. Je ne vis pas leur réaction. J'enfonçais déjà du pied les grandes portes créoles, dont le bois esquinté s'émietta comme du papier.

Je me précipitai à l'intérieur. La fumée était si épaisse, si dense, si noire, si omniprésente que je dus me laisser tomber à genoux en plissant les paupières pour scruter la salle. Les flammes orange dévorant les murs illuminaient tout. Elles rampaient sur la brique, vivantes et bleues, en un badigeonnage désordonné.

Je distinguai une main.

Je rampai pour l'atteindre, parvenant presque à toucher les doigts, quand trois hommes me tirèrent en arrière. J'en vis deux autres soulever Loretta et la remorquer hors du bâtiment. Elle ne bougeait pas.

Malgré mes yeux noircis qui me piquaient, j'aperçus, au cours d'une brève accalmie de larmes, le sang qui zébrait sa robe.

Je me traînai à bas de la civière sur laquelle des hommes tentaient de me faire respirer de l'oxygène, pour courir après ceux qui chargeaient Loretta dans une ambulance. Ils s'éloignèrent sur les chapeaux de roue. Pris de spasmes catarrheux, je les poursuivis sur plusieurs pâtés de maisons, avant de finir par me plier en deux, les mains sur mes genoux, et de tenter d'apaiser mes poumons.

L'ambulance hurlait, toutes lumières dehors. Le gyrophare se répandait sur les immeubles anciens tout au long de Decatur. Ils se dirigeaient vers le Charity Hospital.

Je repartis au pas de course vers le Jojo's, où un pompier me confirma que c'était bien à ces urgences-là qu'ils l'avaient emmenée.

Je restai planté un moment devant le bar à observer la fumée que vomissaient les fenêtres cassées, dont les volutes se tortillaient hors de l'entrée. Les dizaines de pompiers tenaient bon, noyant la fournaise qui continuait pourtant à ronger les chaises, les tables, le juke-box, le comptoir, ainsi que les photos et posters impossibles à remplacer. Une chaleur incroyable. De là où je me tenais, pétrifié, on aurait dit que j'avais un énorme coup de soleil sur le visage.

La brique céda dans un craquement.

Je me retournai, histoire de trouver un téléphone.

Mais il était déjà là.

Jojo. Qui regardait trente-cinq ans de labeur se gondoler et piquer du nez sous l'effet des flammes et de la pression. Soudain, ses traits s'affaissèrent et se paralysèrent sous mes yeux : quelqu'un qu'il ne connaissait pas venait de lui dire ce qui était arrivé à Loretta.

Il ne me vit que lorsque je m'avançai vers lui.

Sauf qu'il me tourna le dos et monta dans sa Cadillac, s'éloignant à toute berzingue.

Peu après 3 heures du matin, Abby et moi retrouvions Jojo au Charity Hospital. J'étais passé la chercher, craignant qu'ils ne s'en prennent ensuite à l'entrepôt. Il était assis dans une salle anonyme contenant des dizaines de distributeurs automatiques, parsemée de tables et de chaises. Il buvait un café à petites gorgées dans un gobelet en carton en compagnie d'un ancien coéquipier à moi, Teddy Paris, et de son frère Malcolm. Teddy et Malc possédaient un petit label de rap du nom de Ninth Ward Records, et c'étaient des mecs chouettes. Néanmoins, il y avait du changement dans l'air ces derniers temps. À tel point que je surpris Teddy, cent quarante kilos, en train d'affirmer à Jojo qu'il balancerait un pruneau dans le saligaud qui avait cramé le bar et tiré sur Loretta.

– Tu as qu'un mot à dire et c'est fait, conclut-il.

Teddy n'avait rien d'un gangster. Mais c'était une nuit à faire ce genre de déclaration-là.

Abby et moi nous avançâmes jusqu'à Jojo.

Les frères Paris repartirent poliment, en assurant qu'ils repasseraient.

– Teddy va se blesser s'il essaie de manier un flingue, lâcha Jojo d'une voix traînante, sans s'adresser à personne en particulier.

– Je ne sais pas qui l'a prévenu.

Jojo secoua la tête.

Je me sentais frigorifié et ratatiné. Quant à Abby, il avait fallu que je la réveille du canapé sur lequel elle avait commencé sa nuit, si bien qu'elle avait le regard hébété, dans le vague. Pourtant, de la même façon que certaines victimes de crime cherchent à aider les autres pour alléger leur peine, elle avait paru déterminée à venir avec moi.

J'allai chercher une tasse de café. Elle se contenta de rester assise en souriant à Jojo.

Qui contemplait le mur.

– L'opération s'est bien passée, à ce qu'on m'a dit…, tentai-je.

Il hocha la tête.

Il portait une veste grise en tricot par-dessus sa chemise de golf noire. Alors que je tendais le bras pour poser la main sur son épaule, je me rendis compte qu'il avait encore ses pantoufles aux pieds.

Ma main me fit l'effet d'un poids mort, inutile. Il refusa de me regarder. Il ne m'avait pas accordé un coup d'œil depuis notre arrivée.

Une équipe de nettoyage ouvrit à la volée les doubles portes du self-service et trois hommes en salopette grise se mirent à faire chuinter leurs serpillières autour de nous. En s'activant comme si nous vivions sur une île minuscule où l'on n'avait pas le droit de bouger.

Je m'inclinai en arrière sur ma chaise et souris à Abby.

J'avais les hôpitaux en horreur. J'en haïssais les odeurs, les bruits. Ils me rappelaient certaine nuit, quand j'avais douze ans : ma mère venait de se révolvériser, j'avais passé cinq heures seul dans une salle d'attente tandis que mon père disparaissait pour se propulser dans un autre univers merdique à coups de bibine. Résultat, j'avais dû entendre la nouvelle de la mort de maman de la bouche d'un chirurgien pétri de son importance, qui se sentait moralement supérieur à quiconque était capable de vouloir mettre fin à ses jours.

Je demandai à Jojo s'il avait besoin de quoi que ce soit.

Un instant, il ne répondit pas.

Les hommes de ménage eurent tôt fait de partir, laissant le sol humide et brillant comme du verre, mais puant la putréfaction.

– Pourquoi t'as amené ces gens-là dans nos vies? s'indigna Jojo. Pourquoi, Nick?

Il s'était incliné en avant, en croisant ses grosses pognes couvertes de cicatrices. Il me dévisageait avec une telle intensité que je sentis ma nuque se hérisser.

J'ouvris la bouche, mais les mots refusèrent de s'y former.

– Le flic a dit que tu saurais qui a fait ça. Tu lui aurais raconté qu'il y a des gens qui t'ont suivi, à Memphis.

J'aurais voulu lui parler de Clyde, et des hommes qui avaient voulu intimider sa femme avant même que je tente de l'aider… Aucun risque que ça le fasse souffrir plus. Mais non, je trouvais ça déplacé. J'avais passé un marché avec Loretta. Je me contentai de secouer la tête en même temps que lui.

– Elle va vivre, affirma-t-il. Il le faut. Sans elle, y a rien qui marche. Pigé ? (Il haussa le ton.) J'ai dit : Pigé, gamin ?

– Oui, Jojo.

C'était moi qui ne parvenais plus à croiser son regard, maintenant.

– J'ai travaillé toute ma vie pour avoir ce bar. Je l'ai ouvert en 1965. Tu sais l'effet que ça fait d'avoir mis toute ton âme dans quelque chose et de le voir partir en fumée ?

Je contemplai la pointe de ma botte.

Il bazarda le café de la main. Une partie vint m'éclabousser le visage, tombant sur les cuisses d'Abby. Elle se leva et partit dans le couloir afin de nous laisser seuls.

– Je veux que tu restes à l'écart de ma famille, reprit Jojo. On a passé notre temps à t'ouvrir les bras. À te donner un endroit où être toi-même. Cette vieille femme qui a des tubes plein les poumons, elle t'aime, bon Dieu ! Elle t'aime comme un fils !

Je l'observai.

– Tu n'as pas idée à quel point je regrette.

Tendant les bras, il m'agrippa par le devant de mon blouson de jean bleu. Le tordant entre ses mains, il m'attira près de son visage.

Puis, relâchant sa prise, il échappa à sa rage pour me repousser avec répugnance et diriger vers moi un doigt furieux.

– *Reste en dehors de nos vies !*

Je lui réitérai mes regrets.

Le bruit de sa respiration était au diapason des pulsations de mon sang. Je me levai et quittai la pièce. C'était la seule chose qui le soulagerait ce soir-là. Et ça me révulsait. Je me détestais de ne pas avoir fait plus attention au retour, de ne pas avoir vérifié si on nous suivait, de ne pas être arrivé cinq minutes plus tôt.

Une fois dans le couloir, je saisis Abby par la main puis, partant vers l'ascenseur, l'entraînai le long du lino.

– Tu vas faire tes bagages.

Ces enfilades de chambres, de couloirs m'étourdissaient. Elles me faisaient sentir tout petit. Un caillou s'était formé derrière mon larynx.

– Mais…

– On repart à Memphis.

45

Cette vieille charogne de Ransom était furax. Depuis le temps que Perfect le connaissait, elle ne l'avait jamais vu prendre aussi mal la mort de quelqu'un. Elle avait tiré sur une vieille Noire, elle l'avait tuée, et alors ? D'accord, il tenait à découvrir où se planquait le frère, mais c'était sa faute, aussi. Il n'avait qu'à laisser Perfect utiliser les talents que lui avait octroyés la nature. Il croyait qu'on pouvait tout régler à coups de flingue !

Il continuait de les tancer depuis le plateau de son pick-up garé au milieu d'un champ de coton de Tunica. Perfect aurait voulu lui dire qu'on n'était plus dans les années soixante. Qu'il lui aurait fallu du temps pour en savoir plus sur les défauts et les désirs de cette vieille. Le sermon qu'il leur servait risquait peut-être d'impressionner les petits jeunes, mais elle, hors de question qu'elle reste là à se faire bassiner sur la façon dont ils auraient dû s'y prendre.

– Pute borgne ! gueula-t-il en jetant un caillou vers l'hectare et quelque de béton lissé, sur fond d'aube se levant au-dessus des champs de coton et, plus à l'est, de son casino.

Un moment curieux, ce petit matin. Ils étaient complètement lessivés par leur aller-retour à La Nouvelle-Orléans, et pourtant l'aurore vous envoyait des décharges bizarres, presque comme ces vibrations électriques qu'on ressent en faisant l'amour.

– Si c'est tout ce que t'as à dire, je me casse, lança-t-elle en repartant vers la voiture de location.

Il sauta du plateau, veste en cuir noir et une de ces chemises en soie qu'affectionnent tant les vieux. Fonçant droit sur elle, il lui planta les doigts dans les épaules, si dur qu'elle en serra les dents.

– Ce garçon nous a sauvés en réagissant comme il l'a fait, grinça-t-il. La dernière chose dont on a besoin en ce moment, c'est de foirer ça. As-tu seulement idée du fric qui est en jeu?

– Non, répondit-elle en fichant ses longs ongles rouges dans les mains poilues de Ransom. Non, aucune. Pourquoi tu nous racontes pas? Pourquoi tu nous dis pas pourquoi un clodo t'obsède à ce point-là?

Il poussa un grognement et repartit à son pick-up.

Une brume matinale, piquante, pleine de rosée. Le coton craquait et bruissait dans la terre riche.

– Je laisse tomber, jeta-t-elle. Moi, je bosse pas comme cette racaille, ce petit voyou de mes deux. Quand est-ce que j'ai jamais raté mon coup, tu peux me le dire? Tu as oublié cette famille qui t'a vendu les terrains où on est maintenant? Et ce prédicateur baptiste qui était au courant pour le flic qui avait des problèmes avec les gosses?

Il secoua la tête.

– On n'a plus le temps.

– Plus le temps de quoi? De bosser correctement?

– Je ne sais plus qui sont mes ennemis..., lâcha-t-il.

Elle étudia les anciennes cicatrices d'acné sur sa peau rougie.

– Ça, je le sais plus, poursuivit-il, mais ce que je sais, c'est qu'ils peuvent se servir de ce Noir contre moi. Il aurait dû mourir il y a trente ans.

– Je laisse tomber, répéta-t-elle. Je bosse pas comme ça.

– Espèce d'égoïste! C'est pas toi qui mouillais ta petite culotte au Grove rien qu'à l'idée de liquider ce Travers? Soi-disant que tu voulais apprendre de nouveaux trucs, ou je sais pas quelles conneries.

– Rien à voir.

– Ah oui, pourquoi ça?

– Ça concernait un mec précis, dit Perfect en se mâchonnant une cuticule. Il m'avait manqué de respect.

Ransom éclata d'un rire si homérique qu'il résonna autour d'eux dans la clairière. Il posa les mains sur ses hanches, plus dégingandé, les traits plus en lame de couteau que jamais.

– Eh ben, merde alors ! Tu veux faire une boutonnière à ce type parce qu'il t'a ligotée ? C'est ça que tu appelles du professionnalisme, miss Comté de Coahoma ?

Elle détourna les yeux.

Jon était resté assis sur le capot de sa voiture de location. Il se triturait la barbe – il avait perdu son chapeau et son ciré du côté de Vicksburg. Il chantait des chansons d'Elvis par-dessus la cassette achetée dans un relais routier à la frontière de la Louisiane – avec des mouvements saccadés et spasmodiques, vu qu'il s'était encore avalé plus de cinquante de ses pilules blanches sur le chemin du retour. Perfect lui avait dit que s'il n'y allait pas mollo, il allait faire une crise cardiaque.

Ransom s'était avancé jusqu'au bord du béton ; il avait la tête levée, comme pour se représenter la façon dont le nouveau casino prendrait forme. À croire qu'il en voyait déjà le moindre néon. Qu'il entendait d'avance les machines à sous. Qu'il sentait l'odeur de ce sale fric dans sa tête.

– Je rends mon tablier, jeta-t-elle.

Il acquiesça tout en triturant du pied le rebord du coffrage. Ce n'était pas tout à fait sec et ses bottes en croco y laissèrent une marque. La lissant du talon, il décocha à Perfect son fameux sourire en coin du mec qui sait tout.

– Enfin, bon, les vagues, ça finir par se calmer.

Le cœur de Perfect eut un raté une seconde, comme si une courroie de transmission avait lâché dans sa poitrine.

– Pourquoi tu restes pas ici ce soir ?

– Il faut que j'y aille.

– Avec quoi ? Au moment où je te parle, mes garçons sont en train de lâcher ta bagnole dans les cités. Tu as roulé toute la nuit. Prends donc une chambre.

– Où est ma putain de voiture ?

Il haussa les épaules.

– Ça va pas bien dans ta tête ! s'insurgea-t-elle.

– J'ai horreur quand ça merde. J'ai parlé au gamin. Je n'aime pas les gens qui n'arrivent pas à se contrôler. Tu risques de me foutre en l'air tout ce projet. On a perdu le mec à Memphis et cette femme était le seul lien avec lui.

– Et Travers ?

– Notre ami se chargera de lui.

– Ami ? Tu as pas idée de ce que tu racontes. Il est dingue. Il s'avale du speed comme on prend des vitamines et il prie Elvis comme si c'était le Christ. Ça va donner un résultat, je te dis pas !

– Prends une chambre ici, ma fille.

Essuyant le béton gris sur ses bottes cirées, il avait remonté la main jusqu'aux hanches de Perfect, qui saisit son poignet entre ses doigts longilignes. Il suivit des doigts l'ourlet du pantalon taille basse et coinça le pouce dans son string.

– Un peu de repos nous sera salutaire à tous les deux.

Elle baissa les yeux vers le béton. Vers le paysage raviné de son visage et sa fine barbe noire. Son haleine sentait le cigare et le beurre.

Quand elle tourna la tête pour jeter un coup d'œil à la voiture, Jon avait pris conscience de l'attitude de Ransom.

Mais pour une fois qu'elle voulait vraiment voir son regard sur elle, qu'elle en avait besoin, il s'était détourné.

Jon Burrows la traitait comme une pestiférée.

Plus tard dans la matinée. Avant même de la voir sortir de la chambre, il a senti son parfum. Cette odeur entêtante, doucereuse, comme les feuilles de magnolia quand elles deviennent molles et spongieuses. Languissantes, toutes gorgées, fatiguées de leurs ébats. Elle vous a de ces airs délurés ! Des talons hauts en plastique transparent, un brushing en arrière derrière les oreilles… Nom d'un chien, tout chez elle a l'air vif. Speed. Pimpant et plein de ressort.

Dans le petit recoin qui contient les distributeurs de sodas et de trucs sucrés, Jon sent sa jambe se mettre à tressauter. Et cette machine à glace qui bourdonne au même rythme que son cœur !

Il regarde Perfect descendre le long couloir puis s'engager dans l'escalier. Dans un silence pas possible, parce qu'aucune chambre de cet étage n'a de clients payants. Jon suit le mouvement. La moquette aux fleurs dorées noyées de bleu lui file mal à la tronche. Avant que la porte se referme, il s'imagine marchant sur l'eau. Il rattrape de justesse le battant qui vient à peine de s'enclencher, ça fait juste un petit «clac» quand il l'ouvre en grand sur le bruit des talons de Perfect descendant l'escalier.

Il regarde sa tête rapetisser peu à peu en contrebas. Deux étages. Trois.

Le sang lui tape aux oreilles. Les dents lui grincent sous le crâne.

Trois niveaux plus bas dans ce satané hotel. La chambre de Ransom.

Jon attend jusqu'à entendre claquer la porte en métal, et puis il dévale à son tour les marches. Ses pieds nus ne font pas un pet de bruit. Il est invisible. Il flotte. Il accomplit des miracles grâce au don et au talent qu'Il lui a laissés.

Il ouvre la porte, jette un œil dans le long couloir. La même moquette. Du blanc, des murs bas. Une odeur de peinture fraîche. Le même bourdonnement de machine à glace que tout à l'heure, pareil que son cœur.

Mademoiselle Perfect. Il voit son dos superbe, ses omoplates qui remontent sous sa peau hâlée et ce cul en forme de cœur qui se tortille dans le fute en cuir.

La porte s'ouvre, au fond du couloir. Jon plonge en arrière dans un petit renfoncement. En tendant l'oreille. Un silence de tunnel. Mille chambres sans un seul occupant. L'hôtel est un château vide dont Ransom est le prince.

Un frottement de tissu. Un claquement de mains sur une anatomie. Un baiser sonore, puis un gémissement de plaisir qui sort de Mam'zelle Perfect. Tant pis. Il faut qu'il voie.

Jon se risque juste assez pour regarder au fond du couloir, où Ransom, en peignoir de velours bleu, écrase Perfect contre le mur. Il lui a cloué les bras au-dessus de la tête et enfouit son sale museau tout plissé entre les deux copeaux de chair les plus parfaits que Jon a jamais vus.

Mais il sait bien qui a allumé qui. Ransom fait qu'embrayer sur ce qu'elle a lancé. Cette femme a du pouvoir sur les hommes.

Jon entend craquer quelque chose dans sa tête. Il voit Perfect regarder vers lui.

Il se rejette en arrière, sûr qu'elle ne l'a pas repéré, tout en s'extirpant un bout de dent de la bouche avec sa langue. Le sang afflue, son cœur cogne comme celui d'un baudet trop bâté. Il tâche de penser à toute cette glace bien fraîche dans le conteneur devant lui, à la façon qu'elle a de rester en place, froide, inébranlable. Se triturant la langue du doigt, il retire l'esquille et crache un long jet de sang. Qu'il se ramène jusqu'à la bouche pour voir quel goût il a. C'est bon.

Au fond du couloir, la porte se referme sur des rires et des gloussements,.

Jon repart vers sa chambre, ferme la porte et allume la télévision d'un doigt. Seulement trois chaînes, et des films cochons. Il en regarde deux, avec des Asiatiques, des chutes d'eau, tout ça. Ça l'aide pas. Il zappe, arrive à *Spiderman*. Barbant.

Il tire les rideaux, histoire qu'il fasse noir comme dans un four. Enfile ses lunettes de soleil métallisées. Saisit son Beretta. Avale encore du sang. Il faut détacher son esprit de cette Perfect et des trucs qui l'ont troublé.

Dans la télé enchaînée au mur, des gens invisibles à l'écran se gondolent et couinent de rire. Un lycéen du nom de Screech merde tant et plus. Une blonde avec un petit ventre bien plat fait rien que lever les yeux au ciel quand elle le voit.

Les rires arrêtent pas de résonner dans l'esprit de Jon, au point que ses tempes commencent à lui faire un mal de chien.

C'est bon, ça suffit maintenant.

La lueur de l'écran jouant sur son visage, il vérifie le silence dans le couloir vide, et puis il appuie sur la détente.

La télé explose en une gerbe d'étincelles blanches, bleues et jaunes qui lui projettent des odeurs de plastique cramé tout autour.

46

Le *City of New Orleans* pénétra dans Memphis quelques minutes après la demie de 15 heures. J'avais passé la majeure partie du trajet à observer la vallée du Mississippi défiler par petits bouts : vieilles caravanes éparses, éternels hectares de coton – blanc, gonflé, prêt pour l'égreneuse –, crevasses des boscoyos dans le bayou, lumière du matin tranchante et dorée sur l'épiderme vert de l'eau. J'avais dit quelques prières en songeant à Loretta. Mon Dieu, venez-lui en aide. Aidez-moi à remettre de l'ordre dans ma vie. Aidez-moi, je sais bien que je ne devrais pas demander ça, mais aidez-moi à retrouver celui qui est responsable de tout cela pour le mettre hors-circuit. Le visage du dingue d'Elvis m'obsédait. Ce salaud innommable avait pénétré au *Jojo's*. Il avait incendié mon deuxième chez-moi.

Quand je levai le bras pour m'emparer du sac d'Abby dans le casier à bagages au-dessus de ma tête, la fumée qui imprégnait encore ma chemise grimpa jusqu'à mes narines. Abby me remercia puis je la suivis hors du train, jusqu'au large quai en béton offrant une vue en contre-plongée sur les immeubles construits le long du ballast. De vieux entrepôts, pour l'essentiel, plus quelques bars et ateliers d'artistes.

À la suite de la horde des passagers, nous descendîmes plusieurs degrés en marbre pour aboutir dans une vaste salle des pas perdus, jalonnée de longs bancs en bois, qu'illuminaient les enseignes au néon indiquant les dix directions hors la ville. U se trouvait au pied de l'escalier, les bras croisés. Un large sourire se dessina sur ses lèvres tandis qu'il faisait quelques pas vers nous. Son étreinte me prit par surprise – il n'était pas ce que j'appellerais expansif. Il arracha le sac de l'armée des bras d'Abby.

– Je le tiens, dis-je en le lui reprenant pour porter nos deux bagages jusqu'à l'extérieur.

– Je viens juste de raccrocher avec Jojo, expliqua-t-il. Loretta a repris connaissance. Elle a dit qu'elle regrettait pour le bar… mais qu'elle était ravie d'avoir un jour de congé. Elle a demandé de tes nouvelles, elle craignait que tu sois le prochain sur la liste.

Un soupir m'échappa, épais et pollué. J'aspirai une goulée d'air propre en scrutant le ciel bleu sans nuages. Une netteté parfaite semblait envelopper l'univers. Et moi, j'avais l'impression d'être bon pour la casse. Je n'étais pas parvenu à dormir, ni à me concentrer sur autre chose que ma colère.

U s'était garé de l'autre côté de la rue, devant l'Arcade où, près des cuisines, nous nous trouvâmes un petit recoin et commandâmes du café et deux parts de pancake à la patate douce. La cafétéria n'avait pas changé depuis un demi-siècle. Les mêmes motifs d'amibes entortillées des années 1950, usés par endroits sous les frottements de coudes et de mugs.

– Comment que ça va, mam'zelle Abby ? demanda U.

– J'irai mieux quand z'aurez enfin craché le morceau sur pourquoi qu'on est rev'nus, m'sieur U, répondit-elle sans se démonter.

Elle se redressa sur son siège. Dans mon vieux sweat-shirt de Tulane. Les cheveux rassemblés en queue de cheval.

– Enfin, peu importe, quoi qu'il se passe, j'en suis.

U fronça les sourcils. Une serveuse aux cheveux verts, en tee-shirt noir, nous versa du café. Je passai le sucre à U en premier. Il me considéra. Regarda mes mains agitées.

Je pris une gorgée de café.

– Bien, dis-je. Visiblement, tu as eu mon message.

– C'est pas de la tarte, ton truc.

– Montre-moi au moins où je dois chercher.

Abby picorait dans son assiette. Sa fourchette tintait contre le rebord collant. La serveuse aux cheveux verts était revenue nous verser du café. Le gamin assis dans le box derrière nous arborait un piercing au nez et un tee-shirt Britney Spears. Il avait une tronche à aimer autant que moi le Dave Matthews Band.

– J'ai pas dit que je venais pas, j'ai dit que c'était pas de la tarte.

Il tordit la tête par-dessus son épaule, le cuir de sa veste grinçant contre le box. Le gamin au tee-shirt reluquait les fesses de la serveuse. U se retourna vers nous en dépliant sur la table une carte du sud du Tennessee rehaussée au marqueur rouge. Un gros cercle entourait une zone au sud de Jackson.

– C'est ça? m'enquis-je.

Il hocha la tête et, aussi vite qu'il l'avait fait apparaître, replia la carte avec soin pour la glisser dans la poche d'où elle était venue.

– On pourrait y être au crépuscule. Et c'est le moment idéal.

Abby ne pipait mot, mais elle observait. Je la regardai fixement. Elle me rendit mon regard.

– Comment tu as fait pour trouver? demandai-je sans détourner les yeux.

Je souriais. Elle, pas.

– J'ai d'abord entendu dire que c'était près de Bemis, cette petite ville qui a été un genre d'expérience sociale au début du siècle dernier. Quand je te dis que j'ai tout vérifié… Enfin bref, j'ai réclamé un retour d'ascenseur à *un brav' p'tit gars qu'j'arrête pas de ram'ner en taule*, dit-il en adoptant ce qu'il tenait pour un accent petit Blanc. On s'est retrouvés dans un bar. Un bar de *bikers*. Imagine-moi dans un rade pareil. On aurait dit Eddie Murphy dans *48 Heures*.

– Alors, ton petit Blanc t'a raconté où trouver le camp retranché?

– Ma foi, ce mauvais garçon torse nu sous son gilet de cuir – et quand je dis mauvais, il a l'air de l'être, crois-moi – eh bien, il est tellement brave qu'il m'a même dessiné un petit plan des lieux. Tu le crois, ça? Une seule clôture électrique. Surveillée, mais sans qu'on sache par combien de mecs.

– On peut y arriver à deux?

– Minute, intervint Abby en repoussant son assiette. Qu'est-ce que vous allez faire de moi ? Ne comptez pas me laisser ici, cette fois. Ce sont mes parents qui se sont fait tuer, merde ! C'est moi qui ai trouvé Nix ! Vous espérez quoi, me larguer au centre commercial avec votre carte de crédit ?

– Nick a pas de crédit, dit U.

Elle émit un bruit proche du grognement.

– Je veux retourner à Oxford.

– Pas tant qu'on n'en a pas terminé, affirmai-je.

– Je ne remettrai pas les pieds chez Bubba pour me taper d'autres talk-shows merdiques style Ricki Lake, rétorqua-t-elle. Est-ce que tu sais seulement te servir de ce flingue, qui plus est ?

– Oui.

– Ah, tiens. Moi, je chassais avec mon père. Tu as appris où ?

– Je faisais...

– Stop ! jeta U en levant la main. À mon tour d'expliquer. Tu comprends, Abby, Nick est de l'Alabama.

– Et alors ?

– Ça veut tout dire, ou presque.

– Accorde-moi deux jours, dis-je à Abby. Désolé, mais ce point-là ne souffre pas la discussion.

Abby grogna de nouveau, puis partit d'un pas pesant se calmer aux toilettes. Je me levai pour m'assurer qu'elle n'avait rien. J'ignore pourquoi, mais je tenais à ce que chacun trouve tout à son goût.

– Nick, détends-toi, dit U. C'est une vraie autoroute à partir de là.

Je me rassis en demandant :

– Bon, alors tu es du voyage ?

– On est pareils, toi et moi, dit-il en regardant par la fenêtre – distinguant peut-être le même bleu net que moi, mais l'envisageant sous de meilleurs auspices. On est tous les deux de vrais cow-boys zen, tu sais bien. Que veux-tu qu'on fasse d'autre de nos vies ? Il n'en reste pas beaucoup des comme nous.

– Merci.

– Écoute, Loretta et Jojo se sont montrés extra avec moi aussi, alors pas besoin de faire comme si tu me demandais un service, dit-il en ponctuant ses paroles de plusieurs hochements de tête. Tu veux de l'aide, tu veux rencontrer Elias Nix? Eh bien, je vais te l'avoir, ce rendez-vous. Pas plus tard que ce soir.

Nous n'y allâmes pas sans biscuit. Au moment de quitter la ville, U passa récupérer Bubba Cotton – aux Dixie Homes, rien moins, où ledit Bubba venait de garder les jumeaux de sa belle-sœur. Les deux gamins avaient exhumé la moindre poêle et casserole de la cuisine maternelle; ils tambourinaient encore dessus quand nous enjambâmes le désordre, pour découvrir Bubba tétant une bière d'un demi-litre devant une rediffusion d'une émission de Ricki Lake.

La belle-sœur était rentrée juste avant nous et Bubba fut ravi de s'esquiver, étant donné qu'elle était occupée à le maudire. Il passa le trajet assis, le casque de son baladeur sur les oreilles, à dodeliner silencieusement de la tête dans l'Expedition de U.

Nous quittâmes bientôt l'autoroute, ses routes, ses hôtels et ses restaurants de masse pour un long ruban de bitume incurvé et vallonné. Le défilé de champs de coton se changea bientôt en forêt. De l'érable, aux feuilles jaunes et rouges. Du chêne palustre. Du genévrier de Virginie. Des pins à foison, enveloppés de kudzu, au point qu'on aurait presque dit un film d'horreur, *La Menace qui venait du Sud*... Partout du kudzu. Sur les poteaux téléphoniques. Les cabanes abandonnées. Le couvert du lierre géant avait même faufilé doigts et bras à travers plusieurs vieilles voitures rouillées.

Nous suivîmes la route pendant encore une bonne demi-heure, seulement bercés par le baladeur de Bubba et par le grondement des pneus sur le macadam. Nous dépassâmes plusieurs champs de maïs, jauni et racorni, pour pénétrer dans une nouvelle forêt, ravinée de palus où l'eau de pluie stagnait dans des sillons. Des tortues dormaient sur les bouts de bois et les détritus flottants. Des arbres de Judée drapaient leurs branches autour des mares, accrochant les ultimes lueurs rousses et violettes du jour.

U ralentit, désignant un chemin de terre anonyme, puis il continua de rouler.

– Allons boire un café, nous étirer un peu et répéter notre plan. Oui, je sais, on l'a déjà fait, mais je nous ai trouvé un campement plus loin sur la route pour passer les derniers détails en revue.

Il me regarda, en ôtant ses lunettes noires comme s'il venait de réaliser que le soleil était couché depuis longtemps. Il bâilla et passa sa grosse main sur son visage.

– Tu es toujours partant?

Je m'assurai de la présence du Glock qu'il m'avait confié, puis je souris.

– Ouais, tout baigne.

Pourtant, tandis que nous roulions, m'était revenu un graffiti entrevu sur un mur de brique décrépi, dans un quartier chaud du centre-ville : SUPERMAN EST UN SACRÉ CONNARD.

C'était l'un de ces instants où le message semble écrit rien que pour vous.

47

La nuit était presque tombée sur les forêts profondes du Tennessee. Bubba Cotton dévorait comme un fou des cacahuètes grillées tout en grignotant une barre de Crunch. Enfournant une nouvelle poignée d'arachides, il se mit à entonner une chanson que je ne parvins pas entièrement à identifier en secouant la tête au fil de la musique. Ça devait faire trop de bruit car U reposa les jumelles de vision nocturne dont il se rengorgeait depuis une heure – des B 21 de chez Baigish, précision assurée jusqu'à deux cent cinquante mètres –, pour considérer dans le rétroviseur son gros pote muet – enfin, sans paroles –, qui branlait du chef en pleine mission de reconnaissance.

Les cheveux tressés serrés sur le crâne, porteur du même maillot des Saints qu'on nous avait donné près de dix ans plus tôt, il tourna la tête vers moi sur le siège de l'Expedition. Le numéro 93 lui barrait le torse.

– Mystikal, commenta U. Il est de La Nouvelle-Orléans. N'aie pas l'air aussi déboussolé, Travers. Tu sais bien qu'il existe d'autres musiques que le blues.

– Cite-m'en une qui soit plus authentique.

– Le jazz.

– Là, tu as tort.

– La musique, ça ne peut avoir ni raison ni tort. Moi, je vais te dire : si je te parle Toumani Diabate ou Ali Farke Toure, je suis sûr que tu trouveras ça encore meilleur que du blues, plus *roots*.

– Si je disais que je préfère les Country Store aux Frosties, ça ne prêterait pas à discussion, dis-je. Les Frosties contiennent une quantité astronomique de sucre blanc alors que les Country Store sont des céréales et des noix toutes simples, juste sucrées au miel. Carrément zen pour commencer la journée. Et puis j'en ai marre de voir ce tigre embrigader les gamins dès le réveil. Ils ne peuvent même pas être peinards à la table du petit déjeuner.

U acquiesça en éteignant les piles de ses jumelles.

– Le fait est, l'autre matou est un peu gavant avec son foulard scout. Mais c'est tout du Kellogg's.

– Le tigre de Nesquik est moins pire, approuvai-je en attendant que la nuit nous recouvre.

Un rougeoiement grisâtre se devinait encore à travers les branches. Un halo mauve imprégnait l'air autour du 4 × 4.

U acquiesça.

– D'accord, mais de là à en boire au petit déjeuner...

Bubba avait fini de grignoter ses cacahuètes, qu'il avait fait descendre avec une demi-bouteille de soda au citron vert.

– Alors, tu as vu Nix? demandai-je à U.

– Notre démagogue tigré – ou plutôt camouflé – est sorti se taper un footing avec deux autres adeptes du camping sportif. Ils ont fait une fois le tour de ce lac, annonça-t-il en me tendant les jumelles. Ils vont repasser.

– Je ne vois rien.

Je le sentis appuyer sur la droite des jumelles et le lac apparut au milieu d'une image vert clair. De l'autre côté de l'eau, des cordes pendaient au-dessous d'une tour haute d'environ sept mètres. Des tunnels étroits, enfouis sous des grillages en barbelé. Près d'une casemate en béton, ce qui ressemblait à une cage à singes, en plus allongé et plus élaboré.

– Juste au cas où le fait d'être gouverneur obligerait à rayer un pays du tiers-monde de la carte.

– Bien vu, dit U.

– Alors, ils sont combien?

– J'en ai vu six pour l'instant. On devrait pouvoir s'en dépêtrer. Mon pote derrière, il joue les calus, mais c'est une supergâchette. Tu as tous les chargeurs que je t'ai filés?

Je tâtai les poches intérieures de ma veste, tâchant de paraître calme malgré le sang qui me battait à toute allure dans le crâne et le cœur. J'avais aussi le souffle court. Mais ce qui m'embêtait surtout, c'est que j'éprouvais plus d'excitation que de frayeur. Bien sûr que je voulais parler à Nix, pour lui faire cracher les pièces manquantes du puzzle autour de Clyde James, des casinos et de ce type appelé Levi Ransom. Je tenais à savoir combien il comptait palper sur ce coup-là. Et aussi pourquoi la personne au cœur le plus généreux que j'aie jamais connue sur cette Terre avait reçu une balle dans la poitrine et été laissée pour morte dans l'incendie du bar de mon meilleur pote.

J'avais dû me mettre à trembler quelque peu, parce qu'U tendit le bras pour m'arracher les jumelles.

– Qu'est-ce que tu penses de Trix Rabbit? me demanda-t-il. Un sacré enfoiré, tu trouves pas?

Je m'efforçai de sourire et me versai un nouveau café de la Thermos remplie dans une épicerie. J'écoutai les bruits insolites à mes oreilles tout en scrutant les ténèbres autour de nous : les criquets, d'autres insectes. Les rideaux de kudzu transformaient les arbres en géants. Qui, la bouche béante, les branches s'étirant telles des griffes, nous surplombaient de leurs six mètres de hauteur.

Je crachai par la vitre ouverte, vérifiai le chargeur de mon pistolet et tâchai de me détendre, en m'enfonçant dans la banquette douillette et en sirotant mon café.

Ma satanée main n'arrêtait pas de trembler.

Notre mission de reconnaissance était passée à côté d'une cinquantaine de gars au moins, apparemment arrivés au cours des dernières vingt-quatre heures. À 8 heures du soir, leur souffle se condensant devant leur visage déterminé, ils affluèrent d'une maison à toit bas, tout en longueur, aux fenêtres condamnées et aux portes blindées, pour adopter une formation en colonnes. Ils étaient vêtus de pantalons, de vestes et de brodequins de l'armée. Certains s'entassèrent dans des tout-terrains Hummer vert caca d'oie et bleu, le nuancier chéri du parano plein aux as et court de la zigounette, avant de s'éloigner le long des chemins couverts d'ornières en balayant la forêt de leurs projecteurs jaunes.

– Hé, les gars, on est là ! lança U de cette voix haut perchée de vieille mamie noire qu'il avait parfois. On aimerait tant rencontrer vos gueules d'enfarinés !

Bubba émit un rire qui tenait du reniflement.

– Ça lui arrive de parler ? m'enquis-je.

Il tourna la tête vers son copain, qui haussa les épaules.

– Semblerait que non.

– Bon, dis-je en me redressant sur mon siège, laisse-moi deviner. (J'écrasai le gobelet en carton dans ma main.) Je rampe au-dessus de cette clôture de quinze mètres de haut, je me glisse au milieu de ces barbelés tranchants comme des rasoirs. Ensuite, je bondis parmi ces braves petits Blancs bien pieux et je tire sur tout ce qui bouge. Vous pouvez venir aussi, toi et Bubba. Ce sera un vrai massacre, mon frère. Des balles qui sifflent de partout. Je te les ratiboise en vidant chargeur sur chargeur, après quoi tu me couvres pendant que je m'élance pour trouver Nix. Nix, qui me suppliera à genoux pendant que je lui enfilerai la hampe de leur drapeau sudiste dans le cul à coups de pompe.

– Pétard, Travers, t'as tout pigé !

U ouvrit sa portière et s'avança dehors. Je suivis, nos pieds écrasant la terre en décomposition. Il faisait froid. Je remontai le col de ma veste.

Le bruit des Hummer et des coups de feu provenant d'un terrain de tir à la cible tout proche étouffaient celui de nos mouvements. Je regardai au bas de la colline, vers la cuvette où se trouvait leur petit camp d'entraînement. Tout autour de nous, des panneaux orange annonçaient CHASSE INTERDITE.

Demandant les jumelles de vision nocturne, j'en balayai le bâtiment principal. Ça ressemblait juste à un très long ranch. Si je l'avais vu de la route, je l'aurais pris pour un énième bungalow de chasse. Bien sûr, selon U, c'était ce que croyaient la plupart des gens du coin. Un endroit où les mecs friqués de Nashville venaient s'aérer, s'imbiber au Wild Turkey et gaspiller du plomb.

Un long crépitement résonna en bas, dans la cuvette, et U s'empara des jumelles pour une nouvelle inspection des lieux.

– On se tire d'ici. Putain, c'est un M-60.

– Ça craint?

– Tu as vu *Rambo*?

– Ouais.

– Tu sais, cette grosse mitrailleuse pas possible qu'il se trimbale?

Je hochai la tête.

– Alors, au dodo.

Bubba se trouvait derrière nous, à présent, regardant pardessus mon épaule. Avec son jogging noir et ses Converse montantes en cuir, il avait des allures de Ghost Dog. Je lui souris tandis que nous regagnions le 4 × 4 à grandes enjambées. Fasciné qu'il était par le son de la miniguerre qui se déroulait en bas de la colline, il ne m'avait pas rendu mon regard. Il se demandait sûrement comment nous avions pu pénétrer aussi loin.

– Ce que tu vois fixé sur les Hummer, expliqua U, ce sont des mitrailleuses de calibre .7,62. Ça transformerait un cerf en hamburger avant même qu'il ait touché le sol.

Nous étions quasiment parvenus à l'Expedition quand trois hommes qu'on aurait presque cru nés de la nuit et des arbres, tout de noir vêtus et le visage noirci au charbon, sortirent des broussailles. Ils se dirigèrent vers nous, leurs AK-47 dirigés vers nos torses.

– Et maintenant, mesdames et messieurs, dis-je, notre hommage à Al Jolson.

– Ferme ta putain de gueule, Nick, grommela U à voix basse.

Bubba Cotton s'était figé sur place. Si je n'avais pas eu une telle pétoche, je me serais carrément poilé. Sa grosse masse rappelait ces types qui se font payer pour jouer les statues sur la Place d'Armes.

Quand la gueule des AK-47 parvint à une dizaine de centimètres de nos cages thoraciques, U éleva un peu la voix.

– Hé, les gars, on a vu votre flambée. Vous sauriez pas où un brave Black comme moi peut trouver un barbecue en état de fonctionner?

Chapeau, songeai-je, le cœur remonté jusque derrière le larynx, le sang m'affluant désormais aux oreilles. Moi, au moins, je les avais désarçonnés en parlant d'Al Jolson.

48

– C'est à ça que ça se résume, pour toi ? Le frisson du meurtre ? lance Ransom à Jon Burrows tandis qu'ils continuent de chasser ce haret à l'arrière du casino.

– Non, m'sieur, dit Jon en visant soigneusement vers le bord des champs de coton, là où ils ont vu disparaître le gros greffier décharné.

Il détache pas les yeux du cran de mire de son Beretta. L'espace d'un instant, il se demande ce qui se passerait s'il retournait le flingue contre Ransom pour lui balancer une bastos dans la gorge. Il laisse retomber l'arme à hauteur de sa cuisse, sa main se relâche sur la poignée. Autant écouter ce que cette sale tête de mort a à dire.

– J'ai comme l'impression que tu sais faire la part des choses, dit Ransom, qui écrase des plants de coton sous ses bottes boueuses en s'enfonçant dans le bois à la poursuite du chat. Tu sais, à ton âge, j'avais déjà la haute main sur presque tout le sud de Memphis. J'avais mis dans les six mois à comprendre qui dirigeait et comment faire tomber ces mecs. En les mettant dos à dos. Et en leur fichant les jetons. Il fallait qu'ils me craignent. C'est pas sorcier de grimper en haut des arbres pour observer les animaux qui sont en dessous de vous. On est parfois obligé de le faire.

Il tire un havane d'une poche en longueur de sa lourde veste de chasse. Il en tranche le bout, en propose à Jon un second, qu'il découpe à son tour, puis il allume les deux. Jon aspire sec, en tâchant de pas tousser et de faire voir qu'il s'y connaît un peu en cigares. Il a eu sa période Tampa Nuggets et Swisher Sweets.

Il fait nuit et plutôt froid. Chaque fois que le vent qui souffle à travers les arbres lui vient dans le museau, Jon sent des trucs bizarres sur son visage. Il s'est rasé la barbe quelques heures plus tôt, en laissant une paire de rouflaquettes – nickel, exactement comme celles d'E en 1968 –, et il s'est plaqué du Hai Karate sur tous les pores de la peau. Quand ils sont sortis de l'hôtel par-derrière et qu'ils ont crapahuté sur au moins cinq cents mètres jusqu'au nouveau site, à la poursuite du chat sauvage entrevu par un vigile, c'est tout juste si ce sale vent lui a pas déchiré la trogne.

– Jusqu'où tu es prêt à aller?

– Comment ça? demande Jon en recrachant la fumée par la bouche.

Beaucoup plus bleue, beaucoup plus épaisse que celle des Nuggets. Riche, genre.

– Tu as beaucoup voyagé?

– Oui, m'sieur.

– Tu as rempli beaucoup de contrats?

– Oui, m'sieur.

– Comment tu te tirerais de ce merdier, toi? J'ai bien aimé la façon dont tu t'es occupé de cette morte à La Nouvelle-Orléans. Et la vitesse à laquelle tu t'es débarrassé des indices. Si tu l'avais enlevée, on aurait sûrement déjà des mecs aux basques… Perfect a vraiment pété un câble?

– Oui, m'sieur, répond Jon. (Il croit distinguer un mouvement au bord des herbes hautes, là-bas, près d'une clairière entre les érables.) Là, z'avez vu?

Ransom vise avec son Browning, arrose l'herbe de trois bastos. Ils courent jusqu'à la clairière pour découvrir un opossum, de la taille d'un gros écureuil, avec du sang à la commissure des babines. Ransom le retourne d'un coup de pied. Une dizaine de petits bébés tout mignards se tortillent comme des vers roses.

Ransom ne remarque rien et continue à longer l'orée du bois, puis il bifurque à l'intérieur par un chemin étroit, en dégageant tout du long les branches pour Jon. Dont les mains frémissent sur la poignée du pistolet. Son patron lui montre de l'estime. Il respecte son talent.

Jon a l'impression qu'il pourrait courir des milliers de kilomètres dans la forêt sans se fatiguer. Jusqu'au petit matin sans dormir, ni rien. Il est E.

– Je t'engagerais bien de façon permanente, dit Ransom.

– Oui, m'sieur.

– Alors…

Jon a soudain une vision de Colonels Parker, de Hollywood, de maisons de disques grâce auxquels il porte la parole d'E dans la moindre langue qui existe sur cette fichue planète. E sur des bouteilles d'eau de Cologne et de shampooing, sur des autocollants pour pare-brise. Voilà enfin ce qui lui manquait : quelqu'un qui sache relever son talent d'un cran. Qui lui trouve des contrats de haut niveau pour faire de lui une légende.

– Oui, m'sieur, dit Jon dont la jambe s'agite grave.

Ils sont encerclés par l'obscurité, maintenant. Plus rien que des bois et un chemin étroit. Des branches d'arbres qui leur viennent dans le nez à chaque pas. À peine si on entend les gros-culs rouler sur la 61.

Un cri.

Nom d'un petit bonhomme, une bête sauvage en chaleur.

Jon suit Ransom jusqu'à un bosquet d'arbustes épars. Au-dessus de leur tête, la lune mignarde rayonne sa lumière d'argent, qui se reflète sur les feuilles et la nuque tannée de Ransom.

Ransom continue d'avancer à pas de loup, en tendant l'oreille.

– Tu t'y connais un peu en politique, petit?

– Non, m'sieur.

– Tu sais que le Tennessee se choisit un nouveau gouverneur le mois prochain? Le premier mardi de novembre?

Nouveau cri de bête.

– Je ne veux pas perdre, annonce Ransom. Tu repars demain à Memphis, compris?

Il tourne la tête vers Jon, qui sent une vague de chaleur se répandre dans tout son corps. Superbrûlante. Cet homme-là l'apprécie. Le colonel Ransom.

– Oui, m'sieur, dit-il en mordant dans le cigare.

Il en prend une longue bouffée. Un chouette étourdissement qui se mélange avec la Benzédrine.

Encore un cri. Un froufrou de feuilles, des brindilles qui craquent sous des pattes.

Jon le voit en premier. Il attend même pas Ransom, paf, il balance cinq bastos avec son Beretta. Le mistigri feule et se tortille sur le dos, en hurlant comme un dingue et en agitant la queue comme pas possible.

Ransom rigole, court vers l'animal.

– Pétard, gamin, c'est sacrément bien visé. Quand je dis que tu as l'œil, hein? Tu sauras être aussi rapide pour moi?

Jon hoche la tête tandis que Ransom vise le chat déchaîné, à qui la peur fait montrer les dents et aplatir les oreilles en arrière. Il lui tire deux fois dans le crâne.

Jon lui balance un coup de pied dans le flanc.

– Jolie saloperie.

– Est-ce que tu sauras refaire la même chose pour moi? demande Ransom.

Jon pige pas, mais il veut pas le dire. Il baisse les yeux vers son cigare, éteint et inutile dans sa bouche. Il a envie de le rallumer, il y tient plus que tout au monde.

– Tu sauras te charger d'une deuxième saloperie? demande Ransom, le sang du chat répandu sur ses bottes comme un délire rouge de peintre fou.

En revenant à sa chambre d'hôtel jumelle de celle de Jon, Perfect se rendit compte que la porte de communication était entrouverte. Une télévision passait en bruit de fond : cette sitcom pour ados où la gamine est une sorcière et où elle a un chat qui parle. Le chat déblatérait que le petit copain de la gamine était un idiot et une poule mouillée. Raminagrobis atterrissait dans un chenil histoire de le faire taire, et ce pour le plus grand plaisir des rires enregistrés.

Perfect appela. Rien. Regarda dans la salle de bains, et même le placard, puis vérifia que la porte donnant sur le couloir était fermée à clé. Même s'il arrivait tout de suite, elle avait le temps de se carapater avant qu'il se rende compte qu'elle était entrée.

Pas grand-chose dans la salle de bains. Une brosse à dents et un flacon de pilules blanches. Des serviettes mouillées par terre. Un catalogue de vente de fringues par correspondance, ouvert à la page Sous-vêtements pour adolescentes, étalé près des toilettes à côté de deux comic-books de Captain America et d'une bible de Gideon avec un portrait grossier d'Elvis en couverture.

Le dessin était tellement mauvais que c'était à peine si on reconnaissait le chanteur. Sa tête penchait sur le côté, il avait de grosses rouflaquettes noires et il portait un col haut, blanc, constellé de pierres précieuses. En dessous étaient inscrits ces mots : *Mon nom contient Vil et Vie. Il est plus sage de ne pas se tracasser là-dessus.*

De retour dans la chambre, elle ouvrit les tiroirs de la commode. Rien. Pas même un grain de poussière. Elle regarda sous le lit et dans la table de chevet. Des chaussettes dépareillées, un livre sur la numérologie et les positions sexuelles. Jusqu'à ce que, coincée derrière une longue rangée de rideaux, elle aperçoive une petite valise Captain America debout sur la tranche. Un truc pour gamins de huit ans au plus. Le couvercle était bouclé, la pellicule de plastique qui la recouvrait trouée et usée au bord. Perfect la souleva, la déposa sur une table basse, dans les rayons du soleil qui s'engouffraient à travers les rideaux volant au vent. Elle l'ouvrit et passa le contenu en revue.

À l'intérieur : quatre paires de Levi's indigo foncé, bruts, pas délavés, cinq tee-shirts blancs amidonnés et repassés, quatre paires de chaussettes montantes, deux bracelets de force en cuir, deux Polaroid d'une femme nue aux cheveux noirs et aux longues jambes dans une cabine de douche – au dos, des mots en allemand –, deux autres comics de Captain America, de la gomina en aérosol, une dizaine de cartes postales identiques de Graceland, une cassette audio cabossée d'Elvis *live* au Madison Square Garden, et une bouteille d'eau de Cologne Hai Karate.

Elle croyait avoir exhumé à peu près tout ce qu'il y avait de plus bizarre chez ce brave petit, jusqu'à ce qu'elle tombe sur le sachet violet sous l'aérosol de gomina. À l'intérieur, elle découvrit trois livres protégés de papier cristal comme des textes sacrés. *Elvis, biographie* par Jerry Hopkins ; *Elvis ou le roi déchu* par Red et Sonny West ; et *The Private Elvis*, de Ray Mann. Chacun avait été brûlé au bord et ils s'effritèrent en fragments noircis quand elle toucha les pages usées. Pratiquement toutes les lignes étaient soulignées en bleu ou en rouge, avec des paragraphes entiers rehaussés au marqueur jaune.

> C'est Gladys qui l'a inspiré et encouragé chaque fois que les critiques se retournaient contre lui, le rabaissaient, le ridiculisaient. C'est sa maman qui lui a fait croire qu'il pouvait être une grande star ! Ces incrédules qui hurlaient, qui le raillaient, qui l'appelaient « Elvis le Pelvis », ces gens dont la voix résonnait aux oreilles du jeune Presley jusqu'au cauchemar, eux, ils disparaîtraient, ne cessait-elle d'affirmer. Ou une fois qu'ils comprendraient en quoi consistait vraiment son talent, ils l'accepteraient.

Le paragraphe du livre de Mann était couvert de jaune et annoté en marge d'une écriture de gamin de CM2. On aurait dit des équations. *Amour + maman = acceptation/fortune. L'acceptation vient avec la compréhension du talent. Le deuxième prénom de Gladys était LOVE. L'amour, c'est le succès.*

Elle jeta le livre cramé dans la valise comme s'il se consumait encore. Comme si la dinguerie du cerveau qui l'avait gribouillé pouvait en quelque sorte la contaminer. Mais avant qu'elle ait eu le temps de refermer le couvercle de la valise, une petite photo en tomba. Une femme d'une quarantaine d'années à la chevelure énorme – une perruque, sûrement. Elle avait la gorge proéminente, les yeux en boutons de bottine, et un petit garçon à son côté.

Le gamin portait un petit tee-shirt à l'effigie d'Elvis – Elvis en collier de fleurs, avec l'inscription ALOHA au-dessous. La femme souriait jusqu'aux oreilles, à croire qu'elle serrait contre elle la solution à tous les problèmes de la Terre, mais le petit garçon ne montrait strictement aucune émotion. Des cernes noirs sous les yeux. Des petits bras maigres comme des clous. La malnutrition, sûrement. Au dos, une main – pas celle du gribouilleur – avait écrit : *Patsy Roach et son fils. Absalom, 1939-1983. Incendie du domicile.*

Le bruit d'une carte s'enclenchant dans la fente de serrure. La gâche qui se débloque. Un claquement sec. Perfect referma la valise, la flanqua sous les rideaux, et décampa de la chambre.

Depuis la porte de communication entrebâillée, elle écouta entrer Jon.

L'espace d'une seconde, elle crut l'entendre humer l'air comme un prédateur en chasse.

Hors de question de rester. Même s'il fallait faire tout le chemin à pied, elle trouverait le moyen d'être de retour à Memphis d'ici le soir.

49

L'un des jeunes Blancs à tête noire avait commis une erreur en s'emparant des jumelles à cinq cents dollars de U pour les jeter le long de la pente. Le gamin au cou de taureau, à la coupe en brosse, balança ensuite une vanne sur les jantes éclatantes du 4 × 4 ; avec un ricanement entendu, il demanda sur combien d'années U s'était endetté pour financer l'achat de sa caisse. U sourit et acquiesça, les paluches pendantes, l'air de dire « là, tu as touché où ça fait mal ». Sauf qu'en inclinant la tête, il m'avait adressé un clin d'œil. Si rapide qu'ils ne l'avaient pas vu.

Ses mains jaillirent et jetèrent l'AK-47 à bas des bras de l'homme, dont le copain pivota sur lui-même : je le frappai en plein dans la trachée et rattrapai son arme avant qu'elle ne s'écrase par terre. La retournant, je me servis du canon comme d'un manche, la poignée formant massue. Je cueillis à la mâchoire le premier type, aux dents gâtées et un petit peu plus maigre que son pote, puis je lui défonçai l'estomac – une chance que le fusil d'assaut ne se soit pas déclenché, mais si ça avait dû arriver, tant pis, j'étais au-delà de ça. Je jetai l'AK par-dessus mon épaule. Après quoi, le visage et les oreilles me brûlant comme s'ils grillaient au soleil, je m'assis à califourchon sur le gars pour démolir avec minutie sa sale gueule de chrétien fondamentaliste de mes deux. Je le frappai aux tempes, en plein dans les yeux. Je lui martelai profondément l'estomac de mes poings. Au moment où je m'écartais, et où des mains puissantes me saisissaient par les bras pour me tirer en arrière, il était en train de vomir du sang.

Je griffai les mains qui me retenaient et continuai à cogner cet enfoiré en plein dans la mâchoire. Je voyais toujours Loretta gisant dans le bar embrasé, revoyais les pantoufles usées de Jojo à l'hosto. Voilà que d'autres mains se tendaient vers moi et m'arrachaient à mon punching-ball. J'écumais, je bavais, je hurlais des paroles que je ne me sentais pas consciemment proférer. Tandis que Bubba et U m'écartaient de là, je shootai durement dans la tête de ce fils de pute.

– Relax, dit U.

Je respirais si fort que je m'en étranglais presque. Tandis que le flou se levait autour du visage de U, je me pliai en deux comme si je me réveillais d'un rêve bizarroïde. Bubba me tapota le dos de ses doigts puissants. Il me sourit.

– Ça va aller, collègue, dit-il d'une voix qui était un murmure rauque, éraillé. Ça va aller.

– Bubba? m'étonnai-je.

Il parlait. Cette révélation manqua me faire oublier nos fachos débiles.

Tandis que je contemplais les traits de Bubba, une lueur d'un blanc aveuglant jaillit du couvert des arbres et des coups de feu éclatèrent tout près. Mon corps me parut soudain plein de sang en ébullition.

Nous partîmes au pas de course en direction du 4 × 4.

Mais avant même que nous ayons pu en approcher, une cinquantaine d'hommes fardés façon camouflage, porteurs de carabines de chasse, déboulèrent dans leurs véhicules tout-terrain pour nous bloquer le chemin. Je ralentis. Bubba ahanait à côté de moi.

Les nouveaux arrivants nous dirent de laisser tomber nos flingues.

Ce que nous fîmes.

Nous restâmes plantés là sans rien dire, les mains sur la tête, jusqu'à ce qu'ils nous enfoncent chacun la gueule d'un fusil semi-automatique dans le dos, puis nous fassent faire une marche forcée le long du chemin étroit mais ancien menant jusqu'à la vallée.

Une heure plus tard, j'avais les genoux en capilotade à force de reposer dessus. Ma clavicule, après sa luxation récente, me faisait tellement souffrir dans son articulation que j'en avais les mâchoires serrées. J'avais les mains entrecroisées au-dessus de la tête. Bubba et U étaient ligotés dans le dos avec de la corde.

Le sol en ciment lisse s'agrémentait çà et là d'éclaboussures de fuites d'huile. Au-dessus de nos têtes s'étirait un immense arc de cercle en tôle ondulée formant une sorte de vaste garage, avec une porte rétractable assez grande pour permettre le passage d'un avion. Elle était ouverte et laissait pénétrer l'odeur des feux de camp des Sons of the South, les discussions des bandes d'hommes.

À chaque respiration, l'air brûlant s'expulsait de mon corps en une masse voilée.

Je tournai les yeux vers U. Il secoua lentement la tête en gardant les yeux fixés sur les douze gars qui nous surveillaient. Il observait sec, notant le moindre détail.

Je laissai retomber mon épaule de deux centimètres. L'un des gardes me hurla de remonter le bras.

Sur mon autre flanc, Bubba avait les yeux fermés. Soit il méditait, soit il dormait.

Un nouveau moteur de tout-terrain tonitrua bientôt au-dehors. Ce raffut augmenta bientôt au point de faire vibrer la tôle au-dessus de nos têtes : le conducteur s'était garé à l'intérieur et coupait le contact.

Une dizaine d'hommes se mirent en colonne derrière celui qui descendait. Petit, les cheveux gris. Les oreilles d'une grosseur presque comique. Les yeux jaunâtres. Quand il sourit en nous considérant agenouillés devant lui, sa bouche eut l'air trop grande. Sa coupe de cheveux était extrêmement courte et la partie dure et parfaite sur le dessus devait être une moumoute. Ses dents se résumaient à de petits chicots usés.

Débout devant moi, il posa ses mains menues sur ses hanches.

– Tu es avec ces nègres?

– Oh, merci, mon Dieu! m'exclamai-je. Le sénateur va nous sauver!

Un instant, Elias Nix rigola de concert avec moi, puis il me shoota dans les genoux. J'atterris sur le dos, parvins à me redresser sur les coudes.

– Ils sont à toi? demanda Nix, en désignant du regard U et Bubba.

Dans son groupe, certains s'esclaffèrent.

Il nous avait laissé le phare carré du Hummer en plein dans la figure. Je plissai les yeux devant ce visage lisse, à la peau fine, aux joues traversées de veines bleuâtres.

Je tournai la tête vers U, mais sans rien dire.

Je me redressai encore, comme pour me remettre à genoux, en fermant les paupières et en attendant que Nix se détende. Avec lenteur, je rouvris les yeux puis, faisant reposer mon poids sur la pointe de mes pieds, je m'élançai à partir de cette position, les mains tendues vers sa gorge.

Que j'encerclai solidement, le soulevant soudain du sol. Sa peau froide évoquait celle d'un cadavre. Il avait la tête à hauteur de mes yeux. Je l'étranglais encore plus fort quand quelque chose vint me frapper à l'arrière du crâne. Je perdis la vue un instant.

Cent coups de pied dans mon flanc.

U leur hurla d'arrêter.

Encore des hurlements. Certains criaient à U de la fermer. Mais ils firent comme il avait demandé.

Je roulai sur le côté, toussai à plusieurs reprises, et me relevai à la façon du boxeur qui chancelle lors du premier round. L'un des hommes de Nix, je ne voyais pas lequel, m'avait enfoncé un flingue dans l'oreille.

– Pourquoi êtes-vous venus? demanda le sénateur, les mains derrière le dos.

Il se pavanait comme un coq à présent, un coq qui tâche de compenser sa petitesse.

– Vous et votre bande de saligauds, vous avez essayé de descendre une de mes amies, grinçai-je entre deux sifflements. Vous devez vous croire intouchables depuis que vous avez tué Bill MacDonald.

– Vous n'êtes pas un ami de Bill, dit-il. Nous, si. (Il avait allongé démesurément la syllabe du i. D'un brusque mouvement de tête, il désigna U et Bubba agenouillés.) Et Dieu sait qu'eux non.

– Ne mettez plus les pieds à La Nouvelle-Orléans, dis-je. Mes amis ne sont au courant de rien.

– Fils, je n'ai pas la moindre idée de qui ni de quoi tu parles.

– Vos potes de Tunica ont zigouillé les MacDonald, après quoi ils ont envoyé plusieurs salopards se charger de mes amis.

Je ne voulais pas prononcer leur nom. Je craignais de souiller leur dignité en le faisant dans un endroit pareil.

Nix laissa échapper un long rire. Son haleine, embuée et brumeuse, lui voilait les traits. Je ne le distinguais plus tout à fait. Ses yeux jaunis, sa moumoute grise, rien n'était plus vraiment clair.

– Ah, enfin des paroles compréhensibles !

Il poussa un sifflement et fit un geste en direction de la flopée d'hommes au fond du hangar. Plusieurs Hummer aux gros pneus encroûtés de boue se mirent soudain à vrombir dans la nuit.

– Fils, toi et tes garçons, vous avez des œillères. Et vous avez tellement pataugé dans la merde que vous allez vous noyer dedans. Un petit conseil : laisse la guéguerre aux grands.

Je le regardai. Tout était toujours flou et caché sous les feux des phares. Je plissai plus fort les paupières.

Deux hommes allèrent se placer derrière U et Bubba, brandissant soudain un Bowie Knife chacun. Je poussai un cri pour les prévenir. Au moment même où l'air sortait de mes poumons, leurs mains étaient déjà libres.

Ils les avaient détachés.

U et Bubba se relevèrent.

– Vous avez dix secondes pour disparaître de mon monde, dit Nix.

U partit en tête. Bubba et moi lui emboîtâmes le pas, longeant les gars aux coupes en brosse, aux joues gonflées de chewing-gums, jusqu'au chemin que nous avions suivi pour descendre. Sans courir, en marchant juste très vite… mais nous accélérâmes l'allure quand des bruits d'armes automatiques résonnèrent plus bas dans la vallée.

Alors que nous approchions du 4 × 4, le gros cul de Bubba nous dépassa. À croire qu'il sprintait pour la ligne d'arrivée. Nous sautâmes dans l'Expedition, qu'U fit démarrer au quart de tour.

Tandis qu'il partait sur les chapeaux de roue, Bubba poussa un hurlement, de ce murmure bas et rauque qui était sa voix. Un cri en sourdine.

– Bordel, je suis touché ! croassa-t-il. Ils m'ont eu en plein dans le cul ! Amenez-moi à l'hosto, vite ! Je saigne à mort. Ils m'ont eu ! Ils m'ont eu avec leurs mitrailleuses !

U ne jeta pas un regard derrière lui avant d'avoir parcouru plusieurs kilomètres. Il ne s'arrêta qu'un instant, avant de tourner sur une autre route menant vers le sud et Memphis.

Allumant le plafonnier, il rampa à moitié par-dessus le siège pour chercher la blessure.

Bubba glapit.

– Nom de Dieu, Bubba ! s'esclaffa U sur fond de ralenti du moteur. L'arbre qui t'a tiré dessus était vraiment mal luné !

Il me montra le bout de branche brisé en secouant la tête tandis que nous repartions.

L'hilarité nous prit par vagues. J'ai dû me marrer pendant huit kilomètres.

– Vos gueules, croassait Bubba. C'est pas drôle.

Mais le rire laissa bientôt place au silence tandis que nous en étions réduits à notre sentiment d'échec. Certes, il eût été sacrément idiot de rester, mais j'avais l'impression d'avoir failli. D'avoir manqué à mes engagements envers Loretta. J'étais allé affronter Elias Nix et l'avais quitté la queue entre les jambes.

– Ces enfoirés auraient pu nous descendre, fit remarquer U.

– Sauf qu'ils ne l'ont pas fait.

– D'accord, mais ça n'en fait pas de braves gars pour autant.

Je sentais le regard d'U sur moi, qui continuais à contempler la nuit et les panneaux défilant le long de la route. Il mit du jazz, nous entrâmes dans une zone hérissée de constructions et l'univers se résuma bientôt à des enseignes jaunes clignotantes et des barils orange. U jeta un nouvel œil dans son rétro tandis que nous ralentissions pour laisser le semi-remorque se rabattre.

U imprima un coup sec au volant, s'engageant sur une portion de chaussée fermée à la circulation afin de doubler à son tour le camion.

Il accéléra jusqu'à 130 et ouf! grâce aux vitres ouvertes, j'eus l'impression de retrouver enfin mon souffle. Ma pression sanguine avait diminué et ma tête ne bourdonnait plus comme un nid de guêpes.

– Pourquoi ces gars-là s'en prendraient à un chanteur de *soul* azimuté ?

– Le seul qui puisse répondre à cette question est aux abonnés absents depuis déjà un bail, répondis-je.

Je restai bouche cousue un temps, puis :

– Enfin, on pourrait quand même réessayer, voir ce que ça donne.

Memphis brillait devant nous, éclatée, éclatante et découpée.

50

Au rez-de-chaussée du casino, Perfect n'avait pas mis plus de deux secondes à repérer un homme – assez belle gueule, au fond, tendance chef d'entreprise un peu fade – pour se faire ramener à Memphis. Il avait même cinq cents dollars en jeu à la table de black-jack, mais il avait tout planté pour l'emmener dans sa Lexus. Un type tiré à quatre épingles, la trentaine, deux enfants, une femme qui n'aimait plus coucher, et il avait même ouvert la portière à Perfect une fois en ville. Elle lui avait donné un faux numéro en disant qu'elle avait hâte de le revoir, avant de parcourir à pied les deux pâtés de maisons qui la séparaient de sa véritable adresse.

Et maintenant, Dieu soit loué, elle allumait une bonne dizaine de bougies colorées autour de sa grosse baignoire à pattes de lion pendant que son bain coulait. Un bain. De quoi s'enlever Tunica de la tête.

Elle ôta son peignoir en éponge moelleuse, son préféré, pour se glisser dans l'eau chaude et mousseuse. Ah, rester allongée là jusqu'à ce que l'eau ait tout balayé de Levi Ransom… Après, elle évacuerait les humeurs corporelles glauques qui l'avaient remplie, elle s'essuierait et désinfecterait la baignoire.

Il faudrait au moins ça pour redevenir quelqu'un d'autre, pour oublier ce satané merdier. Exactement comme quand elle était ado et qu'elle faisait semblant d'être aux anges chaque fois qu'elle gagnait ces défilés atroces, qu'elle devait sourire si fort qu'elle en avait mal aux lèvres, aux gencives. Sourire jusqu'à ce que sa grosse mère s'empare de la coupe et qu'elles repartent dans leur comté de Cohaoma.

Cette femme aurait fait n'importe quoi pour que sa petite poupée gagne. Elle la tartinait d'une couche de maquillage, la noyait d'un parfum de supermarché puant qu'elle achetait au litre, et puis elle la serrait dans ses bras comme un animal de concours. Le truc que Perfect avait du mal à comprendre, c'était pourquoi il fallait toujours qu'elle triche. Avant même de scotcher les seins de sa fille l'un contre l'autre, de la regarder exécuter son numéro de majorette à la Nancy Sinatra, elle voulait être sûre qu'elles avaient gagné. Exactement comme Ransom.

Perfect ferma les yeux, enfonça un instant la tête sous l'eau. Plus rien que l'obscurité et les bougies dans la pièce, que cette eau super qui coulait, qui bruissait à l'intérieur d'elle. Elle plongea carrément, les bulles lui sortant des oreilles, le liquide s'enfonçant dans ses narines. Elle laissa échapper un long soupir, poussa un cri submergé.

Après le bain, elle resta allongée nue sur son immense canapé rouge à observer ses jambes dans les sept miroirs anciens accrochés au mur à côté de la télé, et dans le petit coffret à bijoux qu'elle s'était acheté à La Nouvelle-Orléans. Des miroirs partout. Dorés. Argentés. Anciens. Certains encore emballés. Des glaces à main, des biseautées et, dans un petit panier sur la table basse, une trentaine de poudriers, amassés depuis l'âge de seize ans.

Elle bâilla et s'étira, en tâtant avec délices son cul ferme et sa cage thoracique.

Elle avait pris l'un des poudriers et le faisait jouer entre ses doigts en basculant sur le dos et en se passant l'autre main sur les seins, quand soudain un choc sourd se fit entendre sur sa petite loggia.

Elle aperçut la silhouette mouvante d'un homme tout en noir. Il avait escaladé trois étages pour l'atteindre. Perfect avait un pistolet dans sa chambre et un assortiment de couteaux à viande dans la cuisine. Sans un bruit, elle laissa glisser ses pieds sur la moquette ; il ne fallait pas qu'il se sache repéré.

Mais il l'avait vue. Il l'observait, de ses satanés yeux soulignés de cernes.

Jon s'était laissé tomber à genoux dans le froid sur la grosse pile de feuilles mortes d'un chêne tout proche. Il avait sa triste mine de chien battu, et il tenait encore à la main une de ces saletés de bouquets de supermarché.

Perfect entreprit de baisser les stores roulants en secouant la tête. Son cœur battait la chamade contre ses côtes.

La fenêtre explosa en une myriade d'éclats.

Un grand pot de fleurs et son palmier mort étaient venus éclater et éparpiller du terreau par terre. Perfect partit au jugé vers la chambre, mais elle n'en était qu'à mi-chemin quand il lui sauta dessus par-derrière. Lui ouvrant la bouche de force, il lui enfourna une poignée de pilules au fond de la gorge, si profondément qu'elle commença à s'étouffer, tout en lui frottant le cou pour la forcer à avaler.

Il lui écrasait les bras contre le plancher dur, il lui enfonçait un genou dans l'estomac. Il posait la tête sur ses seins nus, comme l'aurait fait un enfant, écoutant son cœur battre. Elle ne pouvait plus bouger, ce corps noueux la comprimait.

– On reste là, chuchota-t-il. Compris? Ensuite, on peut aller dans un endroit unique que je connais. Un vrai paradis, tu verras.

– Je vais te couper les couilles, putain, énonce Perfect d'une voix traînante tout en partant en zigzag vers la sortie de Libertyland. Si je crie pas, c'est parce que ça me donne envie de vomir. Je ne me sens pas bien.

Sous le ciel orange et noir qui se tord au-dessus d'eux, les petits lampions blancs viennent de s'allumer dans les arbres. C'est le crépuscule. Des familles poussent des poussettes, portent d'énormes ours en peluche. De jeunes Blacks rôdent aux alentours, maillots des Grizzlies et chaînes en or. Ça sent le pop-corn et le hot-dog, et puis le talc pour bébé.

– Mam'zelle Perfect, revenez faire un tour de Zippin Pippin, enjoint Jon.

Elle ne comprend toujours pas pourquoi cet endroit est si important. Elle doit pas savoir que c'est la vieille foire qu'E louait toute la nuit pour lui et sa troupe d'amis. Ils s'amusaient partout jusqu'au lever du soleil. E passait parfois toute la nuit sur le Pippin.

– Les parcs d'attractions, c'est bon pour les débiles et la racaille blanche, jette-t-elle. Putain de Dieu, que j'ai envie de vomir. Seigneur.

Ses yeux deviennent tout lents, et elle trébuche, tombe presque sur le trottoir. Elle se reprend mais un de ses hauts talons s'est arraché et Jon repart en arrière le chercher.

– Tenez, dit-il, en vrai gentilhomme.

– Ramène-moi chez moi, Jon – ou quel que soit ton vrai prénom.

– Pourquoi vous dites des choses comme ça, mam'zelle Perfect ?

Il sent ses jambes au bord de la frénésie, et une décharge d'électricité parcourt la base de son crâne.

– Vous doutez de mon nom de baptême ?

Elle écarte cette idée d'un rire, et puis elle le regarde en avançant sa lèvre inférieure.

– Oh, mon petit Johnny, je t'ai fait de la peine ? Excuse-moi. C'est bien ton prénom. Tu t'appelles Jon Burrows[1]. D'accord. Pas de problème pour moi.

Les rides de son visage forment des puzzles dans la lumière qui décroît. Les feuilles mortes marron parsèment la promenade cimentée qui mène jusqu'au Pippin et, bizarrement, Jon se sent très triste. Il remonte la fermeture Éclair de son perfecto, cherche des salissures sur ses nouvelles bottes de moto.

Elle a toujours pas bougé. Il tâte le couteau dans sa poche, ça le réconforte. Son souffle lui sort du nez supervite.

Elle rit, et puis :

– Maintenant, je vais me mettre à hurler.

– Les flics te recherchent, dit-il.

– Quoi ?

– La négresse, elle a pas clamsé. Tu l'as même pas tuée. (Jon se penche plus près pour lui renifler la nuque.) Alors on remonte sur le manège, d'accord ? Sinon, je prends le couteau que j'ai dans ma poche et j'te grave ta jolie tronche.

Il montre du doigt le Zippin Pippin, l'une des reliques sacrées de Memphis, une des vraies merveilles du monde, dont la structure s'élève sur fond de ciel.

---

1. Fausse identité qu'utilisait Elvis Presley pour passer incognito.

– Viens.

Quand le Pippin parvient en haut de sa plate-forme en bois, prêt à dévaler sa colline et s'élancer dans toutes ces bosses et ces tournants à vous retourner le cœur, la peau de Perfect se glace à la base de sa nuque.

Jon se rappelle quand il venait enfant et que sa maman dépensait le moindre *cent* qu'elle avait gagné pour qu'ils restent toute la journée au parc, qu'on les traite comme des gens importants. Elle lui achetait tant de hot-dogs et de barbe à papa qu'il en avait le ventre tendu, et que dans les miroirs du Palais des Glaces, ses éternels cernes noirs avaient l'air de disparaître.

Le Pippin s'incline une nouvelle fois vers le bas. Mam'zelle Perfect pousse un cri puissant.

– Je t'aimais, mais Ransom te préfère morte, murmure-t-il en attendant qu'ils plongent, tandis que commence la nouvelle descente, superlente.

Perfect a le corps qui tremble et l'estomac qui gargouille. Elle essaie de courir jusqu'à l'abri sombre des toilettes qu'il y a sous ce grand chêne, mais il ne lui lâche pas le poignet. Il n'est plus qu'un tourbillon de bruit blanc, de battements, de lumières noires et rouges en spirale qui lui parcourent le cerveau, le font bourdonner, le grillent. Putain de Dieu, mais qu'est-ce qu'il lui a donné?

– Espèce d'enculé, dit-elle, sans savoir si les mots sont sortis ou pas. T'approche pas de moi.

Il lui passe le bras autour de la taille et la ramène jusqu'à une galerie de jeux dont le moindre tintement, le moindre afflux de couleurs, de bruits, lui soulèvent encore plus le cœur. Elle pense à cette femme qu'elle a flinguée et même à ces parents et leur fille morte, à Tunica, et puis elle se met à prier pour sa vie. Elle refuse de finir en perdante, jetée dans un fossé parce qu'elle ne peut plus servir. Hors de question de crever comme les autres. Elle va s'en tirer.

Elle tousse, a un haut-le-cœur, et se gerbe dessus.

Ses lèvres et son visage sont dégoûtants, couverts de vomi. Sa tête coule vers son épaule. Son odeur est écœurante.

Elle essaie de se relever toute seule mais ses pieds pendouillent, inutiles, comme une poupée tordue. Elle essaie de se raidir, n'aboutit qu'à s'affaler encore plus.

– Tu as fait quoi? Tu m'as fait quoi?

– Je t'ai juste donné quelques vitamines, femme.

Les yeux de Perfect se referment. Son estomac continue à gronder, sa vessie et ses boyaux se remplissent. Elle tâche de se pincer et de se contenir, sauf que la pression n'arrête pas d'augmenter. Les larmes lui viennent aux yeux. Ses longues jambes sont exposées à travers sa jupe. Son chemisier s'est déchiré à hauteur du coude. De la saleté sur les genoux. Du dégueulis sur ses joues. Sa magnifique chevelure blonde toute enchevêtrée.

Elle est dans des toilettes maintenant, sa petite culotte trempée, et elle gît dans un coin, avec des petits poils noirs, de la saleté et de l'urine étalés tout autour d'elle. Sa peau se tend, elle a besoin de vomir. Elle frotte ses mains l'une contre l'autre sur sa jupe. Regarde ses bras maculés. Et elle s'enfonce en rampant dans ce recoin horrible, épouvantable. Elle hurle tout bas, se cache le visage. Elle essaie de se rouler en boule, une toute petite boule, comme un animal. Elle ferme les yeux très fort.

C'est une méchante, une bonne à rien, personne ne voudra jamais d'elle. Elle crie encore, c'est rauque, étouffé, elle s'entend à peine.

Elle lève les yeux vers la silhouette oscillante de Jon. Propre, tout en cuir noir, qui lui sourit. Des rouflaquettes, le regard plus dur. Il lui shoote dans les genoux pour les remettre dans une position plus féminine. Elle tire le tissu de sa jupe par-dessus son slip souillé.

– Pourquoi tu fais ça? Pourquoi?

– Je m'appelle comment?

– Pourquoi?

– Comment je m'appelle?

– Jon.

– Quoi?

– Jon.

Et là, elle comprend. Une vague de sang et de chaleur lui submerge la nuque, et elle sent les odeurs horribles qui émanent de ses aisselles. Sa colère est telle qu'elle reprend ses esprits un instant. Elle s'agrippe au rebord de la cuvette, se remet debout en chancelant. La paroi est couverte de messages cochons et de numéros de téléphone. La chasse n'a pas été tirée. L'eau a l'air de sortir d'un marigot. Elle serre les dents puis, en regardant Jon droit dans les yeux, essuie ses mains souillées sur son perfecto noir.

– Va te faire mettre ! hurle-t-elle. Tu n'es personne ! Personne !

Il a la lèvre qui frémit, et il jette un reniflement de mépris avant de la gifler en pleine poire.

– Répète jamais ça. J'ai plus de personnalité que t'en auras jamais. *J'ai un nom, moi !*

– Non ! crache-t-elle, se sachant déjà morte, de toute manière. Mais sais-tu seulement comment tu t'appelles ? Elvis ? C'est ça ? Ou alors Jon ? Qu'est-ce qui t'arrive, Jon ? Tu as perdu ta langue ? Espèce de pauvre petit pédé.

Les paupières de Jon se plissent, et les cercles noirs sous ses yeux se creusent encore plus. Comme des faucilles acérées.

Elle lui plante un doigt dans le thorax.

– Où est ta maman, Jon ?

Voilà qu'il pleure, maintenant, et qu'il se bouche les oreilles comme si un son suraigu venait de pénétrer dans la pièce.

– Elle a cramé comme ces livres que tu emportes partout, hein ? C'est toi qui as mis le feu chez elle ? Qu'est-ce qu'elle t'avait fait, Jon ? Pourquoi tu l'as tuée ?

– Non ! s'écrie-t-il. Non, c'est pas vrai ! Je m'appelle Jesse Garon, je suis du Mississippi, j'ai déménagé à Memphis pour faire quelque chose de ma vie. Maman habite à Hollywood et elle est vivante !

Épuisé, il s'adosse à la paroi de la cabine et tire un long foulard jaune de sa veste en cuir.

– C'était à elle. C'est Lui qui le lui a donné. Elle l'a gardé toute sa vie dans son petit oreiller. C'était une gentille.

Perfect s'esclaffe et sent le goût du sang de sa lèvre. Elle rigole en le voyant renifler son foulard puis s'en recouvrir le visage comme pour se cacher.

– Ransom va te faire la peau, dit-elle en se redressant. Il a besoin de moi.

– Il veut que ça ait l'air d'un crime de rôdeur. Ils te trouveront ce soir, tard. Toute tordue et toute sale.

– Va te faire foutre, vermine d'Absalom.

Soudain, il se redresse et lui écrase les mains contre la poitrine, l'envoyant valser contre la cloison de métal. Elle suffoque, incapable de reprendre son souffle. Ses yeux s'emplissent de larmes. Elle prend des petites inspirations de rien du tout.

Jon lui tord aussitôt le foulard jaune autour du cou, en pleurant et en bafouillant tout seul, comme un bébé qui babille, puis il se met à entonner un air qui lui dit quelque chose.

– *Wise men say, only fools rush in...*, entame-t-il, presque à la façon d'une berceuse.

Elle entend craquer son larynx, tombe sur les fesses dans un bruit liquide, et ce ne sont pas les mots cochons autour d'elle qui vont lui remonter le moral.

Une impression d'humidité vers les mains ; elles sont en contact avec les poils morts, la pisse, la saleté, et Perfect éclate en sanglots en regardant une phrase grattée sur le mur avec une clé : *L'arrogance précède la ruine, et l'orgueil précède la chute. Proverbes 16 (17-19).*

La dernière chose qu'elle entend, c'est Jon qui lui chante directement à l'oreille d'une voix douce :

– *'Cause I can't help falling in love with you*[1].

---

1. *Can't Help Falling in Love*, chanson qui concluait les spectacles d'Elvis Presley à Las Vegas.

51

Le Memphis Mental Health Institute présentait toutes les caractéristiques qu'on peut attendre d'un asile de fous. Avec leur brique d'une blancheur froide et leur architecture fonctionnelle fermée de partout, les locaux semblaient avoir été conçus vers la fin des années 1950 ou le début des années 1960. Huit niveaux tout ce qu'il y avait de plus carré et de plus utilitaire. Le résultat était d'une même morne homogénéité que ces docus scientifiques qu'on montrait à l'école élémentaire quand j'étais gosse. Tout paraissait pareillement lessivé : les magnolias le long du trottoir avec leur air sale et mourant ; les filets de volley-ball, effilochés et marron derrière leur longue paroi de grillage ; les trottoirs pâles et recuits de soleil.

En revenant au bureau de U, j'avais pensé à appeler le Charity Hospital. L'état de Loretta s'était stabilisé la veille au soir. J'avais juste tenu à m'assurer que ça durait. Qu'elle n'aurait plus à fréquenter les hôpitaux, les lieux impersonnels, qu'elle reviendrait chez elle où était sa place.

J'avais l'impression d'être surveillé de partout. Les hommes et femmes en blanc scrutant mon regard pour voir si je venais me faire soigner. Les gens sans visage qui guettaient depuis les petites fenêtres en hauteur du bâtiment. La froideur de ces 8 heures du matin me fit plonger les mains dans les poches tandis que U et moi avancions le long du trottoir défoncé.

Sur le panneau en métal de l'HP, quelqu'un avait collé un flyer pour un album de rap récent. OUT THA FRAME, disait le slogan qui s'agitait au vent. U se mit à rire en passant devant. Je ne pigeais pas. Il faisait froid. Je ne m'étais pas levé aussi tôt depuis des lustres. J'étais blanc.

– Explique.

– «Pas dans la grille». Ça tombe sous le sens.

Je le regardai.

– Tu sais, tu penses à côté.

– Ha, ha, dis-je avec un clin d'œil, tout en mimant avec mes doigts que je le flinguais. Ça y est, mec, j'ai pigé.

– Recommence pas ce que tu viens de faire. Y en a qui te prendraient au sérieux.

– Clyde est plus du tout dans la grille, hein?

– Ni dans la grille, ni dans sa tête, ni sur cette planète.

– Quand ils le récupéraient, là-bas, sous le pont, il a dit à l'un des hommes qui s'occupaient de lui qu'il roulait sur les ponts en sucre de la voie rapide lactée. Que celui à qui ça n'est jamais arrivé lui jette la première pierre...

– Ouais, j'oublie parfois à qui j'ai affaire quand je suis avec toi...

Plusieurs aides-soignants nous menèrent dehors, sur le terrain de volley, où nous prîmes place autour de ce qui avait l'air d'un petit coin cuisine entouré de chaises en plastique dépareillées. Le sol était inégal et couvert de cailloux. De l'herbe poussait, jaunâtre, clairsemée. U et moi ne dîmes rien, nous contentant de bâiller et de gigoter sur nos sièges en nous laissant gagner par le calme qui emplissait cet espace vide à mesure que le soleil commençait à se déverser à travers le grillage. Nous avions beau être au-dehors, j'avais l'impression de me trouver dans un sous-sol ou une caverne où le ciel bleu-gris n'était qu'un plafond peint.

Au bout de quelques minutes, ils guidèrent Clyde – les traits tirés, les jambes flageolantes – jusqu'à la table située dans ce vide pelé. Nous étions tellement exposés, tellement à découvert, que ça revenait un peu à prendre le goûter sur la ligne médiane d'un terrain de foot. Je souriais à Clyde, qui n'eut pourtant pas l'air de s'en rendre compte. Il ne semblait pas non plus se rappeler notre accrochage, ni quel jour on était, ni qui *il* était. Notre visite s'annonçait comme une énorme perte de temps.

Tout en le regardant contempler, affalé sur sa chaise, le recoin éloigné du bâtiment qui l'hébergeait désormais, je m'efforçai de me concentrer sur ce qu'il avait été jadis. En tâchant de penser à l'Apollo, aux sessions chez Bluff City et à cette voix superbe, incisive, sur *Dark End.* J'en entendais les paroles, qu'apportaient à la fois mes souvenirs, mon imagination et le vent. Comme une aiguille de phono qui aurait surpris au vol l'essence même d'un homme.

Seulement, celui que j'avais devant moi n'était plus qu'un vieillard racorni. Sa personne tout entière semblait exsangue. Toute superbe lui avait été arrachée, comme un flanc de montagne érodé par l'eau.

Il portait des chaussons d'hôpital, une épaisse robe de chambre et une tunique. Ses cheveux fins évoquaient des plumes rabattues contre un rocher.

– Clyde? demandai-je.

Un simple coup frappé à la porte.

Son regard ne dévia pas du coin vide qu'il contemplait. Ce n'était pas le genre d'endroit qu'on contemple. On contemple les profondeurs du ciel, un parking, une femme attirante. On ne se scotche pas devant les poutrelles qui soutiennent un bâtiment inesthétique, ni les vieilles lessiveuses entassées rouillant tout près.

Son regard était resté fixe.

– Je suis un ami de votre sœur, expliquai-je. De Loretta. Qu'est-ce qui s'est passé, Clyde? Des hommes étaient après vous. Dans quoi vous vous êtes fourré?

J'avais l'impression de m'adresser à un gamin de huit ans.

Je lui posai une main dans le dos, pensant établir ainsi une sorte de lien, mais cela n'aboutit qu'à me faire sentir ridicule et manipulateur.

Ses lèvres desséchées s'ouvrirent. Il poussa un gémissement. Enfin, je crois. C'était peut-être le vent s'infiltrant autour des immeubles, puis dans le creux où nous étions assis.

Le bruit se répéta. Ses lèvres qui se frottaient l'une contre l'autre, et puis, enfin, d'autres sons. Avec un peu plus d'efforts, il parla, sans cesser de scruter le grand vide éternel.

– Je me suis endormi.

– Hein? demandai-je en jetant un regard à U.

Il hocha la tête et m'adressa un nouveau geste pour me signifier de rester zen. On nous avait indiqué qu'il était sous traitement contre ses crises de colère. Les médecins n'étaient même pas sûrs qu'il pourrait communiquer.

Pourtant, il le fit. À sa façon.

– Après ma naissance, je me suis endormi et j'ai réveillé d'autres gens.

– Comment ça, vous avez réveillé d'autres gens?

– Des qui se pavanaient, des qui faisaient du théâtre, ou des films, des gens comme ça, dit-il. Alors je me suis réveillé avec eux, et j'ai repris leur travail, leurs récitals. L'espace de ce court laps de temps, pendant ma première naissance.

– Clyde, écoutez-moi, intimai-je. Parlez-moi de ces hommes.

– Ils m'ont fait dormir, et là je me suis réveillé, je flottais en plein ciel, dans la pluie, j'ai réveillé la pluie, quelle douleur, cette pluie, oui, quelle douleur, j'en avais mal moi aussi… De la neige. Des choses comme ça. Voilà… Mary aussi a eu mal.

– Qu'est-il arrivé à Mary? Est-ce pour ça qu'ils vous ont poursuivi? Je suis là pour vous aider. Je veux découvrir qui cherche à vous nuire.

Son regard se dirigea brusquement vers moi, accusateur, comme si je débarquais pour déranger ses délires.

– Nuire?

– Qui sont-ils?

– Ils sont morts.

– Qui ça?

– Eux et Eddie.

– Et Mary?

– Elle est morte aussi.

– Comment?

– La voiture est noire au fond du lac. Je les vois venir mais je ne peux pas bouger. J'ai les pieds profondément enfoncés.

Je rapprochai mes mains, m'en recouvrant le nez et la bouche. Mon crâne pulsait sous l'effet du manque de sommeil, de mon envie désespérée de café. L'impression d'avoir les idées brouillées.

Et puis il se lança. Oui, là. Il se lança dans la chanson. En plein milieu du terrain de sport, il se mit à chanter. Sa voix était éraillée mais claire dans sa perfection déformée, attaquée par les ans. À croire qu'elle avait attendu ce moment précis des décennies durant. Les paroles sortaient étouffées, pressurées, pleines d'émotion. Pourtant, il avait le visage totalement impassible. Merde, *Dark End of the Street* dans une maison de fous ! C'était le monde à l'envers. J'étais à la fois survolté et écœuré.

– *They're gonna find us,* dit-il. *They're gonna find us, Lord, some day, you and me, at the dark end of the street...*

J'attendais qu'il laisse en suspens le dernier vers tourbillonnant, imprégné d'émotion, autour du *you and me,* celui qui donnait l'impression que la souffrance de ne pouvoir se fréquenter à la lumière du jour durerait éternellement. Mais il n'en fit rien. Il laissa le texte planté là comme les derniers mots d'un formidable poème. Comme un point d'interrogation. Une structure trop chouette pour qu'on la dérange.

– Qu'est-ce qui s'est passé ? m'enquis-je pour la vingtième fois.

J'aurais voulu être tout à cet instant afin de le savourer, d'écrire dessus, de faire savoir au monde entier que j'avais entendu Clyde James chanter *Dark End* par un matin d'automne à Memphis. Mais j'en fus incapable. J'étais allé trop loin pour que les moments privilégiés, la musique, la poésie signifient quelque chose, et pour trouver de la beauté chez un vieillard marteau s'accrochant à l'unique air qui l'avait fait passer à la postérité.

Ce que je voulais, c'était découvrir comment il s'était commis avec la pègre sudiste.

Le ciel strié de nuages aux couleurs effilochées, déchirées, commençait à virer au violet et au noir.

– Qui les a tués, Clyde ?

Il me regarda et sourit. Un sourire branlant de vieux qui sucre les fraises. En étirant les mains comme un clown de cirque qui s'excuse d'avoir laissé tomber les oranges avec lesquelles il jonglait.

– Ça crève les yeux, non ? Nous tous.

– Bobby Lee Cook ?

Ses yeux se plissèrent puis se détachèrent de moi. Ils étaient revenus à cet espace sombre plein de machines rouillées, hors-service.

– On s'arrache, décida U. Il a été complètement démoli par ce qui s'est passé ce soir-là.

Je ne bougeai pas.

– J'ai un pote qui peut nous dégoter le dossier de police, poursuivit-il. C'est l'ultime recours.

Tout en me levant, je regardai Clyde James. Je lui serrais toujours l'épaule de la main, mais sans vouloir désormais établir de lien. Juste pour lui transmettre un peu de l'amour de Loretta, je crois. Je lui donnai de petites tapes dans le dos et lui adressai un sourire, qui ne fit que le dérouter pendant qu'il continuait d'entonner sa chanson.

Ma nuque se hérissa tandis que nous repartions. Je l'entendis parler. Pas à moi, au vide. À tout ce qui avait des oreilles.

– Je ne suis qu'une voix. Perdue dans un rêve.

52

L'expression « archives publiques » est trompeuse. La plupart des gens croient que cela signifie la possibilité d'avoir accès à toutes les informations officielles, à tout moment. La vérité, c'est que la notion de totalité change d'un État à un autre. Quant au « à tout moment », il devient souvent « quand on aura le temps ». L'année précédente, ma tentative d'aider un autre chasseur de blues à obtenir le certificat de décès du légendaire bluesman Blind Blake de la bonne ville d'Atlanta s'était engluée dans un embrouillamini qui avait duré des semaines. La théorie de mon collègue était que Blake était mort quelque part dans le sud de la Géorgie au cours des années 1920 après avoir été renversé par un tramway, et que le décès apparaîtrait quelque part dans les archives de l'État. Personne n'avait répondu à ma requête écrite. Des ronds-de-cuir polis avaient décroché quand j'appelais, mais sans jamais donner de réponse. Une virée en Géorgie avait confirmé que personne ne s'était même donné la peine de chercher.

C'est ainsi que ça fonctionne. La plupart du temps, on est forcé de se déplacer en personne dans leurs bureaux. Et de se montrer poli avec lesdits ronds-de-cuir. Quand on a de la chance, ils partent ramper au fond des cavernes, des profondeurs de l'enfer, enfin bref, des endroits où sont stockés les registres matériels, et ils rapportent une réponse. J'ai vu des tas d'universitaires s'étendre en long et en large sur le fait qu'on conspire à nous dissimuler les archives publiques et que les bureaucrates veulent tout garder secret. Conneries que tout ça, pour l'essentiel. Lorsqu'on recherche de vieux dossiers, le pire ennemi, c'est l'apathie.

Pourvu que la chance sourie à Ulysses et qu'il obtienne les infos déclassifiées que nous avions besoin de voir, me disais-je tout en l'attendant au bureau de cautionnement sur Poplar. Je picorai dans la barquette du plat diététique qu'il m'avait acheté. Des carrés de tofu dans du riz complet, des brocolis et des carottes cuites. Je farfouillai à la recherche d'une bouteille de Crystal sauce ; d'un peu de poivre, peut-être. Rien.

Quand il revint enfin, il était près de 2 heures de l'après-midi. Il se glissa hors de son manteau en cuir, qu'il pendit à une patère en acajou avant de baisser le son du jazz qui gueulait à tue-tête, puis de déposer à grand bruit l'épaisse pile de papiers qu'il portait sous le bras.

Je la soulevai. Un annuaire environ.

U fit du café et entreprit de rappeler des gens pendant que j'embarquais tout ça dans le hall.

– Fais gaffe aux photos, me lança-t-il depuis son bureau. Je dois les rapporter demain matin. Le reste, c'est des photocopies.

James, Mary/Porter, Eddie

17 décembre 1968

Les premières pages consistaient en un rapport détaillé signé du médecin légiste du comté de Shelby. Eddie Porter présentait des blessures multiples. Un trauma à la nuque, infligé avec un instrument contondant. Quatre de ses dents de devant avaient sauté, dont deux retrouvées dans son estomac. Un seul coup de feu, à la base du crâne.

Mary James était morte de façon beaucoup plus propre, si tant est que cela veuille dire quelque chose. Quatre entailles de couteau au visage et une seule balle, entrée sous la mâchoire et qui lui avait transpercé le cerveau.

Du calibre .38 dans les deux cas.

Les photos de scène de crime, au nombre de dix, présentaient la même apparence délavée, granuleuse que celle des vieux Polaroid du début des années 1960 : grand-père avec des lunettes noires bizarres, maman au chignon en choucroute…

Bien entendu, celles-là étaient plus grandes, en 20 × 25, et montraient certaines des images les plus dérangeantes qu'il m'ait été donné de voir.

J'avais déjà eu sous les yeux des cadavres de victimes d'assassinat. Mais l'angle tordu selon lequel gisait cette femme enceinte, qui s'agrippait le ventre les yeux grands ouverts, me fit détourner la tête et passer rapidement au cliché suivant. Ces photos étaient trop intimes. Je feuilletai le reste. L'arrière du crâne. Des assiettes cassées par terre et un billet d'avion dans une mare de sang.

Deux jeux d'empreintes de chaussures ensanglantées. Des traînées de sang dans une cuisine de l'époque. J'avalai comme si ma salive était infectée.

Mais je scrutai consciencieusement chaque page en long et en large. En prenant mon temps. U m'apporta du café dans un mug estampillé du logo de sa société, et je parcourus les schémas ainsi que les diagrammes des angles de tir du ou des tireurs. Tout ce que je voyais impliquait la présence de deux hommes.

PIÈCES À CONVICTION :
32 photographies des lieux
1 brique
1 billet d'avion
1 coutcau dc cuisinc
1 tapis
2 chaises
1 table en Formica
prélèvements d'empreintes (portes et fenêtres)
1 portefeuille
papiers personnels

Je feuilletai rapidement la pile, en quête de copies de ce qui devait être des lettres, ou des petits mots, sans rien voir qu'une nouvelle série de pages dactylographiées avec précision. Ce qui souleva mon attention, néanmoins, ce furent les rapports des enquêteurs. Comme dans la plupart des cas, ils étaient rédigés par un seul membre de l'équipe de deux officiers enquêteurs et mentionnaient les lieu et date de l'interrogatoire, les faits rapportés, ainsi que des observations personnelles éventuelles.

> 14 heures
> 18 décembre 1968
> Bureaux des disques Bluff City, College Street.
>
> Interrogé le suspect Clyde James dans les locaux d'une maison de disques de musique nègre. Le propriétaire blanc, Robert Lee Cook, était présent, ainsi qu'une secrétaire et les parents de M. James. Ce dernier a paru agité et traumatisé pendant l'entretien. Nous lui avons demandé pourquoi il ne se trouvait pas chez lui la veille au soir et comment il se faisait que ce ne soit pas lui qui avait découvert les cadavres. M. Cook est alors intervenu pour affirmer que M. James assistait avec lui à une fête et qu'il pouvait mettre à notre disposition plusieurs témoins qui corroboreraient ses dires. M. James a confirmé sa présence d'un hochement de tête. Lorsque nous l'avons interrogé sur l'endroit où il avait dormi, il a refusé de répondre. Une nouvelle fois, M. Cook a tenté d'intervenir, et l'officier Tyler leur a demandé, à lui et à sa secrétaire, de quitter la pièce. M. Cook a conseillé à M. James de ne rien déclarer hors la présence d'un avocat. M. James a hoché la tête. En sortant des bureaux, M. James nous a affirmé qu'il avait vu deux individus de race blanche, de sexe mâle, s'enfuir de chez lui dans un break vert aux portières lambrissées sur l'extérieur. Nous lui avons demandé à quel moment, et M. James a une nouvelle fois refusé de répondre. M. Cook nous a donné le nom de Bill Hammond, un avocat local. Nous avons pris sa carte.

Je poursuivis ma lecture. De nouveaux interrogatoires. Une déposition de Cook, où celui-ci s'étendait sur la réception qu'il avait donnée à l'occasion de Noël – avec des détails croustillants sur les femmes présentes et d'autres, compliqués, au sujet des amuse-gueules, qui me donnèrent envie de manger autre chose que du tofu. Songeant au *Payne's BBQ*, je consultai l'heure à ma montre avant de me taper plusieurs pages de plus.

> 8 h 30
> 20 décembre 1968
> 433, Rosewood Avenue
>
> Deuxième entretien avec le suspect. Nous avions espéré que cela conduirait à des aveux, mais il semble que M. James tenait simple-

ment à compléter son témoignage à propos des deux individus de race blanche. Il nous avait appelés plus tôt dans la matinée pour nous dire qu'il désirait nous parler sous le sceau du secret. Nous avions convenu de le retrouver sur son lieu de résidence. Personne d'autre n'était présent. Seul le capitaine Leek était prévenu. M. James affirma que M. Cook n'avait pas dit la vérité lors de notre entretien du 18 décembre. M. James assura qu'il se trouvait chez lui au moment des meurtres et qu'il s'était enfui plusieurs heures, passées à déambuler dans les rues, après la mort de sa femme et de son ami. Lorsque nous lui demandâmes pourquoi il n'avait pas tenté de faire venir des secours, il affirma que leur mort à chacun ne faisait aucun doute. Il maintint ensuite avoir vu un individu mâle de sa connaissance, ainsi qu'un second qu'il n'avait croisé qu'une fois, pénétrer chez lui porteurs d'armes de poing. Il nous assura avoir observé ces hommes depuis la carcasse d'une voiture abandonnée dans son jardin. Après l'entrée des deux individus, il aurait entendu crier sa femme. Nous avons demandé à M. James pourquoi il n'est pas intervenu et il a affirmé qu'il en était incapable, sans doute pour ne rien risquer lui-même. M. James a affirmé que la seconde victime, M. Edward Porter, serait entrée dans la maison peu de temps après, et qu'ensuite auraient retenti deux coups de feu. Les deux Blancs se seraient alors enfuis de la maison. M. James serait allé vérifier l'état de santé des victimes. Ayant constaté leur décès, il se serait éloigné à pied des lieux et, peu après, aurait bu en compagnie d'un inconnu. M. James a identifié le premier individu entré chez lui : il s'agirait d'un certain Levi Ransom. Il a affirmé que M. Ransom était un associé de M. Cook et fréquentait souvent le magasin de disques nègres. Le second homme a été décrit comme un adolescent, vu une fois, en d'autres circonstances, en compagnie de M. Ransom. M. James ne se souvenait que de son prénom : Judas. Aucune autre précision. Nous avons quitté le domicile de M. James à 10 h 30 et débattu de M. Ransom avec le capitaine Leek. M. Ransom est connu de nos services. Il a commis plusieurs délits dans le comté de Shelby et nous avons des raisons de croire qu'il a été incarcéré par le passé au pénitencier d'État de Brushy Mountain.

– Bordel de merde ! hurlai-je à U.

– Continue à lire, mon frère, me répondit-il avant de reprendre sa conversation téléphonique.

Pour la première fois, je remarquai le léger bourdonnement qu'émettait la grande enseigne au néon sur la façade, et l'odeur fétide de son canapé. Celle, puante, faisandée, des petits Blancs récidivistes.

Il y avait eu un entretien avec Ransom dans une académie de billard de Beale Street et les enquêteurs notaient que l'endroit lui appartenait. J'imaginais cette salle emplie de la même odeur que celle du canapé, testostérone et nicotine mêlées. Ransom avait nié connaître Cook, Porter, et même s'être trouvé à Memphis à la date en question. «Je fréquente pas les négros», avait-il déclaré. On l'avait interrogé à propos du jeune appelé Judas et il avait apparemment secoué la tête comme tout au long du reste de l'entretien. Étant donné la liste détaillée, longue comme le bras, de ses crimes supposés figurant en annexe au rapport, le flic ne devait pas le porter dans son cœur.

Mes mains ne serraient plus à présent que les ultimes feuilles de papier restantes. Je les parcourus aussi vite que je le pus, à la recherche de nouvelles réponses. Quand je lus l'interrogatoire du soi-disant complice, mon cœur se mit à cogner dans ma poitrine. C'était bref. Seulement deux pages. Le truc sur la publicité des archives ne devait pas s'appliquer aux délinquants juvéniles, parce que le nom et l'adresse du gamin avaient été rayés au gros marqueur noir.

Je pris une nouvelle gorgée de café froid. Malgré mon envie de cigarette, je préférai chercher un paquet de chewing-gum dans ma veste. Je déambulai quelques minutes dans le bureau.

– Alors, c'est tout? demandai-je en soufflant dans le Bazooka pour produire une bulle.

U haussa les épaules.

– Et la suite? Ils n'ont jamais arrêté personne? Bordel, le dossier ne peut pas se résumer à ça!

– Regarde la première page. Elle en indique 221 en tout. Regarde le numéro de la dernière, en bas. Ça correspond. J'ai un peu plus l'expérience que toi de ce genre de truc, monsieur le prof de fac.

J'enfilai ma veste et lui jetai son trench-coat en cuir.

– En route.

– Pour où?

– Mettre la main sur cet enquêteur.

U secoua la tête.

– Il est sûrement mort, ce fils de sa race.

– On verra bien.

M'ayant rendu son manteau, il repartit dans son bureau faire passer un sale quart d'heure à son clavier de PC. Je me versai un nouveau café, engloutis un peu plus de tofu et pris mon mal en patience.

53

U l'avait retrouvé. Il avait mis la main en moins d'un quart d'heure sur ce vieux grigou de Raymond L. Jenkins, ci-devant enquêteur de police, à l'aide d'un service informatique du nom d'AutoTrack. Je connaissais le système, ma petite amie occasionnelle y ayant fait appel, à Chicago, alors que nous recherchions des témoins pour tirer de prison Ruby Walker, une chanteuse de blues. Dommage que seuls les journalistes, les flics et les employés de sociétés liées à la police y aient accès. Cela m'aurait grandement facilité la vie quand j'étais sur la piste de chanteurs perdus de vue depuis des lustres. Mais je demandais des services uniquement quand je ne pouvais pas faire autrement.

Malgré la possibilité qu'il ne s'agisse pas du même homme, nous décidâmes de débarquer sans nous annoncer. L'âge correspondait à peu près et, ainsi qu'on peut s'y attendre venant d'un flic à la retraite, U avait retrouvé des permis de port d'arme à son nom. Sans compter qu'il ne se trouvait qu'à quelques kilomètres, dans le quartier de Cooper et Young.

– Drôle de localisation pour un ex-flic, dis-je en regardant les myriades de maisons méticuleusement rénovées, dont beaucoup arboraient fièrement sur leur véranda le drapeau arc-en-ciel symbole de la communauté gay.

– Tu crois? dit U en s'engageant dans une petite rue commerçante – antiquaires, salons de thé et galeries d'art. Il tient sans doute le siège jusqu'à la prochaine offre d'achat.

Il effectua un parcours en zigzag à travers plusieurs rues étroites, jalonnées de petites maisons et autres bungalows peints en bleu et jaune, avant de suivre le virage jusqu'à une impasse.

Les pénates de Jenkins ne cadraient pas vraiment avec celles de ses voisins. Deux niveaux de brique tout en longueur, peints en vert mastic, avec un balcon en fer forgé parsemé de linge en train de sécher : chaussettes et pantalons à pinces en Tergal. Une des fenêtres de l'étage était condamnée avec du contreplaqué. Celles du bas étaient protégées par des grilles, en dépit du fait que le coin ressemblait à une carte postale officielle de la chambre de commerce.

La porte d'entrée béait. Des bruits de marteau parvinrent à nos oreilles dès que nous eûmes posé le pied hors du 4 × 4 de U pour nous avancer sur le terrain en latérite nue.

D'autres coups de marteau. Le son infime d'une petite radio AM. Une odeur de sciure.

– Monsieur Jenkins ? appelai-je.

Toujours ces coups de marteau.

U passa en premier. Les cloisons étaient moisies, semées de champignons vert-de-gris. Dans un couloir étroit, une partie de cette moisissure avait recouvert des photos de famille remontant à plusieurs décennies : un patriarche à la coupe en brosse, son épouse rousse et trois garçons. D'autres clichés, ceux-là non encadrés, avaient été fichés dans le mur à l'aide de cure-dents, sans doute ajoutés par une autre personne que celle qui avait fait construire la maison familiale. Quand je distinguai plusieurs portraits d'une femme dans un cercueil, décolorés et masqués eux aussi par la moisissure verte, mon souffle se bloqua dans ma gorge.

U parlait avec un homme au fond du couloir. Leur échange se fit de plus en plus distinct à mesure que j'avançais. Je pénétrai dans une pièce dont on avait arraché la moquette et le papier peint. Une étagère à demi montée reposait contre le mur du fond.

Des branches d'arbre masquaient le panorama sur lequel donnait l'unique fenêtre, située dans le dos de Raymond Jenkins.

– Je te présente l'officier Jenkins, dit U en appuyant sur le titre.

Il avait indiqué de la tête le vieil homme, qui le regardait comme s'il venait de se faire aborder par un vendeur de Bibles avec un œil de verre.

Jenkins, dans les soixante-dix ans, était aussi pâle et grisonnant qu'on pouvait s'y attendre. Au-dessus de ses dents tachées par la nicotine, la vieillesse lui faisait tant ressortir le nez et les oreilles qu'il en ressemblait presque à un rat. De petits yeux bleu pâle. Il portait un caleçon à cœurs rouges et une chemise en popeline blanche aux manches découpées. Des chaussettes habillées et des sandales bleu marine.

Il prit une profonde inspiration, s'essuya le front avec un torchon graisseux et s'assit sur un seau retourné. Nous restâmes debout. U ne tenait manifestement pas à salir sa veste à quatre cents dollars ; il s'était reculé légèrement, me signifiant que c'était à moi de mener la danse. Pas difficile de comprendre pourquoi : il lui avait fallu cinq secondes pour évaluer le sujet.

– Officier Jenkins, dis-je, je m'intéresse à une ancienne affaire que vous avez traitée. Un double meurtre, en 1968. Le nom de la femme était Mary James, elle était enceinte à l'époque, et l'homme était un musicien du nom d'Eddie Porter. Ils ont été tués chacun d'une balle dans la tête.

J'avais l'impression de parler dans le vide. Jenkins ne montrait aucun signe d'attention classique : pas de hochements de tête, ni d'air intrigué… Il ne semblait même pas prendre garde à notre présence. Le trou de sa chaussette gauche paraissait l'absorber beaucoup plus.

– Vous vous rappelez ?

Il souleva la jambe, examina ladite chaussette, remit le pied par terre.

Il secoua la tête, se tourna vers U et sourit jusqu'aux oreilles. Sans rien dire. Quelque part en bas de la rue, quelqu'un était occupé à tondre sa pelouse. Jenkins n'était pas rasé de plusieurs jours. Il s'était renversé de la confiture sur le devant de sa chemise.

– Accepteriez-vous de regarder le dossier si nous vous l'apportions ?

– Z'avez pas le droit.

– Pardon?

Il souriait de nouveau tout seul, pétri de son importance : quelqu'un avait encore besoin de lui après toutes ces années.

– Vous êtes pas de la grande maison, alors qu'est-ce qui vous amène?

– L'un des suspects est un ami.

Il hocha la tête, puis son visage se creusa de contrariété : le bruit de tondeuse approchait trop près de son terrain à son goût. Il se leva, entrouvrit la fenêtre et passa son vieux crâne au-dehors.

– Saleté de tantouses. Ils ont envahi toute cette rue. C'est censé augmenter les prix du foncier mais tout ce qu'ils trouvent le moyen de faire, c'est me laisser des petits mots tapés à la machine dans ma boîte aux lettres pour se plaindre de l'état de mon terrain. Je comprends pas pourquoi ils retournent pas se planquer comme ils devraient.

Quand il se rassit sur le seau, ses traits s'étaient animés sous l'effet de la colère, et son regard s'éclaira brièvement devant le sujet que nous avions commencé à aborder.

– Désolé, je ne me rappelle pas cette affaire.

– Nous autorisez-vous à vous apporter le dossier, monsieur? Ça vous rafraîchira peut-être les idées.

– Je ne crois pas que tout ça vous regarde, dit-il en se levant brusquement pour sortir de la pièce en claudiquant. Passez une bonne journée.

U se croisa les bras.

– Un chouette vieux. Je crois que je vais l'appeler grand-père.

Je suivis Jenkins jusque dans le salon. Un canapé blanc. Une table basse blanche. Des murs blancs. Le tapis l'était aussi. Mais la propreté de la pièce n'était plus qu'un lointain souvenir. Tout cet immaculé avait jauni. La moquette avait viré au beige pisseux.

Jenkins alluma un téléviseur encastré remontant aux années soixante.

– J'ai besoin d'aide, monsieur, insistai-je. Je peux être de retour avec ces documents d'ici cinq minutes. Certaines choses vous reviendront peut-être?

Quelque dix secondes plus tard, il se retournait pour me regarder. Tout ouïe, à présent. Son nez aplati s'évasant.

– Fils, j'ai gardé des copies de chacun de mes dossiers. Je les connais tous sur le bout des doigts. Me parle pas comme si j'étais gaga.

– Je vous demande juste cinq minutes de votre temps.

– Et moi, tout ce que je demande, c'est qu'on me fiche la paix.

Je ne bougeai pas. Je le regardai s'avachir dans son fauteuil tout râpé, entouré de cartons de crackers salés et de saucisses fumées, de boîtes ouvertes de bière bon marché.

Il ne regarda pas derrière lui, cette fois. Il s'adressa à moi sans me voir.

– Tu joues contre des types sacrément puissants, fils. Et je pense pas que tu aies assez de billes.

J'ouvris la bouche pour répliquer, mais c'était terminé. Son regard, vitreux de nouveau, reflétait désormais les lumières colorées qui dansaient sur l'écran devant lui, les souvenirs défunts d'une vie qui avait été la sienne longtemps auparavant.

Je comptais revenir avec le dossier. Le faire craquer ne demanderait sans doute qu'un pack de bières et un repas digne de ce nom. Mais alors que U et moi passions le seuil de la porte d'entrée toujours ouverte, je vis une panière accrochée au mur. Un logo familier coincé parmi les factures attira mon attention.

Un drapeau confédéré. Avec trois lettres inscrites au centre : SOS.

54

Projets cachés, objectifs secrets. Plein de trucs dont Jon se fout comme de l'an quarante. Il est reparti à Tunica la veille au soir. Il aime bien cet appartement-terrasse que M. Ransom s'est installé. On lui a même apporté du papier alu pour recouvrir les vitres histoire qu'il puisse dormir jusqu'à midi. Enfin, il aurait préféré rester au lit toute la journée, comme ça le soleil lui aurait pas infecté le cœur, songe-t-il en lissant la veste de son costume en jean. Il détend autour de son cou le nœud de son foulard jaune. Cette saleté sent le magnolia. Marrant, non?

Dans l'ascenseur, il se lance dans un petit enchaînement pas piqué des hannetons qu'il a appris en regardant *Elvis : That's the Way It Is.* Il le termine sur une posture de karaté.

– KIYA! hurle-t-il alors que la porte s'ouvre sur le hall.

Il a manqué cogner du bras le museau d'une vieille dame.

– S'cusez-moi, m'dame.

Il la contourne prestement en se glissant une nouvelle Benzédrine sur la langue. Il sent le médicament se dissoudre. Au moment d'arriver sur le vaste parking, il se frotte les mains comme s'il s'apprêtait carrément à dévorer un festin. Il cherche des yeux la superbagnole de Ransom.

Ça caille, dehors. Il se glisse dans le 4 × 4, ajuste ses lunettes noires en métal doré et se rencogne sur son siège. Les jambes sautillant et tressautant sur le plancher. Il se flanque un nouveau comprimé dans la bouche comme Ransom, au volant, prend jusqu'à la 61 et Tunica centre ; mais avant d'être parvenu à la petite ville en brique, il tourne dans une rue défoncée qui mène chez les nègres.

Pétard. Ces gens vivent là-dedans comme des sauvages. Des baraques bricolées à base de planches pourries clouées ensemble et de vieille tôle. Des bouts de caravane et de cabane tassés les uns contre les autres. On dirait un truc sorti des *National Geographic* que Jon lisait chez sa tante. Une des maisons est même construite autour d'une vieille voiture, comme si c'était une sorte de chambre. Du coup, l'endroit où Jon a grandi à Hollywood, Tennessee, a l'air aussi chic que le Peabody.

Toutes ces cahutes plongent en dessous du niveau de la route dans des mini-ravins. De la fumée et des petites flammes s'élèvent de barils d'essence, grimpent dans le ciel froid et gris. Du gris et du marron, rien d'autre. Des flots de fumée se dégagent des pots d'échappement négros au moteur gonflé.

Jon hoche la tête. Ouais, il comprend. *In the Ghetto*. Il ne neige pas, alors c'est sûrement moins dur ici qu'à Chicago, mais il chantonne un peu la chanson.

– Ça va? s'inquiète Ransom. Tu as l'air sur les nerfs.

– Juste un peu tendu.

– Tu as vu les journaux?

– Je crois pas ce qu'ils racontent.

– Ils disent qu'on a retrouvé Perfect à Libertyland. C'est là que tu l'as laissée?

– Oui, m'sieur.

– C'est un lieu public, petit.

– Z'aviez dit de faire comme si c'était un meurtre de rôdeur.

Ransom n'a pas l'air très content de ce qu'il entend, alors Jon en rajoute un peu :

– Elle m'a compliqué la vie. Elle s'est compliqué la mort.

– Tu as fait gaffe à ne pas laisser d'empreintes?

– Des empreintes, j'en ai pas, répond-il. J'existe même pas.

Ransom ferme son caquet. Au carrefour, ils tournent vers une route à une voie, puis s'arrêtent devant une longue cabane verte flanquée d'une véranda antimoustique. Un Noir maigrelet que Jon a déjà vu au casino avec Ransom fait griller des trucs sur un brasero improvisé dans un bidon d'essence. Ils doivent tous vivre de ça. Des casinos.

Le gars leur adresse un sourire édenté quand ils passent.

Jon suit Ransom jusque sur la véranda, où il découvre un homme blanc, l'air jeune et assez musclé, en tenue beige de shérif.

Premier réflexe : se précipiter vers la porte d'entrée, sauf que Jon se détend un brin en voyant le type serrer la main de Ransom comme s'ils étaient de vieux potes.

– Jon, je te présente le shérif Beckum. Je voulais que vous discutiez un peu tous les deux.

Jon prend un siège, une vieille chaise d'école. En plastique orange, et sale comme tout.

– Tout va comme tu veux ? demande Beckum.

– Rien qu'à Nashville, les sondages ont remonté de douze points.

– Tu te sens trop à l'étroit dans notre bon vieux Tunica, hein ? dit Beckum.

Il est assis sur une vieille chaise, lui aussi. Sauf qu'elle est en bois, et qu'elle a l'air posée là depuis que le monde est monde. Il prend le cigare que lui tend Ransom et l'allume avec une grande satisfaction.

Ransom n'a rien proposé à Jon.

Nom d'un petit bonhomme en bois, Jon va péter les plombs à rester assis là. Sa jambe est sur le point d'exploser. Il y a tellement d'énergie en lui, tellement de vitamines dans son organisme, qu'il voudrait sauter à travers cette vieille moustiquaire rouillée pour s'envoler jusqu'à la lune.

– Jon, tu écoutes ? demande Ransom.

– Oui, m'sieur.

– Vas-y.

– Je disais que la dernière fois que Travers est venu, il était en compagnie d'un Noir, explique Beckum. Un cautionneur, genre chasseur de primes, du nom de Davis.

Le shérif se marre comme un bossu maintenant qu'il a raconté ça. Il doit trouver drôle qu'un négro bosse là-dedans. Jon voit pas ce que ça a de marrant. Black Elvis est un des mecs les plus doués qu'il a jamais rencontrés.

– Travers sera avec lui, annonce Ransom. Tu t'en sens capable, Jon ?

Il renifle une nouvelle fois les magnolias sur son foulard. Il se sent tressaillir entre les jambes.

– C'est pour ça que je suis là.

– Les trois, cette fois. Le Noir, Travers, et la gamine.

Jon hoche la tête sans cesser de mâcher son chewing-gum, en songeant à la beauté de tout ça.

Ransom rigole, mime un uppercut vers l'épaule de Beckum.

– Il les préfère douces et jeunes.

Jon se lève en entendant ces mots, il ressort de la véranda. Comment qu'elles sont, sa tête et ses jambes ? Toutes secouées ! Et Memphis attend plus que lui, yeah !

55

On était cernés par les élections, U et moi : partout où nous allions, d'immenses affiches, placards en carton et autres panneaux publicitaires tout entiers à la gloire de Jude *J'ai-notre-avenir-à-cœur* Russell ou d'Elias *Pour-l'honneur-de-notre-État* Nix. Le scrutin avait lieu la semaine suivante. Tout ce bruit blanc des panneaux, pubs radio et interviews télé me pulsait sous le crâne et me picotait les yeux. Je n'arrêtais pas de repenser à la nuit de la veille, à ces petits Blancs azimutés sur la base paramilitaire, à ce drapeau flottant de façon obscène dans ce qui était en fait le véritable quartier général de Nix, ainsi qu'aux hommes qui voulaient notre peau. Comment un type à l'esprit aussi malade avait-il pu atteindre un tel niveau de responsabilité ? Incroyable qu'on l'ait jugé digne de briguer un mandat aussi important, me dis-je... avant de me souvenir de Jesse Helms, de Strom Thurmond, et de Trent Lott[1].

U tourna dans Riverside Drive pour remonter le flanc sinueux de la colline jusqu'aux Bluffs surplombant la ville. Mes cours d'histoire me revinrent : la protection contre les inonda-

1. Jesse Helms : sénateur de Caroline du Nord connu pour ses positions racistes, fondamentalistes et homophobes ; Strom Thurmond : ancien gouverneur puis sénateur, démocrate puis républicain, ségrégationniste puis intégrationniste, de Caroline du Sud ; Trent Lott : fondamentaliste chrétien et sénateur républicain du Mississippi, qui a dû démissionner de la tête du groupe républicain au Sénat après avoir affirmé sa nostalgie de la ségrégation.

tions et les attaques dont bénéficiaient les pionniers et les Indiens grâce à ces falaises, et même ce gouverneur français de Louisiane qui avait tenté d'envahir les Chickasaw au début du XVIIIe siècle et n'y avait gagné qu'une déculottée cinglante.

Tandis que U se rapprochait de l'adresse que nous possédions pour Bobby Lee Cook, mes boyaux commencèrent à se tordre et la tête à me lancer de plus belle. Le seul homme qui pouvait nous aider m'avait dans le nez comme pas un.

– Rappelle-moi d'arrêter de me mettre les gens à dos, dis-je en observant l'avant du 4 × 4 étreindre l'asphalte.

Nous dépassions des maisons à un million de dollars protégées par des grilles de sécurité en fer forgé.

– Tu es trop doué dans ce domaine, dit-il. C'est un talent inné chez toi.

Une fois en haut des Bluffs, il s'arrêta devant un cas typique de Rêve méditerranéen, avec chaux à gogo et toit de tuiles rouges. Deux fourgons étaient garés devant, ainsi que la Cadillac de Cook. U alla se garer près de la porte d'entrée, puis coupa le contact.

– Tu veux t'en occuper seul? s'enquit-il.

– Ça m'arrangerait d'avoir quelqu'un pour couvrir mes arrières.

Il prit ses lunettes.

– Ça roule, ma poule. Je voudrais pas avoir à annoncer à Abby et à sa cousine sauvageonne que tu t'es fait faire un deuxième trou de balle.

Près d'un large escalier en marbre flanqué de palmiers courtauds, deux filles en jean et tee-shirt à manches longues trempé de sueur étaient en train d'arracher des mauvaises herbes. L'une était blonde, pas maquillée, coiffée en chignon. La seconde, une rousse aux cheveux ramenés en queue de cheval, avait de très longues jambes. Malgré leur aspect sale et maculé de taches d'herbe, j'aurais su au premier coup d'œil qu'elles travaillaient pour Cook.

Ces femmes avaient l'habitude de tourner autour de poteaux en cuivre dans la fraîcheur de l'air conditionné devant des types sur le retour qui s'offraient des consommations à dix dollars. Leur quotidien consistait à leur raconter des mensonges sur des rêves qu'elles n'avaient jamais faits. Je ne pus m'empêcher de rigoler. Cook les avait sérieusement mises au turbin.

Nous sonnâmes. Moins d'une minute plus tard, la barmaid élancée que j'avais rencontrée au Lotus d'Or, la brune aux cheveux courts et aux chouettes abdos, ouvrait la porte. Elle portait un tablier et se séchait les mains sur un torchon. J'avais espéré trouver ces femmes en train de traînasser en bikini près de la piscine, pas occupées à des travaux manuels.

– Oui, cow-boy? dit-elle, un sourire crispé au coin des lèvres.

– Comment va? dis-je. Cook est là?

Elle considéra U, puis me regarda de nouveau.

– Ne fais pas d'ennuis ici. Il a des gros bras aussi, tu sais.

– Promis.

– Juste un conseil d'amie, précisa-t-elle en jetant le torchon par-dessus son épaule et en plantant ses pouces dans les passants de ceinture qui soulignaient ses hanches étroites.

– Merci.

Elle nous dit d'attendre dans le hall. Ce que nous fîmes.

Un lustre énorme dégouttait du haut plafond. De grandes statues en marbre de femmes nues picorant du raisin émergeaient des murs d'un ocre criard. Le hall s'évasait en un séjour ouvert avec fosse en contrebas, comme chez les Beatles dans *HELP!* Meubles à motifs zèbre et guépard. La classe avec un grand K.

U me donna un coup de coude pour que je regarde près du portemanteau à côté de la porte. Dans une vitrine en verre censée ravir le regard des visiteurs, trois grosses coupes célébraient les deuxième, troisième et cinquième places d'un concours local de bodybuilding pour quinquagénaires et plus.

– J'ai toujours eu envie d'être Mister Sud Senior, dis-je.

– Moi aussi, répondit U. Ça dit quoi, là, le sponsor? Airport Holiday Inn?

– Ouais.

– Il y a pas plus classe, mon frère.

Toute la partie arrière de la maison était constituée de parois vitrées, ce qui faisait penser à une maison de poupée coupée en son milieu pour montrer l'intérieur. Au-dehors, une petite terrasse en bois avec des fauteuils métalliques et un parasol Cinzano. Pas de petites femmes. Zut.

Le vent en provenance du Mississippi cognait contre l'immense paroi en verre. De petits pins immatures s'inclinaient au-dehors.

Une porte s'ouvrit sur le côté sud de la maison, laissant pénétrer l'affreuse musique post-Eagles qui gueulait dans une pièce éloignée. Du Don Henley. *All She Wants to Do Is Dance.*

Deux autres jeunes femmes, l'air pareillement éreinté, emboîtèrent le pas à notre hôte, qui désigna le sol en granit noir.

– Du Mr Clean. Partout. Gaffe aux tapis. Si vous les mouillez un tant soit peu, gare à vous.

Elles hochèrent la tête mais firent la grimace dans son dos alors qu'il s'éloignait.

Cook portait un cycliste moulant, cuvée 1987 environ, ainsi qu'un haut satiné bizarre, dérangeant. Difficile de parler de tee-shirt étant donné qu'il s'échancrait en dessous de ses pectoraux et de son torse hâlé au lait bronzant.

Il redressa les épis sur son crâne gris, puis croisa les bras, histoire de mieux faire ressortir ses biceps gros comme des ballons. Une énorme ceinture de muscu en cuir lui couvrait la quasi-totalité de l'estomac.

– Cinq minutes, pas plus, annonça-t-il.

Il prit la tête, repartant vers la salle de gonflette, celle d'où la mauvaise musique jaillissait à pleins tubes. Je regardai U en haussant les épaules.

– Il nous en accordera peut-être six... ce serait chouette, non?

Il avait rempli cette pièce de matériel Nautilus chromé, ainsi que de plusieurs rangées d'haltères. La paroi vitrée du fond surplombait le fleuve, mais les autres murs étaient recouverts de miroirs. Un mastard en tee-shirt du Lotus d'Or, étalé sur un banc de musculation, se faisait coacher par un type qui aurait pu être son frère jumeau, calvitie mise à part. Même cuir tanné, même apparence veineuse et gonflée des accros aux anabolisants.

– Pétard, dit U, c'est sacrément mieux que chez les Saints ici. Tu te rappelles?

– Le cimetière de voitures, tu veux dire? Ça, c'est sûr. Rien que pour aller s'entraîner, on était forcés de traverser tout un champ de vieilles bagnoles.

– Vous êtes venus ici pour taper la causette entre vous? demanda Cook en asseyant son cul couvert de Spandex sur une machine où il se mit à travailler son cou en un hochement de tête perpétuel.

– Non, intervint U, qui s'attendait à ce que je lui fonce dans le lard après cette remarque. Retiens-toi.

Le mastard sur le banc de muscu reçut sa nouvelle fonte avec le grognement de qui vient de se faire piétiner l'entre-jambe. Je lui aurais bien dit que cent quarante kilos, ce n'était pas vraiment faramineux, mais je me conformai au plan de U, gardant pour moi mes autres commentaires désobligeants.

Et là, je décidai d'aller droit au but.

– Pourquoi vous ne m'avez pas dit que vous bossiez avec Levi Ransom?

Cook continua de hocher la tête puis, laissant échapper un énorme grognement, acheva un dernier aller-retour sur sa machine.

Il s'essuya le visage à l'aide d'une serviette, prit une gorgée à une bouteille d'Évian.

– On a déjà discuté de ça. Tu connais la sortie.

– J'ai vu le rapport de police sur Mary James et Eddie Porter. C'est Levi Ransom qui les a descendus. Vous blanchissiez de l'argent pour la pègre. Qu'est-ce qui s'est passé, Cook, vous aviez des services à leur demander? Vous aviez besoin de jouer les gros durs et de vous prouver que vous étiez un méchant?

– Va te faire mettre, dit-il en se transférant sur une machine à biceps.

Il se pencha au-dessus du banc et, adoptant presque une posture d'orant, entreprit de remonter une barre reliée à un système de poids et de poulies.

– Il avait fait quoi, Eddie Porter? Il avait éventé votre marché avec Ransom?

Il m'ignora. Je parcourus des yeux la pièce et ses miroirs.

U s'était éloigné. Il discutait avec les deux masses musculaires. Je crus l'entendre donner des tuyaux sur la façon d'aller plus loin dans leurs développés couchés. L'un des garçons était aux anges.

Cook avala une nouvelle gorgée d'eau.

– Si vous aviez été réglo avec moi, Loretta ne se serait pas fait canarder.

Toute passion pour la gonflette abandonna ses traits. Il resta la mâchoire pendante.

– Personne ne vous a mis au courant? dis-je. Bah, de toute façon, je savais bien que vous n'étiez pas un vrai ami pour elle.

C'est alors que ce fils de pute péta vraiment un câble.

Je me rendais bien compte depuis le début qu'il s'efforçait de se maîtriser. Il était rouge cerise et aspirait de profondes goulées d'air. Mais dès que j'avais prononcé les mots «vrai ami», ses bras s'étaient projetés en avant. Il m'avait coincé la nuque sous le coude et entreprenait de me cogner au visage. Il ne parvint à me décocher que deux brefs directs à la joue et au front avant que je retire la tête et lui torde le bras dans le dos.

Il tomba à genoux dans un cri aigu.

Les mastards accoururent vers lui.

Mais U leur hurla «stop» en brandissant un flingue. Le genre d'ordre qu'on donne à un chien.

Ils s'arrêtèrent. Cook se tordait sous l'effet d'une douleur intense. J'aurais voulu le maintenir ainsi pour l'éternité.

56

– Du calme, dis-je.

Je m'étais adressé sur un ton aussi amène que possible à l'homme que je venais de faire s'agenouiller de douleur. Je remontai d'un cran son bras dans son dos.

– Espèce d'enculé ! hurla Cook. Dis jamais une chose pareille ! Et tu oses venir chez moi ? Je vais te faire la peau, pédé !

Je remontai encore son bras, au point qu'un petit craquement se fit entendre, puis je lui laissai environ cinq centimètres de champ. Il poussa un grognement. Je le lâchai carrément. Il manqua en tomber la tête la première mais, se rattrapant de l'autre bras, s'aida de la machine à biceps pour se relever.

– Loretta, ils l'ont flinguée en pleine poitrine et ils l'ont laissée pour morte sur le sol du *Jojo's Bar*. Des gens extra. Ils ont même mis le feu à cet endroit que Jojo tenait depuis trente ans. Tu sais ce que ça veut dire ? Que pendant que toute sa vie partait en cendres autour d'elle, elle a dû rester par terre à attendre de se vider de son sang ou de cramer sur place. Ouais, Cook, t'es vraiment un super-pote à elle !

Il ferma les yeux et resta planté là un instant, reprenant sa respiration en faisant jouer l'articulation de son bras.

U s'avança pour éteindre la boîte à bruit. Il avait ordonné aux hommes de rester assis mais l'un d'eux tenta quand même de parvenir jusqu'à Cook.

– Assieds-toi ! hurla Cook.

Un ange passa. Cook devait avoir envie de pleurer – enfin, s'il lui restait un tant soit peu de cœur ou de conscience. Mais la seule émotion qu'il possédait dans sa peine lui faisait apparemment fermer sa gueule de pauvre con.

Le vent martelait le mur de verre. Le ciel s'assombrit quelques instants. Puis la clarté revint dans la salle comme des rayons mordorés venaient strier le couvert des arbres bordant les Bluffs.

– Toi, tu viens avec moi, dit-il en montrant l'extérieur. Eux, ils restent ici.

Je le suivis jusqu'à la terrasse accrochée au flanc de la maison. Le panorama était à couper le souffle. Le vent ébouriffait le haut des arbres, jouait dans mes cheveux. Je mis les mains dans mes poches sans rien dire. La plupart du temps, quand on est en quête d'informations, mieux vaut la fermer soi-même.

Dans la lumière naturelle du dehors, Cook paraissait beaucoup plus âgé que je ne l'avais cru. De fines rides s'étaient formées au-dessus de sa lèvre supérieure et des replis de peau lui tombaient sur les paupières.

– Eddie Porter était un super-pote à moi, commença-t-il, les mains sur la balustrade, tout en contemplant le fleuve qui roulait en des tourbillons boueux. Même après avoir appris ce qu'il avait fait, j'ai essayé de l'aider.

– Appris quoi?

– Eddie avait volé deux cent soixante-dix mille dollars aux Bluff City Records.

Je secouai la tête.

– Ne va pas te faire d'idées, se défendit-il, la voix encore plus nasillarde, encore moins maîtrisée qu'à l'ordinaire. Ce n'était pas mon fric, c'était celui de Ransom. Il m'avait financé pour démarrer, à la fois sur le studio et sur l'achat d'un gros magnéto à bandes. Il se servait parfois de nous pour encaisser du liquide. Il ne touchait jamais rien sur ce qu'on gagnait, il se contentait de reprendre ce qu'il avait donné... Porter a tout embarqué.

– Mais alors, pourquoi est-ce qu'il a buté la femme de Clyde?

– Eddie était raide amoureux de Mary. Ransom le savait. (Cook refusait de croiser mon regard.) Ç'aurait été trop facile de le tuer. Il voulait qu'Eddie voie Mary souffrir.

– Seigneur. Bon, mais puisque Clyde se trouvait là-bas, comment se fait-il qu'ils ne l'aient pas tué ?

– Ransom n'avait pas idée qu'il y était. Il s'était caché dans une veille bagnole qu'il avait dehors. Clyde m'a dit ce qu'il a vu. Je lui ai demandé de ne pas le répéter, mais il a pas arrêté de raconter son histoire à qui voulait l'entendre. Quand c'est venu aux oreilles de Ransom, il a juré qu'il allait lui pulvériser le crâne le soir-même. Mais je l'ai défendu. J'ai supplié ce bouseux dégueulasse de foutre la paix à mon pote. Je lui ai parlé des problèmes psy de Clyde, je lui ai expliqué qu'il avait viré clodo. J'ai juré qu'il n'en avait plus que pour quelques semaines à vivre dans cet état-là, et j'en étais vraiment persuadé. Je ne crois pas que Ransom l'a pris en pitié. À mon avis, c'est simplement qu'il n'a pas réussi à le trouver. Quand Clyde est réapparu cinq ans plus tard, tout ça était oublié.

– Et il avait perdu la boule.

– Au début, il dormait à la belle étoile. C'était un choix. Il refusait d'affronter la réalité. Ensuite, tout le monde est allé lui reprocher la mort de Mary. On croyait qu'il les avait tués à cause de leur liaison. Il a été traité comme un pestiféré par les amis musiciens d'Eddie et par toute la soi-disant communauté noire de Memphis. Les foyers d'urgence refusaient même de l'héberger étant donné que c'était un assassin à leurs yeux. J'ai entendu dire qu'un soir de Noël où il voulait dormir dans un escalier menant à l'entresol d'une église, le pasteur l'a refoutu dehors dans le froid en le tirant par les pieds. Et Clyde n'avait pas de chaussures.

– Alors, pourquoi maintenant ? demandai-je. Pourquoi Ransom a-t-il soudain envoyé des hommes sur les traces de Clyde ? Pourquoi ces représailles contre Loretta à La Nouvelle-Orléans ?

– On s'arrête là, annonça Cook comme une des filles arrivait pour lui tendre un maillot de gym zippé. (Il se glissa dedans et se tamponna le visage de sa serviette.) Écoute, Nick, j'en ai strictement rien à foutre de toi, pigé ? Mais Loretta ne voudrait pas te voir mort, alors repars dans ta Louisiane.

– Encore une question, vous voulez bien ?

– Tes cinq minutes sont écoulées depuis longtemps.

– Écoutez-moi, pressai-je en me rapprochant – ce qui me valut une bouffée d'haleine vitaminée et de sueur séchée.

Un éclair lui traversa le regard : il venait sans doute de se rendre compte que la terrasse n'était pas le meilleur endroit où m'emmener. Sa peur me mit quelque peu mal à l'aise.

– Je vais appeler Levi Ransom aujourd'hui même, et je vais lui expliquer que vous m'avez raconté un super-épisode de votre passé parmi les milieux musicos de Memphis, en disant que vous comptiez déjeuner avec le procureur la semaine prochaine. Je m'étendrai sur votre si chouette maison et je le traiterai de pauvre bouseux qui a besoin de vous pour s'occuper de son fric. Ça vous va? Ou vous préférez qu'on continue?

Il regarda de l'autre côté à travers la paroi vitrée, vers son salon-télé, ses bonnes à tout faire pulpeuses et son excavation pourvue d'une cheminée en pierre. Les nuages d'orage commençaient à s'accumuler vers le nord. D'autres, d'un noir fuligineux, se rapprochaient peu à peu du soleil.

– Elle me faisait la cuisine, dans le temps.

On aurait dit qu'il était essoufflé. Au bout du rouleau.

Je m'assis et cherchai mes cigarettes dans mes poches. Une vieille habitude.

– Des légumes verts. Des haricots. Du poulet frit qui me fait saliver rien que d'y penser. Pourquoi tu crois qu'elle agissait comme ça pour moi? Personne m'avait jamais traité de cette façon-là. J'étais parti de chez mes parents à quinze ans. À l'époque, elle aurait déjà pu me quitter, signer chez Stax, ou Hi, elle aurait eu tout ce qu'elle voulait. Pourquoi elle a fait ça?

– Qui était le gamin qui se trouvait avec Ransom? Dites-moi son nom et je m'en vais. Vous ne me reverrez jamais.

– Arrête, tu vas me faire rêver, dit-il avec un sourire, puis il eut un rire bref, manifestement une rareté chez lui. Enfin, en tout cas, c'est ça la question. Ce que tu cherches depuis ton arrivée chez nous, avant même de venir me prendre le chou.

Je me frottai les mains. Elles étaient crevassées. J'avais envie de quitter Memphis. Je commençais à ne plus supporter cette ville. Mais pour aller où?

– Tu n'as pas à chercher trop loin, Grand Chef.

Je contemplai son visage taillé à coups de serpe.

– Le gamin s'appelait Judas, lâchai-je.

– Ouais. Je sais. Un blanc-bec trop gâté qui voulait emmerder son père et qui s'est pris pour un gangster quand il avait dix-sept ans. Après s'être fait virer de son lycée privé de Nashville, il a servi de petite main à Ransom dans son académie de billard sur Beale.

– Il est toujours dans le coin?

– Oh ça oui, lâcha Cook en souriant. Il risque même d'être notre prochain gouverneur.

Je sentis un nœud se former dans ma gorge, une poussée d'adrénaline me chauffer les sangs. Ma bouche s'entrouvrit, sensation de sécheresse, et je guettai le regard de Cook pour vérifier s'il me faisait marcher.

– Maintenant, Travers, permets-moi de te poser une question. (Il ôta sa vieille ceinture lestée, sur fond de soleil mourant à l'horizon.) Tu crois que c'est dur pour un sénateur des États-Unis d'étouffer un crime sordide qui a eu lieu dans un coin de la ville dont tout le monde se fout? Les flics politiquement corrects, ça ne court pas les rues. Ceux qui suivaient le dossier ont sûrement avalé tous les discours de ce connard sur la ségrégation.

Je n'écoutais plus qu'à moitié, à présent. Mon cerveau avait déjà trois tours d'avance. J'avais l'impression de tenir à peine debout sur le bord de la terrasse. J'imaginais le plancher s'arrachant de la maison, dévalant la colline, basculant dans l'eau.

– Deux Noirs crevés, dit Cook, d'un ton désormais pontifiant. Un meurtre que tout le monde prenait pour une affaire de mœurs. Ça n'a pas dû demander trop d'efforts de remettre le couvercle là-dessus.

Je songeais aux Sons of the South et au père d'Abby. Un vieux flic tel que Raymond Jenkins qui garde le dossier original, sans ratures d'aucune sorte. Un chantage lancé par un vieux corniaud pétri d'amertume, qu'un avocat d'Oxford mal inspiré n'avait fait qu'aggraver… Ils auraient aisément pu changer le cours des élections.

– Depuis, Russell est pieds et poings liés devant lui, énonça Cook. Et là, Ransom reprend simplement ses billes.

– Alors ça signifie que Russell va tourner casaque à propos des jeux d'argent? demandai-je en contemplant la berge, avec ses vieux promène-couillons à aubes s'amarrant en prévision de l'orage. Il va les autoriser à Memphis?

Cook me dévisagea, puis secoua la tête.

– Si Memphis était le prochain objectif de la pègre sudiste, dis-moi pourquoi ils auraient investi tout ce fric à Tunica?

Je sentis une goutte de pluie s'écraser sur ma joue. Le vent s'était mis à souffler plus fort.

Je compris pourquoi Cook vivait sur les Bluffs.

57

Jude Russell ne veut pas voir ce saligaud. Il a horreur d'être en contact avec lui. Leur dernière rencontre remonte à la semaine précédente, quand l'équipe de l'Ole Miss jouait contre celle d'Auburn. Ransom s'est invité à la réception donnée par le P-DG d'une société de petit électroménager. Il a passé son temps planté là à grignoter du poulet frit et à se gorger de whisky avec une de ses grues comme s'il appartenait à leur monde. Mais Levi Ransom ne sera jamais des leurs. Des relents de racaille blanche, comme d'autres d'urine ou de testostérone, lui collent aux guêtres. Peu importe combien de millions il s'est appropriés par le biais de ses extorsions, ses assassinats : il demeurera toujours cette petite frappe aux dents jaunes qui, pour Dieu sait quelle raison tordue, a incroyablement fasciné Jude pendant ses jeunes années. Jusqu'où peut aller la stupidité des ados? À l'époque, il s'attirait l'hostilité de tous ceux qui essayaient de l'aider. Il prenait son père pour l'Antéchrist et sa mère pour une radoteuse alcoolo – tandis qu'avec sa queue de canard gominée et sa Mustang customisée, Levi Ransom représentait ce qu'il y avait de plus attirant à ses yeux.

À seize ans, Jude a fait sa connaissance dans une petite académie de billard sur Beale. Il aimait bien cette rue avant qu'elle ne change. Du blues. De la bière. De la bonne herbe. Des femmes. Ransom en connaissait tous les recoins sombres. Tous les endroits où se tramaient des trucs louches. Il lui a payé des pichets de bière, l'a laissé jouer gratuitement au billard, lui a trouvé des gamines capables de lui faire des trucs qu'il n'avait jamais imaginés, du fond de sa chambre patricienne de Germantown.

Ransom s'avançait vers Russell, penché sur le feutre percé de trous de cigarette d'une table de billard, et il lui flanquait deux doigts sous le nez. En mimant des ciseaux et en désignant telle ou telle gamine soûle, ou défoncée, appuyée contre le mur en brique du bar, histoire de lui faire savoir que c'était son tour d'y aller. Il est comme ça, Ransom. Il tâche de vous faire croire qu'il partage tout avec vous.

Jude n'avait pas tellement d'amis. Comment cela aurait-il été possible en changeant de pensionnat chaque mois ou presque? Et quand pratiquement tous ses condisciples ne s'intéressaient qu'à son père. Alors que Ransom, du haut de ses vingt-cinq ans, avait l'allure d'un type qui a bourlingué plusieurs dizaines de fois autour du monde, sans être très impressionné par ce qu'il a vu. Il se vantait d'avoir mis le feu à un tribunal du sud du Mississippi à l'âge de quatorze ans, avec un paquet de cigarettes et une simple boîte d'allumettes. Il jurait avoir tué treize hommes qui ne voulaient pas le rembourser, dont deux avec un couteau de chasse.

La plupart du temps, quand il avait un coup dans le nez, il affirmait faire partie du syndicat de Biloxi. Il y était entré pour de bon, assurait-il, parce que son grand-père était lié à quelqu'un qui possédait un club de jeux là-bas. Apparemment, il s'était mis à faire tourner des tables de poker et de black-jack pour ce type après s'être fait virer de l'armée. Et, assez vite, à l'en croire, il avait été impliqué dans des jeux plus compliqués, tels que bichonner des gamines et s'en servir pour appâter des hommes d'affaires. D'après lui, une pile de Polaroid pouvait représenter un excellent investissement sur l'avenir.

Sa salle de billard de Beale Street, à l'écouter, n'était qu'un simple kit de démarrage. Elle lui servait de quartier général par rapport à des enjeux beaucoup plus importants qui se situaient ailleurs. Mais il n'a jamais cxpliqué lesquels jusqu'à ce que Russell atteigne dix-sept ans. Ce jour-là, alors qu'ils étaient torchés à la Falstaff devant une petite épicerie de South Memphis, Ransom lui a tendu un .45 en lui disant d'entrer dans la boutique et de ramener de la monnaie.

Marrant comme un bref instant peut changer votre vie à tout jamais. Jude aurait dû partir. Comprendre que Ransom ne faisait que l'utiliser, comme il utilisait les gamines qu'il séduisait. Mais il ne l'a pas fait. Il ne pensait qu'à ce père qui revenait de Washington pour discourir sur la nécessité de maintenir les Noirs à leur place, et à cette mère qui lui faisait porter un gâteau d'anniversaire par la bonne alors qu'elle roulait vers la Floride en compagnie du diacre de la paroisse.

Le .45 a été un réconfort ce soir-là. Au point qu'il en a écrasé la tête de l'employé, un gros lard qui s'était fichu de lui quand il lui avait demandé de vider le tiroir-caisse dans un sac en papier.

Ransom a qualifié cette soirée-là de baptême. Ensuite, chaque fois que Jude a tenté d'opposer de la résistance – en général seulement quand il n'avait pas bu –, Ransom lui a souri comme s'il en était déjà passé par là, en s'esclaffant :

– On n'est pas comme les autres, toi et moi. On prend.

L'argent, Jude n'en avait rien à faire. Par contre, ce *toi et moi* signifiait tout à ses yeux.

Ils ont dû cambrioler dans les vingt-cinq magasins au cours de l'été 1968, au moment où le monde entier s'extasiait sur Kennedy et Martin Luther King, les hommes qui sont devenus ses héros par la suite.

Il n'a jamais su combien ça avait rapporté. Il n'a jamais vraiment demandé. Il a presque tout gaspillé en soirées dans des boîtes de strip-tease, en whisky, en herbe.

S'il n'avait pas supplié Ransom de l'emmener avec lui ce fameux soir avant Noël, il aurait pu s'engager à vie dans cette voie. Il avait atterri à l'académie de billard, furieux contre ses parents dont la grande réception avait débordé jusque dans sa chambre : il avait découvert une vieille bique à cheveux gris en train de regarder sa collection de disques en se fichant des tenues des chanteurs ; Mick Jagger ressemblait à une fille, selon elle ; elle avait laissé tomber le 45-tours par terre comme s'il était infesté de vermine.

Elle ne l'avait pas vu, jusqu'à ce qu'il la traite de vieux tas de merde et qu'il vole les clés du break Buick de sa mère.

Il avait découvert Ransom occupé à faire rouler les boules de billard d'un air absent le long de la table tout en consultant sa montre. Manifestement fou de rage, il guidait chaque boule jusque dans son trou comme s'il était son dieu.

Quand il a vu Jude, il a dit qu'il n'avait pas le temps.

Et là, Dieu sait si Jude l'a supplié de lui donner un coup de main. Ransom a enfilé son manteau sans l'écouter jusqu'à ce qu'il évoque la Buick piquée à sa mère. Jude a cru l'impressionner, ce jour-là, alors que tout ce que cet enfoiré voulait, c'était se rendre sur place dans une autre bagnole que la sienne.

Ransom lui a fait boire une demi-bouteille de tequila sur le chemin de cette maison de Rosewood Avenue, puis lui a tendu une paire de gants en cuir. *Ferme-la. Suis-moi. Écoute ce que je te dis, gamin.*

Seigneur Dieu, songe Jude dans un brouillard mental où se mêlent sang et coups de feu. Seigneur Dieu !

Il se secoue pour échapper à ce souvenir et longe à pied la haute palissade en rondins qui entoure son bungalow de chasse à Alligator. De l'autre côté ronronne un moteur de voiture. Russell donnerait n'importe quoi pour que Ransom n'entre pas. Surtout à présent.

Pourtant, exactement comme s'il avait encore dix-sept ans, il appuie sur le bouton afin de faire glisser la porte dans ses gonds, et il attend que l'autre passe. C'est important, lui a assuré son ancien mentor. Ça concerne les élections.

Seigneur. Le scrutin est dans deux semaines et voilà qu'il a des rendez-vous nocturnes en douce avec l'un des chefs de la pègre.

Russell ne l'emmène pas dans sa maison de chasse. Il ne le propose même pas. Ransom s'attend à être traité en hôte. À ce qu'on lui serve un grog au bourbon en cette soirée frisquette, voire qu'on lui prépare un sandwich ou un dîner. Il est dingue de croire ça.

On va le laisser dehors avec les autres clebs.

Russell a un Browning dans la poche latérale de son ciré, une lampe torche à la main. Ils suivent le chemin longeant le petit ruisseau qui entourait les limites de sa propriété à l'est. Un crachin glacé s'est mis à tomber.

– Je veux ta parole, Jude.

Russell continue de parcourir ce même chemin qu'il dégage depuis des années. En regardant au loin, là où les arbres commencent à se rassembler en un bosquet annonciateur de forêt, il shoote dans les cailloux qui encombrent la terre.

Il s'arrête, se sentant fort sur son propre terrain, avec son arme à portée de main. Il regarde les traits tannés, les dents blanchies de Ransom. Ce type possède une intelligence animale mais il ne connaît pas les gens cultivés. Quel imbécile de croire qu'il peut encore le contrôler après toutes ces années ! Russell a laissé tout ça derrière lui. Il est retourné en fac. Il a obtenu son master en gestion à Vanderbilt, modernisé la production de coton de son oncle, doublé leurs bénéfices, épousé une femme comme il faut et élevé une bonne famille chrétienne.

– Écoute-moi bien, dit-il en tâchant d'enrayer les tremblements dans sa voix. Ne viens jamais chez moi, ne croise plus mon chemin, et ne m'appelle plus jamais. Tu as compris ? J'ai commis des erreurs lorsque j'étais jeune. Mais je suis sur le point de devenir gouverneur du Tennessee. Si tu me recontactes ne serait-ce qu'une fois, je te ferai jeter en prison. Je t'ai autorisé à entrer ici juste pour te prévenir.

Ransom se met à glousser et tire ses cheveux défaits en arrière pour former une natte, en nouant leur masse humide derrière sa nuque. Il commence à se dégarnir sur le front. Ses yeux sont noirs.

Il sourit à Jude et le serre dans ses bras. Russell se sent sale rien qu'à humer son haleine rance. Il le repousse.

– Très bien, Jude, dit Ransom avec le même sourire aux dents déchaussées et gâtées. Soyons quittes. On va dire qu'on fait chacun sa part. Toi, tu t'arranges pour que ces casinos ne s'installent pas à Memphis comme on l'a décidé tous les deux, et moi je considère que ça rembourse ce couple que j'ai assassiné pour te couvrir à Oxford. (Ransom a parlé un peu plus fort sur cette fin de phrase, comme si les meurtres étaient un cadeau de sa part.) Je trouve ça correct comme troc. Je les ai farcis de plomb moi-même. Ce gros rustaud se tortillait par terre dans sa pisse en délirant sur le fait que le Sud allait se secouer.

– Je ne t'ai jamais demandé ça.

– Non, le fait est. Mais tu es sûr que tu voudrais qu'on t'interroge sur le fait que tu as tué des négros en 68 ? En pleine élection? C'est un peu à l'opposé des problèmes qui te tiennent tant à cœur, non?

– Je n'ai même jamais rencontré cet avocat.

– Alors pourquoi tu m'as envoyé ce dossier, comme si c'était un sac de merde de chien déposé sur ton perron?

– Tu es impliqué dans ce qui s'est passé ce soir-là. Je me suis dit que tu tiendrais à être au courant.

– Ouais, on s'est sali les mains tous les deux cette fois-là. (Ransom s'approche et flanque deux doigts en ciseau sous le nez de Russell.) On partage tout.

Ce geste écœure Russell, qui est près de vomir. Le chemin devient plus rocailleux et se termine brusquement sur une étendue de hautes herbes. Le vent glacial lui tiraille la peau du visage.

– Comment peut-on être sûrs qu'il n'y a pas d'autres copies de ce dossier?

Ransom hausse les épaules.

– On ne peut pas.

Russell crache par terre sans interrompre sa marche. Il repart en direction de la maison.

– Encore une chose, dit Ransom. Apparemment, quelqu'un t'a vu tuer ces négros le soir en question. C'est écrit noir sur blanc dans ce rapport. Étant donné que tu veux plus avoir affaire à moi, j'imagine que je vais lui lâcher les basques.

Russell s'arrête, se retourne.

– On en a déjà parlé. Cet homme est légalement fou.

Ransom hoche la tête et caresse sa barbe poivre et sel, écartant les jambes pour mieux se camper sur cette terre qui n'est même pas la sienne. Il est tout de noir vêtu, avec des bottes en peau de croco. De grosses bagues en argent et un bracelet de turquoise.

– On dirait qu'il commence à se remettre, dit Ransom. Et un certain Travers l'y aide. Je crois que tu connais déjà le loustic, pas vrai? Ce sera dur quand ils débarqueront devant ta porte.

– Qu'est-ce qui le pousse à faire tout ça?

– Clyde James est le frère d'une négresse de ses amis. Mais t'en fais pas, Jude. On prend bien soin de toi, fils.

Jude Russell ouvre la bouche pour parler et tâte l'arme dans sa poche. Ses doigts ne parviennent pas à la saisir. Il n'arrive pas à attraper ce fichu flingue alors même que Ransom se trouve là, sur sa propriété, et qu'il aurait la loi pour lui… Mais s'il le tuait, qu'en sortirait-il ? Ce n'est pas en descendant son prochain qu'on remporte des suffrages. Et Ransom n'est qu'une ramification du Milieu sudiste, d'autres prendront sa suite. Des hommes plus puissants que lui à Biloxi.

Il ôte la main de sa poche.

Ransom éclate de rire.

– Tu allais dire quelque chose, Jude ?

58

Depuis mon départ de La Nouvelle-Orléans, je n'avais pas cessé d'essayer de joindre Jojo, laissant le téléphone sonner des milliers de fois chez lui, appelant ensuite au bar pour entendre la voix de Loretta sur la messagerie vocale, au point que ça frôlait presque le masochisme. J'avais laissé un message à leur domicile pour qu'il sache que je pensais à lui. J'avais l'impression de ne rien pouvoir faire de plus. Mais ce matin-là je réussis enfin à avoir Loretta à l'hôpital. Elle décrocha dans sa chambre avec le ton de celle qui n'a pas le temps de bavasser au téléphone.

– Tu ne devrais pas répondre.

– Pourquoi ça?

– Tu es malade.

– Ils m'ont enlevé cette balle, gamin.

Je lui demandai comment elle se sentait. Elle m'expliqua qu'ils l'avaient tirée du lit la veille au soir et qu'elle était enfin en état de marcher. Tout cela sans m'épargner les détails effarants de l'opération, et non sans s'étaler sur la façon dont le Seigneur avait écarté la balle des zones vitales – un quart de pouce en plus de chaque côté et Loretta aurait atterri au cimetière. Cette histoire censée démontrer les vertus de la foi ne servit qu'à raffermir ma détermination et attiser ma colère.

– Et Jojo?

Elle demeura une seconde sans répondre.

– Il a les boules.

– Je reviens bientôt, annonçai-je. Je reconstruirai ce bar, même si je dois le faire avec les dents.

– Donne-lui un peu de temps. Il est pas si sûr que ça de vouloir reprendre le collier. L'assurance lui a fait une proposition correcte. On pense aller passer un petit moment à Clarksdale.

– À la ferme ?

J'étais au courant du rêve de Jojo : débroussailler des terres appartenant à sa famille depuis la Reconstruction de l'union et rénover la vieille ferme où il avait grandi. Il ne parlait que de ça. J'avais toujours cru que ça en resterait là, au stade des paroles. Quelques bières débouchaient invariablement sur une discussion à propos de cette vieille ferme, plus haut sur le Mississippi. Certaines fois, j'aurais juré que mon Jojo s'apprêtait à s'enfuir par la porte de derrière, la boîte à outils à la main.

– Dis-moi de quoi vous avez besoin.

Nouvelle seconde de pause.

– Que tu reviennes, Nick. C'est fini.

– Pas tout à fait.

L'assurant de mon amour, je raccrochai le combiné. Je restai un moment à observer la boutique située de l'autre côté de la rue. Je ne voyais toujours pas ce que je voulais.

Ensuite, je téléphonai à U en lui expliquant ce que j'avais fait et en lui demandant de passer quelques coups de fil. Terminant ma bouteille de Coca, je continuai d'observer la porte d'entrée de l'ancienne épicerie qui servait de quartier général de campagne à Jude Russell.

Il était environ 11 heures. Je n'avais pas dormi depuis notre expédition chez Cook la veille au soir. U avait fini par éteindre la lumière chez lui tandis que je regardais défiler des images floues de *Ne tirez pas sur le shérif.* Vers 2 heures du matin, tandis qu'Abby sommeillait à côté sur un futon, ce brave James Garner m'avait donné une idée.

J'avais observé les premières lueurs grises du jour poindre à travers les rideaux, fait du café puis descendu Poplar en voiture pour aller chercher des biscuits chauds dans un Krystal. Là, assis à une table collante, j'avais fait le bilan de mes idées dans un cahier contenant des interviews sur la vie de Guitar Slim.

Devant l'épicerie de South Memphis, qui fourmillait désormais de partisans de Russell, je vis le spécialiste du rodéo politique Royal Stewart monter dans une Audi et partir vers l'est.

Je souris.

Je tenais un plan.

Tonnerre de Dieu !

Je n'ai jamais aimé les country clubs. Il faut dire que j'abhorre encore plus le golf que les cocktails mondains, que la cuisine cajun de restaurants franchisés, que les œuvres de Tom Clancy, que la musique new age, que ces posters insupportables qui nous bassinent sur la réussite et l'art de gérer ses priorités – faut-il vraiment le voir écrit au mur pour se le rappeler ? – et que les types qui font de la compète de sports extrêmes.

C'était peut-être énoncer des généralités abusives mais, à en juger par quelques gars occupés à s'affronter sur le green tout proche, le Memphis Country Club regorgeait d'individus ayant de tels buts importants dans la vie.

Tandis que je sautais par-dessus une barrière latérale en lorgnant le vigile pour m'approcher entre les Land Rover, les BMW et autres véhicules de beaufs, je constatai que le club proprement dit était grosso modo tel que je l'imaginais.

Non loin de là, l'Audi crasseuse de Royal Stewart tranchait dans le paysage comme une crotte sur un gâteau de mariage.

Des magnolias aux branches amples et d'énormes chênes occupaient le terrain proche du bâtiment principal. Je boutonnai ma veste en cuir, me redressai encore et m'avançai avec aplomb entre les portes vitrées, une enveloppe pleine de papiers à la main. Avec à peu près la même attitude que lorsque je parcourais les cités : en adoptant l'allure de celui qui a des choses à faire dans les parages.

À l'intérieur, des murs peints en vert et rose, des tonnes de bois cérusé. Plusieurs vitrines où les gens stockaient des trophées sans intérêt.

Soudain, une femme aux cheveux blancs, sourcils haussés avec arrogance, s'arrêta pour me demander ce qu'elle pouvait pour moi. Je lui dis que je devais déjeuner avec M. Stewart. Avec un grognement, elle affirma ne pas connaître ce nom.

Je répondis qu'elle ne pouvait donc rien pour moi et continuai mon chemin.

À un tournant, je tombai sur une autre femme, celle-ci beaucoup plus attrayante, cheveux châtains, des tas de taches de rousseur, debout derrière une table d'accueil. Je balayai la salle du regard à la recherche de Stewart.

La pièce ne contenait que des femmes. La plupart beaucoup trop maquillées et vêtues de tenues criardes ultra-inconfortables. On aurait pu les croire lancées dans une course au mauvais goût. Le mur du fond était une longue baie vitrée protégeant les convives de l'arrivée du dix-huitième trou.

Les femmes m'observaient. Je souris à quelques-unes. Elles s'empressèrent de plonger le nez dans leurs martinis-gin.

L'hôtesse me demanda ce qu'elle pouvait pour moi. Elle avait la vingtaine tout au plus. Hâlée, beaucoup de bijoux.

Je lui expliquai qui je cherchais et elle se montra très sympa. Elle me guida le long d'un couloir. Nous discutions de toutes les merveilleuses prestations que proposait le club quand elle s'interrompit soudain pour se figer au bord d'un long corridor. Comme ces barrières invisibles qui retenaient les chiens qui m'aboyaient dessus à Audubon Park pendant mon jogging.

Au fond du couloir en question, un groupe d'hommes discutaient et jouaient aux cartes dans une vaste salle lambrissée. La fumée de leurs cigares s'étirait jusqu'à nous.

Je la regardai.

– Vous n'irez pas plus loin?

– C'est la règle. Réservé aux hommes.

– Avancez d'un pas, suggérai-je en baissant les yeux vers la ligne où le tapis devenait vert.

– Je risquerais de me faire licencier.

– Vraiment?

Elle hocha la tête.

Je sifflai entre mes dents, la remerciai et suivis le couloir. Celui-ci était bordé de haut en bas de vitrines présentant d'autres coupes tout aussi dérisoires en argent et en or. De golf, essentiellement. De tennis, pour quelques-unes. Je cherchai du regard une Madame Sourire, sans en trouver aucune.

Au fond de cette galerie des honneurs, la salle était plus impressionnante que celle où avaient été parquées les femmes.

Le plafond voûté de quatre mètres de haut ajoutait à la nuisance sonore de ces mâles discussions, de ces éclats de rire en stéréo. Tissus écossais verts et longues tables en chêne. Les lustres étaient en cuivre.

Des ventilateurs évacuaient la fumée de cigare.

Quelques hommes se retournèrent. Les autres, absolument ravis de ne pas avoir à travailler, m'ignorèrent et continuèrent à boire leur bière.

Un barman m'en proposa une. Je refusai, préférant le café qui attendait au chaud sur une plaque toute proche. Il assura qu'il allait m'en verser une tasse.

Je découvris Stewart assis en compagnie d'un autre homme près d'une grande fenêtre donnant sur un fairway. À moins de huit kilomètres se trouvaient des cités dortoirs bondées, des rues entières de prêteurs sur gages et de Cash Converters.

– Monsieur Stewart, risquai-je.

Il leva la tête vers moi mais reprit sa conversation. Il était passé maître à ce jeu. M'accorder la moindre importance signifiait perdre par avance, il le savait. Il y avait apparemment ce soir-là un banquet destiné à collecter des fonds et il s'agaçait du type de sono qu'ils comptaient utiliser.

– Il faut qu'on parle, proférai-je.

Il poursuivit sa discussion. Néanmoins, son interlocuteur, un petit gars qui paraissait si motivé qu'il en trépignait carrément, trouvait très difficile d'écouter en me voyant planté là.

Le barman arriva avec mon café et je commandai un club sandwich. J'adore les club sandwiches.

– C'est servi avec des frites ?

– Des chips.

– Ça ira.

Stewart se retourna enfin, leva les yeux vers le barman.

– Non, dit-il. Ça n'ira pas. Ce monsieur n'est pas avec moi et il n'est pas membre du club. Annulez sa commande.

– Enfin, Royal, vous mettez ce pauvre serveur mal à l'aise. Sans compter ce gamin. Vous me confirmez que vous êtes mal à l'aise, pas vrai ?

– Non, répondit l'autre. Tout va bien. Franchement.

– Eh bien, moi aussi, dis-je.

Stewart, longs cheveux gris et regard d'un bleu sinistre, se pencha vers moi.

– Vous avez vingt secondes pour filer d'ici, sinon je vous fais arrêter.

Le barman n'avait pas bougé. Le maître de cérémonie de vingt ans croisa les bras sur son polo.

Je souris et me penchai à mon tour au-dessus de la table.

– Jude a-t-il évoqué devant vous l'année qu'il a passée à Memphis en 1968 ? C'était assez chaud comme ambiance, apparemment.

Stewart mordit l'intérieur de sa joue tout en lissant des doigts le rebord du chapeau qui reposait à côté de son coude. Il hocha la tête. Je venais de prendre la main et il savait quand se coucher.

– Toutes mes excuses, dit-il avec son accent très vieux Memphis. Je n'avais pas compris que mon invité restait déjeuner.

59

– Je vous accorde vingt-quatre heures, annonçai-je en buvant une gorgée de café chaud.

Ça faisait du bien d'être à l'abri du froid. Il y avait une cheminée derrière moi, j'en captais la chaleur à travers ma chemise de flanelle.

– Vingt-quatre heures pour faire quoi? s'enquit Stewart.

Le gamin avait quitté notre discussion.

– Voilà ce qui va se passer. Je ne vais pas vous raconter de craques ni vous faire perdre votre temps. Je ne vais pas jouer au chat et à la souris avec vous. Je tiens à ce que Jude Russell se retire de cette élection. J'ai trois atouts dans ma manche, mentis-je. Primo, un témoin, un témoin très crédible, qui assure avoir vu Jude Russell sur la scène d'un double homicide en décembre 68.

Il rit, en soufflant de façon ridicule à travers ses narines.

– Deuxio, j'ai un deuxième témoin qui affirme que Russell a été l'associé d'un membre notoire de la pègre locale. Un certain Levi Ransom qui, selon mes renseignements, a donné de l'argent pour la campagne de Jude.

Stewart avait croisé les bras sur sa poitrine et secouait la tête sans discontinuer en déglutissant à qui mieux mieux. Ses yeux bleus ne s'étaient pas détournés des miens. Pas un seul mot de ce que je disais ne lui avait échappé. Il avait pris mentalement des notes tout du long.

– Vous voulez qu'il renonce à se présenter? Simplement parce que vous affirmez avoir des personnes prêtes à livrer des témoignages parmi les plus mensongers dont j'aie jamais entendu parler?

– Ah, vous voulez dire qu'il faut des preuves? Mince alors, dis-je en me grattant la tête, je n'y avais pas pensé. (Je poussai devant lui un exemplaire du dossier de police déniché par U, accompagné de deux pages sur lesquelles j'avais exercé ma créativité.) Tenez, j'imagine qu'un rapport de police devrait suffire. Ça parle juste de son rôle dans les meurtres et ça laisse pas mal de questions en suspens sur le pourquoi du comment de l'absence de suites à l'enquête. Les victimes étaient noires. Ça devrait lui gagner des palanquées de voix à South Memphis. Vous n'aviez même pas besoin de rénover cette vieille épicerie déglinguée pour y faire des relations publiques.

Les mains de Stewart avaient la bougeotte. Il secoua plusieurs fois la tête.

– Vous êtes fou, dit-il. Dingue au-delà du possible.

– Ça, ça ne fait aucun doute.

Le serveur déposa le club sandwich sur la table. Du pain de mie grillé. Un tas de mayo sur le jambon. Je m'étais attendu à quelque chose de mieux étant donné l'endroit, mais, soudain, je sus que je n'aurais pas dû.

– Bon, eh bien je vous laisse, je crois que vous avez des coups de fil à passer, dis-je en plantant là le sandwich pour enfiler mon cuir.

À l'extérieur, deux hommes en sweat-shirt jaune s'observaient mutuellement, pratiquant leur swing.

– Ça ne marchera pas, dit-il.

– Vous ne me croyez pas capable de le faire? (Je me repoussai contre la table, observant son visage, ses mâchoires serrées, le sang qui affluait à sa nuque.) Vous ne me croyez pas assez malin pour aller faire vingt photocopies de ce dossier ainsi que des retranscriptions d'entretiens et des noms de mes sources avec leurs numéros de téléphone, puis de les faire poster par un copain à tous les médias importants du Tennessee et du Mississippi? Non, vous avez raison. Vraiment trop compliqué.

Toute couleur avait quitté son visage.

Je me levai.

– Vous avez vingt-quatre heures pour lui trouver un remplaçant, dis-je. La femme de Russell est malade. Il a des problèmes personnels. Son chat est mort. Rien à foutre de ce que vous inventerez. La seule raison pour laquelle je vous accorde cette porte de sortie, c'est qu'il n'y a qu'une chose qui soit pire qu'avoir un assassin à la tête de cet État, c'est d'y mettre un tonton flingueur débile et ses copains retardés mentaux de Jackson. Je crois que nous tenons tous à éviter ça. Non?

Je n'attendis pas la réponse. Laissant le dossier sur la table, je me frayai un chemin dans le bar plein d'hommes confits d'alcool et de soleil. Ils n'avaient pas paru me remarquer, ni capter notre conversation. Ils étaient trop occupés à parler d'eux-mêmes. À aller de l'avant sans jamais se retourner.

Jon en a sa claque de se taper le tour de ce bureau de cautionnement. Il connaît super bien les locaux – on voit presque tout à travers ces grandes fenêtres. Maintenant, tout ce qui lui reste à faire, c'est attendre la nuit pour se glisser dedans par la porte de derrière, qui n'est jamais fermée à clé. Et puis s'assurer qu'ils y sont tous les trois.

Tant qu'à attendre, il décide de couper par Union Avenue et de se prendre un *float* au Taylor's Café, à côté de l'immeuble du Memphis Recording Service. Il adore l'odeur des vieux studios d'enregistrement des disques Sun, et ce petit bar à côté où le fondateur d'E, M. Phillips, prenait toujours le café dans son box réservé. À l'époque, E s'asseyait au comptoir en rêvant au moment où M. Phillips Le laisserait faire ce 45-tours qui dépote. Bien sûr, M. Phillips a toujours dit qu'il n'avait pas découvert Elvis, il racontait que c'était Elvis qui l'avait découvert, lui.

Il y a le même plafond en tôle et le même sol à damier qu'à l'époque d'E. Jon se trouve un chouette recoin au comptoir, et il mate des touristes japonais déjantés en train de rouspéter sur leur nouveau tee-shirt, à moins que ce soit une de ces chemises de mécano de la Crown Electric, Jon arrive pas à voir, alors il revient à son *float*. Un Coca avec une boule de glace à la vanille. Un chouette mélange, sucre et bulles.

Il cogite un peu sur Perfect. Sur son corps en forme de bouteille de Coca, justement, et sur sa douce odeur. Et puis il se la rappelle gisant dans ces cochonneries, ou peut-être que c'était un rêve, et ensuite, pouf, envolée. Comme s'ils avaient jamais respiré le même air, genre.

Jon commande un deuxième *float*.

Le gamin qui bosse dans ce café lui rappelle la première fois qu'il est venu à Memphis. Il est coiffé en queue de canard. Avec de longues rouflaquettes de dur, même plus longues que celles d'E, qui lui descendent presque au menton, et un tatouage sur la nuque. Mais il voit petit, comme Jon quand il s'appelait Jesse Garon. Il n'avait pas encore compris toute la place qu'on peut prendre. Toutes les façons qu'on a de grandir et de ne faire qu'un avec E.

Mais bon, on voit bien que ça lui plaît, à ce petit, d'être dans l'endroit qu'a jadis arpenté le Très-Haut. Et du coup, Jon se sent proche de lui. Il sort de sa poche son gros rouleau de billets de cent, lui en dépose deux devant.

– Bonne chance sur le chemin qui mène à E, dit-il.

– Tu bosses dans un spectacle? demande le gosse.

– Je suis pas un sosie, répond Jon.

Le gosse le dévisage, plisse les paupière. Mais il chope le fric comme un clebs affamé et se remet à briquer le comptoir.

Il y a pas une miette dessus, il continue à frotter quand même. Il le maintient lisse et net. Quelque chose dans la guenille qui astique le bar fait que Jon pense à Ransom.

Ransom, qui l'a envoyé à Memphis pour un triple contrat sans personne pour assurer derrière. Seul.

Le gamin continue à chercher des miettes.

Jon pourrait foncer dans le bureau, les descendre tous en deux coups de cuillère à pot. Mais ces satanés locaux sont à un jet de pierre de la prison, les flics lui tomberaient dessus avant qu'il ait eu le temps de faire trois pas.

Il lui faudrait un endroit plus tranquille. Ou un truc pour étouffer le son de son pistolet.

Au moment précis où il se met à se demander qui à Memphis peut lui fournir cet outil, le téléphone mobile se met à sonner dans la poche de son perfecto en cuir noir. Il répond.

C'est Ransom.

Qui dit qu'il y a eu un grand changement.

60

À 9 heures et quart, Jon Burrows, douché et rasé, en costume blanc impeccable, scrute dans le rétroviseur de la voiture de location conduite par Levi Ransom le magnifique convoi de tueurs qui les rejoint le long de la grand-route de Memphis. Au départ, il a juste remarqué les deux gogols qui jouaient avec leur Smith & Wesson sur le parking de l'aire de repos pour routiers où il a retrouvé Ransom à la frontière de l'État. Et puis il a vu le pick-up, avec un type grisonnant et le shérif de l'autre jour. Ensuite est passée une autre voiture de loc pareille à celle où ils sont, et deux braves Blancs du coin en veste de cuir noir ont pris la tête un moment en saluant au passage ce vieux Levi avec deux doigts.

Bien sûr, Ransom sait qui il est. Il sait qu'il sera à la hauteur quand ça va commencer à péter, quand ils essaieront de démolir Travers. C'est pour ça qu'il l'a rappelé. Il ne voulait pas que sa star numéro un du rockabilly finisse bouclée dans une quelconque taule. Jon tourne la tête, s'envoie deux Benzédrine de plus dans la bouche.

Il a l'impression qu'il pourrait rentrer à Memphis à tire-d'aile. Pourquoi est-ce que Ransom n'accélère pas? Pourquoi est-ce qu'il se traîne comme ça?

Bon sang, il est prêt, c'est rien de le dire. Le moment est venu. Jon baisse les yeux vers sa veste croisée, son pantalon assorti et ses bottes blanches à fermeture Éclair. Chemise blanche, cravate rouge, boutons de manchette. Il a emprunté le costard et les godasses dans la zone sacrée où ils stockent Ses tenues, dans ce grand entrepôt près de l'aéroport. Il a pas pris grand-chose, juste ça et le perfecto noir qu'E portait pour le *NBC TV special* de 1968. Jon trouve que ça colle parfait, vu qu'il arrête pas de repasser des doux souvenirs des dernières semaines dans sa tête. Ses *Memories* à lui. Les yeux toujours sur le convoi, il se mord l'articulation du doigt pour essayer d'empêcher sa jambe de trembler. C'est sûr que le passé vous retourne parfois l'estomac.

– Gamin, c'est là que tout se joue, dit Ransom.

– Oui, m'sieur.

– Ça fait près de trente ans que j'ai commencé cette partie, et je veux empocher mes gains en novembre. Tu comprends?

Jon hoche la tête. *Allons-y, allons-y. Accélère.*

Ransom sourit tout seul en passant la frontière du Tennessee, exactement comme quelqu'un qui rentre du maquis pour prendre possession du lieu qui lui revient désormais.

Ça, M. Ransom, il s'en laisse pas conter. Dès qu'ils ont été garés près de ces deux très très vieux ponts en métal, il a sorti un gros revolver, un Colt, et fourré une poignée de balles dans la poche de son manteau noir. Il fait nuit comme dans le trou du cul d'une vache et les ponts donnent l'impression qu'on aurait dû les démolir il y a un siècle au moins. Disjoints, rouillés, cassés, ils s'étirent au-dessus du fleuve et mènent jusqu'à l'Arkansas. Quelques gyrophares orange d'autoroute flashent dans la nuit, histoire que personne approche trop près.

Jon, lui, il se rapprocherait bien. Il sent une pression qui lui bourdonne dans la tête, comme s'il lui fallait sprinter jusqu'à l'Arkansas et retour.

Ransom dit aux deux gros armés de pistolets de repartir sous un des vieux ponts et de se préparer. Les vieux ponts jumeaux qui enjambent le Mississippi.

L'homme à la peau tannée et le shérif se déploient sur le premier pont. Les autres gars qui bossent avec eux sont là quelque part, cachés.

Ransom part en tête, il dépasse la lumière orange, il grimpe sur le pont. Jon suit le mouvement. Le vieux marche vraiment trop lentement. Lui, il est forcé de se mordre l'intérieur de la joue pour se retenir de foncer.

Il prend le rythme et, bientôt, ses pieds font tinter le métal des grilles. Il s'attend à ce que ça s'effondre à tout moment. Il tomberait dans le ciel noir, il continuerait à voler jusqu'à chez lui.

Quand il baisse les yeux et voit ce bon vieux Mississippi qui bouillonne et qui se tord en dessous, il en sursaute à l'intérieur. On dirait qu'ils sont perchés à cent mètres de hauteur.

Il inspire profondément en s'avançant au-dessus des traverses espacées où roulaient les wagons de chemin de fer. Il suit toujours Ransom. Qu'il entend bientôt appeler les autres gars sur une radio portative.

Allons. Où est-ce qu'ils sont?

– Accélère!

Ransom lui jette un coup d'œil.

– Non, rien, marmonne Jon.

Crénom de nom, il pourrait exploser à l'intérieur. Son cœur bat comme un minuteur.

À une dizaine de mètres de là, un ballon rouge se tord dans le vent.

Jon se précipite mais Ransom marche.

Jon contemple le ballon, s'attendant à ce que ça éclate. Le ballon ou lui.

En fin de compte, à force de lambiner, Ransom le rejoint. Il arrache un papier accroché au fil. On dirait bien une carte de Noël mais, nom d'un petit bonhomme, ça lui met les glandes, à Ransom. Il la jette par terre et il crache par-dessus la rambarde du pont.

– Viens, dit-il. Quelqu'un est en train de se foutre de nous.

– Qui ça?

– Le pote de Travers a décidé qu'il lui fallait un peu de fric. Il est malin. Il nous trimbale partout pour savoir à quel point on tient à le choper.

– Combien il touche?

– Si on le trouve?

Jon acquiesce.

– Pas un flèche.

Jon rigole avec lui, continue de regarder son visage en lame de couteau et puis, tout d'un coup, manque tomber dans le fleuve. Là où il y avait avant une grille en métal, ses pieds se sont posés dans le vide. Son cœur accélère d'un cran, bat maintenant à toute allure. Tchac tchac tchac, ça arrête pas. Ça lui soulève l'estomac.

Ransom lui chope la main fissa et l'aide à regagner les traverses de chemin de fer.

– Gaffe, fils, prévient-il. Ce pont a été construit aux alentours de dix-neuf cent cinq. Il a pas l'habitude qu'on se balade dessus.

– C'est haut de combien?

Ransom contemple ses traits à la lueur de Memphis qui brille derrière eux.

– Ce qu'il faut.

Jon lève les yeux. La lumière de la lune vient frapper les poutrelles de métal nu rouillé et se tord en rayons violets. Elle se pose en un million de motifs enchevêtrés qui font un peu tourner la tête. Il va dégobiller. Son cerveau marche plus vite que son corps. Côté corps, il tremble, mais pas trop, peut-être que Ransom ne s'en est pas rendu compte.

Devant lui, l'ouverture menant au pont côté Tennessee a l'air d'une gueule noire grande ouverte. Derrière, Jon ne distingue même pas où commence l'Arkansas et où se termine le rail.

Ransom s'adresse en hurlant au vieux type et au shérif qui sont sur l'autre pont. Ils répondent à pleins poumons qu'eux non plus n'ont rien trouvé.

Tout en tâchant de s'accrocher, Jon se demande si E est déjà passé par là. Il regarde les vieux graffitis vantant des promos de lycée des années 1950 et 60, des couples d'amoureux sans doute morts maintenant.

Peut-être qu'en bas, sur la berge, là où il a vu tous ces clodos et ces SDF, E a emmené Sa nana quand Il est revenu à Humes High, avant la tempête rose qui allait secouer le monde.

Jon tire le foulard jaune de sa poche et s'en enveloppe le cou tout en descendant du pont. C'est son corps tout entier qui tressaute maintenant, comme si un démon lui avait pénétré l'âme pour y faire un pas de deux, comme s'il y avait la fête aux enfers.

Il doit trouver Black Elvis. Il a besoin d'un endroit où se purger pendant quelques jours. Sa main rebondit sur sa cuisse comme une tranche de lard dans un poêlon.

Il va pour vomir quand il entend un grondement énorme.

– Putain de Dieu, tout le monde à terre ! hurle Ransom, plaquant Jon et Son costume sacré sur le sol.

Jon tend la main en arrière pour prendre le flingue et lui faire la peau, et puis il distingue ce qu'a vu Ransom.

Et, Seigneur Dieu, si sa jambe se met pas à tressauter et son cœur à battre un million de fois par seconde. Ça fonctionne encore un poil plus vite là-dedans, comme si quelqu'un lui avait rajouté de l'huile dans son moteur.

– Nom d'un petit bonhomme en bois !

Une dizaine de camions militaires, aussi gros que des tanks, avec des projecteurs K.C. sur le toit, descendent en grondant le chemin de terre, coupant la voie aux autres gars de Ransom. Il doit y avoir une quinzaine de types qui dévalent la pente d'argile rouge couverte de kudzu. Ils portent des fusils mitrailleurs et s'aboient des ordres les uns aux autres comme en plein Débarquement. Ils braquent leurs projecteurs sur l'endroit où Ransom et Jon sont cachés.

En cherchant derrière lui, Jon aperçoit une étroite trouée de terre qui a dû se former après toutes les pluies du mois précédent. S'il arrive à reculer juste ce qu'il faut, il pourra se tailler. Traverser tout le pont à pied. D'ici à ce que ses jambes ralentissent, il sera déjà rendu à Vegas.

Parce que même s'il a envie de voir Travers finir dans un cercueil, cette histoire-là, c'est pas la sienne.

Pourtant, alors qu'il se met à bouger, il entend des balles se déverser depuis le haut d'un des fameux camions qui attendent tranquillement dans les ténèbres.

– Bouge pas, gamin, ordonne Ransom, tirant peu à peu son flingue de sous son ventre pour viser les trois hommes qui s'avancent vers lui.

Ransom va les dégommer.

Ses propres gars arrivés de l'autre pont se mettent à tirer, une tempête de feu qui se déchaîne, comme ce livre de la

Bible avec la bête et les quatre cavaliers et toutes ces bestioles qui surgissent en glapissant du ventre de la terre.

Tout ce qui reste à faire, c'est se couvrir la tête avec les mains et se mettre à prier E, là où Il est assis au côté du Seigneur. Au ciel, dans Sa combinaison en or.

Depuis le haut de la colline où il avait garé l'Expedition, Ulysses Davis se gondolait. Une hilarité l'avait saisi dès qu'il avait vu la fine équipe des Sons of the South en tenue de camouflage et lunettes de vision nocturne. Il flanqua une claque sur le volant en regardant dans ses jumelles et se remit à rire.

– Tu veux regarder?

– Qu'ils aillent au diable, dis-je. Ils ont qu'à se démerder entre eux.

– Ça, Travers, tu as eu une sacrée idée. Qu'est-ce que tu as raconté à ces gars?

– J'ai simplement dit à leur commandant que je savais où trouver les mecs qui avaient descendu un de leurs meilleurs éléments, Bill MacDonald. En précisant que ces communistes allaient passer par son État dans le cadre d'un trafic de drogue avec un gang de Jamaïcains.

– De Jamaïcains?

– Juste histoire d'ajouter à leur motivation.

U secoua la tête et reposa les jumelles. Il prit une grande gorgée d'eau en observant la bataille, les étincelles jaillissant des gueules des armes automatiques.

– Tu trouves pas ça nickel, ce qui s'est passé avec Beckum? J'ai eu qu'à lui dire que j'étais prêt à vendre ta peau pour quelques clopinettes.

– Combien exactement?

– Hors de question que tu saches. Disons juste qu'étant donné le boulot que je fais, ils m'ont cru sur parole.

On rigola un moment, puis il enclencha une vitesse et nous commençâmes à faire demi-tour. Seulement, Dieu sait pourquoi, je décidai de jeter un œil en bas de la colline afin de voir si j'apercevrais cet enfoiré de Ransom en train de se faire découper en morceaux. J'en avais envie. Vraiment. Même si une part de moi-même se sentait écœurée de s'adonner ainsi à ces fantasmagories. J'e serais responsable de la mort de ces salopards, aussi sûrement que si je les avais poursuivis en personne pour leur taillader les boyaux.

Il ne restait plus qu'à prier pour que les Sons of the South écopent de lourdes sanctions à l'issue du massacre. U prévoyait d'appeler la police dès que nous serions de retour sur Poplar.

On n'y voyait pas grand-chose. Tandis que U faisait demi-tour et commençait de s'éloigner, j'aperçus de nouvelles troupes sudistes en tenue camouflage se précipitant dans cette guerre qu'ils avaient cru ne jamais devoir mener. L'opportunité d'une telle mission avait dû être irrésistible.

Une image réussit pourtant à m'attirer le regard. Quelqu'un qui, bordel de Dieu ! n'avait rien à foutre dans cette bataille. Une jeune femme qui s'avançait parmi tous ces hommes, comme surhumaine, immunisée contre les balles – la tête haute et les bras pendant contre les flancs.

Abby.

61

U m'avait donné rendez-vous au pied du pont quand j'aurais récupéré Abby. Je jaillis donc du 4 × 4 toutes antennes dehors. M'efforçant de ne pas dégringoler cul par-dessus tête la pente abrupte couverte d'herbe, je regardai la moitié des véhicules militaires engranger leurs hommes et mettre les voiles, leurs hauts phares se dispersant sous les ponts et sur le chemin de terre plongé dans l'obscurité. Plusieurs autres étaient demeurés sur place, attendant qu'on leur amène des blessés. Parmi eux, Abby. Elle marchait – chancelait, plutôt – sur le sol inégal près de l'endroit où j'avais trouvé Clyde James. Un million d'années plus tôt.

Je lui courus après, serrant fort le Glock dans ma main. J'avais ôté la sécurité. Dix-sept coups prêts à partir.

Je l'appelai.

La fusillade de tout à l'heure semblait l'avoir assourdie. Portant toujours mon blouson en jean bleu usé, elle regardait droit devant elle, l'air buté, sans ciller devant le tas de corps gisant tout près. Un des morts releva la tête.

C'était Jesse Garon, en costume blanc, en compagnie d'un vieil homme barbu. Le vieux cria quelque chose, fit feu en direction de deux des mercenaires des SOS, les décanillant tous les deux. Le crépitement de son arme faisait penser à un fouet. Garon et l'autre homme, qui s'étaient relevés après les tirs, me virent viser dans leur direction puis ils regardèrent la pente grimpant au nord et ensuite, au sud, les quatre autres gars des SOS qui accouraient vers eux.

Ils piquèrent un sprint afin de regagner le pont. Alors que je hurlais à son attention, Abby ne ralentit même pas l'allure.

Elle baissa le bras vers l'un des cadavres en uniforme, lui chopa son arme de poing et entreprit de poursuivre l'homme et Garon sur le pont enténébré.

Profitant d'une pause dans la fusillade, je courus jusqu'au vieux pont. Mes pieds s'écrasant et trébuchant presque sur les traverses en bois usées. Une eau marron tournoyait à près de cent mètres en dessous de moi. Des voitures passaient sur le nouveau pont plus au sud. Le bourdonnement de leurs moteurs me parvenait. Ainsi que le fracas de l'eau courant sous mes pieds.

Plusieurs minutes plus tard, je retrouvais Abby.

Arrivant au pas de course par-derrière, je saisis une bonne poignée de jean comme si le blouson était un maillot de quarterback et j'attirai miss MacDonald vers moi. Elle était tellement décidée à pourchasser Garon et son compère qu'elle ne m'avait même pas entendu la suivre. Elle avait le souffle court, les poumons pris.

Elle grogna et se débattit, mais je lui tordis les bras tout en la serrant contre moi. Elle continua à se tortiller et à me donner des coups, tant et si bien que je fus contraint de lui clouer les bras contre les flancs en disant :

– On les a eus.

Ses ruades s'espacèrent, elle cessa de me frapper et, à travers ses blonds cheveux épars, son regard enflammé parut se calmer un peu. Au nord, les bosses du Hernando-Desoto Bridge brillaient, blanches, au fil irrégulier de leurs réverbères.

Tandis que sa respiration ralentissait, je tentai de saisir l'arme qu'elle tenait à la main.

Mais elle se cabra.

S'écartant d'un pas, elle dirigea le canon vers moi. Je levai les mains en l'air.

Derrière son épaule, je distinguais des lumières qui s'approchaient depuis l'Arkansas. Je me dis qu'il s'agissait peut-être d'un train, mais les planches pourries sous mes pieds me firent changer d'avis.

C'était un 4×4. Celui de U.

Je reconnus la forme familière des phares de l'Expedition et le claquement ferme de sa portière. U s'avançait vers nous.

J'éprouvai un certain soulagement en voyant sa masse imposante approcher.

C'est alors que j'entendis un grognement, un roulement, et que mon cœur ne fit qu'un tour. Le gros 4 × 4 plongeait hors de vue. Un horrible grognement de métal, du bois cassant qui craque : l'Expedition se faisait avaler par un énorme trou noir.

Un *plouf* gigantesque s'éleva en dessous de nous.

Après cela, le silence régna pendant plusieurs secondes. Un vent mordant attaquait mes doigts posés sur le métal rouillé du pont. Le vent fouettait le fleuve et mugissait en s'engouffrant entre les fentes du métal.

Je vis l'habitacle du 4 × 4, flottant telle une énorme bulle, passer au fil du courant, piquer vers le fond en tanguant et disparaître sous l'eau.

Je ne pouvais plus parler. J'étais aveuglé. De la poussière s'élevait maintenant du pont brisé.

Mais, à ce moment, je distinguai U qui marchait dans notre direction à travers la poussière et les lueurs de la lune, avec l'air du gars qui a les boules du siècle. Une expression que, pour une fois, j'étais heureux de lui voir.

– Saloperie de putain de merde ! me hurla-t-il.

– Tu les vois ? vociférai-je en retour.

– Ils ont dû se laisser tomber sur le côté avant d'être au-dessus de l'eau.

Abby visa U de son arme.

– Tout va bien, Abby, dis-je en la serrant contre moi pour lui coincer les bras. C'est U.

– Je l'ai entendu te trahir au téléphone, dit-elle sans lâcher l'arme. Il a passé un marché avec ce Ransom.

U s'arrêta devant nous d'un pas chancelant. Elle leva les yeux vers lui, le regard déterminé comme pas permis, tandis que j'essayais de lui arracher le flingue.

– C'était prévu entre nous, Abby. On a tendu un piège à Ransom.

Elle me regarda.

Puis considéra de nouveau U.

La tension de son corps faiblit, l'arme retomba le long de son flanc, et je la lâchai lentement. Elle leva la tête vers les étançons rouillés du pont.

– Allez, viens, Abby ! dit U. On rentre.

– Rentrer où ? dit-elle sans bouger.

Elle avait une tête à vouloir frapper quelqu'un ou quelque chose.

En direction de la frontière de l'Arkansas, j'aperçus une silhouette floue émerger des ténèbres qui avaient avalé le 4×4 de U.

– Reste ici, enjoignis-je en lui serrant très fort les bras pour obtenir son attention. Ne bouge pas.

Elle acquiesça.

U partit en direction du bord sud et je pris le nord. D'autres formes mouvantes.

Dès que j'avais commencé à me diriger vers le grand trou dans le pont, la silhouette que j'avais repérée avait disparu. Je braquai mon arme vers l'un des contreforts en acier. J'étais sûr d'avoir vu bouger quelqu'un, mais il avait dû tomber en arrière dans le trou. J'étais sacrément dans mes petits souliers de me retrouver aussi près. Aussi près de ce gouffre informe, inégal. De l'eau noire qui se mouvait dans l'ombre en contrebas.

Faisant un pas en arrière, je vis Jesse Garon escalader l'un des tabliers en tentant de se dissimuler. L'enfoiré.

Je me précipitai à sa poursuite et c'est alors que j'entendis le cri d'Abby.

Je fonçai vers l'endroit où je l'avais laissée, mais sans l'y distinguer. On y voyait beaucoup mieux dans ce sens-là, en direction du Tennessee, et je savais qu'elle devait être cachée derrière l'une des grosses poutrelles.

Je ralentis le pas, tâchant de me rappeler d'où était provenu le bruit.

Mon regard était à l'affût du moindre mouvement dans le moindre recoin de rouille.

J'avançai. Lentement. Je braquai mon pistolet et manquai tirer sur des oiseaux nichant dans quelque chevron au-dessus.

Ils s'égaillèrent parmi le scintillement morne des lumières de Memphis.

Puis j'entendis le déclic d'une arme.

Abby coinçait la nuque du barbu au creux de son coude. Elle lui braquait son pistolet sur le crâne. Le cri qu'elle avait poussé était un hurlement de colère, de le tenir enfin à sa merci.

J'abaissai mon arme.

Elle enfonça le canon plus profond dans son oreille. C'était un vieil homme, au cuir tanné, aux yeux noirs. Il arborait une expression intense, comme s'il s'agissait d'un instant qu'il avait déjà revécu un millier de fois et auquel il comptait échapper une fois encore.

– Abby, on le tient.

– C'est lui, dit-elle. Ransom.

U arrivait au petit trot depuis l'autre extrémité du pont. Il s'arrêta en la voyant. J'avais une telle envie qu'elle flingue Ransom. J'aurais aimé qu'il meure mais les paroles qui sortirent de ma bouche plaidèrent en faveur du calme.

– Laisse U s'en charger.

Même à mes oreilles à moi, ça ne voulait rien dire.

Elle se mit à le repousser vers le côté Tennessee, inlassablement, jusqu'à ce qu'il trébuche sur une traverse de chemin de fer. Lumière et obscurité jouèrent tous les trois pas sur mon visage, puis nous finîmes par la retrouver à demi recouverte d'ombres, un pied sur la gorge de Ransom.

L'arme dirigée vers sa tête.

Ransom éclatait de rire et tentait de s'écarter.

– Ton père n'a rien fait. Il est resté par terre à nous supplier pendant qu'on le descendait. C'est drôle, les gènes. Toi non plus, tu n'as pas de cran.

– Abby, enjoignis-je, laisse-le.

Il se dégagea, se leva et épousseta son manteau. Plus histoire de frimer que pour tenter de se nettoyer. Il ne regardait même pas vers nous, à coup sûr convaincu que nous irions dans le sens d'Abby.

J'étais en train de me dire que je n'allais pas tarder à tirer quand l'arme fit feu dans les mains d'Abby, et que Ransom trébucha en arrière, tombant enfin à genoux.

Il tâta le sang surgissant de son cœur avec la tête de celui qui se retrouve dans le cauchemar d'un autre.

Ce n'est pas comme ça que c'était censé tourner, semblait-il penser maintenant qu'il gisait à terre, médusé.

Le coup de feu n'avait pas même décontenancé U, qui s'éloigna de nous pour courir jusqu'à l'endroit où avait disparu son 4 × 4.

Nous trottâmes de conserve, presque comme si nos séances d'entraînement remontaient à l'été précédent, et je l'entendis déblatérer des conneries exactement comme il le faisait à l'époque. Sauf que cette fois, ça ne concernait pas ses entraîneurs ou sa première femme. Il enrageait contre moi.

– Qui est-ce qui va rembourser ça, Travers? Et tu sais bien que je peux pas prendre ton Spectre, bordel. Il est dans un état pire qu'avant.

Il s'arrêta, pivota pour regarder entre les hautes poutrelles parallèles. À une dizaine de mètres de haut, Garon était accroché à une passerelle pour piétons. Il nous sourit et nous salua de la main.

– J'avais un chargeur de CD dans le coffre, grommela U.

J'agrippai les poutrelles en acier, trouvant un appui pour mon pied dans un entrecroisement de planches maintenues par des rivets corrodés. Le vent tranchait dans mes oreilles, produisant des bruits aigus, grinçants.

– N'y songe pas, prévint U.

Je trouvai un deuxième appui.

Puis un troisième.

– C'est pas possible d'être taré à ce point! fut l'ultime phrase que j'entendis avant de me propulser plus haut sur la membrure du pont, à environ trois mètres de Garon.

Il n'avait pas cessé de me sourire. À chaque pas que je faisais, à chaque prise, ma colère grandissait. Je ne pouvais pas chasser la vision de Loretta gisant par terre. Ni cesser de penser au bar de Jojo, à ma vie.

Brusquement, j'eus l'impression d'être suspendu au bord de la colline. Garon était là. Debout. Les yeux baissés vers moi.

Je m'agrippai ferme à la traverse sur laquelle il se tenait.

Mon estomac remonta dans ma gorge tandis que je jetais stupidement un œil vers l'eau bouillonnant à près de cent mètres en dessous de nous. Le vent glacial me griffait les doigts, rendant ardue toute prise.

Garon ne bougeait pas. Il n'essayait pas de me faire tomber.

Il se tenait sur un passage piétons composé de trois planches. C'était suffisant pour marcher. Pour garder l'équilibre, pour ne pas tomber. Tandis que je m'avançais vers lui, il dirigea une arme vers mon torse.

J'avais le souffle court et les assauts du vent dans mes oreilles me donnaient l'impression de m'arracher du sang.

Il appuya sur la détente.

Clic.

Une deuxième fois.

Clic.

– Je n'ai pas l'intention de te tuer, dis-je, la respiration coupée, crevant d'envie de le descendre. Pourquoi tu es revenu? Après tout ce qui s'est passé à La Nouvelle-Orléans? Pourquoi tu es revenu t'en prendre à moi?

Il marmonna quelque chose.

– Quoi? hurlai-je.

– Tu m'as tué!

Il portait un costume blanc mal ajusté, avec un foulard jaune autour du cou. Il avait la peau du visage cramoisie, irritée, les rouflaquettes broussailleuses et inégales. Il était constellé de cicatrices d'acné et son regard avait l'aspect distrait, vitreux, caractéristique des véritables malades mentaux. Pareil à celui de Clyde.

– Reste ici, dis-je.

Il tressautait sur place, son corps entier se convulsant comme si un courant électrique le traversait. Ses yeux se révulsèrent.

– Vil et vie, lâcha-t-il.

– Hein?

– Vil et vie! (Il rigola.) Ça ne s'arrête jamais vraiment. On est à bord d'un train pour Tulsa.

Sans crier gare, il me bouscule et je me laisse tomber à genoux, m'agrippant ferme à la passerelle. La carrure ne fait rien à l'affaire.

Je continue à m'accrocher, et lui à s'enfuir.

Il n'a aucune intention de me tuer.

Je le regarde plonger par-dessus le rebord du pont, les bras étirés comme pour voler, les jambes serrées l'une contre l'autre, jusqu'à ce qu'il disparaisse dans le Mississippi.

62

C'était Thanksgiving, l'une de ces journées mornes, grises, où l'on ne demande qu'à rester allongé chez soi à grignoter en regardant les défilés et les matches de foot à la télé. Et en faisant sans doute un peu la sieste. Abby détestait cette sensation. Elle détestait se sentir toute molle, toute oisive, le ventre plein. Alors elle avait demandé à Maggie de l'emmener jusqu'à l'écurie, au bout d'Old Taylor Road, afin de préparer leurs chevaux pour une petite rando. Elles avaient embarqué Hank dans la Rabbit cabossée de Maggie, et leurs montures vite sellées avaient bientôt trotté à bonne allure le long d'une rivière dont Abby ignorait le nom. Elles avaient évité les branches d'arbres, cravaché sec, jusqu'à ce que l'haleine des chevaux forme des lambeaux de brouillard dans la brume sombre.

Ça sentait le barbecue et les feuilles mortes. Dans une clairière dégagée d'herbe haute et jaune qui avait été jadis un champ de coton, Abby talonna son cheval pour le mettre au grand galop. Sa monture sauta en tête et elle rit et hurla comme Maggie se rapprochait, et se rapprochait encore, pour la rejoindre sur la colline parsemée de balles de foin menant à une vieille bâtisse et à ses étables.

Elle n'avait pas encore parlé à sa cousine de son idée d'acheter le terrain, l'écurie et les chevaux. Elle n'était pas certaine de la façon dont elle le prendrait. Elle risquait de croire que c'était par pitié qu'Abby voulait lui donner un boulot et une entreprise à gérer. Mais depuis la vente de la maison de ses parents et depuis qu'elle avait décidé de partir en voyage au long cours, elle se sentait un peu désemparée. Elle avait besoin de savoir qu'une maison l'attendrait.

Elles ralentirent l'allure, Abby coinçant ses bottes en daim usées dans les étriers pour plonger sous les doigts durcis d'un chêne dénudé, puis les longues mèches mourantes d'un saule.

Hank, qui courait devant eux, disparut après avoir flairé un lapin. Le chemin s'élargissait un instant, près d'une mare d'eau stagnante parsemée de cyprès aquatiques et de quelques cadavres d'oiseaux. Abby retint les rênes et repartit dans l'autre sens, dépassant les ruines de l'ancienne bâtisse censée avoir appartenu à un capitaine sudiste. Son père disait toujours que les Yankees avaient brûlé sa maison et assassiné sa famille. Que lorsqu'il était rentré de Géorgie, il avait retrouvé tous les fruits de son labeur détruits.

Il ne restait plus qu'un sol de pierre et une cheminée – le socle, en fait – mais Abby avait toujours trouvé que c'était un chouette endroit pour se construire une maison un jour.

– Tu trouves ça comment? demanda-t-elle à Maggie.

– Chouette, mais je ne suis pas sûre que les Johnson accepteront de le vendre un jour.

– Oh si, dit Abby en contemplant le bout du chemin qui menait à la clairière et aux étables.

Son dernier jour à Oxford avant de remonter à Memphis en voiture pour aller prendre son avion.

– Enfin, je veux dire… ils ont vendu.

Maggie secoua la tête, calma son cheval qui piétinait.

– Ce n'était pas la peine.

– Tu accepterais de t'en occuper? demanda Abby en ôtant son chapeau de cow-boy en paille pour se démêler les cheveux avec les doigts.

Maggie exprima son assentiment d'un hochement de tête. Et ce fut tout. Pas de discussion. Pas de parlotte. Pas même une explication sur la façon dont il faudrait s'organiser. Elles étaient proches depuis sa naissance et ce n'était pas nécessaire.

– Tu as eu des nouvelles de Nick? s'enquit Maggie.

Son regard vert acéré faisait exotique à côté de ses cheveux sombres et de son teint hâlé.

– Tu n'as mis que deux heures à me poser la question, aujourd'hui.

– Et la réponse est?

– Il est arrivé à La Nouvelle-Orléans. Il m'a appelée hier.

– Mais encore?

– Il dit qu'il doit terminer d'écrire un livre sur lequel il bosse, à propos d'un chanteur de blues. Il paraît que ça l'aide à se changer les idées.

– J'espère qu'il n'en changera pas à mon propos.

Abby rigola.

– Il ne résistera pas à l'appel, dit Maggie, en souriant et en posant la main sur sa hanche ronde, couverte de jean. Ils ne résistent jamais.

Abby fit trotter son cheval jusque dans la stalle. Les planches anciennes, qui remontaient au début du XXe siècle, étaient grises comme du bois d'échouage. Elle dessangla sa selle et, malgré le froid, ôta la couverture trempée de sueur du dos de sa monture.

Quand elle eut terminé de ranger la selle et les brides, Maggie lui lança une fourche.

– C'est comme avant, annonça-t-elle.

Abby sourit.

– Oui.

Elle travaillait un moment à nettoyer l'étable, jusqu'à ce que le ciel s'assombrisse et qu'elles sachent toutes les deux que leurs familles, chez Maggie, allaient se demander où elles étaient passées. Maggie avait seize ans, Abby, dix.

– Tu es sûre que ça va aller? Tu vas où, déjà?

– *Firenze.*

– Et chez nous, ça se dit comment?

– Florence. En Italie.

– Bon. Alors, ça va aller?

L'énorme pick-up Silverado Chevrolet noir avec des tonnes d'options chromées qui avait attaqué la base de la colline, suivi le chemin de terre et passé la barrière gondolée sous les yeux d'Abby remonta l'allée jusqu'aux écuries où elles s'activaient. Il avait les vitres teintées et Maggie plissa les paupières pour tenter de distinguer le chauffeur dans la lumière raréfiée.

– Est-ce que j'ai dit que je partais seule?

Maggie haussa les sourcils.

La portière s'ouvrit et Raven en émergea, tout maigre et tout James Dean dans son jean bleu sombre et sa chemise à boutons pression en nacre. Il avait ramené ses longs cheveux noirs en arrière et s'était même rasé. Le cuir de ses santiags noires brillait dans la lueur de ses phares.

– J'arrive trop tard pour dîner? demanda-t-il.

Maggie sourit jusqu'aux oreilles. C'était l'une de ces fois où l'on savait que le scepticisme la submergeait, mais qu'elle se forçait à serrer les dents. Elle trouva tout de même le moyen de continuer à sourire et à parler.

– Ouais. Mais il y a plein de restes. Suis-nous jusqu'à la maison et prends-toi une chaise.

Abby sourit. L'espace d'un instant, elle se retourna vers la porte étroite de l'écurie dans laquelle, environnée d'une lumière violette et grise, s'encadrait la vieille maison. Au printemps, cette étrange ruine serait un chouette point de départ.

C'était une silhouette solitaire bizarre qui déambulait le long de l'Elvis Presley Boulevard en cette journée de Thanksgiving. Un Noir efflanqué en costume blanc rehaussé de faux diamants. Une perruque noire avec des rouflaquettes, des lunettes métalliques trop grandes. Il suivait le mur de pierre incurvé qui ceignait la propriété sacrée. Couvert de paroles et de prières pour le Fils. Qui changeaient tout le temps. Les prières de remerciement, au cours de l'hiver, devenaient suppliques de tristesse à l'automne.

Il avait vu les phrases écrites en japonais et en allemand. Les lettres cochonnes de femmes qui espéraient toujours finir dans Son lit après toutes ces années. Des touristes, qui écrivaient en général la date où elles arrivaient, comme pour graver leur immortalité sur une relique religieuse.

Mais pour les véritables fidèles, c'était un lieu de contact. Où laisser des messages personnels que seuls quelques-uns comprendraient. La dernière fois que Black Elvis avait traversé Memphis alors qu'il faisait route vers la Floride pour rendre une nouvelle fois son tribut, la quarante-troisième pierre depuis le portail lui avait expliqué que l'un des Vrais Fidèles avait besoin de ses conseils. Un jeune homme du Mississippi animé d'une foi plus vaste que tous ceux qu'il a jamais connus.

Quand ils s'étaient quittés il y avait quelque temps de ça, le jeune homme l'avait prévenu qu'il lui donnerait rapidement des nouvelles au même endroit si tout se passait comme prévu. Des vœux de bonheur. Une prière, peut-être. Ou alors un nouvel appel au secours, allez savoir.

Tandis que, à côté de Black Elvis, deux Honda se ruaient sur le boulevard sacré aux boutiques obscures, lui se redressa haut dans ses bottes de cuir verni pour vérifier la pierre.

Aucun souhait. Aucune prière.

Juste un simple message daté de trois jours.

JESSE GARON EST VIVANT !

Ces mots étaient paraphés, la signature ronde d'un homme du nom de Lucky Jackson qui disait habiter Las Vegas.

Black Elvis sourit.

Il irait le chercher en arrivant là-bas.

Épilogue

Tout ce qui restait du *Jojo's Blues Bar,* c'était une carcasse noircie de brique et d'agglo à la charpente carbonisée, dans laquelle un vol de corbeaux avait décidé d'établir son nid. Parcourant ces décombres des yeux, je remarquai les restes squelettiques de chaises et de tables, et même les guirlandes de Noël en céramique rouge, bleue et verte écrasées parmi la suie et les gravats. L'ancien juke-box qui brillait jadis de tout son chrome et de tous ses néons avait été dévoré jusqu'à l'os par les flammes. De vieux 45-tours Chess et VJ gondolés parsemaient le flanc de la machine comme des galettes jetées, parce que trop cuites.

Pour horribles qu'aient été les événements, j'étais tout de même heureux d'être loin de Memphis et de retour à La Nouvelle-Orléans.

Le plan échafaudé avec U avait fonctionné, pour l'essentiel, comme nous l'avions espéré. Aucun de nous n'avait tiré une balle et Abby avait, pour tuer Ransom, fait usage de l'un des flingues des Sons of the South qu'elle avait ensuite jeté dans le fleuve. U se faisait quelque souci sur la découverte prochaine de son 4 × 4 par les flics et sur le chouette petit trou laissé dans le pont, si bien qu'il avait concocté un bobard voulant qu'il ait poursuivi l'un des nervis de Ransom recherché par la justice. C'était à peu près tout.

Un cyclone des familles s'était abattu sur les Sons of the South. Ils s'étaient vraiment tiré une balle dans le pied à laisser ainsi douilles et cartouches, traces de pneus et équipement de rappel près du pont. Ils avaient même abandonné l'un de leurs véhicules de transport de troupes, qu'ils prétendaient s'être fait voler par des gamins blacks en mal de rodéo ayant pénétré par effraction dans leur base. Nombre d'entre eux avaient été arrêtés. Plusieurs étaient morts. Leurs noms ne signifiaient rien pour moi mis à part celui de Ransom.

Elias Nix avait été cité dans le *Commercial-Appeal* pour ses liens supposés avec leur groupe. Mais le temps qu'interviennent les arrestations, il n'intéressait plus les médias. Quand Jude Russell s'était retiré quelques jours à peine avant le vote, à cause d'un «problème médical non divulgué », un ex-sénateur fédéral aux tournées de conférences chéries des électeurs avait décidé d'enfourcher son cheval de bataille une dernière fois pour le parti.

Sa victoire sur Nix avait été si écrasante que les bulletins d'info de 22 heures l'avaient déclaré gagnant «contre une catastrophe naturelle de première ampleur».

Mon rôle ne m'avait apporté aucune satisfaction. J'aurais préféré que rien de tout cela ne se soit passé. J'aurais aimé pouvoir fermer les yeux et les rouvrir sur les lumières s'éclairant dans le bar, dans le tintement des clés de Jojo en train d'ouvrir pour la soirée.

J'entendis un bruit de pas lourds derrière moi.

Les corbeaux s'égaillèrent comme un seul homme, leurs plumes d'un noir presque bleu dans le soleil de l'après-midi, tandis que Jojo jetait un œil à travers l'ouverture, là où s'étaient tenues les grandes portes à claire-voie. Plongeant le bras vers un tas de cendres, les clés dans son autre main, il exhuma la poignée et le verrou.

– Tu es venu m'aider à fermer?

– Jojo, enjoignis-je, accroupi les fesses en arrière, en trouvant un portrait encadré, à demi dévoré, d'un bluesman du nom d'Earl Snooks.

Nous l'appelions Henry. Je montrai ça à Jojo, qui regarda derrière moi.

– Seigneur Dieu!

– Le Seigneur peut plus nous aider là où on est rendus, fils.

De l'autre côté de la rue, je vis sa Cadillac teuf-teufant ses gaz d'échappement dans la fraîcheur de l'air.

– Tu vas quelque part? m'enquis-je.

– On remonte faire un saut en haut de la Highway 61, répondit-il. C'est pas qu'on se cache. On cherche.

Je levai les yeux vers son visage d'un noir de charbon encadré par la lumière vive.

– Ça ne t'embête pas si je passe vous voir de temps en temps?

– Écoute, Nick..., commença-t-il, les mains tremblant sur la chair de mon bras.

Je n'avais jamais vu trembler ces mains-là. Jamais. Il était la définition même du roc.

– Pourquoi tu m'as pas parlé de ce que tu faisais pour Loretta?

– Je ne trouvais pas ça utile à ce moment-là.

Il me prit la photo de Snooks pour étudier le visage de son vieil ami.

– Tu la veux? demanda-t-il en me la rendant.

– Non, je me souviens de lui.

Je l'accompagnai jusqu'à la Cadillac et nous discutâmes près de la longue portière à laquelle il s'était accoudé.

– Qu'est-ce que tu vas faire?

– Je te suis de près, dis-je en souriant. Une femme que j'ai rencontrée à Oxford m'a proposé de me donner des cours d'équitation.

– C'est comme ça qu'on dit, maintenant?

Il rigola. Un rire typique de Jojo, rauque, râpé, venu des profondeurs. Qui me fit sacrément chaud au cœur tandis que je regardais disparaître les feux arrière de la Cadillac.

Je restai campé sur Conti après son départ, contemplant de nouveau la carcasse du bar, me demandant comment il avait réussi à entasser autant de monde dans un lieu aussi petit. Je pensais à la bière, à la fumée et aux soirées où j'avais joué de l'harmonica en suant comme un porc dans la chaleur de La Nouvelle-Orléans pendant que Loretta poussait ses goualantes magnifiques. J'entendais presque les acclamations et les cris tandis qu'elle avançait parmi la foule, le visage moucheté de petites lumières bleues et rouges dans la pénombre du bar, en se foutant de la gueule de Jojo ou de la mienne. Une douce Dixie bien fraîche à côté de moi, mes amis circulant à proximité – avec la sensation d'être immortels, tous, l'impression que jamais notre fête ne s'arrêterait.

Je ne reviendrais pas avant un bail, je le savais. J'avais envie de croire que le bar se trouvait encore là, que la prochaine fois que je mettrais les pieds dans le Vieux Carré, je pourrais déambuler dans Conti Street en entendant la musique à plusieurs pâtés de maisons de distance.

Je fis tourner la photo entre mes mains et la replaçai dans son tas de suie et de poussière. L'air nocturne était froid. De la musique punk s'était mise à tonitruer de l'autre côté de la rue, à croire que la grosse brute de la ville était en train d'annoncer qu'il venait de gagner la bagarre générale du quartier.

Je tendis l'oreille un moment en fumant deux, trois cigarettes. J'avais presque terminé la dernière quand je vis Jojo remonter le virage, avec Loretta à la place du mort, cette fois. Elle me fit signe de la main. Son visage s'éclaira d'un immense sourire.

– Tu veux qu'on se retrouve à Vicksburg pour manger un morceau? me demanda-t-elle.

Je hochai la tête, écrasai mon mégot et me remis sur pied.

Je sautai dans le Spectre Gris, beaucoup plus repoussant qu'il ne l'avait été quelques semaines plus tôt, mais qui roulait toujours. Je méditai là-dessus un long moment tandis que, prenant vers le nord, nous bifurquions vers la vieille autoroute du blues.

Remerciements

À Memphis et retour, les personnes suivantes m'ont fourni aide, inspiration, voire de fameux graillous : mes parents, Michael Baker, B.F. Vandervoort, Gayle Dean Wardlow, Jim Kennedy, Harry Smith, Debbi Eisenstadt, Bogie «Raven» Miller, Joe Durkin, Darryl Wimberley, Burnis Morris, Elvis le chien, les gars de Square Books, sans compter le personnel de l'Ajax Diner, de l'épicerie Taylor et du Bottletree.

Toute ma reconnaissance à Richard et Carolyn pour leurs conseils et leur soutien répétés, ainsi que pour l'indéfectible amitié qu'ils vouent à Loretta. À bientôt pour de nombreuses autres aventures.

Il ne fait aucun doute que *Sweet Soul Music*, de Peter Guralnick, m'a emporté dans le Memphis de 1968, tandis que *Mississippi Mud* d'Edward Humes m'emmenait au cœur de la pègre sudiste. Quand j'étais loin de Beale Street, Tad Pierson, ainsi que le guide de la débrouille à Memphis édité par les disques Shangri-La m'ont apporté informations indispensables et couleur locale.

Des remerciements tout particuliers à Robert Gordon, dont l'article *Way Out on a Voyage* a donné une voix à Clyde James; et à Paul Bergin, qui avait entendu parler d'une sale bonne femme qu'il me restait encore à rencontrer.

Pendant que je rédigeais ce livre, le monde a perdu trois légendes de la *soul*: Johnnie Taylor, James Carr et Rufus Thomas. Sans eux et sans leur inspiration, vous n'auriez pas ce roman entre les mains.

Impression réalisée sur CAMERON
par BRODARD ET TAUPIN
La Flèche
en septembre 2005

Imprimé en France
Dépôt légal : 63620 - 09/05
N° d'édition : 01 – N° d'impression : 31763
ISBN : 2-7024-3234-4